U0926489

逐梦人

港珠澳大桥岛隧工程建设者亲历录

廖西平　陈向阳　周爱高　陈立通——著

中国工人出版社

图书在版编目（CIP）数据

逐梦人：港珠澳大桥岛隧工程建设者亲历录 / 廖西平等著.
-- 北京：中国工人出版社，2020.9
ISBN 978-7-5008-7476-8

Ⅰ.①逐… Ⅱ.①廖… Ⅲ.①报告文学－中国－当代 Ⅳ.①I25

中国版本图书馆CIP数据核字（2020）第167717号

逐梦人：港珠澳大桥岛隧工程建设者亲历录

出 版 人	王娇萍
责任编辑	罗荣波
责任印制	栾征宇
出版发行	中国工人出版社
地　　址	北京市东城区鼓楼外大街45号　邮编：100120
网　　址	http://www.wp-china.com
电　　话	（010）62005043（总编室）　（010）62005039（印制管理中心） （010）82075935（工会与劳动关系分社）
发行热线	（010）62005996　82029051
经　　销	各地书店
印　　刷	北京盛通印刷股份有限公司
开　　本	700毫米×1000毫米　1/16
印　　张	31
字　　数	560千字
版　　次	2020年11月第1版　2020年11月第1次印刷
定　　价	98.00元

| 序言 |

接到为本书写序的邀约，不免诚惶诚恐。为这么一本内容厚重的书写序，我可以吗？然而，与这本书里的主人公们一起在港珠澳大桥岛隧工程建设工地度过的那400多天难忘的日子，又让我无法拒绝。

翻开这本书，眼前便是一个个鲜活的身影和熟悉的画面……

如果把中国现代桥梁的建设过程比作向珠穆朗玛峰的攀登，那么可以说，21世纪初的中国桥梁建设水平，已经到达了珠穆朗玛峰山脚下的第一台阶。港珠澳大桥跨海工程就是中国桥梁人向珠穆朗玛峰顶峰的一次攀登，岛隧工程团队担负的便是攀登最高点的登顶任务。

《逐梦人》是港珠澳大桥岛隧工程建设者的亲历录，这里记载了106个建设者生动的奋斗足迹，为岛隧工程建设者们留下了宝贵的人生记录。

他们有的是刚刚走出大学校门，经过短期培训便被派到这个超级工程的年轻人。最初的工作岗位，是吃住都在上面的一艘孤船，只有借助GPS定位才能找到干活的位置；是茫茫大海中来回移动的一个测量平台；是伶仃洋孤岛上一个废旧的采石坑……对超级工程的满怀憧憬被严酷的现实击得粉碎！但是7年的坚持和淬炼让他们从一个个懵懵懂懂的学生迅速成长为集多领域技能为一身的技术骨干，成为一线关键岗位施工管理的负责人。“港珠澳工程改变了我的一生！”他们的脸庞早已黝黑，但眼神变得格外沉着而坚定。

他们有的是转战南北经历过许多重大工程鏖战的技术骨干和领军人物，从苏通大桥、泰州大桥、京沪高铁等重大项目的建设工地转战而来。丰富的建设经验在港珠澳大桥岛隧工程技术要求复杂、质量要求严苛面前遭遇瓶颈！但一次次的艰辛探索、一次次的极限挑战，使他们浴火重生、更上一层楼。“人生需要新的天花板。”百折不挠的磨砺给了他们更加开阔的心胸和处变不惊的底气，让他们去踏遍群山、笑对未来。

《逐梦人》更是一组群体的雕像。一个个形态迥异的个体在这里融合，成为有共同意志、共同目标、共同行为准则，向着顶峰义无反顾攀登的铁打的团队。

这里的每一个人遵循着“把一个个简单的事情做到极致，就是不简单”的理念，追求着“零瑕疵、零容忍、零遗憾”的质量要求，以“不让梦想打折”的信念和挑战自我极限的拼搏完成着一个不负时代的伟大工程。

这种力量来自何处？是始终如一、毫不动摇的目标引领，是尊重劳动、尊重劳动者的管理理念，是追求最优、永无休止的探索精神；是身先士卒、不惧风险的榜样作用。这些弥漫在岛隧工程建设工地上的“空气”催生出灿烂的“岛隧工程文化之花”，这种工程文化滋养出的共同价值观发挥了点石成金的作用，使这个群体的人内心相通、融为一体，由此产生了所向披靡的巨大能量，成为他们胜利登顶的必然保证。

《逐梦人》在记录众多人物时，没有把岛隧工程项目部的领导单独排列，而是把他们融入其中。不仔细分辨，你几乎看不出谁是领导。这也符合了岛隧工程项目部总经理林鸣的初衷：“给所有人提供一个纯粹的、干事业的环境。”正是这种环境，使得众多人才在港珠澳大桥岛隧工程这个平台上迅速成长、脱颖而出。本书中的很多人物目前正在我国的各个重大基础设施工程中担当重任，成为我国交通建设行业的中坚力量。

港珠澳大桥岛隧工程团队是一所学校，是一座熔炉，是一支一往无前勇攀高峰的登山队。他们创造了巅峰上的奇迹，为中国跃入“世界沉管隧道工程领军国家之一”留下了光辉的一页。同时，更为我们留下了一笔宝贵的精神财富。这些肩负使命、脚踏实地、不畏艰险、敢于担当的人，正是中华民族走向伟大复兴的最需要的时代英雄！

感谢《逐梦人》记录下这一切。

衷心祝贺本书问世，并向本书所代表的所有港珠澳大桥建设者致敬！

白巧鲜

2020 年 9 月 25 日

目录

第一篇　一个时代的忠诚

01

第二篇 匠心！创新！ 02

第三篇　中流砥柱　03

第四篇　把这份责任尽到底

04

第五篇　打造筑岛铁军

05

第一篇

一个时代的忠诚

陈三洋：

从青涩步入成熟的岛隧战歌

陈三洋，港珠澳大桥岛隧工程Ⅰ工区副总工，主要负责港珠澳大桥西人工岛软基处理、岛上临建、拌和站、现浇隧道结构、清水混凝土房建框架等施工及技术管理。

稳健谦和、勤于思考、聪慧能干，是他的特质与标签。2011 年 7 月，西人工岛的钢圆筒振沉正在如火如荼地进行，刚刚从长沙理工大学水利水电工程专业毕业的他，被中交一航局一公司揽入麾下。为期两周的培训后，他被分配到岛隧工程项目，加入西人工岛建设团队。

七年来，历经一次次鏖战的艰苦洗礼，他迅速成为西人工岛建设的技术骨干，创新发明了可逆流式分流器，为解决混凝土浇筑降温难题立下了汗马功劳。出色的工作表现、攻坚克难的拼搏精神、乐观向上的工作态度，让他深受工区和项目总部好评，先后荣获了“优秀共产党员”“建设功臣”“个人一等功”等 21 项荣誉。

他说：“参与岛隧工程建设，我个人的感悟是：每一项工程任务的前期准备、试验阶段都是最煎熬的；每一项施工任务都是倾力而为地去完成的。在工程建设质量上，我没有留下遗憾。如果说有遗憾，那就是对家人的亏欠。”

感知人生角色转换的阵痛

初到珠海，到达西人工岛施工现场，正赶上钢圆筒打设施工，硕大的钢圆筒正在缓缓地往海底振沉的场面令人震撼。陈三洋说：“那时候，除了感受到这项工程的浩大之外，大海也让我印象深刻。这是我第一次看海，第一次与海近距离接触。”

陈三洋同另两位新员工一起，与经验较丰富的老员工签署了拜师协议。他跟师父学的第一项本领就是软基处理。师父每天带着他们三人在岛上进行各种准备工作。陈三洋的工作是负责记录试验过程中的数据变化，如水位高度、钢圆筒沉降位移等试验数据。

虽然一开始就感受到了技术人员的艰辛与不易，但他对参建工程依然激情饱满，信心十足。

经过一段时间的降水处理，水位也下降得差不多了。一天，师父突然对他说：“今天下班后，你就不用跟大家一起下岛了，晚上留宿在岛上，每两个小时测一次水位，持续监测 24 个小时。”

陈三洋回忆说：“望着他们坐船远去的身影，直到他们消失在海天一色的霞光里。当我缓过神后，发觉只有自己和一位值班的老师傅仍置身于这汪洋大海中一个小岛上，我心里突然有一种被抛弃感。茫茫大海之中，觉得自己格外渺小、孤单和无助。当时岛上没有什么网络、Wi-Fi，就连手机通信信号也时有时无。第一次在一个狭小的孤岛上过夜，集装箱外海风呼啸，远处的海面上隐约闪动着起伏的光影，那种孤独感是我从来没有经历过的。”

那一夜陈三洋没有入睡。迷迷糊糊地侧躺在床板上，虽然每次起来测量仅需 10 分钟左右，但持续反复地测量仍把他折腾得筋疲力尽。

陈三洋说：“这一次让我真正体会到了人生角色的转换，我已经不是小孩了。作为一名工程技术人员，其实我早就做好了一切心理准备，要适应以工地为家的工作环境。”

一航史上第一个搬凳子来上班的

人工岛软基处理的技术、质量标准要求很高，每一步施工都不容许有半点马虎。陈三洋和伙伴们坚守在施工现场，每人盯管一部机器，严格按照点位施工，记录下每一次打设的数据。他们对工艺、工法进行了优化，整个软基处理过程进展顺利。

其间，由于工期紧、任务重，他已经一个多月没下过岛。长期的海风吹、烈日晒，他被晒得很黑。他说："记得有一天，我被炙热的太阳烤得几乎虚脱，不由自主地席地而坐。不一会儿，工区的一位领导出于关怀对我说：'你明天搬个凳子到现场来坐吧。'第二天我真的搬了个凳子来到施工现场。老师傅看到后取笑道：'三洋，你是一航局一公司历史上第一位搬凳子到施工现场来上班的，你牛，你真牛！'吓得我赶紧把凳子搬离了施工现场。"

后来，同事们都爱拿"搬凳子"当笑话来打趣他。他说："现在回想起来，当初这一举动确实很傻、很可笑。"

梦幻惊悚的筑岛历险

由于施工的需要，陈三洋他们生活、住宿在离岛不远处的一艘生活船上。船上临时安放了几个集装箱，吃饭、睡觉和休息都在这里。由于地处外海海域，风大浪急，船舶经常摇晃。陈三洋说："连续坚持了一个月之后，我逐渐习惯了船上每天'摇摇晃晃'、走路如'走钢丝'一样的生活状态。后来下岛回到陆地时，眼前顿时产生了一种天空在'飘荡'、大地在'沉浮'的梦幻感觉，适应了好一阵之后，才敢向前迈步。"

比这还"惊悚"的，要数经常来袭的台风了，而陈三洋他们基本上是每年都要遇上好几次。2011 年国庆期间，台风"纳米""尼格"相继来袭，他们只能离岛防台。10 月 4 日，台风"纳米"过后陈三洋他们回到岛上，准备第二天加紧恢复施工。可是，"纳米"台风还未走远，最大风力达 10—14 级的"尼格"又迅速袭来。

回想起当初的情景，陈三洋仍觉得后怕。他说："那一次，我们算是有惊无险，每个人都能感觉到那天晚上的风浪有多大、有多猛！"

艰苦的条件更能锻炼人

筑岛时，洗澡是陈三洋他们每天要面对的大问题。因为集装箱宿舍空间有限，所以没有设浴室。值得庆幸的是，一位老师傅动手能力特别强，在旁边给大家搭了一个简易浴室，让大家非常感动。

岛上砂层软基处理完成后，接下来的施工任务是往海底打入数千根几十米长的砂桩，从而使地基变得稳固、坚实。陈三洋说："让人难以忍受的是噪声，打设过程中的声音、振动特别大，感觉如同整个天地在怒吼，西人工岛都在颤抖。设备卸压时喷出的气体含沙量大，空气变得令人窒息，每个人都会不由自主地捏着鼻子拼命地跑，赶紧躲回'屋子'。"

即便如此，陈三洋依然每天坚守在工地上。他说："那段时间，岛上各方面条件确实挺苦，但我感觉自己还是蛮适应的，经得住艰苦，也耐得住寂寞，从未产生过其他任何想法，每天都是快快乐乐的。我心里清楚，生活环境、工作条件再怎么艰苦，这都是暂时的。晒得非常黑，那也没什么，每个人都是如此。"

伶仃洋上的系列大考

2012 年，西人工岛拌和站建设完成，而基础设计和建设，是陈三洋独自完成的第一项工程任务。有了这个成功经验，他的信心更足了："当每一项任务从设计到施工，逐渐建成并矗立在自己的面前时，满满的成就感、参与感早已盖过了所有辛苦。"

2012 年下半年，岛上隧道暗埋段开始正式动工。暗埋段最厚的地方达 1.7 米，结构截面周长近 200 米。为了解决加厚型混凝土控裂难题，陈三洋带领团队创新采用了降温管定时逆流降温工艺，发明了可实现正、反方向读识管中水流量的可逆流式分流器。这项发明申报了国家专利，并在后来东人工岛和西人工岛结构、挡浪墙等施工的混凝土浇筑中得到了广泛推广和应用。

2013 年，他又新增了隧道结构的钢筋、预埋件的翻样工作。他画好图纸后，再由预制厂加工制作。这是最耗费时间的一项任务，需要心静、心细。四年时间，累计翻样的钢筋超过两万吨，做到了"零差错"。

2014 年，陈三洋的新任务是岛上的房建施工。这是一项跨行业、专业领域工程，他的专业是水工、码头，开始的时候，连房建的图纸都看不明白，“但任务交给我了，就硬着头皮也得上”。于是，他上网查资料，看各种专业图集，领着这支队伍边学边干，经历了一次从无到有的历练，顶着工期非常紧张的压力，加班加点推进房建施工。

2016 年，他们好不容易把下部结构做完，项目总部又提出了东人工岛和西人工岛房建全部采用清水混凝土的新要求。由于房建结构的特殊性，原来岛上隧道敞开段的清水混凝土施工经验并不能照搬套用，从德国进口的清水混凝土模板，很多细节没有考虑到中国人的审美与需求，仍需一项一项地进行试验和摸索。陈三洋他们进行了多方面的技术改进和优化创新，一遍又一遍完善模板的拼装方案，因地制宜地采用了装配式建筑工法，先在加工厂预制好钢筋骨，再运至现场安装，大大提高了施工效率和质量。

2017 年，岛上房建终于如期封顶了，成为伶仃洋上的最美风景。陈三洋说：“每次来到西人工岛上，看到自己亲手打造出来的漂亮作品，觉得非常自豪。每当看到项目总部群里有中央电视台几点钟播出港珠澳大桥新闻的通知时，我都会第一时间告诉家人，或者转发到朋友圈和同学群里，和家人、朋友一块儿分享参与港珠澳大桥建设的成就和自豪。他们都很羡慕我，纷纷为我点赞。”

高　潮：

成就职业生涯的巅峰

高潮，港珠澳大桥岛隧工程Ⅰ工区监测部总工，主要负责东人工岛和西人工岛建设与沉管安装相关试验、监测、检测工作。监测是工程建设每一个步骤都不可或缺的部分，通过对地基、材料、结构等施工全过程的监测、评估，为解决工程难题提供科学依据，为质量安全提供重要保障。

1982年大学毕业后，高潮就职于中交天津港湾工程研究院；2010年底，刚参加完京沪高铁建设，就来到了港珠澳大桥岛隧工程项目。他说："我是一位幸运者，在临近退休的年龄段有幸遇上了'港珠澳大桥'这一千载难逢的超级工程。"

监测责任重如山

高潮刚到珠海时，岛隧工程项目营地还没有建设完成，建设者都挤住在租借的一个叫"玫瑰山庄"的烂尾楼里办公，开始着手工程施工准备。

2011年5月15日，工区成功振沉首个钢圆筒，标志着深海筑岛启程。高潮的任务是负责人工岛筑岛监测，海底基坑的平整度、基础地质结构，每一个钢圆筒在振沉过程中的垂直度、稳定性、振沉深度，岛内砂层软基处理过程中的沉降变化，都是他们监测、检测的重要内容。

岛上隧道结构启动后，高潮他们的监测任务更重了。由于港珠澳大桥海底隧道沉管安装是从西人工岛起步，这意味着西人工岛上暗埋段隧道结构就是整条沉管隧道的起始点，第一节沉管管节必须依附于它，只有确保稳固、牢靠，才能向伶仃海底迈出最坚实的第一步。

高潮说："我深感责任重大。因此从一开始就加大了对西人工岛隧道结构施工的监测力度，对从岛外运进来的钢筋结构、混凝土等物料，待安装的工程结构，以及安装完成后的差异、变形等都必须一一检测。"

施工过程是动态的，高潮他们必须深入工程建设中，才能全面了解到真实具体的情况。于是，他们每天带着专用设备，24 小时坚守在施工现场，对相关数据进行专业分析、评估，再及时提供给项目总部，以便决策判断，根据工程实际及时进行调整。

以科学监测护航岛隧建设

现场的每一组监测、检测数据和分析、评估，都关系到工程项目建设的成败。高潮说，人工岛筑岛，需要确定人工岛基础是否稳固；沉管安装前，需要及时了解海底隧道基础有没有什么变化；浮运安装时，需要实时了解沉管全过程的姿态、状态、位置、摆动幅度。这些必须依靠对一组组测量、监测数据进行专业的分析和判断。

让建设者终生难忘的沉管隧道最终接头安装，也同样是建立在大量监测数据的基础上，才顺利安装成功的。最终接头位于 E29 沉管管节和 E30 沉管管节之间，底端长 9.6 米，顶端长 12 米，截面宽度 37.95 米，高度 11.4 米，最后在水深近 30 米的海底成功实现了贯通安装，安装精度达 2.6 毫米，安装难度可想而知。高潮说："在对接安装过程中，最终接头的姿态、偏差大小调整，都是依靠监测数据来进行操作的。"

为保证监测数据准确可靠，高潮他们必须把监测工作做精、做细。高潮说："对于水下、地下工程来说，每一项施工本身就是不可逆的。沉管一旦沉下去，如果出问题，再次脱开起浮是一件极其艰难甚至是根本不可能的事。因此，从一开始就必须保证监测数据准确可靠，才能保障施工顺利进行。”

为此，除依靠丰富的工程监测经验，他们还配备了先进、精密的仪器、设备和系统软件。人工岛筑岛、沉管安装，这些先进的深水监测设备发挥了巨大的作用。

“在港珠澳大桥岛隧工程建设中，我们每天面临的几乎都是全新的挑战。为此，我们必须不断地进行创新，想方设法克服化解一个个难题。如当整条隧道安装完成以后，对整个隧道地基有什么影响？具体有什么变化？这涉及隧道的质量和安全。就像我们做的沉管隧道水下沉降试验，是在最深处超过 40 米的海底进行的，这在全世界都是第一次。”回顾七年港珠澳大桥建设经历，高潮如数家珍，语气中是满满的自豪。

与年轻人共铸辉煌

高潮说：“在我快要退休的年龄，遇上了港珠澳大桥岛隧工程，这是我一辈子的荣耀。我的职业生涯也因这个世界级工程画上了一个最完美的句号。”从那时候开始，他就非常珍惜每一天、每个人、每一次监测，认真对待每一项任务，不肯放弃每一个创新奉献的机会，努力让时间走得更慢一些，留住每一份回忆。

由于东人工岛、西人工岛施工和沉管隧道安装都是在伶仃洋外海环境条件下进行露天作业，环境恶劣，条件艰苦。尤其是岛上热得跟沙漠似的，脚踩在炙热的砂层上，不干活就已经一身汗了。监测需要长时间暴晒在太阳下，通常是工作服湿了干，干了再湿。但在整个建设期间，高潮每天都精力充沛地战斗在施工现场。

港珠澳大桥沉管隧道建设无前例可循，一旦管控失当，带来的风险和经济损失将是巨大的、不可想象的。林鸣总工程师说：“为了打造中国交通建设史上的这一辉煌之作，在岛隧工程建设的七年中，我们一直怀着一种敬畏之心，以战战兢兢、如履薄冰的心态在做事，才能最大限度地避免工程中的许多问题和风险。”对此，高潮深有同感。他总是全神贯注地去研究、去解决发现的每一个问题。在做方案时，他要求团队成员必须把相关工作做精、做细，对每一个细节，包括风险控制预案都提前做足准备。他说："编写实施方案，其实就相当于我们在做这个实操之前，在纸上提前模拟做一遍。在纸上犯了错，还有修正、调整的机会。方案做细了，做好了，可以大大减少出现失误的概率。"

他也经常与年轻同事分享自己的知识、经验和人生感悟，甘当年轻人成长的梯子，常常主动把荣誉和发展的机会让给年轻人，激励他们勇往直前、争先创优。

高潮从事的工作，虽然不大为外人所知所见，但同样举足轻重。正是成千上万如高潮这样的建设者默默付出，才成就了举世无双的超级工程。

孙长树：

党徽照我去战斗

孙长树，港珠澳大桥岛隧工程Ⅰ工区党支部书记。2014年7月，他奉命赴珠海任职，主抓工区党建和后勤管理工作，开启了一段党徽照我去战斗的岁月，以赤胆忠心，让高高飘扬在伶仃洋上的党旗更加鲜红。

心系西岛建设一线

都知道岛隧工程艰苦，到了施工现场，孙长树才知道现实条件比想象的要艰苦得多。西岛（西人工岛）上的人员办公、住宿都是在集装箱内，吃饭的时候只能站着。由于集装箱无法抵御大雨侵袭，屋里非常潮湿。施工条件艰苦，党员干部更不能搞特殊，孙长树和所有施工人员一样，也都是住在集装箱里，时时发挥党员的模范带头作用。

上岛不久，他观察到，海上作业生活条件再艰难，大家都能咬牙坚持，可最难的是与家人的通信联系中断，精神的苦闷是最让人难以忍受的。特别是夜幕降临，大家在孤岛上，无限的寂寞阵阵袭来。

这样的条件反而让他找到了工作的抓手。为了让建设者有一个舒适的生活环境，孙长树东奔西走，终于在 2014 年底前，把改善住宿条件、配置运动器材、安装电视网络等关系职工切身利益的几件事情全部干成了，还组织开展“国庆七天乐”“露天电影”“五一趣味运动会”“集体拔河”等系列活动，为一线工作人员送上一场场文化“盛宴”。

在项目总部的大力支持下，他联系中大五院、珠海市人民医院等专业医疗机构为一线人员做免费体检，邀请专家进行心理辅导，安排专业理发师到岛上义务理发。为了进一步提高一线工人的专业技能和安全防护能力，他还定期组织开设西人工岛课堂，安排技术员给工人们讲解安全、技术、质量方面的理论知识，开展实操培训，为大家提供了一个“充电”场所。

在他的带领下，团队建设取得了卓越成效，Ⅰ工区先后获得了全国总工会“工人先锋号”和中国交建授予的“集团先进基层党组织”称号。

党员就要起到示范带头作用

港珠澳大桥西人工岛镶嵌在浩瀚的伶仃洋中，距陆地 20 多公里。船是建设者往来营地与现场的唯一交通工具，孙长树要岛上岛下两边兼顾，是坐船次数最多的人。他每天基本是早上 7 点出发，晚上 6 点回驻地，见缝插针成了孙长树调节疲惫的一大法宝。“最受不了的是晕船，海上有风浪船就摇晃得厉害，回到驻地晚饭根本吃不下”。

从 2015 年至 2018 年，孙长树已经连续四年没有回家过春节了。施工一年比一年紧张，岛上施工和管内施工每一个细节都不敢放松。党支部紧紧围绕施工生产开展工作，提振团队士气，做好保障工作，在每一个重大节点都充分发挥出重要作用。为此，孙长树组织开展党员安全生产示范岗活动，要求党员必须成为安全生产的模范。在隧道基础施工中，抛石夯平船团队的 40 多人，分成了四个小组，分别负责机械、施工、测量、安全，每个小组设一名党员示范岗，在党员干部的引领下，几十号人在海上，一干就是 1291 天，顺利完成了深海沉管隧道碎石基床抛石夯平施工，被称为“伶仃洋上的草原五班”。他还组织专门成立了党员创新工作室和党员创新示范班组，让每位党员就是一面永远冲在最前面的旗帜。据统计，在七年建设期间，依托“党员创新工作室”，开展了工艺技术研讨24次，技术创新23项，累计申报国家专利40余项，在国家科技核心期刊发表技术论文19篇，优化小型工艺近300例。

为了更好地发挥党员模范带头作用，党支部每个季度都会结合党员的日常表现，开展“四有党员”评议活动。坚持党员自评、群众打分、支委会评议的全方位考评办法，制作了“四有党员”公示牌和“两学一做”百字感言展示栏，在营地和岛上张贴。同时，西人工岛还创建了“党建活动室”，为党员和入党积极分子提供了交流学习的场所。

党徽闪亮伶仃洋

党徽是党员的标志，岛隧工程项目全体党员自觉佩戴党徽上岗，主动接受群众监督。

孙长树说，岛隧工程建设就是一次海上的长征，每一步都走得“惊心动魄”。筑岛、软基处理、暗埋段现浇、岛壁结构、岛上建筑施工……哪里最难，党员就战斗在哪里；哪里最关键，党徽就闪亮在哪里。在孙长树的带领下，工区的每一个党员就是一个班组、一个小组的头雁，一群党员就成了奋战在伶仃洋上的群雁，带着群众干，抢在群众前面干，发挥了“群雁效应”。

孙长树和项目领导班子自始至终实施“打造人心工程”，让每一名员工有尊严地工作；开办职工夜校，引入“6S”管理，全面提高一线员工素质；在党支部的引领下，创造了外海浇筑混凝土数十万立方米无裂缝的工程佳绩，深基坑现场温度超过40摄氏度无人退缩……

孙长树说，党徽就是我们的身份，就是鼓舞我们前进的号角。

杨润来：

岛隧追梦人

杨润来，港珠澳大桥岛隧工程Ⅰ工区副总工，主要参与和负责东人工岛、西人工岛的钢圆筒振沉、深基坑开挖、岛隧结合部二次止水结构、岛上段隧道暗埋段和敞开段、岛上房屋建筑及附属设施等施工建设任务。

杨润来出生于湖南邵东县，2010年于长沙理工大学土木工程专业毕业以后，进入中交一航局一公司工作。2010年12月，他参与港珠澳大桥珠澳口岸人工岛标段建设；2011年7月，他调至港珠澳大桥岛隧工程，自始至终全程参与了超级工程建设，与许多参建者一同成就了世界工程标杆——港珠澳大桥岛隧工程。这项伟大的工程亦影响了他的一生。

缘于大学时的一个梦

接到调入港珠澳大桥岛隧工程的消息，杨润来非常欣喜，内心早就期待能参与到这个项目。谈笑间，杨润来道出了其中的缘由："一是作为一个南方人，从情感上讲，非常希望能参与一个南方项目的建设。毕竟这里离老家相对近些，过年、过节回去看看父母、亲人也容易些，饮食、文化等方面也差异不大。二是港珠澳大桥这个工程，我读大学时就已有所耳闻，是一个业内很多人都翘首期盼参与的超级工程，技术难度极具挑战性，还处在可行性分析阶段时，已经成为行业关注的焦点。三是我学的专业是土木工程、桥梁工程方向，专业上比较对口，港珠澳大桥的每一步成功都会强化我的价值认同，会带来更强烈的成就感。”

从满心期盼到梦想成真，一接到通知，杨润来心里已经充满了跃跃欲试的豪情。他说：“有幸参与港珠澳大桥岛隧工程建设，意味着我大学时候的梦开始启程。所以，七年建设过程中，再苦再累我从未退缩过。因为我知道，筑梦比做梦难。”

岛上生活船

杨润来的第一个任务是负责钢圆筒的振沉，即在伶仃洋上现场指导施工人员按设计要求将钢圆筒振沉入海底。刚到现场时，一位老同事告诉他：“第一个钢圆筒是 2011 年 5 月 15 日振沉的，到现在已经成功振沉了 17 个钢圆筒，两座人工岛还剩下 103 个钢圆筒，距整个人工岛的建成还差很远。你就住在施工现场旁边的一艘生活船上吧。”

用巨大的振动锤将钢圆筒打入海底，那是一幅怎么样的画面？对于即将展开的工作，杨润来这个工程新兵内心充满难以描述的忐忑，既满怀期待，又一点底都没有。领导又再三强调，钢圆筒振沉的工期非常紧张，需要他尽快去海上“上岗”。于是在报到的第二天，他就乘坐交通船晃晃悠悠地向还在建设中的人工岛驶去。

杨润来说：“上岛后，生活船就是我们落脚的地方，我被安排在靠近发电机旁边的一个‘宿舍’里。当时现场条件非常简陋，发电机完全没有任何隔音措施，发出的噪声用‘震耳欲聋’来形容一点都不为过。狭长的甲板上密密麻麻地摆放着的两排集装箱，就是船上所有人休息睡觉、洗澡刷牙、办公用餐的区域。箱内的活动空间很小，几个人在里面几乎是摩肩接踵。”

最让人难受的是，船舶每时每刻都在不停地摇摆。刚到船上的那段时间，走路时身体都站不直，就是扶着边上的栏杆仍只能晃晃悠悠地向前慢慢挪步。

“不怕大家笑话，我从小就没见过海，也未坐过船，更未到过离海岸这么老远的茫茫大海上。”晚上睡觉就让人更难受了，除了船的摇晃和发电机的狂躁，附近中国香港国际机场频繁起降的飞机轰鸣声、过往商船的鸣笛声、施工船舶的作业声、海浪拍打船体的撞击声，以及同寝室友的呼噜声，可以说是“声声入耳”。杨润来说：“刚到船上时，基本上没有熟睡过。时间长了，工作又很累，后来基本可以达到对外界噪声充耳不闻、倒下即睡的境界。在船上待的时间久了，回到陆地时，总感觉陆地也在晃动，双手习惯性地总想向两边抓，想扶着点什么东西，而没了噪声睡觉还不踏实了。”

初见海上大场面

到了施工现场，杨润来第一次看到了自己即将负责施工监管的巨大钢圆筒，那个场景让他非常震撼和新奇：辽阔的伶仃洋上，数条缆绳固定着一艘很大的海上巨轮，上面竖满了六七个钢圆筒。每一个钢圆筒的直径为 22.5 米，面积超过一个篮球场；最高的有 50.5 米，相当于一座十七八层的大楼。之前他总以为，修路造桥是那些支架、压路机、挖掘机先行登场，没想到这个工程的施工机械阵容如此豪华，除了巨型钢圆筒、大巨轮，附近还有一台 1600 吨的浮吊，这个大场面完全颠覆了他的想象。

那时候他的具体任务是负责起重班组，用 1600 吨的浮吊将钢圆筒吊到海面相应的位置，定位，再把它振沉到海底。施工过程中，他要配合测量，记录好振沉的速度、平面位置、坐标、扭角等。

施工团队振沉的技术越来越娴熟，设备状态也越来越好，施工效率也不断地突破纪录。开始的时候是一天振沉一个钢圆筒，到了中后期，他们不断地突破纪录，有时一天就振沉两个钢圆筒，还创造过一天振沉三个钢圆筒的纪录。

独自面对难题的长夜

“那时候，工期紧任务重，要完成的事情很多，确实很累，环境也很艰苦，但我感觉自己过得非常充实，有一种傻傻的快乐，心里从未觉得苦过。”杨润来说。

为了加快工程进度，杨润来早上五点多就去施工现场，下午经常是天黑都还没有收工。回到宿舍后，还要填写当天的工作记录、施工日志，将每天施工中遇到的问题、解决方案和统计数据汇成资料，一般要到晚上10点钟才能结束。大多数人忙完了工作就去洗澡休息了，但杨润来喜欢自学，钻研新的技术，每天都学习到很晚，直到半夜十二点钟前后才上床熄灯。

他说："每天工作结束的时候，整艘船上的人几乎都睡觉了，我睡不着。人工岛还未成岛时，船上的条件比较艰苦，只提供凉水，我从小体质并不强，洗凉水澡很不习惯。特别是到了12月份的时候，水比较凉，于是我就每天趁大家睡着的时候，偷偷用食堂门口的小锅炉烧点热水，洗去自己一天的疲劳。那个时候，完全进入一种忘我的境界，什么职务、薪水、福利，从未去考虑过，思想非常单纯。"回想那段日子，杨润来至今仍非常怀念。

共同面对困难

2012年，西人工岛主体基础形成，杨润来又有了新任务——岛上隧道结构施工。第一步是开挖隧道基坑。需要开挖到海平面以下16—17米。

一开始，开挖进展得比较顺利，但是当挖到海平面以下12米的时候，基坑内有一个点突然出现了管涌，像泉眼一样不停地往外冒水。杨润来说："任何基础只有在没有水源的环境下才是最安全的。有水能进到基坑内，就说明与大海有地方出现了连通，如果处理不好，就非常危险，基坑旁边的砂石很可能会塌陷下来，甚至淹没整个基坑。"

管涌越来越大。不一会儿，测量、电工、船机，岛上所有人员都赶来了。但现在岛上，只有杨润来自己是技术人员，他必须立即组织处理这一险情。于是，他指挥大家进行抢险，调运物料将冒水的地方先围起来，从下午两点钟左右一直忙到第二天早晨五六点钟。早上八点，项目总部和工区领导过来召开现场会，听取情况汇报，分析、排查形成原因，采取对策，搞了半个月才把这个出水点彻底堵死。

杨润来说："这是我第一次独自面对如此棘手的难题。那一夜，虽然我们没将冒水的地方彻底堵住，但我们成功地完成了初步封堵。险情面前，大家同舟共济、迎难而上的忘我精神，团结一致、共同面对困难的态度，永远地留在了我的记忆中。"

七年中，杨润来和团队攻克了外海超深基坑开挖、岛隧结合部二次止水结构、岛上段隧道暗埋段、敞开段隧道以及岛上房屋建筑及附属设施等诸多技术难题；研究形成了“大直径钢圆筒振动下沉工艺及设备的开发及应用”等一系列技术成果；申报了“外海人工岛钢圆筒围护结构施工工法”等专利近20项。

杨润来先后多次获得“先进个人”“优秀共产党员”“建设功臣”等荣誉；2017年，荣获天津市“五一劳动奖章”，2018年被评为中国交建“三大工程”建设功臣。他说：“岛隧工程是我人生最重要的一个里程碑，是我人生中最宝贵的一笔财富。在这里，各个方面都有了较大成长。七年坚持，我永不言悔。”

张怡戈：

成为人生的标杆

张怡戈出生于云南山区一个彝族家庭，2002 年毕业于长沙交通学院（长沙理工大学）港口航道工程专业。他是父母的骄傲，也是家乡父老的希望。32 岁时，他来到港珠澳大桥岛隧项目，把妻子和不到一岁的儿子留在了天津。7 年里，他们天各一方，只能手机传信“两相望”。

见到张怡戈是在天津一航局总部。虽然在港珠澳大桥建设中的某些细节已经变得模糊，但是眼前这个黝黑的彝族汉子只要说起建设中的人和事，眼睛都会有一种不一样的光，也为自己曾经参与到这个伟大的国家工程而自豪。

七年常驻的筑岛人

作为港珠澳大桥岛隧工程Ⅰ工区副经理，张怡戈是 2011 年 1 月 18 日进场的，这一干就是整 7 年。那一年，他随着大部队开赴珠江口海域，任务是采用钢圆筒快速成岛的方法，在茫茫大海中填筑出两个巨大的人工岛。他的职责是现场的生产管理，组织钢圆筒及副格振沉、筒内及岛内抛砂回填、大超载比软基加固、岛外挤密砂桩软基处理、岛上建筑物建设、沉管隧道基础抛石夯平等一系列施工任务，质量要求高，分项工程多，交叉作业多，外海作业风险大。

被称为“第一战役”的外海筑岛工程是对每一个建设者身心和技术的双重考验。严酷的外海环境，高温高湿对人们的生活影响还是次要的，海流、潮汐等海况影响才是施工的最大阻碍。在打桩的施工关键期，他们多次遇到台风袭击，好在一航局曾经在长江口做过类似的筑港工程，同时又用近半年的时间在天津做过副格振沉试验，因此，进展还是相当顺利的。

工作正在一点点展开，但是海上施工人员的生活却更加不易。1600 吨的起重船昼夜施工，而张怡戈和同事们就挤在离振沉船不远的生活船上，狭窄的甲板上放了 20 来个集装箱，六七十人吃住在一起，夜里船上发电机发出的巨大声响吵得人根本睡不着觉……这一情况一直持续到两个人工岛建成之后，岛上的生活才有所改善。

作为一线施工管理者，他和孟凡利长期驻守在西人工岛。在这个 10 万平方米的人工岛上，240 个集装箱摞成了两层，六人一间，过起了“天苍苍海茫茫，信号时有短信聊”的生活。由于岛上空间有限，大家还要经常搬家，辗转腾挪，为施工腾出场地。

学之师之　高山仰止

外海施工，季风影响是家常便饭。“韦森特”“天鸽”两场台风都超过 12 级，给他的印象极为深刻。当“天鸽”登陆时，风力如此之大是所有人始料不及的。当时 500 多人撤到岛上建筑的负一层里，由于撤离仓促，很多人来不及带上食品、饮料，一时间，食品供应出现短缺。“冲出去抢救食品！”狂风暴雨中，张怡戈带着六个人的小分队，快速把食堂仓库中的物资搬运到防台点，大家的情绪才迅速稳定下来。

2017 年，人工岛主体房建抢工期一战让张怡戈和大家都掉了一层皮。因为是海底隧道的控制中心，林鸣总经理对工程提出了很高的要求。当时岛上的施工作业面严重交叉，人员、设备调配是他必须最优先解决的问题。林总连续半年多天天上岛督战，大家的压力已经临近极致！夏秋两季，张怡戈，一个学水工出身的工程师，愣是被逼成了一个集市政、公路、房建、装饰装修于一身的全才！

在全岛亮灯的那一刻，他的眼睛模糊了……

他想到了 2017 年 7 月 17 日他拜林鸣为师的那一幕。作为林鸣的徒弟，三年里，硕士毕业，申报了教授级高工。

张怡戈说，2016 年回长沙母校参加校庆，出租车司机得知自己是港珠澳大桥的建设者时，说啥也不肯收费；班主任老师激动地向全校师生介绍自己。回到家乡，父母、乡亲争着告诉自己在电视上看到的那些“名人”，林鸣、刘晓东……

现在，港珠澳大桥已经成了张怡戈的人生标杆，岛隧精神是他前进的动力，做任何事情，思考任何问题，都会想以前在港珠澳是怎么做的，老师林鸣是怎么要求的。张怡戈说：“林总就是一座山峰，学之师之，高山仰止。”

李晓强：

心中一道永远的彩虹

港珠澳大桥是一座横跨伶仃洋、连接粤港澳的超级工程，也是一条连接三地人民的情感纽带和经济快线。岛隧工程是港珠澳大桥的控制性工程，是建设的关键难点和重中之重。七年建设，中国工程人员创造了多项新纪录。而这一项项纪录的背后，是所有建设者的辛勤付出和拼搏坚守。李晓强就是建设大军中的一员。

李晓强，港珠澳大桥岛隧工程Ⅱ工区综合部长，2015 年被评为工区“四优共产党员”；2016 年获得岛隧项目“建设功臣”荣誉称号。

“黑金刚”

夏天的珠海，平均气温在 30 多摄氏度，海上紫外线更强，经过海水的折射，又一次映照在施工人员的脸上，没遮没挡没有地方躲。

2013 年 3 月 14 日，李晓强来到珠海，担任工区综合部主管。综合部是施工的大支撑，主要是围绕生产施工，开展好党建、工会、宣传、后勤等工作。“刚来到这里的时候，我做宣传，也做人事。第一年没吃多少苦，因为那个时候不用经常驻岛。我和一位年长的宣传干事轮换着跑，主要是根据工程的进展，拍摄一些照片和视频。”他说后来也长驻在东人工岛施工现场。由于常年被紫外线照射，李晓强的皮肤越来越黑，同事们都开玩笑地称他为“黑金刚”。李晓强则笑着说：“岛隧工程就需要我们这样的‘黑金刚’。”

回忆起2017年的春节，李晓强仍记忆犹新：“2017年，除了春节以外，我就休了两次假，其他时间基本上都是住在岛上，特别是八九月份以后，连续几个月都没有机会下岛，女朋友天天埋怨我。”

难忘的防台

每当台风来袭，就是李晓强压力最大的时候。一旦启动防台响应，岛上所有人员都要撤下来。当时，两个人工岛加上海上施工船舶，大约有3000多人要同时撤离，光是Ⅱ工区就有1000多人。不同工区、不同班组的船舶调度、车辆衔接、食宿安排相互交叉，要做好可不是件容易的事情。李晓强便提前规划，一个地方住多少人、安置哪几个班组、一个房间多少人，落实各班组沟通联系负责人，一丝一毫都不容出错。

“我们还要时刻了解人员的情绪，考虑可能出现暴雨，人员出不来吃不上饭的问题，要提前准备饮用水和干粮。台风过后，则要安排好交通船和车辆，把人员从分散的住宿点一批批接回来。”2017年的台风“天鸽”，李晓强一直难以忘怀，“当时岛上建筑已初步成型，应急方面多了一些保障，人员不用再撤下岛来防台。担心岛上食品储存量不够，我又连夜采购了一些物资送上岛去，回来的时候已是夜里12点多了，桥上的灯都灭了，我们开的是一辆中巴车，风很大，吹得护栏边上的铁片哐当哐当直响。当时真担心车胎被扎破了，那时候桥上手机没有信号，一旦轮胎扎坏，后果不堪设想。第二天台风登陆，珠海受灾严重，交通瘫痪，海水倒灌。但由于我们防台工作比较扎实，基本没受什么影响，台风一过，马上就开始施工了”。

青春无悔

提及自己的恋爱经过，李晓强笑着说："我和妻子是2016年9月认识的。说起来很多人都不信，由于在现场时间比较多，加之下岛了也有事情，认识后见面的次数一只手都能数过来，更不用说一起吃饭、看电影了，大部分是手机、微信联系沟通。很感谢她对我的理解和支持。"

李晓强说："一开始，我们下岛还有自己的时间，但是随着施工节奏越来越快，下岛的机会越来越少，和爱人见面的机会也变得越来越少。拖了很久才结婚，前段时间才有了第一个宝宝。回想起那段时间，虽然很苦很累，但我感觉幸福满满。"

在岛隧工程期间，李晓强也有机会调回三航局总部，但还是放弃了，他还是想在项目上多历练。"很幸运能参加超级工程建设，朋友和同学都很羡慕我，特别是家人和亲朋好友说起我在港珠澳大桥工作时，自豪感真的不一样。年轻的时候吃点苦没有什么，风雨之后是彩虹。这也是我心中一道永远的彩虹！"

李　杰：

凝心聚力是我的职责

李杰，一名“70后”，却有着“60后”的沉稳与智慧。作为中交港珠澳大桥岛隧工程Ⅲ工区一分区（简称Ⅲ一工区）的项目书记，他把自己最宝贵的黄金岁月献给了港珠澳大桥岛隧工程，献给了伶仃洋那片他难以忘怀的海湾。

党建工作也是生产力

2011年8月，沉管预制厂土建工作还正在紧张推进，设备安装还没有展开，李杰就从四川泸州黄舣长江大桥来到了珠海的牛头岛上。当时牛头岛一片荒凉，无水无电，临时宿舍还没有建好，大家只有在临近的桂山岛上租房，夏天经常下暴雨，只要一下雨，路就会被冲毁，上班五公里，经常要走一个多小时；食堂就是搭在露天空地上，蚊虫又多，所有的食材都要到珠海市区采购，一遇到坏天气，经常是吃了上顿没有下顿；环境极为艰苦，很多人都产生了畏难情绪。

条件虽差但是人心不能乱，队伍不能散。李杰想方设法改善施工区的生活、工作条件，尽量让大家吃好一点，住好一点，工作环境好一点。他还在驻地门前安装了两块文化宣传栏，在早班会上反复向大家讲解工程的意义，员工们的心思总算稳定了下来。林鸣总经理看到队伍的状态很高兴：这支善打硬仗、能啃硬骨头的队伍又恢复到中国建桥王牌军的状态。

2011 年底，沉管预制厂设备安装接近尾声，营区也建设完工，工人们的生活环境得到明显改善。沉管足尺模型浇筑试验也同步展开，岛上的施工任务更多了，李杰的工作也更忙了。

很多人认为项目书记就是管管后勤、抓抓拆迁，与工程建设的核心任务关系不大；而李杰认为，项目书记的真正职责应该是发挥党组织的核心作用和党员干部的引领作用，做好政治思想工作，抓好队伍管理，以组织优势、思想优势为工程建设顺利推进提供保障。由于这是中国第一例采用“工厂法”预制超级沉管，体量世界第一，设计使用寿命 120 年，施工难度特别高。足尺模型浇筑试验和沉管预制初期，工人们也是第一次接触，施工流程不熟悉，进度非常缓慢，施工中经常出现返工现象。为保证质量，加快进度，项目总部要求全面推行“6S”管理，李杰抓住这一时机，首先组织管理人员到丰田汽车厂学习，请老师给讲课，让大家知道什么是“6S”管理，怎样才能做好？怎么样把现代工厂的管理方法移植到工地。当时工区有 800 多名工人，很多工人都来自农村，根本不知道现代工厂是怎么管理的，也不按照规范执行，工具、材料到处摆放，烟头遍地……李杰认识到，抓“6S”管理就要先抓好班组长，抓好班组就是要开好班前会。6 年沉管预制过程中，工区始终坚持班前会制度。每天上班前，用两三分钟的时间由班组长讲解当天作业的关键点、安全点、质量点。大家开始也不接受，很多时候都是敷衍、应付，有领导在就开，没有领导在就不开，或者就是集个合，做个样子。李杰每天在工人上班前来到工地，先检查一遍，看生产进行到什么程度了，有什么安全隐患，还有哪些可以改进的措施，参加班前会就知道班组长是不是真的讲到位了。他还强制要求，开会要拍照片，会议要有记录，每天发给 HSE 部汇总。每周不定期检查，每月评比，每季度表彰。几年下来，光班前会的会议记录就堆了有好几大柜子。这个制度取得了很好的效果，单节沉管管节的预制周期从半个多月缩短到 8 天半，生产的所有沉管都经受住了 40 多米深水的考验，沉管预制的质量、工效有了很大的提高，整个预制期间没有出现一次安全事故；这个制度也在二航局的各项目中得到了普遍推行。

工区还开展“优秀员工评选”和“优秀班组”活动，每月获评的优秀员工和优秀班组可以分别获得500元、3000元的奖金。这个活动一开展，大家的爱岗敬业意识大大加强，班组之间形成了你追我赶的良性竞争态势。很多员工说，我们不是为了几百元钱竞争，我们是为了荣誉而战。

正是看到了二航局善打硬仗，总部又把小构件预制、管内安装等项目都交给了Ⅲ一工区。

“百日停工” 一人没走

2014年底至2015年初，E15沉管管节安装连续遭遇泥沙回淤和边坡滑塌受阻，沉管预制也不得不暂停，预制厂浅坞、深坞内都挤满了预制好的沉管，工人们无事可做，所有人的心情都跌落到了谷底。连续100天的停工，工区领导承受着巨大的压力。800多名工人，停工的时间长，又正值春节期间，队伍人心浮动，很多人都想离开。这是中国唯一一批有着巨型沉管生产经验的熟练工人，无论如何都要留住，林鸣总经理一再要求“一个人也不能走”。为了对上号，他要求工区给每个工人拍照，复工时要一个一个对着照片核对。

如何把几百号人留在这个荒岛上，成了李杰和班子成员绞尽脑汁的事情。他们组织民工利用工余时间学习，做好设备保养，开展技能比武，组织环岛竞走、篮球赛、足球赛等。当时临近春节，工区特意到岛下养猪场买了几头猪，杀好后分给每个队伍；食堂做的重庆香肠，做好后他专门送到员工宿舍。每逢过年、过节，工区都要给员工家属寄贺卡，给每个民工拍好照片，亲手写上祝福语，直接寄到员工老家，让家乡父老、亲人了解员工工作。一个小小的举动，却给无法回家过年的民工带去了贴心的温暖。李杰还在员工宿舍挂上了八个大字：“爱岗敬业，情系二航。”林鸣总经理看了开玩笑问他，为啥不是“情系岛隧”？之后不久，“爱岗敬业，情系岛隧”的标语贴满了岛隧工程各个工地。

E15沉管管节泥沙回淤难题被攻克后，沉管安装一帆风顺，沉管预制的速度也越来越快，越来越好。这都要归功于当时工区想尽一切办法留住了这批熟练工人，800 多名工人，一个没走！

围绕工程抓党建　抓好党建促工程

如何在工程建设中体现基层党组织的战斗堡垒作用，把施工生产与思想政治工作紧密结合起来，以扎实的党建工作推动日常生产经营，李杰颇有心得。

2014 年，西人工岛非通航孔桥刚刚开工，岛上生活环境极为艰苦。推开工人居住的板房门就是工地，岛上暗埋段正夜以继日地在建设，海上挤密砂桩正在紧张施工，每隔一分钟就会发出巨大的声响，每一分钟都感觉床在震动，根本无法入睡。在改善员工生活条件的同时，工区每周二还组织开展“我为岛隧添光彩大讲堂”活动，让每一名员工上台去讲述自己这几年在岛隧工程建设中的所见所闻、所思所想。这个活动持续了整整六年，贯穿了整个岛隧工程建设，在员工中起到了很好的凝聚作用。

2012 年沉管预制厂刚刚投产，李杰就敏感地意识到，加强效能监察，强化物资管理是降本增效的关键，特别是钢筋加工管理、油料管理、顶推滑板管理。工区随即组织了三个攻关组，分别由三名党员担任班组长。

钢筋加工、油料管理是项目成本消耗的大户，占了总成本的 50% 以上。李杰率领攻关组整合配置资源，梳理优化管理流程，从工作空间、人员配备、原料损耗、能耗产能、质量及工期等多方面入手，定制非标准尺寸钢筋，提升钢筋加工效率和油料利用效率；改善沉管顶推环境，降低顶推损耗，滑板实现增收节支效果。四年沉管预制期间，钢筋损耗率仅为 1.6%，比目标值 3% 降低了 1.4%，降低损耗 900 多万元；减少油料消耗 600 万元；完成一节沉管管节长距离顶推的滑板损耗从 100 多张降低至不到 10 张。油料管理班组获得中国交建效能监察先进单位荣誉。

以丰富多彩、贴近施工一线的活动替代空洞乏味的说教，以取得实际效果；围绕生产开展有明显效益的党建活动，让党建工作更加富有生命力。李杰这个毕业于西南财经大学、没有接受过专门的党建教育的书记，在港珠澳大桥岛隧工程建设中逐渐成长为一名优秀的党务工作者。七年中，Ⅲ一工区党支部先后获得“全国优秀基层党组织”“全国工人先锋号”“中交二航局优秀党支部”等荣誉称号，成为党建工作的标兵。

七年付出，七年奉献，有收获也有失去。李杰是岛隧工程所有工区中坚守时间最长的支部书记，这期间妻子离他而去，孩子得不到照顾，成绩滑坡很大，年老的父母难以照料……但是李杰无怨无悔。他说，港珠澳大桥建设的磨炼留给我的是永远的财富，党建工作与工程建设的紧密融合保证了我们人心未散，斗志未泯，铸就了一支真正的铁血团队。

李　阳：

这个工程影响了我的一生

李阳，港珠澳大桥岛隧工程Ⅲ一工区项目经理部设备部长、副经理，主要负责设备安装、调试与管理，及工区物料、机械保障与管理等工作。

2004 年从长沙理工大学毕业以后，李阳便进入中交二航局二公司工作，相继参与了苏通大桥、泰州长江大桥的建设。2010 年 12 月，作为最早加入港珠澳大桥岛隧工程的建设者之一，他第一次来到了广东珠海。在这里，坚持奋战了整整 9 个年头，并且完成了结婚生子两件人生大事。大桥建成通车时，女儿已经 5 岁了。

备战“沉管预制”

在沉管预制筹备阶段，李阳和同事们主要参与隧道沉管预制前期准备方案的讨论与编写。沉管预制要用到许多新的先进设备、装备和工艺，具有六年多施工现场设备管理经验的李阳很快找到了自己的用武之地。

当时，关于沉管预制厂建设、预制流水线工序、人员队伍搭建以及沉管预制技术、质量、安全把控等问题，有很多细节仍待优化调整和进一步试验与验证。李阳明白，唯有坚定信心，沉心静气方能突破世界级难题。每天他都与工区总工一起对施工工艺、设备方案进行反复比选、分析与论证，一些重要细节甚至需要上百次讨论。通过反复酝酿，最终形成了从沉管预制厂的建设到沉管预制的完备方案。“一年多时间，所有沉管预制设备顺利安装到位，实现安全‘零事故’、质量‘零缺陷’。这不得不说是一个奇迹。”李阳说，“这段时间我最大的收获，是从林总他们那里学习到了一丝不苟的工作方式、思维方法，以及他们身上所具有的认真细致、高度负责、永不服输、合力攻坚克难的精神，这让我终身受益。”

“如释重负”的笑容

2013 年上半年，沉管预制进入正常生产阶段，李阳分管Ⅲ一工区沉管预制的设备、材料，协调现场生产。正准备大展拳脚的他，却迎来了一场极其严峻的考验。

2013 年下半年，原材料供应市场风云突变，一是市场上指标符合规范要求的矿粉厂家突然断货，备选厂家的产品取样结果均不能满足规范要求；二是市场上能满足沉管预制需求的钢筋也供不应求，甚至出现断货。当时沉管预制已步入正轨，正处于如火如荼的抢工阶段，对钢筋、混凝土等各种原材料的需求巨大，一旦因材料断供导致港珠澳大桥工期延误，后果将不可想象。

“我是一个比较‘闷’的人，无论面临什么压力，也不愿意告诉他人，或者奢求别人帮忙，总是选择自己独自面对和承受。那段时间，我每天在寻找合格供应商和协调现场生产之间不停地来回奔波，平均每天接打电话都在 100 个以上，高峰期仅一上午就接打电话 70 多个。”回忆起当时的情形，李阳脸上依然带着凝重的表情。

时间在奔波中悄然过去，通过领导的帮助及李阳的不断努力，终于顺利通过了这项考验，沉管生产保持了正常。到了 2014 年上半年，原材料供应市场有了好转，李阳才有如释重负的感觉，一直悬着的心也踏实下来了。“那段时间，我经历了参加工作以来最大的一次考验。当时精神处于高度紧张状态，十分压抑，导致我情绪急躁易怒，惶恐中觉得四周的空气都能给我造成压力。现在回想起来，就像生了一场大病，身体和精神几乎到了崩溃的边缘。”

最对不住的人

李阳说：“八年间，我收获了成长，赢得了赞誉，但也留下一些遗憾。除了愧对家人，我更愧对一同坚守、奋战的同事们，尤其是沉管预制厂搅拌站站长阳盛荣。”

2012 年中的一天早班，正在紧张施工的阳盛荣突然告诉李阳，家里有急事，希望请假回家一趟。当时正处于沉管预制前期准备工作的最关键阶段，李阳认为，为了工程进度，任何事情都应放一放，从而委婉拒绝了阳盛荣的请求。

2013 年春节刚过，阳盛荣再次提出回去看看父亲的请假要求。过了几天，阳盛荣的父亲给李阳打来电话，恳求让阳盛荣回家一趟。李阳回答说：“现在工程节点时间紧、任务重，而阳盛荣又是我们的骨干成员，整个班组二三十人需要他负责管理，现在真的太忙了，走不开，能不能过一段时间再让他回去看您？”他父亲听后非常理解和支持。

然而几天过去，阳盛荣语带伤感地告诉李阳，他实在要回去了，父亲因突发脑溢血，永远离开了。听到这一噩耗，李阳心里一下子充满了难过和懊悔。他知道，从 2011 年到 2013 年，阳盛荣一直坚守工地，即使到春节也没能回家，为了工作，他实在付出太多。李阳二话没说，帮阳盛荣一起收拾好行囊，催促他即刻启程回家。

“每当我回想起这事，我的心里全是自责和歉意。自古忠孝难两全，但只有在真正经历过后，才明白忠孝二字背后的付出。”

难忘的瞬间

自此以后，李阳也学会了换位思考，更懂得了如何关爱身边人，珍惜工程建设中的每一份情感和每一种感动。在“6S”管理推行初期，大家不理解，有抵触情绪。李阳的管辖范围包括混凝土搅拌站、罐车和拖泵。由于整天与混凝土、水、尘打交道，承载的施工任务又重，推行“6S”管理的难度可想而知。经过一段时间的实施，“6S”管理效果明显：自 2011 年沉管预制厂建成到岛隧工程结束，李阳管理的这些设备依然状况良好、崭新如初，看不到有半点儿的残渣、污物。在日复一日的潜移默化中，一线工人已经把“6S”管理变成了一种工作习惯，并以实际行动贯彻执行。李阳欣慰地说：“虽然他们驾驶的是工程专用车辆，时刻与混凝土、尘土、飞沙打交道，但我们的工程车比市区的许多客车还要干净。看到他们思想意识、行为的改变，让我由衷地感动。”

2017 年 6 月 17 日，沉管最终接头基底注浆施工刚开始不久，总共 8 根泵管就堵了 4 根，天公也不作美，雨一直下，基底注浆工作即将陷入停滞。

李阳手下的五位员工主动请战，迎难而上，利用整平船上的吊机，一起挤在平常只能站两个人的吊笼里，悬吊在雨中，迎着风浪将堵塞的泵管逐一拆除、排堵并重新接通。他们全身上下已被海水、雨水、灰浆浸透，可直到注浆全部完成才重新上船。那一刻，在场的所有人都为这几位全身湿透了的“岛隧猛将”竖起了大拇指，李阳更是被这几位员工的“勇敢与冒险”所感动。

李阳说：“我很庆幸，路上有一帮好兄弟陪伴，与我共同面对冰刀雨剑。在岛隧工程九年间，令我感动、难忘的事情很多很多。有些故事，也许没有必要全部说出来，我只想把它永远地珍藏在自己的记忆中。”

唐赞清：

工地女孩的爱情与梦想

唐赞清，港珠澳大桥岛隧工程Ⅲ一工区项目档案员，主要负责工程建设中各项工程任务文件、资料和信息的归档与整理工作。

港珠澳大桥岛隧工程项目涉及水工、公路、建筑和其他多类专项工程领域，档案编制范围广、难度大。七年来，她有条不紊地收集、整理工程前期投标、设计、科研、施工、管理等方面资料，认真细致地处理每一份档案与文件，加班加点核实数据和内容，为工程留存宝贵、翔实的细节资料。

平凡的岗位，日复一日的普通工作。但正因为有了许许多多像她一样平凡而又认真，普通而又细致的员工，才能成就不普通、不平凡的伟大工程。

真情拦不住

得知唐赞清即将离开家乡远赴珠海工作的消息后，她的父母很是不舍。在父母看来，一个女孩子到工地上去工作，那是一千个不开心和一万个不愿意啊，但又拗不过她，只好任由她远走天涯。

来到岛隧工程以后，唐赞清基本上一年只能回一次家。虽然每年有五天的年假，但工区一直处于工程任务特别繁重、工期特别紧张的状况，过年期间也要值班，六七年里，春节、元旦、中秋等节日，她基本上都是在工地上度过的。

让唐赞清印象最深刻的莫过于2017年12月31日，港珠澳大桥主体工程竣工并具备全线通车条件。当天晚上，东人工岛、西人工岛的烟花点亮了伶仃洋的夜空，大家紧绷七年之久的神经终于舒缓下来了，终于可以带着轻松的心情踏上回家的路。单位特意和铁路公司联系，组织了一趟幸福列车，她和工区大部分人一样，都是坐着这趟动车回去过年的。

春节过后不久，一家人为她过生日。老爸将两本厚厚的相册递到了她的手中，对她说："这是送给你的生日礼物，有时间好好看看它！"唐赞清接过来打开，泪水瞬间夺眶而出。原来，相册里面收集的，是从2013年一直累积到现在，摘自《人民日报》、省市党媒，以及各机关报上关于港珠澳大桥工程建设的新闻报道、图片：有一两句话编写成的短讯，有几张图片展示的工程进展，有人物专访或纪实，也有篇幅很大的专题报道和航拍特写……父亲这种非常含蓄的举动，让这个坚强的女孩忍不住流下了无比激动和感恩的泪水。

唐赞清说："在岛隧工程建设的这几年里，我爸一直惦记着我，每次电话他都会重复着同样的一句话，'你在那边还能坚持吗？如果受不了那个苦，就回来吧！'今天，当我看到他用这种方式来表达对我一直的爱与关心时，激动不已。说实话，在这几年里所有参建者确实苦过、累过、煎熬过，但在我们心中却从来没有后悔过。"

工地爱情也浪漫

唐赞清在工地上收获了成长，也收获了爱情。谈起此事，她略带羞涩地说："参加岛隧工程建设的七年中，我虽然未曾经历过其他人那样轰轰烈烈的浪漫爱情，但我拥有了一份属于自己的情感邂逅。"

她说："我的先生叫苏怀平，与我都是四川广安人，又同在一个工区工作，他现在是工区的生产副经理。我是双鱼座的，性格上有点偏爱浪漫，他却偏偏是一位典型的理工男，一丝浪漫都不懂。"

当时，他们住在四面环海的牛头岛上，沉管预制厂内的办公楼、宿舍，被大家戏称为360度的海景房。向窗外望去，眼前是一片茫茫的大海。外海孤岛待的时间久了，便会觉得那里一年四季都只有一种颜色。最初的那段时间，唐赟清工作、生活相当单调，当得知工区里有一位四川广安的老乡时，彼此相见恨晚，简单几句家乡话便拉近了他们的距离。很快，他们就成了无话不说的知音了。每天下班后总会一起天南海北地聊上一会儿，聊多了，交流久了，了解透了，两颗孤独、漂泊的心自然而然地就在伶仃洋上擦出了火花，彼此都对对方有了好感和一种难舍难分的情愫。

2013年1月的一天，苏怀平离开唐赟清宿舍时鼓足勇气对她说："你买的那束玫瑰花能借我用一下吗？""你要拿它干什么用？喜欢你就拿走吧，我下次再买好了。"唐赟清不加思索地回答道。

第二天早上，小苏急切地给唐赟清打来了电话："沉管管节混凝土下午就要开始打了，这一打就是二十七八个小时不间断地连续作业。你中午吃完饭后到我宿舍来一趟，行吗？"

午饭后，小苏宿舍里，唐赟清看到他手里拿着一束很美的花——从自己那借来的那束玫瑰花，中间掺杂着不知道他什么时候从山上采来的百合花，"随后，他单膝跪地，对我说，'玫瑰和百合掺合在一起象征着幸福，象征着甜蜜的爱情，你能做我的女朋友吗？'那一次，我并没有马上答应。"

"一是我不想找工地上的，因为这样彼此都照顾不了双方的父母。另外，我对不懂浪漫的理工男并不是十分感兴趣。"那天下午，苏怀平带着一种非常复杂的心情投入了沉管混凝土浇筑作业中。29个小时的连续鏖战完成了，小苏又来到唐赟清宿舍。"我正在宿舍里面看书，二十多个小时没有休息的他满脸愁苦。聊了几句后，他从裤兜里掏出了一根现场绑扎钢筋用的钢丝，马上做了一个像戒指一样的东西，奇特而可爱。然后他对我说，'虽然它没有钻石晶莹剔透，也没金银珠宝有价，但它代表我的一片真心与真诚，请你答应做我的女朋友吧'！正是由于他的一片真诚，最终打动了我。"

就这样，唐赟清和苏怀平展开了一场平淡、纯真的工地爱情。没有花前月下的浪漫约会，他们相互交流工作经验、畅谈工作心得，相互鼓励、支持、体贴和关怀，最浪漫的事也莫过于累了、困了、心情不好时，对方给予的一声问候和宽慰。

2014 年 2 月 19 日，他们趁着十天的春节假期正式领证、结婚了。简单的婚宴、浓浓的祝福过后，他们蜜月都没有过，便双双踏上了沉管预制的火热征程。

把档案工作当孩子

超级工程就需要超级管理，港珠澳大桥岛隧工程档案管理同样需要高标准、严要求。开工伊始，项目总部便成立了档案工作领导小组，设置档案室，配备专职档案管理人员，建立了“总部全面统筹、工区为各自档案工作责任主体”的档案管理体系。

建设过程中，由于运用了很多新思维、新理念、新做法，使用了众多新工艺、新技术、新装备，在工程施工完成后，项目总部要求全面收集、整理工程前期投标、设计、科研、施工、管理等文字和影像资料；还要求对七年来中交集团直管超大型项目管理创新的做法和成果进行总结提炼，挖掘岛隧故事，塑造典型人物，整编文化案例，这些编研成果也作为项目文件归档。

唐赞清与同事细致地收集、整理每一份文件，详细到每一根钢筋的型号是什么，是从哪个厂家进的，用在什么地方，每一方混凝土用的材料，如水泥、粉煤灰、矿粉都是哪一批次的，它又是用在哪儿，以及各种材料的产品合格、厂家的资质，什么时候进场的……工区从开始入场到工程结束时的所有文件、文献资料，包括设计图纸、施工方案与日志、科研资料与 QC 成果、创新工法与技术交底，以及工程检测与验收等成套文件，累计达 2000 余卷。唐赞清一个人完成的各类档案就累计达 800 余卷。

唐赞清说：“从 2012 年到现在的近七年间，这些档案、资料都是我们亲手一点一滴地归纳、整理出来的。参与其中的人们都深知它来之不易。每一份档案都是大家倾尽精力、加班加点，不知熬过多少个日夜才完成的。这些成百上千卷的档案、资料都是经过一个漫长的累积过程才形成的，它就像是我的孩子一样。”

档案记载永恒。也许多年以后，当一切都成为历史，人们才会明白，她们今天的辛勤付出，对后人探寻港珠澳大桥的建设过程，有着多么重要的意义。

熊金萍：

女子撑起半边天

熊金萍，港珠澳大桥岛隧工程Ⅲ一工区项目经理部综合部副部长，主要负责人力资源管理、党务宣传、薪酬发放、培训讲座、后勤接待，以及人员调配信息统计与管理等工作。

从 1994 年参加工作以来，她就一直跟随着一个又一个工程漂泊在外，在后勤、总务、劳资等岗位上兢兢业业地工作。她是项目部少有的女性管理者之一，就像一株工地的“红玫瑰”，在每个项目中都特别引人注目。她性格开朗阳光，工作积极热忱，乐于帮助同事，主动利用业余时间加强业务学习。2014 年 7 月，她顺利地拿到了重庆工商大学人力资源管理专业大专学历毕业证书。

夫妻双赴港珠澳

2012 年 1 月，当熊金萍首次踏上牛头岛时，沉管预制厂前期工作已接近尾声，沉管预制已箭在弦上，但工作环境、施工条件依然艰苦。熊金萍说：“很多工作还未完全进入正常状态，现在已经想不起那时的具体情景了。我这个人粗活、细活都能干，哪里需要哪里搬，不论在什么样的工作环境中，我都能适应，并且很快融入。”

在进入港珠澳大桥岛隧工程项目之前，她先后参与过广东九江大桥、武汉白沙洲大桥、江苏润扬大桥、常州京沪制梁场、山西晋侯高速公路等10余个项目建设，始终在工程一线尽职尽责地工作，既干过钢筋工、油漆工、炊事员，也做过总务、人资管理等工作，只要工作需要，她都坚决服从安排，从不找借口，不谈条件，全身心地投入工程建设。

与她一起来到岛隧工程项目的，还有她的丈夫秦大兵。秦大兵是沉管预制厂一分厂砼运输班组长。在岛隧工程项目，他俩一干就是七年。七年间，他俩没有花前月下般的浪漫，谈论的都是工作上的事情。当对方遇到某些困难时，总是互相加油、鼓劲，相互安慰，信心满满地去迎接挑战，解决难题。

工程一线的大姐

在岛隧项目中，许多工程建设者都十分羡慕熊金萍、秦大兵夫妇，他们能天天见到自己心爱的人，了解自己的爱人每天在做什么。一句宽慰对方的话，一个眼神，或者为对方揉揉肩、捶捶背、说说心里话，一天的劳累就消失得无影无踪了。

发薪日是大家每个月最高兴的日子。对于熊金萍来说，这一天却是她最忙的时候，除了完成工区职工发放，还要监督合作单位，保证按月足额将劳动所得分发到每一个工人手中。

相处的时间久了，工区同事都称她为“熊姐”。有什么不开心的事，都爱与她聊聊，征求她的建议。熊金萍说：“我喜欢他们这样叫我，这会让我在漂泊的工程中有一种家庭的亲切感。我干工程已经23年了，是名副其实的工程一线大姐。经过这么多年的历练，我的性格变得‘很男人’，骨子里少了许多矫情，却多了几份勇敢与坚强。”

对家人的亏欠

熊金萍在平凡的岗位上始终充满着干劲，不断超越自我。她先后获得港珠澳大桥岛隧工程第四战役个人特等功、“建设功臣”等多项荣誉，她丈夫也同样赢得了项目总部、所在单位的多次表彰，他俩都是岛隧工程建设中的“先进个人”“建设功臣”。

然而，成功的背后，总有很多不为人所知的艰辛和付出。熊金萍夫妻俩结婚以后，他们的宝贝女儿就一直在老家生活，如今已经 18 岁了，可是女儿与他们俩待在一起的时间累加起来也不足一年。

女儿生下来一个月后，熊金萍刚坐完月子就回到了工地，把女儿留给家里的父母照顾。有时候为了赶工期，一年到头也回不了一趟家，每次回去还没等跟女儿熟起来，就又母女分离了。女儿的成长过程，熊金萍夫妻俩很少陪伴，女儿的学习更是无暇顾及，所有的一切都只好全部交给了父母。女儿逐渐长大，也不怎么搭理他们，不愿意与他们亲近，不喜欢叫爸爸、妈妈，看见他们还躲闪。有时候在工地上给女儿打电话，女儿也不愿意接，即便接了也说不上一两句话就把电话给挂了。上初中的时候，也许正处在青春叛逆期吧，在电话里女儿大声吼：“你们只顾上班、挣钱，把我生下来，就从没好好管过我、关心过我。”熊金萍努力地向她解释，想得到女儿的理解和原谅，可收效甚微，女儿反驳她：“你们俩总说爱我？疼我？那为什么不把我接到你们俩的身边去？”这一问，让熊金萍无言以对。“也许待她长大后，才会明白我们的苦衷与无奈。”熊金萍夫妻俩加入岛隧工程的时候，女儿刚上小学五年级，转眼间，已经念高三了。

熊金萍说：“在工作上我没有留下任何遗憾，唯一的遗憾就是对父母、女儿的亏欠。如果有机会让我重新选择职业，我依然会选择干工程，因为建设成的每一个工程都是摸得着的，实实在在的。我们也一定捎上自己的宝贝女儿一同在工地。”2018 年 2 月，岛隧工程顺利完工，而她已经在外整整漂泊了 23 年。

张文森：

孤岛奋进的开拓者

张文森，2005 年毕业于长沙理工大学港口航道与海岸工程专业，中交港珠澳大桥岛隧工程Ⅲ工区二分区（简称Ⅲ二工区）项目经理部总工程师兼副经理。

2011 年 7 月，在沉管预制厂基础设施建设最紧张、最困难的时期，作为第一批进驻的开拓者，他带着热情和干劲，踏上荒无人烟的牛头岛，迈入了港珠澳大桥建设之路。

烈日下的孤岛鏖战

刚到牛头岛时，面对建设工期紧张、所涉专业繁多、物资设备匮乏、材料运输困难等问题，张文森深感肩上的责任重大。为了更好更快地打造“超级工厂”，他和同事白天戴着安全帽，背着军用水壶，挎上装着钢卷尺、施工图纸和记录本的工具包，穿梭于工地各个角落与办公室之间，进行施工部署和安排。晚上研读图纸、编制方案和施工计划，加班至深夜，为第二天的工作做好准备。

岛上，赶工潮如 8 月珠江口的热浪般，一浪高过一浪。

面对繁重任务，他主动放弃休假，坚守在工地第一线，晚上有空闲时间才拿起电话和远在家乡的亲人聊聊天。一次，张文森乘船下岛开会，快抵达岸边时，看到珠海岸边城市灯光闪耀，他和同事开玩笑说“我已经 100 多天没下岛了”。

挑灯夜战，不辞辛苦，仅 14 个月时间，他和同事们就以不可思议的速度，完成了沉管预制厂建设这项艰巨的任务。看到荒无人烟的孤岛“变身”成为世界最先进的沉管预制工厂，他心里充满了深深的成就感与自豪感。

保证百年工程的质量

在紧张繁忙且不能有一丝松懈的沉管预制生产中，张文森却感觉收获很大，因为有这样好的机会让他接触到超级工程、学习先进工艺，还能在行业内精英前辈们的带领下学习，这是一种机遇，也是一种幸运。只有不断总结与思考，人才能进步。他还记得沉管预制刚开工不久，林鸣无论工作再忙，仍经常到预制厂内检查工作，询问他们是否遇到难题和有无解决方案。对于现场的管理，哪怕是一个掉落的烟头，一根松动的扎丝，他都观察入微，给张文森留下了深刻的印象。

有一次，林鸣在检查过程中发现，管节端头边角部位的钢筋绑扎松动，并且有脱落的螺丝掉落在钢筋笼内，在场人员都没发现。他把张文森叫到身边，走到钢筋笼边上，亲自将螺丝取出，语重心长地说：“细节决定成败。哪怕是一根不起眼的扎丝，都要精益求精。”这件看似很小的事，却让张文森深深地感叹细节的重要性，大家都以林鸣这种精益求精的精神去要求自己，认真做好每一件事。

作为项目总工，为保证百年工程的管节预制质量，张文森经常在现场带领着工区管理人员和一线工人一起开展头脑风暴，解决各种“疑难杂症”。为了优化钢筋布置，他多次与设计单位沟通，制作动画、图纸等和工人开会详细交底；为了寻找影响混凝土振捣施工的“障碍”，他钻进钢筋笼对止水带安装、混凝土振捣和后期注浆等一系列关键工序进行跟踪并采集关键数据。针对一个问题，常态化的做法是反复地讨论，否决不合适的方案；再分析和调研，构思出最优的解决方案。

“120 年的使用寿命”，张文森说，满足于工程合格是远远不够的，只有精益求精、不断向“零缺陷”的标准挑战和迈进，才能做出一流质量的产品。

临危不惧大无畏精神

六年的沉管预制经历，有次抢险让张文森印象最为深刻。

2014 年 9 月 16 日凌晨，超强台风“海鸥”夹杂着暴雨呼啸而来，寄存沉管的深坞内掀起 1 米多高的涌浪，重重地拍打着沉管。张文森突然接到值班人员电话：受风浪的剧烈吹袭，靠近坞门的 E14 沉管管节剧烈晃动，系泊的缆绳被硬生生地扯断，沉管处于自由漂移状态，随时可能撞向旁边的 E15 沉管管节，两节管节一旦相撞，后果将不堪设想。

情况十分危急，接到电话后张文森迅速组织设备部的同事赶赴现场。由于深坞内风大浪急，缆绳交错，靠锚艇重新带缆已不可能，而浮排也被吹得不见踪影。刻不容缓，他果断带头穿上救生衣，带着缆系牵引绳扎进海水，奋不顾身地向着 E14 沉管管节的缆桩游去。坞内当时灯光较暗，且暗涌较大，可无论是管理人员还是普通工人，当时都没有丝毫的顾虑，迅速穿上救生衣立即下水。虽然只有短短 30 多米的水面距离，但由于波浪较大，整个游进的过程显得异常漫长。最终，大家安全游到管节顶部，重新系缆后，他才暗暗松了口气。

纵然风雨交加，大家衣服从内到外全身湿透，冰冷的雨衣附在身上，但心中并未感到丝毫寒意。看着大家顶着白天辛苦工作的疲乏与劳累，以强烈的责任之心撑起已经疲惫的身躯，他已然分不清眼中的是泪水还是雨水。

这就是英雄团队，不计较个人得失，冒着生命危险排除险情。这种大无畏精神，让他心灵受到极大震撼，内心也充满了无尽的感激与感动。

朱琳琳：

海上“全能型书记”

港珠澳大桥岛隧工程Ⅳ工区有这样一位“建设功臣”：疏浚工程测量、施工管理、质量管理、商务管理、结算样样精通，竣工档案编制与归档、党务工作样样在行；个头不高，却敦实有力，言语不多，却透着一股坚毅和沉着。他就是项目党总支书记兼副经理朱琳琳。

朱琳琳，1983 年生于江苏淮安，2007 年毕业于河海大学测绘工程专业。工作之初，主要从事特大型跨江大桥建设，负责全桥施工放样、控制点布设等工作；2008 年 6 月，加入中交广州航道局有限公司，从事水工工程建设，相继参与了内河航道整治、码头基槽开挖、航道疏浚、海底隧道基槽开挖、航标安装等工程建设及项目管理工作。2016 年 5 月底开始，他又肩负起项目党建工作。

不给岛隧工程“撂挑子”

在港珠澳大桥岛隧工程，朱琳琳一干就是八年，工作包括综合履约、航标工程、项目党建三大方面。事多事杂，他从未诉过一次苦，喊过一声累，总是任劳任怨。

按正常工作量计算，仅项目履约管理这一块就足够他忙活了。履约管理包括多方面的事务：一是要负责建立及维护项目管理制度；跟踪工程相关方、相关管理部门的要求反馈和落实情况；与相关部门及时沟通，协调工程顺利实施。二是监督项目对内、对外报表及报告填报、分析、跟踪与管理，建立相关报表、工作报告、会议纪要模板；落实项目信息管理工作，建立与维护项目内外信息沟通平台，确保项目信息准确及时，顺畅传递。三是代表项目部与海洋系统、珠江口片区海事系统及中华白海豚保护区管理局做好沟通与协调工作，办理与跟踪各类施工手续。也正因他工作细心、责任心强，从工程开工至项目结束近八年时间，负责的工作从未发生因无施工证件或施工证件过期而延误工程的情况，确保了工程顺利推进。

朱琳琳的另一项任务是项目管理。在Ⅳ工区，他分管港珠澳大桥主体工程水上航标工程、桥梁固定助航标志工程的施工与维护，独立负责这两个配套项目的日常管理工作。

做管理的人常说，最难做的管理是人的管理，尤其是人的思想工作，朱琳琳深有体会。2016 年 5 月，他任Ⅳ工区党支部书记，肩负起党建和团队建设工作。“我们是一个特别年轻的团队，平均年龄 28 岁左右，很多员工都个性鲜明，工作压力又大，团队建设工作开展非常困难。”工程建设跨度长达八年，一些年轻人顶不住压力，沉不住心气，半路离开了。“风雨之后往往会有彩虹，我们把人生中最美好的时光献给了港珠澳大桥，也收获了人生中至珍至贵的经历。”朱琳琳说话的时候显得云淡风轻，那种阅历深厚的洒脱与坚毅跃然脸上。

“年轻人都有‘会当凌绝顶，一览众山小’的豪情壮志，却很难能做到‘仰望星空、脚踏实地’的实干。”朱琳琳说，协调好这帮年轻人不容易，他们每个人身上都充满了创造力，充满了无限可能，只有心往一处想，力往一处使，才能出色地完成工程任务，否则就是一盘散沙，一个风浪过来就瓦解了。在团队建设中，朱琳琳积极营造浓厚的学习氛围，注重培养员工的团结协作意识，不断加强思想道德建设，为团队“筑家”。他不仅“一碗水端平”，而且将“公平”上升到制度层面，“约法三章”使团队众志成城，打造出铁血团队。

在财务、审计等方面，他也潜心研究，硬从一个门外汉变成了半个内行人。每天面对许许多多的事情。朱琳琳也坦承："事多易出错，错了就是过。其间我也曾经有过离职走人的念头，但是作为一名共产党员，我不能给国家重点工程撂挑子！"

从容看待人生得与失

朱琳琳做事始终奉行三个原则：一是责任心要强；二是用自己的良心去做事；三是做任何事情一定要过得了自己这一关。

他为此付出了很多。本来就很少有机会能够休假，他又往往把机会留给同事：从 2011 年底到 2018 年，八个春节只在家里过了两个。这仅有的两个春节，还有一次在家只待了一天就马上折返回来了。朱琳琳说，那是 2015 年春节，刚回到家就接到领导电话，告知大年初六 E15 沉管管节要第二次安装，安装前一天必须赶回到营地。初四才值完班回家，初五马上赶了回来。遗憾的是，第二次安装依然未能成功。这一年的春节，工区很多人都未回家团聚，自愿留下来，查找失败原因，参与技术论证，编写解决方案，做好典型施工。

他说："这八年，我最对不起的就是我的家人。为了这项世纪工程，很少与他们相聚，欣慰的是他们都非常理解和支持我。"打开荣誉夹，里面满满的全是奖状、奖章和荣誉证书：港珠澳大桥建设"建设功臣""优秀员工""优秀建设者""质量标兵""先进个人""立功个人""优秀共产党员""优秀党务工作者"，等等，多达数十个。特别是 2018 年 1 月，他被项目总部授予港珠澳大桥岛隧工程"七年建设功臣"荣誉；同年 4 月获得中国交建"港珠澳大桥建设功臣"殊荣。

他还参与了多个课题研究，获得了多项荣誉：《探索海底天然气管道附近水域疏浚施工工艺与管理》QC 活动被中国施工企业管理协会评为"全国工程建设优秀质量管理小组二等奖"；《提高港珠澳大桥海底隧道基槽边坡开挖精度》QC 活动被中国交通企业管理协会评为"交通行业优秀质量管理小组"，同时被中国质量协会、中华全国总工会、中华全国妇女联合会、中国科学技术协会共同授予"2012 年全国优秀质量管理小组"；《深水清淤关键技术与设备研发》课题研究被中国水运建设行业协会授予科技进步一等奖。在工程建设期间，他还通过自己的努力，顺利完成了华南理工大学硕士学位研究生学业。

陈松波：

尽享人生的另一道风景

“有幸参与岛隧工程建设，我倍感自豪。七年里，我珍惜机遇，努力工作，与同事们一起攻克很多难题，渡过了一个又一个施工难关。建设过程有艰辛，有苦恼，有风险，更有快乐！”港珠澳大桥通车一个月后，简述起8年建设经历，陈松波如是说。

人生因探索而快乐

参与超级工程建设是每个工程师梦寐以求的机遇，通过重重困难的磨炼，练就面对重大困难时的坚持、决心和求新精神，积累宝贵的技术能力与管理经验，这个求索过程艰辛曲折，也充满了快乐，是工程师人生的另一道风景。

作为Ⅳ工区副经理，陈松波主要负责生产组织、现场协调、船机保障、管线管理等方面工作。

投身于岛隧工程建设，陈松波深切体会到国家工程的体制优势和支持力度。他告诉记者：科技创新是克服工程难题的驱动力，高度的责任意识和严控管理是工程实施成功的关键因素，管理体系和责任落实是施工安全的重要支柱，精细化管理、设备精良和保障、文明施工常态化是工程管理的基石，管理团队的核心力、和谐合作、创新精神是工程顺利实施的有力保障，有了这些，才有了今天的港珠澳大桥。

沉管基床清淤施工是陈松波主要负责的工作，进度和安全是他和团队时刻面临的最大压力。清淤须按照沉管安装窗口倒排工期，时间早了不行，会因清淤维护或再次回淤增大施工成本；时间晚了更不行，进度滞后将直接影响沉管安装。33 节沉管管节基床清淤，就是 33 场攻坚战，每一次清淤都是心灵的煎熬和胆识的历练，每一次清淤都是安全与施工进度的平衡，每一次清淤都是施工技术与经验的高度融合。每个人都承受着施工进度和安全保障的双重压力。

在陈松波的记忆中，最艰难、最难忘的是 E15 沉管管节基槽的清淤。2014 年 11 月，E15 沉管管节出坞安装，突然发生强回淤。为保证沉管安装质量，建设团队不得不停止安装，返航回坞，重新清淤。面对突发的骤淤，整个团队心里犹如堵了一道墙，刚刚顺利完成清淤的喜悦一瞬间被丧气所笼罩，一个难以接受的现实使大家的情绪跌落至谷底。

“困难再大，我们必须继续负重前行。当时工区领导班子二话没说，立即带领团队重拾信心继续战斗。”陈松波回忆道。

沉管基床已铺装了碎石垫层，在已铺装完的碎石垫层上清淤很困难。清淤时需将表层的回淤质土和被淤泥侵蚀的碎石基床一起清除，而且由于前期没有相关施工经验，无法预测能不能成功、什么时候可以完成。

工区立即调度“捷龙”轮清淤专用船进入回淤区域，陈松波一直驻守在清淤船上，与船员、技术人员不厌其烦地讲解清淤方案，反复测试不同参数的施工效率和清淤效果，船长和政委主动当班，建言献策，提高施工效率。

“工区上下全员自觉参与，群策群力，那种艰苦卓绝和拼搏苦干的精神是不在其中的人无法体会的。”连续几天昼夜不间断的试验，陈松波虽然累得难以支撑，但还是咬牙坚持着。

船舶操纵精益求精

根据当时的情况，工区提出了采用大型耙吸船清淤的构想，以求提高清淤效率，缩短准备时间，这一构想得到公司领导和项目总部的肯定和支持。工区和施工船舶经过几次施工技术交流和研究，共同编制完成了大型耙吸船基槽回淤清淤专项施工方案和 HSE 专项方案，多次召开专题讨论会和专家咨询会，方案获得了通过。

陈松波立即进行施工技术交底、安全施工交底和现场培训，调度大型耙吸船“浚海 5”进入 E15 沉管管节基槽，进行清淤准备。为保证已水下安装的 E14 沉管管节安全，他和软件开发商一起，对施工导航监控系统进行技术改进，开发了可警示功能视窗，提升了系统安全监控能力。

按照清淤方案，先清理基槽两侧边坡回淤物，再清理基槽内回淤物和表层碎石；先对平行基槽轴线施工，大幅提高清淤效率，再进行垂直基槽轴线补漏清淤，达到清淤全覆盖。

陈松波带着工程、测量人员在施工导航监控系统上预置危险警戒线，绘制闪烁灯浮时刻，提醒驾驶员不可逾越安全红线。这个软件修编的小创新极大提高了船舶驾驶的安全识别能力，更能直观识别警示标志，有效降低了施工安全风险。

E14 沉管管节犹如卧在海底的“水下地雷”，容不得清淤船耙具的一丝触碰，陈松波不敢懈怠。根据潮水变化情况，安排“浚海 5”耙吸船自警戒区东侧向危险区逐步推进，在平潮时段清理 E14 沉管管节末端警戒距离范围淤泥和表层碎石，以减轻船舶操控人员的安全压力。

“身临其境，才能切身体会在‘水下地雷’的高压环境下施工的安全压力。”回忆起那段刀尖上跳舞的艰难历程，跑了 20 多年疏浚船的“捷龙”轮船长黄相阳还心有余悸，“松波和我每天都是胆战心惊”。

由于一直紧临危险区施工，又要依潮水变化调整施工安排，大家的作息时间变得十分错乱。为了及时解决问题，陈松波一直住在轮机舱，随时与施工人员进行沟通和技术交流，解决施工中出现的问题，选派技术过硬、心理素质强的人员进行危险区清淤，最大限度保障施工安全。

陈松波说，因为潮流流向、流速以及风向的不确定性，船舶精准操控非常困难。为减少虚挖损耗和保障下耙定位的准确度，还需时刻把持住船位，保持与 E14 沉管管节末端有一定的安全距离，驾驶员和挖长必须一直保持精力高度集中。当班下来，每个人的疲累都写在脸上。

谈及一同并肩战斗了七年的同事们，陈松波深为感慨。他说，正是有了这支敢打敢拼、技术过硬的团队，才完成了“海底绣花”般的深海清淤，为世界性沉管隧道工程建设添上了光辉的一笔……

成益品：

一颗勇往直前的初心

明知前方荆棘满布，还要选择勇往直前，这是成益品的决定。

作为港珠澳大桥岛隧工程V工区测量队队长，他所负责的沉管安装控制测量、贯通测量工作，其难度使很多工程人员都望而却步。开始的时候他也不例外，但他在工作中不断地汲取国内外的先进经验，创新测绘计算方法，最终实现了6.7公里海底隧道的精准测量，为沉管隧道顺利贯通提供了坚实的保障。而这一切，都是他不断向前、持续拼搏的结果。

曾经也想知难而退

成益品自己也没想到，刚到港珠澳大桥岛隧工程的第二天，工区领导就带着他上船了。

当时，除了桂山沉管预制厂正在紧张建设外，只有西人工岛在茫茫大海中施工。“8月1号，我去到现场，天气非常热，我们穿的还是长袖。看着现场什么参照物都没有，没有参照物怎么测量？我一下子就傻眼了，想着还是回去吧。”临来前，成益品在脑海里想象着应该怎么去测量，可来了一看，茫茫大海，四顾无边，远程宽海域测量的技术难度远非陆地测量可比，国内基本没有接触过，当时他心中曾萌生过一丝退意。

但成益品不是一个轻易服输的人，既然来了，就一定要做好。于是成益品坚持了下来，开始跟着团队做技术攻关。港珠澳大桥海底隧道的质量标准特别高，现有的测量手段根本达不到设计要求，当时项目也请了国内测绘科研水平最高的武汉大学专家团队来帮他们做策划，前期做了很多试验，然而基本都失败了。

成益品知道领导叫他来的想法，让他在这么关键的岗位上，是因为自己有多年的工作经验。“我主要负责沉管隧道的线形控制，东人工岛、西人工岛的隧道最后能不能成功对接，和我的工作有着最直接的关系。”一想到这里，成益品压力就更大了。想想看，任务重大，而试验还总是失败，团队的每一个人尤其是直接责任人，都会感觉到压力非常大。成益品也曾动摇过，认为自己胜任不了这么关键的岗位，便找到领导，想调换岗位。领导反复给他做思想工作，告诉他这不是你一个人的责任，后面还有一个强大的团队。成益品的心总算是安定了下来。

“后来一步一步走来，也算熬过来了，不断地总结学习。”成益品回忆说。

最终选择迎难而上

对成益品来说，整个施工过程中最难的就是沉管安装完之后，对沉管进行验证测量，专业上叫作贯通测量。沉管隧道对接是一个环环相扣的过程，最开始修建东人工岛、西人工岛，就是定好了隧道首尾的位置，从西向东安装沉管，从 E1 沉管管节一直到 E29 沉管管节；再从东向西安装沉管，从 E33 沉管管节一直到 E30 沉管管节，最后进行合龙对接。对接成功的关键就是线形不能偏移。沉管安装的时候是通过 BDS 或者 GPS 定位，但这仅仅是初步定位，精度达不到设计要求，最后还得由成益品他们进行实地测量复核，验证是否真正达到了设计要求的安装精度。

当时线形测量试验非常难，一做就是两三年。成益品从 2012 年 8 月份到任就开始做试验，做一次就要花几个月的时间，他们完完整整做了三次。第一次在珠海高栏港那边按照 1 ∶ 1 做的模拟试验，前前后后做了三个月。大家都没什么经验，只能自己摸索着干，很多方面做得不够细致，测量结果也不理想。第二次是在总结第一次失败教训的基础上开展的，结果比第一次好，符合了国家要求，但是依然没有达到港珠澳大桥要求的精度。第三次是被“逼”出来的。2015 年，建设团队开始研制最终接头方案，必须把贯通测量方案固定下来，如果不能固定下来，风险就太大了。6 月到 8 月份正是珠海最热的时候，人不干活都满头大汗，更别说干活了。为了保证第三次模拟试验万无一失，成益品吸收前两次失败的经验与教训，从前期线路规划到实地测试，再到外业观测，最后到施工现场具体实施全部亲力亲为，每个环节都制定详细的操作细则。白天要顶着大太阳在野外公路上往返穿越，晚上又要提防交通安全和蚊虫蛇的叮咬，起早贪黑每天的睡眠时间不足 6 个小时，并且一干就是小一百天。“最后我们真的做到了。”成益品自豪地说。

在隧道领域，测量控制网网形是个很新的领域，需要在大量试验基础上才能最终确定，其中的困难可想而知。由于沉管隧道有两个行车道，成益品就想，在两个车道上布置观测点，同时布设控制网，然后把两个车道的控制网联系起来。“这个方法以前不成熟不敢用。经过模拟试验和专家鉴定后，我们终于有信心有底气去使用。”最终，在成益品和团队的努力下，解决了线形偏差控制难题，自主研发了外海沉管隧道测量控制网网形。

而最让成益品兴奋的，莫过于“最后接头贯通之后，对接的偏差在西人工岛一侧是 2.6 毫米，在东人工岛一侧是 0.8 毫米。控制误差在正负 2 厘米之内”。

初心永不改

随着沉管隧道长度逐步延伸，成益品测量的次数也越来越多。每节沉管管节安装都要从隧道外向隧道内测很多次，最长一次是连续三周，每天晚上都在测量，必须把线形误差控制在设计范围之内。

由于严格的技术要求，补测是家常便饭。每天晚上数据测完，成益品拿回去一验算，发现不合格，第二天就要进行补测。每次贯通测量都要进入管内，由于管内洞外都在施工，机械特别多，遮挡得很厉害，管内空气很不好，在

180 米的沉管里面站着，可能都看不到对面的人，只能通过对讲机来交流，恶劣的环境让成益品苦不堪言："当时我领了一帮兄弟，十五六个人，几乎每个人身上都长了湿疹，我现在身上还有。里面湿度特别大，又闷，我们拿着湿度计测量，发现都爆表了。"

在这种情况下，根本测不准数据，因为测量仪器对环境条件的要求很高。没有其他办法，他们每次进去测量之前都得先通风，架起大风机把隧道里面的烟尘、湿气往外吹。

每次测量时间比较长，对外界条件要求又特别高，隧道里面白天施工不停，根本没办法进行测量作业。成益品他们一般下午 6 点出来，准备一个小时，然后一直在隧道内测量到第二天早上六七点。回去休息一下，到下午又开始准备晚上的工作。"日夜颠倒，刚开始熬夜很难受，时间长了也就习惯了，每一个人都成了'夜猫子'。"

此生最难忘的时刻

谈及最难忘的时刻，成益品的思绪一下子拉回到当年 E1 沉管管节安装的日子。沉管安装的前几天，他的孩子刚在老家出生，这么重要的时刻，成益品当然是要陪伴在家人身边。不过，当港珠澳大桥岛隧工程需要他的时候，他义无反顾地立即回到了自己的岗位上："在家的时候领导给我打电话，说 E1 沉管管节准备安装了。我决定先回来，等沉管安装完成后再回家看孩子。"

"家人很支持我。"一谈到家庭，成益品眼中就充满了温柔，"2016 年过年的时候，妻子和孩子来过一次，总部组织家属到现场参观我们的工程。妻子觉得非常震撼，尤其到沉管预制厂，看到体积这么大的沉管，可以精确地把它们放到海里面觉得很不可思议"。

回首参加港珠澳大桥岛隧工程建设这些年，成益品除了专业技术方面提升不少，阅历也丰富许多，对这个工程有着难以言表的感情，正如他自己说的："这种感觉说不上来。如果还有一个港珠澳大桥，我依然会选择参与。"

岳远征：

追求卓越的海底跨越

岳远征，港航专业一级建造师，港珠澳大桥岛隧工程V工区总工。2011年1月，他被选调到港珠澳大桥岛隧工程项目，七年间，先后参与了这项超级工程的前期筹备，沉管安装技术攻关，以及沉管浮运、沉放和安装施工作业等全过程。尤其是在沉管安装施工中，作为安装队长的他，亲眼见证了中国第一条海底隧道沉管建设过程中的每一步艰难与曲折。

工程建设堪比“百团大战”

港珠澳大桥岛隧工程启动初期，施工难度最大、操作风险最大的沉管浮运、安装工作，岳远征所在的一航局二公司并没有参与，仍处于中交集团内部工程竞标未定阶段。除了一航局、二航局、四航局之间竞争激烈外，集团内的其他单位也都在磨刀霍霍，争夺沉管浮运、安装这一关键工序。

2011年1—7月，一航局二公司组织精兵强将在总部机关大楼进行技术攻关，天天开会研究，讨论技术方案。最后二公司提交给总部的技术资料汇编厚达700多页。

功夫不负有心人，最后二公司凭借完备、扎实、可靠的技术攻关团队在竞争中脱颖而出，顺利承接下了港珠澳大桥海底隧道沉管浮运、安装这项最为关键的工程任务。2011 年 8 月，中交港珠澳大桥岛隧工程项目沉管安装团队正式开始组建。岳远征跟随公司团队来到了广东珠海。他说："来到这边一看，完全是一种大集团式作战的阵势。中交集团带着旗下的各个局，各局带着各个主力公司，全都是行业内的技术精英和精兵强将。参与单位之多，建设队伍之庞大，堪比'百团大战'。"

新问题倒逼技术进步

七年建设期间，岳远征先后在项目部的工程部长、副经理、总工等岗位上历练成长，还担任了一个特殊的职务——沉管安装队长。他是一个喜欢"钻牛角尖"的人，无论是隧道基础整平、回填，还是沉管浮运、沉放、对接，都以"鸡蛋里挑骨头"的工作态度，为打造 120 年"滴水不漏"的精品工程而不懈努力奉献。

每次沉管安装时，他都在狭窄忙碌的沉管安装指挥舱内无数遍地来回走动，同步即时接收海流、波浪、海水密度、风速、风向等水文气象数据，掌握监测安装船吃水、缆力、端封门应力应变等参数，关注 GPS 稳定性和沉管水箱液位高度，并要在最短时间内对这些数据、参数进行专业分析、判断，为现场决策组提供沉管科学依据。岳远征善于自省和自我否定，每次沉管安装前，他都会静下心来、闭上眼睛，将整个安装流程在脑海里像放电影一样过一遍，在笔记本上做好详细记录；现场决策会上也总是"先思后讲"，言之有据。

对讲机不离手，数据及时记录在表格上，一遍一遍地仔细检查着沉管安装过程中的每一个小细节，这早已成为岳远征工作的一种常态。无论遇到什么难题，他都不形于色。这种内心的强大，是长期在实践中打磨而成的。早在首节沉管管节安装之前，岳远征就经历了近两年的闭关修炼。在那个痛苦的炼狱过程中，他和团队编制出沉管安装方案，埋头设计各种装备、仪器和监测系统，初步形成了外海沉管安装技术体系。沉管安装之前必不可少的浮运演练，韩国试拖了 10 次，日本试拖了 7 次，而岳远征他们只试验了 4 次就成功了。

迈出的每一步都让世界惊叹

沉管安装过程面对的层出不穷的挑战，远远超过了岳远征他们技术筹备时的预计。“但现在回想起来，当时的许多想法、创意都太简单、太肤浅了，实际操作比纸上谈兵难太多了。”他笑着说道。

在 E10 沉管管节的安装过程中，岳远征他们遭遇了一个极大的难题——对接精度出现了意想不到的偏差。这件事情可不得了，直接惊动了交通运输部，沉管安装全面停工，建设团队夜以继日地查找原因，经过 3 个多月的分析、计算、试验，查明了是由于深海深槽的海流紊乱所引发的。后来，他们联合国家海洋预报中心开发了沉管对接窗口保障系统，解决了这个难题。

岳远征想，除了这个措施，还有没有其他改进的地方？经对导向系统反复实地测量，并对相应数据展开核算、分析，发现导向杆误差对安装精度影响非常大。最后，他对导向系统进行了全面优化，大幅度提高了沉管定位精度。

每一节沉管管节的成功对接，都是面对艰难险阻时的一次重大突破，更是一次追求卓越至臻的谨慎实践。安装 E25 沉管管节时，林鸣总指挥提出了在最终接头安装时，两侧的 E29 沉管管节、E30 沉管管节要实现轴线“零”偏差、尾端扭角“零”偏差的“双零”目标。

E28 沉管管节也是港珠澳大桥沉管隧道中最后一个直线段管节，它的对接精度达到了毫米级，非常接近这一目标，这也让岳远征他们付出了无数的辛劳和汗水。他说：“大多数沉管对接，一个小时之内就可完成，但 E28 沉管管节却用了 3 个多小时；以往对接一般不超过 3 次，但 E28 沉管管节却反复对接了 20 多次。原本仅需不到 10 次的水下复核测量，在 E28 沉管管节对接时，潜水员们却进行了 100 余次的海底测量复核；最终换来了 3 毫米的对接精度。”

作为安装队长，岳远征坦承：“虽然随着沉管安装次数的增多，团队的沉管安装技术越来越熟练了，但我们每个人却变得越干越小心，越干越胆小了。因为我们清楚，沉管安装无小事，追求至臻的境界，更需要谨小慎微，必须时刻保持一丝不苟的工匠精神和永不松懈敢于担责的坚强之心。”

虽然经历了无数的曲折，但整个沉管安装过程还是有惊无险地在推进，沉管浮运、安装技术越来越成熟。从 2013 年 5 月到 2017 年 5 月，4 年时间，顺利完成了 33 节沉管管节浮运安装，完成了最终接头的对接与精调。虽然每一次都艰辛万分，但他们迈出的每一步都让世界惊叹不已。

杨幸星：

海洋预报见证青春成长

“对一般预报而言，准确率达到 70%—80% 就不得了了，有 20%—30% 的误差也属正常。但对港珠澳大桥岛隧工程的气候保障，这个误差值是不能被接受的。我们的预报精确率必须要做到‘零误差’。”海洋预报中心年轻的工程师杨幸星这样说。

杨幸星毕业于澳大利亚塔斯马尼亚大学，信息技术硕士，2011 年进入国家海洋环境预报中心工作，为大型工程进行精细化海洋预报信息系统研发，这还是第一次。

为岛隧工程保驾护航

港珠澳大桥岛隧工程还没有开工的时候，建设团队也想寻求外国公司的帮助。林鸣总指挥曾带着工程师到丹麦考察，想邀请具有此类工程保障经验的丹麦水利研究院为大桥提供海洋环境预报保障服务，一是因为报价大大超出了预算，二是因为海洋水文资料属于国家秘密，合作只有停止。

“难道中国就无人能完成这项任务？”回国后，林鸣经过多方了解，找到了国家海洋环境预报中心等几家单位，询问合作的可能性。

面对国家工程，国家海洋环境预报中心团队迎难而上，经过严格的招投标程序，承担起港珠澳大桥岛隧沉管对接气象窗口保障系统的研制任务。为此，预报中心成立了由经验丰富的预报科研人员组成的预报保障团队，中心领导亲自挂帅，总工程师全程现场指挥。

自 2015 年来到珠海，杨幸星直接投入紧张的工作中。第一次来项目的时候，他下了飞机没有休息片刻，就直奔观测船。他说："那个时候船上没水没饭，难熬得很。"更让他头疼的是，现阶段整理出来的观测数字根本没有任何规律可循，这可难坏了这位年轻的海归工程师。

面对棘手的情况，杨幸星根据施工图纸制作出沉管的仿真模型，结合沉管安装的所有工况和施工海域的海流特征，经过数千次的模拟计算，终于开发出沉管对接的数值模型。为了验证模型，他们又通过三次现场试验，进行了上千次的计算验证，终于取得了成功。

就这样，杨幸星和他的同事们从零开始，为港珠澳大桥沉管对接建立了高分辨率海洋环境预报保障系统。整个系统由观测、预报等 7 个分系统组成，其中，实时观测分系统在现有的海洋气象观测站的基础上，又增设了气象、海浪、海流等多个测点，建立了施工区域水文气象实时监测网。

"总算没辜负林总的期望。"杨幸星骄傲地说道，"让老外看看，我们完全有能力为国家工程建设保驾护航！"

海归青年百炼成钢

"服务保障港珠澳大桥建设的过程，也是预报保障团队不断解决问题的过程，许多科研成果都是被问题倒逼出来的。"王彰贵总工经常这样对杨幸星以及其他的年轻预报工作者说。

"这些工作从未干过，当时心理压力特别大，一点也没有把握。就好像小学生写完作文，等待老师批阅时的状态一样。但经过长时间的观测和分析，以及实践的检验，我想我的作文还算拿得出手啦！"这位海归青年由衷地感叹道。正是抱着这样的态度和决心，团队相继研制出了外海沉管浮运安装保障系统、深基槽沉管对接保障系统异常波预警系统、基槽泥沙精细化数值预报系统，取得了一系列新的科研成果，为更好地服务保障重大海洋工程建设奠定了技术基础。

没有更多的欢呼和庆功，对于追求“零失误”的建设团队来说，“成功”是正常的。但很多人并不知道，一次又一次的“零失误”背后，也有着预报保障团队无数个日夜的辛苦付出。为了寻找最佳的最终接头安装窗口期，预报中心进行了长期观测，建立了合龙口仿真系统，开展了大量的模拟计算，为最终接头顺利安装提供了科学依据。

“这个项目我参与不到 3 年，但却让我拥有了一份与众不同的报国情怀。没有豪气干云，不求功德圆满，只是带着严谨的科学态度和精益求精的工匠精神一直走下去。”说到这里，这位“85 后”的海洋预报工程师，眸子中闪烁着年轻人独有的那种无畏的光芒。

冯颖慧：

对工程美学的重新审视

在 2018 年 2 月 4 日举行的港珠澳大桥岛隧工程景观设计暨工程美学研讨会上，冯颖慧的发言引起了与会同行的关注："对于多专业领域、超大跨度集成的外海城市综合体工程，在设计过程中综合自然环境、使用功能、人文内涵，用最普通的材料、极简的元素、精湛的工艺，启发出人们从另一角度对工程美学的重新审视。"

这些平实的语言透露出的简单、纯真的美学追求，来自冯颖慧的学识和艺术素养，也来自她在港珠澳大桥岛隧工程中的设计实践。

2002 年，冯颖慧从广东工业大学建筑专业毕业来到四航院，参与、主持过南沙港，惠州港办公区，缅甸新仰光城规划和斯里兰卡运动城等多项重大工程设计。听说院里要接手港珠澳大桥人工岛岛上建筑设计，冯颖慧认为这是一个非常好的锻炼机会。但她哪里知道，自从 2014 年 4 月进入珠海港珠澳大桥岛隧工程中交联合体营地，说好只去一个月时间，这一去却待了整整 4 年。

挑战一直都在

岛上建筑及其附属设施囊括了20多个不同专业的协同合作，这都是冯颖慧需要协调的。“两个人工岛如同两个小城市一般，在海中央，任何的基础设施都不像大陆上那样，可以接入市政管网，孤岛上是没有任何设施的。”两个岛的机电设施、市政设施和隧道排洪设施等，都是要统筹设计的事情。“所以说，这两个人工岛是极具复杂性与集成性的外海综合交通体设施！”

冯颖慧承认，一开始把困难想简单了。毕竟过去如此高强度、长时间、大规模设计团队驻地设计在四航院并不常见。介入岛上建筑这个项目后，整个团队就开始了马不停蹄的设计，高峰时整个团队有六七十人。由于项目的特殊性，冯颖慧的团队不仅要设计图纸，还要考虑工期、造价、工程风险、施工难度，甚至在现场还要帮助和协助施工人员跟进各方面的施工工作。“岛上没有一寸施工场地，建材需要在岛内移来移去，并不像在城市，打个电话，把材料送过来就可以了。这个地方你要从船上运到岛边，还要设置临时堆放点，这就需要很精细的施工策划，先做哪块，再做哪块。”2015年11月，岛上建筑设计图纸完成，大家都觉得松了一口气。但是周边陆续发生的海滨自然灾害事件以及随着工程日渐深入，接踵而至的问题，让大家真正意识到这个工程的难度。项目领导和冯颖慧开始重新审视这个工程：对于这种海上建筑，如果按照常规的建筑设计经验和规范去考虑会不会有风险呢？项目总部专门委托了其他专家团队来对他们的图纸进行审阅及开展咨询工作，展开了数十项研究专题来讨论诸如隧道的防淹、应对外海高风压的对策、岛上设备运作的可靠性和各种建筑部位的耐腐蚀性等问题。

“幸好有这个举措，我们更新了很多原来考虑不周的内容。”冯颖慧说。到2016年11月份，图纸出了三版，40多个设计子项多达3000多张，完善了大部分的设计内容。

图纸虽然完成了，但外海施工的每个节点还有大量深化和协调完善工作，工作压力仍然没有像常规工程那样减轻，甚至比设计工作时期还大，需要晚上出具图纸，第二天立刻用于指导施工现场。

岛上建筑设计讲述着光阴的故事

各个专业之间互相交叉合成之后又产生了新的需要解决的问题。这也是为什么作为设计人员，施工早就开始了，他们却迟迟不能离开工地；施工结束了，他们却依旧是非常忙碌的状态。

“因为工程庞大，设计人员有跟进的时间和角度优势，了解很多工程上精细的地方，所以我们要发挥在 EPC 总承包内设计的优势。从项目管理、建材选择、对技术难题的灵活处理以及项目工程量、资金统计等优势，才能把这个无先例的海中项目推动起来。”

冯颖慧出生于广东本地，从小深受岭南文化熏陶，熟悉粤港澳本土艺术风格，对包括骑楼在内的南粤建筑元素研究颇深。她把这种中西文化合璧、现代与传统融汇的创作理念完好地体现于东人工岛、西人工岛的建筑造型上。今天，在碧海蓝天的衬映下，我们所看到的那刚劲、简明、隽秀、硬朗的白色建筑，正是冯颖慧团队的扛鼎之作。她坦承，在回归建筑本源设计的探索中，林鸣及四航院的前辈们给予了自己大量的教诲和帮助，透过对建筑材料、施工工艺、工程组织理解的逐渐深入，她简洁、实用的设计逐渐接近并最终达到了工程要求。2019 年 3 月，她因为在港珠澳大桥岛隧工程中的出色表现获得了中华全国总工会授予的“巾帼英雄”光荣称号。

跟随项目成长，经受重重历练，只要看过她亲手绘制的工程设计图和浮现在她脸上的自信神情，任何人都能感受到她对现代工程美学探索所呈现的那种“沉鱼醉日梦熏熏，物我两忘”的陶醉与自豪。

张宝兰：

牛头岛上的一颗明珠

港珠澳大桥建设的关键在于海底沉管隧道。沉管预制原材料的选择和检控、配合比设计、混凝土质量控制、沉管实体检测，不但是确保隧道120年使用寿命的重中之重，更是一项世界级的挑战，谁能把这块硬骨头啃下来？有着多年混凝土配比设计经验和数据积累的张宝兰，成为最佳人选。从2011年5月开始，她就担任港珠澳大桥沉管预制厂试验室主任。

这是张宝兰吃、住都在工地上的第一个项目。在近7年的时间里，她筹建队伍，在荒岛上建起了沉管试验室，以多年的科研底蕴带领团队研发了沉管高抗裂混凝土、清水混凝土、高流动性混凝土，完成了百万立方米混凝土的生产浇筑，与建设者一起创造了大体积混凝土沉管无裂缝的世界工程奇迹。

牛头岛上的一颗明珠

接受这个任务时，张宝兰已经46岁了。从一开始的不情愿，到之后的深深爱上；从一开始担心没有人跟着上岛干，到收获整个团队；从一开始的不善言辞，到现在的淡定从容……七年光景，改变的不仅仅是张宝兰的年龄，更是她的思维与心态。主持一个试验室，既要从“人、机、料、法、环、测”考虑技术稳定，又要从“吃、住、行”考虑队伍建设。建设伊始，已不年轻的她既要当指挥、当策划，还要当司机、当采购；既是领导，也是同事、家长、大姐；工作、生活，方方面面都必须考虑到，安排好。初到岛上时，还是一片荒凉，上百万的仪器设备怎么运送上岛也是个难题！她带着三个年轻人，经历了望着近在咫尺的码头却无法上岸，只有睡在甲板上的窘境；经历了为了解决员工住宿用的双人床因缺少螺丝必须派人坐船到珠海去采购的等待；经历了年轻人上岛没几天就辞职不干亟缺人手的困难。短短三个多月时间里，建起了一座“形象良好、设备一流、人员一流、管理一流”的沉管试验室，被林鸣总经理称为“牛头岛上的一颗明珠”。

最大的收获之一是收获了一个团队

试验室的工程师们平均年龄不到 25 岁，张宝兰一人就拉高了 1 岁多的平均年龄。就是这样一群年轻人，硬是配置出了“不开裂混凝土”配方，创造了沉管不裂、滴水不漏的奇迹。这一切，要从一次“乌龙”开始。

时隔数年，张宝兰还清楚记得，当年中交四航工程研究院领导交给她的任务，一是要把试验室任务承接下来，二是要给单位争取业绩！她想，试验室在珠海，到家也就 1 小时多点，可以照顾八十多岁的母亲和正在读初中的儿子。2011 年 5 月 3 号上午，林鸣指着宣传单上的牛头岛告诉她：“这就是沉管预制厂的地方。”她瞬间有些蒙圈，“啊！在这里”？

牛头岛是一座孤岛，距珠海还有 15 分钟车程和 1 小时船程，一旦错过班船，只能“望海兴叹”。年轻人都不愿意来，“快递要一个星期才到；如果遇到天气不好，十天半个月收不到都是常事。”

虽然是个“乌龙”，张宝兰还是接下了任务，心想做完第一、二节沉管管节，把程序理清楚，规定好动作，就可以撤出了。

刚去的时候，岛上正在开山劈石搞建设，没水，没电，没网络，没手机信号。“我上去找二分厂总工陈伟彬，看到他感觉和农民工没两样，”张宝兰笑着说，“他跟我说，已经三个月没有回家了！我根本不会想到，同样的事情也会发生在我的身上”。为了号召年轻人上岛工作，她想了不少办法，组织大家烧烤、唱歌，经常给他们讲大桥的重要意义和肩负的光荣使命，激发大家的自豪感：“中国十几亿人，能参与港珠澳大桥建设的也就2万人，比考大学还难。”在组建队伍的时候，她重点挑选有业余爱好、喜欢运动的人。“要让团队有一个共同爱好，凝聚大家的心，才能在一个孤岛上待得长久。”

经过一年多的筛选和培训，队伍基本稳定下来，主要技术骨干基本不再流动，这对确保试验沉管预制质量非常重要。张宝兰说：“几年时间，大家工作、吃饭都在一起，处得非常融洽。”她要求非常严格，做得不对的直接批评，指出问题，告诉正确做法，技术毫无保留。一个因家庭缘故要离开的同事，临走时依依不舍地说：“跟着您，学到了很多东西。”同事们从最初看到她躲着走，到后来主动接近她、关心她，她生病吃不下饭，姑娘们还主动给她熬粥。这些都是大家真诚相待培养出来的感情。

她说：“做港珠澳大桥最大的收获之一是收获了一个团队。”

荒岛上打出“不开裂”配方

在湛江港几个井盖下，埋藏着一个四航研究院的暴露试验站。张宝兰一毕业就来到这里工作，结下了近20年渊源。“从一开始放试验试块，到后面的测试和数据分析，80%是我经手的。”她将各种不同材料配置的混凝土试块放到水下、潮差、浪溅、大气等不同区域，模拟混凝土在海洋环境里的实际龄期。港珠澳大桥沉管耐久性设计的数据依据，也是从此获得。

近20年的潜心研究，水泥、粉煤灰、矿渣粉等多组分胶材体系暴露试验，近万个数据，为港珠澳大桥沉管混凝土配合比确定提供了极其重要的支撑。

港珠澳大桥沉管预制质量要求更高，外加剂更先进。张宝兰带领团队，分析沉管结构、尺寸和浇筑工艺，依托暴露试验的相关数据，完成了沉管混凝土的配合比设计，确定了耐久性参数、胶材比例和水胶比。这些还要通过反复的试验来验证。

铲砂石，称料，做配合比，倒混凝土，检测数据……张宝兰常说：“混凝土配合比不是算出来的，是打出来的”。做试验的过程非常辛苦，整天和水泥、沙子、石灰打交道，每天重复做同一件事情，团队的每一个人都像工人一样灰头土脸。仅仅一个月，四个壮小伙都因太过艰苦选择了辞职。

沉管尺寸庞大，预埋件众多，钢筋密集，采用全断面一次性浇筑，单次混凝土浇筑量约 3400 立方米，最大壁厚 1.5 米。混凝土控裂是世界难题，业界都认为大体积混凝土开裂是正常的。而张宝兰带着年轻队伍就要挑战这个世界难题。从室内试验到小尺寸试验，再到足尺模型试验，配合比试验从广州打到珠海、新会、牛头岛，经历了春夏秋冬二次浇筑工艺的变化，打坏了 5 台搅拌机，耗费 1700 多立方米混凝土，最终配置出“不开裂”的混凝土超级配方。

从试验室到搅拌站

超级配方有了，张宝兰松了一口气，心想，试验室建好了，队伍稳定了，配合比做出来了，剩下的就是按部就班地测试原材料性能、检测混凝土性能。而这时林鸣总经理却要她直接参与施工，承担混凝土生产质量控制的任务。这一下立马让她感到了巨大的压力——团队里没有一个人在搅拌站干过！

试验室和搅拌站是两回事。试验室每次试拌是 15 升或 20 升，搅拌站每次搅 3000 升，相当于放大了 200 倍；最大的区别是，室内所有原材料都为表干状态，而实际生产过程中，料堆从上到下砂石含水率都是变化的，要控制好混凝土性能，不仅要靠技术，还要靠经验。如果控制不好，在 40 多米深的海底，沉管渗漏怎么办？张宝兰找到林总汇报了自己的想法，说自己的队伍没有人干过搅拌站，没有办法确保搅拌站生产出的混凝土和试验室里配出的完全一样。

谈完没多久，张宝兰发现，原来在岛下生产的扭工字块和 18 个临时码头沉箱被调到岛上来预制了。她非常清楚林总的用意，是要让大家熟悉搅拌站的生产过程，掌握视觉、实测、搅拌机控制电流和坍落度之间的关系，掌握加冰量和混凝土出机温度之间的关系，在短时间内把队伍带起来！

在林总的全力支持下，沉管预制厂建立了“三岗位质量监督反馈、三级巡检、三会二齐”等管理制度。在沉管预制的 4 年多时间里，即使经受了气候变化、原材料性能波动、人员队伍变化等多种不利因素的考验，混凝土生产质量一直保持稳定：入模坍落度控制在 200 ± 20 毫米，入模温度控制在 26 摄氏度以下，为实现浇筑 100 万立方米混凝土不开裂打下了坚实的基础。

回忆起这段往事，张宝兰一再赞叹林总的英明决策："我们有扎实的理论基础，又有着丰富的实操经验，对原材料、配合比、混凝土生产的全过程进行控制，才保证了沉管预制质量。"

打出不开裂的沉管

2012 年 8 月 5 日，首节沉管管节就要正式"开打"。这么大体量全断面的混凝土浇筑，没有谁经历过，能不能确保过程中混凝土质量稳定？能不能满足施工需求？能不能做到不开裂？超级配方到底管不管用，还要在实践中去检验！

尽管浇筑时间已经确定，但张宝兰团队还有一个问题没有解决——混凝土的初凝时间是多长？在混凝土泵入模板之后，要进行振捣密实，必须在凝固硬化之前完成，不然混凝土会不够密实，导致抗渗性能、强度和耐久性达不到设计要求。一次性浇筑 3400 立方米混凝土，到底需要多长初凝时间，大家心里都没底。

4 日夜晚 9 点多，试验室团队还在到处求证，但都没有获得明确答案。开弓没有回头箭，当时只有一种缓凝剂，有可能因与水泥不适应而产生假凝现象。所谓假凝，就是混凝土像豆腐一样，无法固化，整节沉管就会报废，一千多万就会泡汤。张宝兰对团队成员李超说："你带人去加缓凝剂，一定要搅匀，同时取样进行同条件和标准条件测试，确保施工有 6 个小时时间，有什么问题我来承担。"

至此，混凝土浇筑准备工作一锤定音。

8 月 5 日，首节沉管管节如期"开打"，张宝兰从头到尾都在现场盯着，非常紧张。她说："混凝土的可泵性、流动性、浇筑振捣时间，都要及时掌握，要不断调整优化，确保匀质性始终如初。"

8 月 7 日，首节沉管管节浇筑成功。直到模板拆除，看见沉管均匀密实，没有一条裂缝，张宝兰才松了一口气。

2016 年 12 月 26 日，最后一节沉管管节浇筑成功，无数个不眠之夜的呕心沥血，终于创造出了浇筑百万立方米混凝土没有裂缝的奇迹，成就 33 节滴水不漏的 8 万吨沉管。

七年坚守，七年拼搏。张宝兰先后获得广东省五一巾帼奖章、五一劳动奖章和“南粤楷模”称号；中交集团授予她“港珠澳大桥建设功臣”、劳动模范等荣誉。在港珠澳大桥开通仪式的当天，作为100多家单位、2万多名建设者中20位代表之一，受到了习近平总书记的亲切接见。

张宝兰说：“作为一名工程师，能够将自己的科研成果应用到港珠澳大桥项目上，和建设者们一起创造了这个奇迹，感到无比骄傲和自豪！”

人生的遗憾

“从2011年到2017年，将近7年的时间，我错过了儿子的中考和高考。”聊起岛上这些年，张宝兰第一时间想起的不是创造的成功和奇迹，而是一个个错过与家人团聚的遗憾。

“有人问我儿子，想不想妈妈陪在身边？”张宝兰回忆起孩子第一次到岛上看望她的情景，“我儿子很轻松地说，以前会希望妈妈多陪陪，但现在我已经习惯了。”复述着孩子的话，这位牛头岛上的铁娘子，竟不由自主地红了眼圈。

七年里，张宝兰为大桥奉献了自己所有的精力和汗水，始终奋战在大桥建设一线，面对再多困难险阻，经历再多暴风骤雨，也从来不曾说过松懈和放弃。轻伤不下火线，这句话说得容易，做到却很难。她也和一个普通女人一样，需要关怀和爱护，家中老小也期待着她回家的身影。在别人眼里，她是一个雷厉风行的女中豪杰，可在她的内心深处，最希望的还是成为母亲孝顺的女儿，丈夫贤惠的妻子和儿子贴心的母亲。

有付出也有收获，有成功也有遗憾。聊到港珠澳大桥建设的感受，张宝兰说：“很开心这辈子遇到了港珠澳大桥项目，能够与中交集团的精英们为伍，是我人生之幸事。”

李元庆：

岛隧工程奠定人生轨迹

李元庆，中交港珠澳大桥岛隧工程项目总经理部计合部部长。参与工程8年多，他从一名青涩的基层商务谈判人员，成长为一个可以熟练掌管复杂工程合同契约的“内当家”。对于这份工作的体悟和总结，他说，岛隧工程奠定了我的人生轨迹。

事业机遇难求

来港珠澳大桥之前，李元庆已经在深圳盐田港三期码头工程、青岛海湾大桥等项目做过一段时间的合约管理。2010年10月，他从工区调入总部，一直干到了工程完工，现在还在忙着工程的竣工结算。计合部的工作不同于一般的内业管理，外人以为合约管理就是商务谈判、合同签订、资金管理等，其实不然。港珠澳大桥岛隧工程采用设计施工总承包模式建设，合同管理平台大，要求高，变更多。除了日常准确把控建设资金的使用，还要代表业主加强造价管理，对工程调概进行全过程的配合。

2014年底，工程资金不足的问题逐渐加剧，而此时E15沉管管节出现大面积回淤，施工陷入窘境。项目总部立即启动保险索赔程序，经过全部门人员几年来的努力，理赔工作才有条不紊推进。这些经历，对于李元庆来说，既是挑战，也是人生难得的经历。

一个背影影响了人生

2013年，李元庆准备把家人接到广州，一家人过几年安稳的日子。岛隧工程建设遥遥无期，李元庆萌生了返回原单位的想法。

百般思索之后，他决定鼓起勇气向总经理林鸣提出申请。他记得那天在办公楼里等了一天，直到晚上8点才见到林鸣。他陪同林鸣一路走回宿舍，林鸣听了他的想法后许久没有说话。李元庆不知道林鸣当时刚刚做完一个大手术，身体非常虚弱。临上楼时，林鸣转头对他说了一句话："这个工程是我们每一个人的事业，每个家庭都有每个家庭的困难，如果每个人都不能克服自己的困难，这个工程谁来完成？"

听了此话，李元庆一句话也说不出来，愣着站在那里。望着林鸣独自上楼的背影，他内心受到很大的触动：这个忘我建桥的工匠几十年来把个人荣辱抛在脑后，不计得失，不忘初心，执意前行。这难道不是我们年轻人学习的榜样吗？

从那以后，李元庆彻底抛弃了离开岛隧工程的念头。他的团队也没有一个人因为个人原因离开。2014年，他的儿子在岛隧工程建设中诞生，成为中交几十个"港珠澳大桥宝宝"中的一个。

扎根岛隧无怨无悔

李元庆说，合约管理最重要的是要有"公心"：一是对自己企业，要保有很高的忠实度；二是对下属单位的分配，要有一把尺子，要公正。

之前，他的工作对象主要是采购供应商和施工承包商，但是在岛隧工程，他要面对的是6个工区的兄弟单位。如何做到"亲兄弟，明算账"，是计合部工作的重要考量。在工作中，他严格按照领导的指示要求，对内部契约严管严控，支付有据，确保了工程合同的顺利履约。

他说，港珠澳大桥工程对他的锻炼是全面的，这里平台大、业务广、视野宽，不仅要懂得公路、水工工程的专业知识，还要学习房建、装修以及绿化等各方面的合约知识，知识点很多，许多工作都是开创性的。这些经验的取得将使他在今后从事的工程合约管理中受益匪浅。他不后悔留在这里，也相信这里是今后旅途的起点；他将不忘嘱托、不畏艰险、再次出发。

彭晓鹏：

世纪工程不可错过

彭晓鹏，中交港珠澳大桥岛隧工程项目总经理部物资设备部部长，参与了岛隧工程所有大型专用设备的研发、建造和使用管理工作。他在三十而立的人生阶段，主动请缨调往珠海，为打造伶仃洋上的明珠——港珠澳大桥增添力量。

为世纪工程主动请缨

2010 年底，彭晓鹏在得知港珠澳大桥项目后，心生动意，萌发去珠海的想法。时年 34 岁的他毅然申请工作调动。由于工期紧张，调令很快就下来了。

虽然满怀激情，但是港珠澳大桥岛隧工程物资设备部的工作还是给工作多年、经验丰富的彭晓鹏带来很大的挑战。以往工程项目物资设备部的主要责任是现场施工物资设备的管理和使用，物资设备由二级公司或三级公司采购。采用设计施工总承包模式的港珠澳大桥岛隧项目是前所未有的世纪工程，无参照、无对比，一般的物资设备无法满足施工建设，经常需要凭借一些设计概念去调研或寻找合适的建筑设备。

这要求物资设备部对全产业链进行沟通、调度，包括最开始的初步概念、配置参数形成、设备初步设计、设备建造、现场安装和试运行以及投入使用等环节，工作的烦琐与细碎难为外行人所能体会。

2014 年，彭晓鹏荣获“中央企业优秀共产党员”称号。对此，他低调地说，“虽然整个项目的物资设备配置达到了前所未有的高度，但是这并不是物设部的功劳，而是源于整个项目工程的需要，物设部只是负责把领导和设计人员的想法落地”。

难忘昨日沉管顶推艰辛

提及工程建设之艰辛，令彭晓鹏现在还印象深刻的是沉管顶推方案的选择。在前期投标的时候，该如何顶推管节重量达到 8 万吨的沉管并没有实际方案。中标后，项目部开始进行全球范围的方案调研。彭晓鹏带领物资设备部与世界各国的供应商、专家交流探讨，最后得出两种适用方案：集中顶推和分散顶推。厄勒海峡采用的是集中顶推。集中顶推操作较简单，但沉管受力不均；与之相反，采用分散顶推方式沉管受力均匀，但是实际操作困难。

项目部经反复研究衡量，决定采取分散顶推的方式。但是供应商起先认为，集中顶推更易实现，并不同意分散顶推的方式。经过再三磨合，国外供应商最终达成一致意向。七八年的物资设备采购和维保，彭晓鹏凭借并不熟练的英语与国际专家沟通，往来邮件累计多达两千余封。

类似情况在物资设备的管理中经常出现。2015 年初，E15 沉管管节两次安装不成功，项目员工面临巨大压力，士气低迷，更有人说，工程进行不下去了。E15 沉管管节装不下去的难题和关键在于沉管基床回淤。

林鸣提出了利用整平船进行水下清淤的想法，需要由上海振华重工完成对整平船清淤系统的改造。由于技术改造难度较大，振华重工提出了超预期的工期。彭晓鹏当天立即飞往南通，与振华重工的管理人员进行沟通、协商，当天又回到珠海，继续商谈后续问题……虽然 E15 沉管管节沉放过程迂回曲折、历时良久，但在这一事件之后，物资设备部也形成一种常规：能当天来回解决的问题绝不拖延到第二天。

人生的里程碑

不管是对中交集团，还是对参建的工程人员来说，港珠澳大桥都是一座里程碑，对彭晓鹏的人生来讲也不例外。他无限感慨地说："自己未来的人生阶段，很难再遇到这种世纪工程了，能够参与到工程物资设备的设计、建造和应用，是终生荣幸。"

最初得知彭晓鹏想去珠海，他爱人及家人并不十分赞同。当时彭晓鹏的女儿只有五岁，正处在升小学的关键时期，也是需要父亲帮助建立是非价值观念的时期。他爱人工作固定，无法实现珠海和武汉两边跑，更不要说上面还有需要照顾的高龄父母。但家人最终还是支持了他的决定，这中间的态度转变是因为想成全彭晓鹏，不让他留有遗憾。

港珠澳大桥建设的七年时光里，彭晓鹏也想过将女儿转学到珠海，但是终不成行。彭晓鹏有假就会回到武汉，看望爱妻幼女，缓解思念之情。他说，港珠澳大桥项目结束后一定会回归家庭，陪伴家人几年，弥补缺失后，才能开始其他远距离项目。

陈向阳：

铺就大国工程的“黄金时代”

陈向阳于2009年8月开始参与港珠澳大桥建设，担任中交港珠澳大桥岛隧工程项目总经理部党群工作部部长，主要负责项目党群工作开展、内外宣传统筹、企业文化建设、综合事务管理等。作为为数不多既参与珠澳口岸人工岛，又参与岛隧工程的建设者，他一直忙碌在党群和宣传工作一线，十年之间，见证和记录了港珠澳大桥工程建设的点点滴滴。

万丈高楼平地起，二十余年的不断积累、不断沉淀，让他厚积薄发，成为这座“世纪工程”的参建一员。近30年的工作历程让陈向阳在不同岗位得到了锻炼。他秉承着广东人“能吃苦、重实干、立潮头、冲一线”的精神，在岛隧工程“走钢丝”的七年建设期，以党建工作引领、强化了员工的使命担当；利用文化体系塑造，凝聚了强大合力；全方位立体宣传，展示了国之重器。岛隧工程项目成为“中交品牌的窗口、人才培养的基地、项目文化的标兵”。2019年3月份，港珠澳大桥岛隧工程项目总经理部被评为中国交建2018年宣传思想文化工作先进单位，陈向阳被评为先进个人、优秀党务工作者、优秀党务工作者标兵、百名“七年建设功臣”，这是对他多年付出的最好总结和认可。

迎来收官关键战役

2017年5月2日凌晨，珠海市以东29公里，中国香港大屿山以西5公里的伶仃洋，灯火通明，船只穿梭，月光下的海面泛着碎银般的微波。历经6年多时间建设的岛隧工程，将迎来收官关键战役——被誉为“深海穿针”的最终接头安装对接。40多家媒体的上百名记者分别登上指挥船、起重船及现场交通船，用镜头和文字记载着这历史性的一刻。天上无人机来回盘旋、船上摄像机左右转动。一个头戴白色安全帽，身穿灰白色工装右臂特别绣上五星红旗、脖子上挂着尼康相机的身影来回穿梭在指挥船上各个角落，时而交替接打着手中的两部电话，协调记者们的拍摄安排，时而用相机记录工程进度和人物动态。

像这样，不管严寒酷暑，配合媒体到人工岛、预制厂、沉管安装施工现场拍摄的工作他已经习以为常。每次沉管安装的宣传拍摄更是一个系统性的工程，要对接媒体，要记录每一道工序、每一个操作、每一个细节，作为部门负责人的陈向阳则担起了这份工作的全方位统筹和协调安排。33节沉管管节和最终接头安装，他一次也没落下，人手不足时还要亲自上阵，拿着相机争取多角度记录施工的每一个瞬间。

特别是最终接头安装期间，在确定了窗口期后，陈向阳就带领着部门人员开始策划邀请媒体、制作指南、安排拍摄等事宜，后期保障的各项工作也千头万绪。“那段时间几乎没怎么睡觉，晚上加班是常态，半夜手机也经常响个不停。”家虽然在广州，与珠海仅百公里的距离，但在岛隧工程施工的关键之年——2017年，陈向阳回去的次数少之又少。“工作都是紧锣密鼓、马不停蹄的，沉管一节一节地装，工程一天没建好，脚步就没有停下来的时候。”那段时间，他头上的白发增加了许多。

时刻准备冲在最前线

“这是50年一遇的超强台风”“珠海地区300多间房屋倒塌，100多台塔吊机车被掀翻在地”“停泊在渔港的一条船舶被吹到马路中央”……电视新闻里不断播放着台风肆虐的画面。2017 年 8 月 23 日中午，超强台风“天鸽”在广东省珠海市金湾区登陆，“天鸽”中心经过的地区风力 14—15 级，阵风达 16—17 级，粤港澳地区遭到极大破坏。港珠澳大桥位于没有任何遮挡的伶仃洋，位置正好处于“天鸽”的台风口。

当天凌晨 5 点多，陈向阳接到一个电话，来电者是港珠澳大桥岛隧工程总经理、总工程师林鸣：“向阳，跟我上岛一趟。”前一天，天气预报“天鸽”台风的最大风力为 10 级，港珠澳大桥管理局已经发布了封桥令。但当时东人工岛、西人工岛上正“热火朝天”地抢抓工程收尾工作，两座岛还驻守着 2000 多名工人。

情况紧急，陈向阳来不及洗漱，二话不说就穿上外套乘车往岛上赶。“当时外面肯定超过 10 级风”，车行驶在 55 公里长的港珠澳大桥上显得非常渺小，桥下巨浪滔天，桥上暴雨如注。惊涛拍岸、狂风怒号，刚下车他的眼镜就被风吹得不见踪影。安顿好西人工岛的工人后，他与林鸣总经理一行又驱车前往东人工岛。此时手机上显示，台风的中心风力已达到了骇人听闻的 15 级。他们忙着协助指挥现场、安抚工人队伍、联系后勤应急、通报防台情况、协调工区状况。防台组 7 人，一天下来饭没吃、水没喝。直到台风过去，人员无一伤亡、工程完好无损，冲在前线奋战多时的陈向阳悬着的心才放下来。因为此次防台工作的出色表现，他还被评为“天鸽防台先进个人”。

记载超级工程珍贵资料

港珠澳大桥岛隧工程项目网站登载要闻和建设者心声 22000 余篇，总点击量超过 2200 万；国内外 200 多家主流媒体宣传报道超过 1600 次。这一切成绩的取得都离不开陈向阳带领的宣传部门七年如一日的坚守付出。

刚到项目之初，陈向阳就着手制订宣传工作规划、项目声像拍摄和资料收集工作办法，建立了工程声像资料数据库，并且组建了“总部宣传部门人员 + 六大工区通信员”协同工作的模式，加强总部与工区之间的沟通交流，构建了全方位的宣传体系和架构。同时，他还着力推动与社会主流媒体的联系，与中央电视台、《人民日报》、新华社、环球网、《意大利共和报》、ENR 杂志等中外重要媒体平台紧密配合，加强对技术攻关、重大节点、典型人物的深度报道。

作为举世瞩目的超级工程，港珠澳大桥工程不管是工艺技术、建设历程还是人物事迹，对社会来说都是一笔历史财富。陈向阳还配合知名作家做好书籍、长篇报告文学、大型电视剧剧本的创作工作，组织内部员工编印《项目简报》、项目报刊《中交港珠澳》，出版记载员工心路历程的《岛隧心录》和工程画册，制作专题视频片 90 多个，成为社会大众了解工程的重要载体和途径，留下了珍贵的、独一无二的影像和史实资料。

在人生的刻度上，有多少个十年？十年，既有世事浮沉，又有人间悲欢；既有鸿篇巨制，又有青鞋布袜。所谓“日月忽其不淹兮，春与秋其代序”。正是无数像陈向阳这样甘愿在一个工程、一个岗位上兢兢业业干十年的人，才铺就了今天大国工程建设的“黄金时代”。

李金峰：

奉献岛隧的无悔青春

2017 年 5 月的一天，中交港珠澳大桥岛隧工程 HSE 管理部部长李金峰陪一位记者参观即将合龙焊接完成的最终接头。参观采访中，他不时地提醒记者穿戴反光衣、防尘罩，注意脚下安全等。走在 E30 沉管管节的中管廊，要通过一个高不足 2 米、宽约 0.5 米的小门进入最终接头，“进去的时候要弯腰，不要让头碰到了钢板”，李金峰总是恰到好处地提示记者注意安全。他说，隧道里的每一个角落，他都走过一遍，每个角落的安全提示都深深地烙在他心里。

“我在珠海待了七年零六个半月。”李金峰精确地记得他在港珠澳大桥项目工作的时间。2010 年 12 月份来到珠海，加入 HSE 团队。最初负责安全、海洋环境预报和部分通航工作，后来成长为独当一面的 HSE 管理部部长。

沉默少言的细心人

“踏实肯干、沉默少言”是大家对李金峰的印象。最终接头合龙焊接安全风险大，要在限定时间、恶劣条件下完成大量钢板焊接施工。“为提前做足准备、总结经验、提升工效，2017 年 2 月底开始，我们驻守南通，组织最终接头焊接演练。”李金峰说，当时的工作对风险防控要求非常高，安全管理的压力非常大。

合龙焊接演练期间，他和部门同事每天都在现场，收集演练资料、理顺施工工艺、健全安全管理制度、提升人员安全意识。最终接头顶部作业平台空间狭小，空气难以流通，施工产生的一氧化碳等有害气体容易引发中毒事故。紧急情况下，靠人工的力量将晕倒的工人从上面背下来，基本难以实现。细心的李金峰发现了这个问题，要求顶部作业必须设置运送伤员的升降平台，并组织相关人员进行了多次应急演练。

在合龙焊接期间，驻守现场的珠海市人民医院医生刘洪波这样评价李金峰：“他在现场每天工作至少十四个小时，即使短暂休息也是电话随叫随到。每次我们出诊不是见到他在隧道现场检查督促，就是见到他匆匆离开又匆匆回到现场。李部长对员工像春天般温暖，对工作像夏天般火热。”

倔强地守卫安全

作为一名安全管理人员，李金峰身上有一股倔强的劲头，自己认定的事情，就一定要做好、做到位才肯罢休。

2017 年下半年，人工岛房建工程处于极度繁忙紧张的施工状态，各专业交叉作业特别多，施工安全也面临着巨大考验。一次，李金峰在现场巡查时发现两个较大的孔洞，孔洞周边没有任何防护和警示，下面就是房建的负一层地面，悬空近十米，加上光线暗，安全隐患非常大。他立刻通知现场安全员，立即落实整改。孔洞周边防护没有做起来，李金峰就待在现场不愿离去，直至措施到位。

这样的事例还有很多。HSE 管理部推动各个工区建立班前会制度时，因为施工任务重、工期紧，有的管理人员觉得麻烦，不愿意主动推进制度建设。面对这种情况，李金峰和部门同事驻扎岛上，和工区工人同吃同住，早上跟工人班组一起上班，督促班组班前会的召开，推动制度落地。就这样踏踏实实、一步一个脚印，李金峰用实际行动告诉每一个工区安全制度落地的重要性和必要性。

岛隧工程所处区域气象复杂多变，灾害性天气频发，七年多施工期内，遭受了38次台风侵袭。2016年7月30日，强台风“妮妲”来袭。李金峰被派往桂山沉管预制厂驻场防台。其间，他和分管领导组织各工区进行防台检查，安排人员全部临时住进桂山镇的酒店，与其他部门联动，在微信群里随时沟通各种问题。每次防台，都让李金峰感受到肩上沉甸甸的责任，正是这种责任感驱使他奋力前进，用严谨、负责的态度对待工作，踏实细致做好工程安全管控。

与团队一起成长

每个港珠澳大桥的工程师都格外珍惜在项目工作的时光，努力提升自己。项目内推崇学习国外先进的管理经验，开会时也会分享交流一些资料和短片。为了提升团队的职业素养，还提出了“百名研究生培养计划”，请华南理工大学的教授为工程师们上课。

当时，李金峰有幸成为学员之一，他一边忙着攻读硕士学位，既要写论文又要准备考试，一边又不能落下工作。不过，一想到能和奋战多年的“战友”们一起毕业，一起取得工程管理专业的硕士学位，他内心总是充满了感激与兴奋。“这是一支非常优秀的团队。”副总经理兼安全总监黄维民这样评价，“领导们起着很好的带头作用，也很关心下属，大家都很有干劲，氛围很融洽，每个人都能在这里找到自己的榜样，取长补短。这是一个难得一遇的学习平台。”

最后走一次深海隧道

2018年，北京的深秋时节，李金峰已经离开珠海一段时间，来到北京集团总部工作。他说：“虽然离开港珠澳大桥岛隧工程项目已经好几个月，但现在每当静下心来，脑海里不由自主总浮现着在工程建设期的人和事。”

讲完在港珠澳大桥的经历，他表露出来的是“不舍”。他说，自己最年轻、最美好的一段时光是在那里度过的，大桥见证了他的成长、成家、立业。

在离开珠海之前，他从西人工岛通过海底隧道走向东人工岛，再从另一侧走回来，总共18公里的路程，全是他在这里工作的点滴回忆。

李金峰感叹道，以后可能会坐车通过港珠澳大桥岛隧工程的路面，但再也没有机会能够在上面一步步行走，所以离开项目前，最后再走一次他倾注了青春、热血的地方，以此纪念自己最美好的时光。

第二篇

匠心！创新！

刘晓东：

设计就像作战先锋

“中国的外海超长沉管隧道技术通过港珠澳大桥一战，经过初学入门、学习追赶，实战总结、不断进步，达到熟练运用，最终实现突破创新、跨越领先。”中交公路规划设计院有限公司副总工程师、港珠澳大桥岛隧工程项目副总经理、设计负责人刘晓东如是说。

刘晓东是参与港珠澳大桥研究、建设时间最长的人，也是与大桥结缘最久、最深的人之一。作为唯一一个全程参与大桥前期工作的负责人，从2003年开始他先后参与了大桥前期工可研究、工可深化研究和初步设计。大桥开工后，他担任岛隧工程设计总负责人。从前期研究、桥梁设计再转身牵头岛隧工程设计，他将人生中最美好的15年奉献给了这座令国人自豪、令世界惊艳的超级工程——港珠澳大桥。

珠联璧合见匠心

2003年国庆，还在休假的刘晓东接到新的任务：为即将开展的港珠澳大桥可行性研究策划专题清单，提供研究预算。

这是他与大桥结缘的起点。刚完成深圳湾大桥、渴望干大工程的他明白，一个牵动伶仃洋东西两岸、世界瞩目的世纪超级工程终于如约前来，他的兴奋之情难以言表。

兴奋之余，刘晓东不免有些忐忑。港珠澳大桥工程之大、之复杂、之特殊，非比寻常，可行性研究面临的工作方方面面、千头万绪。大桥由粤港澳三地共同建设，三地思维习惯、决策流程、技术标准，甚至文化都存在差异，如何求同存异，科学论证？工法技术、桥位、登陆点、口岸查验、融资方式、通行政策等，不一而足，挑战前所未有。

他带领研究团队，查找资料、外出踏勘、调研座谈，经过无数次头脑风暴，数不清的夜以继日，半年后，关于大桥 5 个线位方案的初步研究成果出炉，提交至大桥前期工作协调小组。综合各方意见，设计团队提出散石湾北线、南线和极南线三类共 6 个桥位方案，展开进一步研究。此后，他们又补充开展了“三地三检”口岸方案、融资方案的深化研究，历时 4 年圆满完成了大桥工程可行性研究报告，其开创性工作被交通运输部评审专家誉为“国内最好的工可报告之一”。

2009 年的政府工作报告宣布了港珠澳大桥年内开工，吹响了大桥建设的冲锋号。同年 3 月，中交公路规划设计院有限公司联合体成功中标港珠澳大桥主体工程初步设计，要在 12 月底完成该项工作。时间紧、任务重、专业广，属于刘晓东和设计团队攻关攻坚的时候到了。“设计就像作战先锋，是工程建设的先头兵，同时又是龙头，是工程成败的重要因素之一，不仅要考虑施工问题，还要考虑运营期的问题。”刘晓东说。

初步设计中，刘晓东是三位设计负责人之一，主要负责总体及桥梁设计工作。花费大半年时间，初步设计大功告成，被评价为“达到同类工程国际水平”。如今，再看已通车的港珠澳大桥，其 S 形美丽的身躯，如长龙游弋，如长虹卧波，从西到东的风帆塔、海豚塔及高高的中国结，彰显着鲜明的地域特色及民族文化，让人们津津乐道，感叹工程之美不胜收。其实，这些亮点，正是设计师心血浇灌之作，背后是与自然和谐相处之道。

统筹各方实现突破

2010 年底，刘晓东带着公规院 13 人的设计团队进驻珠海。此时的刘晓东还是一名以桥梁设计见长的设计师，对于沉管隧道工程领域相对陌生。加之整个设计分部有来自科威公司的 16 名外国工程师，公规院、四航院、上海隧道院的同事加起来近 80 人。这些工程师来自不同的单位、不同的领域，分别具有结构、隧道、水工、市政工程等不同的专业背景。如何把他们的智慧有机地融合在一起，爆发出超强的创造力和凝聚力，是刘晓东时刻需要考虑的问题。

刘晓东回忆说，外国公司与我们的合作在工程初期起到了至关重要的作用。在这期间，为了给设计创新提供支持，刘晓东组织开展了数十项试验和专题研究。正是因为岛隧工程采用了设计施工总承包模式，才使得在遇到各种复杂难题时，各方可以充分发挥特长、优势，及时总结问题、解决问题，使得工程管理、设计、施工有效融合，效率倍增。

2012 年 12 月，第一批设计图出炉，标志着中交设计团队开始走向成熟。他们边实践边完善，边完善边施工。2013 年 5 月，随着首节沉管管节的安装完毕，刘晓东及其设计团队破茧而出，学成出师。180 米长的 E3 沉管管节成功安装时，刘晓东发出了内心的呐喊："沉管隧道施工工艺，我们会了！"

"滴水不漏"的隧道建设奇迹

精益求精、不留瑕疵，勇于创新、敢为人先，刘晓东让每一步都成为无憾人生的履历。

2011 年 3 月，林鸣与刘晓东等设计师来到青岛，对初步设计方案中的沉管隧道地基钢减沉桩施工方法，组织开展 1:1 典型试验。试验结果让他们惊出一身冷汗——沉降变形，桩帽上的碎石散落，专业术语为"不收拢"，与设计数据相差悬殊。细问之下，才知原来设计时用的是江河上沉管隧道的经验办法，而且其中还有未经验证的"假设"。基础不牢，地动山摇，团队决心重新研究，重新设计。

最终，以沿海软基处理见长的四航院提出了挤密砂桩代替钻孔桩的方案，并被最终采纳。这一方案突破了国内工程界的传统思维定式，由此诞生了组合基床的新方式，实现了深海深槽的技术突破，给沉管隧道在海底铺了一张“安稳床”。

为保证通航需要，海底隧道 33 节沉管管节设计呈 W 形，只有一节勉强算是一字水平安装。33 节沉管管节总重 264 万吨，最重的沉管达 8 万吨，沉放位置、沉降偏差、对接精度、最终接头止水、岛隧过渡等，无一不考验着设计人员的能力和智慧。珠海营地设计楼里的灯火见证了他们的开拓与进取、拼搏与奋斗。在刚性与柔性之间，建设团队创造性地提出“半刚性”沉管新结构，为解决深埋沉管隧道难题找到了新途径。

世界一流的建筑水平

2018 年春节前，在一场有关岛隧项目景观设计与工程美学的研讨会上，刘晓东见到了香港合和实业有限公司董事会主席胡应湘先生。胡应湘先生是港珠澳大桥的前身——伶仃洋大桥的首倡者，他认为港珠澳大桥工程证明我国的设计、施工能力和精细化管理水平有了极大的提升，已跃居世界一流的建筑水平。

担任岛隧工程设计总负责人的 9 年时间里，刘晓东和他的设计团队打破专业、国别之界，对国际工程咨询公司，虽有因对初步设计理解的差异带来的困扰，他依然心存感激。这些不同的理念、视角，对人与自然关系的真知灼见，对他开拓思路、整体突围大有益处。与高手过招，不能照搬照抄，而是要创新突破，这是他一直对设计人员反复强调的“真经”。

“创新不是盲目的。”从踏上工作岗位参与的第一个工程江阴长江大桥开始，到厦门海沧大桥、武汉军山大桥、深港西部通道深圳湾大桥、再到港珠澳大桥，他留下了一连串创新的手笔。“感谢这个平台。”这是他发自肺腑的真声音。这个平台既是港珠澳大桥，也是亲切地称呼他为“晓东总”的设计团队，更是这个给他施展才干的时代和日益强大起来的祖国。每个中国人脸上洋溢着的微笑，对美好出行的渴望，成为他为交通强国建设奉献才智的动力之源。

刘亚平：

严谨细致的博士工程师

“出身”于大连理工大学的工学博士刘亚平素以务实、严谨著称。“目标高远，始于细节”成为这位中交港珠澳大桥岛隧工程项目副总工的信条。

工程质量不出纰漏

刘亚平与港珠澳大桥结缘，是从岛隧工程投标文件开始的。作为项目质量总监、质检部部长的他无疑是工程质量把控的第一责任人。标书把岛隧工程描述为“地标性工程”，那么质量要求到底是什么？有什么具体标准？开工前，刘亚平就明确了工程的质量目标：零瑕疵、世界一流。

生产世界体量最大、埋深最深、单节管节最长的沉管，浇筑混凝土的质量受原材料选择、配合比配制、温度把控等因素的制约。刘亚平在这方面，采取了很多方法，进行了大量的研究。钢筋笼的钢筋间距控制，直接影响混凝土下料和振捣质量。如果振捣棒不能顺利插入钢筋笼，混凝土就很难振捣密实，一旦出现空洞就会产生大的质量问题。施工人员采用卡槽定位绑扎的方法使得钢筋绑扎变得简单高效，技术人员和质检人员全程监控绑扎精度和质量，为沉管混凝土防裂做好基础工作。

温湿度的把控对沉管混凝土防裂具有重要作用，施工人员在大料仓安装自动化水雾系统，降低料棚内环境温度和砂石料温度，并在混凝土搅拌站配备制冰系统，每立方混凝土都添加碎冰，使混凝土入模温度不超过 25 摄氏度。在养护环节，预制厂不仅用湿土工布包裹沉管，还在养护棚用喷雾系统展开全方位养护，确保管节质量不出纰漏。

交给我的事一定要做好

“这么多年，我仅看到刘亚平发过一次火。”总工办主任高纪兵回忆，那是在六七年前，刚开工不久，很多质量工作尚未步入正轨，每个月总部要组织质量会议，点评问题、进行沟通和协调。一次因生产紧张，个别工区主要领导未来参会或到会不及时，“那是我第一次也是唯一一次见他发火。他就是对整体工作高度负责、对自己工作精益求精的人”。

在把工地作为“试验室”的八年里，刘亚平始终展现出一个优秀工程师的品质。“从他身上，我看到了从无到有钻研的科学家精神，和关注细节的工匠精神。为了弄清楚事情原委，他可以持续进行理论攻关、精确追根挖底；在具体实践中，他能做到追求极致，落实好品质就是质量的理念，体现出博士工程师认真做事和奉献的素质。”高纪兵说。

熟悉刘亚平的人都知道，他有两句口头禅，“组织安排了，要干就要干好”“这就是我的事，我不做谁来做呢”。想尽一切办法，把自己负责的工作做到极致，是刘亚平崇尚的工作标准。“我们这个年纪，和毕业时间不长的员工心态是不一样的。不用领导提要求，我们自己都会尽可能动脑筋把事做好。”刘亚平说，质量系统有四五十个人，“作为质量工作负责人，从质量角度把现场工程管理好，就像初来港珠澳大桥的初心一般，是必须坚持的原则”。

千百次的重复

E15 沉管管节遭遇异常回淤期间，为查明主导因素，项目总部联合国内顶级泥沙科研院所成立了攻关组。刘亚平作为回淤基础监控小组负责人，需要每天收集海底基床上的淤积物样品。他研究了一个小发明，在回淤盒外加了一个铁架子，这样不仅可以抵御海流的冲击，而且十分方便潜水员的取放，密封的盖子确保能够完整地提取回淤物。每天晚上，他都要对回淤物量厚度、测粒径，将回淤物搅浑看沉淀时间，并把测算出的详细数据于第二天早上提供给研究机构进行下一步分析。

“细致检测的目的就是获得回淤物密度、粒径大小等精准数据，再用现场潮流和泥沙含量这些指标与回淤厚度建立起相关的计算公式。”刘亚平说，做一遍检测流程，至少需要两三个小时。“做这项工作，也就意味着晚上干不了其他的事情。每天晚上十一二点，亚平总办公室的灯光一定是亮着的。”小组成员宁进进回忆，“除了对数据要求的严苛，这种日复一日的严谨与重复，对任何人都是巨大的考验”。

从 E15 沉管管节开始往后的三年多时间，这种海底取回的回淤盒累积了 750 多个，整整装满了一间屋子，里面沉淀着不同时间、不同管节的回淤物。刘亚平每晚重复的数据检测工作，也坚持了一千多个日夜。

在不少人眼中，港珠澳大桥是传奇的代名词，攻克世界难题之路充满刺激和成就感，大桥建设者也是自带光环的“有故事的人”。而刘亚平从事的质量工作，从混凝土浇筑质量到沉管安装基础数据监测，再到竣工验收等环节，都是类似数据检测这些日复一日的重复作业。在重复再重复中，岛隧工程如幼苗般一点点茁壮生长。

“在我看来，大桥是有生命的，每个建设者都是他的父亲母亲。大桥的点滴变化，我们都看在眼里、记在心上。”刘亚平深有感触地说。

翟世鸿：

从零开始的技术攻关

2018 年 10 月 23 日上午，“港珠澳大桥开通仪式”在广东珠海举行，中央电视台同步直播。翟世鸿虽然未能参加通车仪式，但从电视直播上，看着伶仃洋那条宛如美丽珠链的大桥，他既激动又自豪。大桥开通的那一刻，又把他的记忆拉回到了多年前奋战在岛隧工程的那些日夜。

挑战“最难的施工技术”

2012 年 12 月 23 日，翟世鸿开始担任港珠澳大桥岛隧工程副总工程师，对他来说，这是巨大的机遇，同时也是巨大的挑战。这份信任让他既兴奋，又倍感压力。

这条 6.7 公里的海底沉管隧道建设之难，除了难在本身的环境地质条件复杂，更难在国内技术经验积累不足。沉管隧道技术在欧洲已有百年历史，核心技术掌握在少数几家国外公司手中。国内现有的沉管预制，均采用传统的干坞法进行。但港珠澳大桥海底隧道规模庞大，防水要求高，传统的制作方法无法满足效率和质量的要求。

面对未知的课题，翟世鸿决定先从观察学习做起。他先后前往广州丰田汽车制造厂、新加坡钢筋加工流水线参观寻找灵感。经过多次的奔走考察，一个从钢筋加工绑扎、移动入模、混凝土浇筑、顶推、舾装、出坞的整体流水线预制模式概念，在他脑海中形成。随后他便带领攻关小组，配合设计人员，针对模式的可行性和可靠性展开无数次的会议讨论。

在一次次的自我否定和修改完善后，一个巨大的预制厂房、一条国内首例的沉管预制流水生产线最终诞生在牛头岛上。首节沉管节段浇筑，翟世鸿连续值守了 53 个小时，回去便一头瘫倒在床上，连续昏睡了 12 个小时。

常有所想才会常有创新

熟悉他的领导和同事都常说，翟世鸿是出了名的点子多。但他认为，很多点子其实源于生活中的观察，平时需要做一个有心人，常有所想，才能换来“灵光一闪”。

对于他来说，出差几乎成为常态，开会更是家常便饭，一个会反复开，一直开到问题彻底解决。关于出差，翟世鸿反倒觉得枯燥漫长的旅途是最好的思考机会。他会随身带着小笔记本和笔，本上写满了密密麻麻的文字和符号，记录平时想到的点点滴滴。

180 米长的沉管预制完成后，如何顶推至浅坞进行舾装，成为一大难题。总重约 8 万吨的沉管在顶推过程中，会产生大概 6000 吨的反作用力，翟世鸿时刻思考着解决这巨大反作用力的方法。有一次，他坐动车出差。他盯着远方缓缓驶入站台的动车，忽然在想：和传统火车不一样，动车将动力装置分布在列车不同的位置，正是因为把牵引力分散减小了单点的牵引力，这才使得动车有着远超于普通火车的动力。

“如果把这个原理用到顶推上去，将顶推的反作用力分散到沉管的每一个小节段上面去，不就减小了反力吗？”翟世鸿的想法随即便得到了团队的一致赞同。经过反复演算和试验，“分散式同步顶推”的创新顶推方法面世。

“其实创新都是逼出来的。”翟世鸿说，“没有国外的技术支持，我们只能自己探索出路。”为吃透沉管沉放问题，翟世鸿频繁奔走于武汉理工大学、大连理工大学的水动力试验室，一边重复着大量试验，一边和两个高校的教授专家密切交流。通过浮运沉放物理模式试验，逐个验证沉管浮运、沉放系泊等关键参数，为解决沉管沉放问题打下了坚实的基础。后来，林鸣提出了“半刚性”沉管结构理论。为验证这一结构，翟世鸿又带领团队在武汉开展受力机理的物理模型试验，最终这一新的沉管结构在世界沉管隧道史上被首次应用。

“港珠澳大桥建设一等功”“中国海员工会先进生产工作者”、国务院政府特殊津贴，种种奖项都离不开他那颗热爱创新的心。

桥与家

关于家庭，翟世鸿很少在别人面前提及。对于事业，翟世鸿的妻子更多的是欣赏、理解和支持。她愿意在背后给他支持，给他精神上的鼓励，她觉得这是让丈夫安心在项目上奋斗的基础。放假时，翟世鸿会把儿子带到工地上，带他坐船看看施工的海域和牛头岛上的预制工厂，跟他讲讲建设这座超级工程背后发生的种种故事。

在潜心技术研究、攻克技术难题之外，翟世鸿常会通过读书充实自己。工作之余也常常会去爬山，通过爬山释放压力，将自己调整为充满干劲的最佳状态。他常会喊上同事一起去爬山，他说珠海唐家周边的山早已被他踏遍了，甚至每一条小路他都能清晰地记得位置所在。每次爬到山顶眺望着伶仃洋的海面时，翟世鸿会感到无比兴奋与满足：“攻克技术难题就像爬山一样，只有爬到山顶，才有资格看到远方海的美景。”

2018 年 10 月 23 日上午 10 时许，习近平总书记走上大桥开通仪式现场的主席台宣布：“港珠澳大桥正式开通！”全场响起了热烈掌声。观看直播的翟世鸿也激动地鼓起了掌，双手久久不愿放下，这掌声随着风飘向远方，它的终点是伶仃洋。

孟凡利：

每一个都是第一个

在林鸣的施工团队中，Ⅰ工区是一支能打善战、攻坚克难的劲旅。而这支劲旅的指挥官就是一航局一公司副总经理孟凡利。在港珠澳大桥岛隧建设工程项目提起战斗团队，人们就会不自觉地说起“大孟”。而这，要从2010年秋天的那场硬仗说起……

快速成岛建奇功

2010年11月的一个周末，孟凡利接到公司通知：“机票已经订好，明天飞珠海，参加港珠澳大桥岛隧项目第一次工程例会。”这是他期盼已久的超级工程，参与其中，是每一个建设者的荣耀。

11月24日凌晨，他到达位于珠海唐家的中交港珠澳大桥岛隧工程联合体项目总部驻地。先期到达的公司副总吴凤亮告诉他，明天的会议要汇报一航局西人工岛施工的准备情况。大孟傻眼了，情况不很了解啊。第二天的会议情景大孟至今难忘：林鸣问他，进口振动锤采购得怎么样了？大孟说美国人回复要5月底运抵珠海。林总脸色冷峻："5月10日要开工，你们还干不干了！"要求振沉设备5个月内必须到位。

当时钢圆筒筑岛工艺在国际上并不多见，600吨联动锤全世界只有四台。在美国采购、国内安装、调试、试验……都需要时间啊！大孟马不停蹄，会议第二天就飞回了天津。接到大孟的报告，公司领导非常重视，马上召开生产调度会，宣布公司的一切资源由大孟支配。选人、选设备，大孟启用了公司一批经验丰富的老同志：郭宝华、徐文华、孙建国、胡刚。事后证明，这些老工匠在工程遇到难题时发挥了难以替代的关键作用。带着公司的全部"家底"再次返回珠海，大孟信心倍增，接下来的商务谈判、采购、做方案、做试验，更是运转自如。5月10日，振沉船组在伶仃洋上一字排开，起重船、工作船、拖轮全部到位，用时刚好五个月。

至此，林鸣总工程师对于这支部队的执行力开始刮目相看。

在此期间，副格试验在天津紧张地进行，林鸣专程飞到天津试验现场。对于这个试验，不仅林鸣关切，美国APE公司、日本的全日铁公司均给予了极大的关注。因为试验的成败将直接关系到谁将获得中国最大海洋工程项目的设备供应权。天空飘着雪花，副格均匀下沉，林鸣看到试验结果非常满意，同意了Ⅰ工区的振沉方案。

2010年5月15日，港珠澳大桥岛隧建设工程的第一根钢圆筒顺利振沉到位，人们沉浸在无比的喜悦之中。指挥船上林鸣拉了一下大孟："快，马上去写一篇文章，题目就叫《每一个都是第一个》。"这既是对大孟团队的肯定，又是对所有建设者的继续激励和鞭策。

其后的施工异常顺利，原计划两天打一筒，在Ⅰ工区成为一天打两筒，甚至达到了一天打三筒的纪录！大孟现场指挥，改变了以往水上施工辅船找主船的传统驻船方式，结合钢圆筒运输船大难掉头的实际，反辅为主，要求主船找辅船，加快了施工进度。员工们士气高昂，每天5:30起床干活，加班加点，东人工岛和西人工岛上120根钢圆筒一气呵成，创造了"当年开工、当年成岛"的新纪录。事实证明，快速成岛方案的创新，为之后"韦森特"台风到来时成功避险提供了条件。

那一年的"韦森特"台风来势凶猛，突然改变路径直扑珠海，留给大孟他们撤离的时间不足24个小时。岛上没有来得及撤离的108名工人的生命安全牵动着林鸣、黄维民、孟凡利等管理者的心，他们连续38个小时没有合眼，珠海市三防办的电话被他们打爆了。好在筑岛工程已基本完工，岛上上百人安全！

历经风雨方见彩虹

当年开工当年成岛，本以为一块石头落地。哪承想，工程越干越难。

沉管基床抛石夯平、岛头对接段地基处理、岛上建筑施工、装修……一个个难题接踵而来。外海施工远离陆地，一个钉子都要靠船运，所以提前谋划十分重要。大孟外糙内细的性格在此发挥出了优势。

2016年初，西人工岛岛上主体建筑清水混凝土结构开始施工，他更是每天都坚守在外海孤岛施工现场，带领技术人员积极开展技术攻关，创新应用了钢筋、模板装配化施工工艺，主体建筑清水混凝土施工品质高出预期效果，赢得了各界的广泛赞誉及高度评价。

大孟说，港珠澳大桥通车，习近平总书记在东人工岛上亲切接见了工程建设者代表，称赞我们是真正的"大国工匠"，我深受感动。作为港珠澳大桥的一线建设者，我们把自己的全部聪明才智都贡献给了这个超级工程。港珠澳大桥岛隧工程是对人类跨海集群工程的新探索，我们的数百项技术创新成果是最好的证明，因为这个世界相信眼见为实。面向未来，科技创新是立国立企之本，然而科技创新同样需要开放的胸怀和环境。这种胸怀是对现状的理性认识，是对创新的欣喜，是对超越的欣赏，是对尝试的包容。

宋　奎：

为建设美丽东岛永不服输

宋奎，港珠澳大桥岛隧工程Ⅱ工区副总工程师，先后参与东人工岛非通航孔桥、钢筋加工厂建设和钢筋加工等工作，负责项目部质量管理。

2012 年 7 月，宋奎从长沙理工大学土木工程专业毕业后，就来到了中交三航局，加入港珠澳大桥岛隧工程东人工岛建设的鏖战之中，这一战就是六年多。在此期间，他始终兢兢业业地对待每一项工程任务，认真编写每一个工程技术方案，无怨无悔地在东人工岛上坚守着、奉献着。

他是港珠澳大桥岛隧工程最优秀的工程技术人员之一。筑岛七年间，他先后获得“优秀新员工”“双文明建设先进生产者”“最佳质量管理者”“先进个人”“优秀团员”“优秀共产党员”等荣誉，荣立“劳动竞赛一等功”，三次获评“岛隧工程项目建设功臣”，创新成果获得 2016 年度全国优秀质量管理 QC 成果“二等奖”和中交三航局第十五届“主人杯”双献成果“三等奖”，还参与撰写《木工字梁在高大模板体系中的应用》《超长大直径嵌岩桩施工技术》《港珠澳大桥东人工岛清水混凝土施工质量管理》等施工技术论文，为类似工程建设提供了参考和借鉴。

初入岛隧喜悲参半

2012 年 8 月 8 日，宋奎在中交三航局本部接受半个多月的入职培训之后，就加入港珠澳大桥东人工岛项目建设行列。从此，把东人工岛建设成伶仃洋上的最美景观，便成了他的第一使命。

宋奎说："刚到这里的时候，我非常兴奋。作为一个土木工程专业的大学生，对桥梁建设有一种天然的亲近感，所以被分配到港珠澳大桥这个项目的时候，心里特别高兴，有一种跃跃欲试的冲动。有的老前辈干了一辈子，都没有等到这样的世界级'超级大工程'，我们是最幸运的一代。"

宋奎从小生活在内陆，坐船远航的机会并不多。但这里，上、下岛都要搭乘近两个小时的船才能到达。刚来的那段时间，正处台风高发季节，虽然每次出海均未碰到台风，但风高浪急却是"家常便饭"，一路上船摇摇晃晃，颠簸得很是厉害，晕船呕吐的感觉让他非常难受，每次上、下岛都宛如生了一场大病。但比宋奎早来一两年的同事们说，这里施工现场的环境已经好多了。宋奎说："同事们给我讲，2011 年，工区刚刚成立的时候，东人工岛还是一片茫茫大海。如果不借助设备、仪器，根本找不到施工作业场所，必须借助 GPS 定位，才能找到干活的位置。每天吃住在伶仃洋外海上的一艘孤船上，工作、生活空间狭小。对比同事们的情况，我已经算是幸运的了。"

那一年，与宋奎一同报到的有 12 个同事。当时正是人工岛准备大干的阶段，也正是项目部人手紧缺的时候。上岛的时候，岛体刚刚形成，总面积达 10 万平方米的东人工岛上，除了黄沙和几台发电机，什么都没有。眼前的景象与同学们在大学时对行业的美好憧憬相差甚远，他都快要被眼前的严酷现实给打败了。

不断探索"新工艺"

报到后，宋奎被分配到了工程部，参建的第一项任务是岛上长 385 米共 7 跨的非通航孔桥，主要负责各分部分项施工方案的编制，以及现场施工技术和质量管理工作，一直持续到2014年8月才算告一段落。虽然作业环境、施工条件十分艰苦，但在项目部领导、同事的悉心指导和帮助下，他保质保量完成了各项任务。这也让他对桥梁的临建施工，包括桩基、墩身、承台和箱梁等施工全过程有了一个非常全面、细致的了解。

由于箱梁横断面的设计是从20多米逐渐变宽至50多米，变宽幅度较大，常规钢模板无法适应断面变宽的要求。为编制非通航孔桥现浇箱梁施工方案，宋奎积极探索能够实现变宽要求，并能确保箱梁外观质量的模板体系。经过他与大家多次进行模板方案的讨论、研究后，最终采用了新型木工字梁模板体系。

宋奎说："木工字梁的使用是这个模板体系的最大亮点，具有质轻、力学性能优越、可重复使用等特点。高度为20厘米的木工字梁力学性能甚至优于10号槽钢，质量更轻，便于操作；和传统的10×10厘米木方相比，力学性能优势明显，是行业未来模板体系的发展趋势。"这种模板体系在后续现浇暗埋段隧道结构中也得到了成功应用。

按照原施工方案，箱梁分两次浇筑，先浇筑底板和腹板，再浇筑顶板。为进一步消除箱梁的表面色差和顶板表面裂纹，项目部组织技术骨干进行工艺改进，变两次浇筑为一次全断面整体浇筑。宋奎主要负责施工方案的优化，为现场施工提供技术指导。实践证明，采用改进后的整体浇筑工艺，各跨箱梁顶板无裂纹产生，箱梁表面色泽均匀、无色差，在提升工程质量的同时，缩短工期56天，效果十分显著。

宋奎还对东人工岛非通航孔桥超长大直径灌注桩的关键技术进行了优化，取得了满意的效果。大直径钢护筒施工技术、气举反循环在海洋环境中的应用、泥浆配比与控制、复杂地质、气象、水文条件下桩基的成孔工艺、水下混凝土施工技术……都有他辛勤付出的汗水。

和宋奎接触的人都知道，他在工作、生活中处处都有一种永不服输的劲头。为了全方面提高业务能力和技术水平，他经常利用业余时间自学，掌握了"非金属超声波桩基检测"现场检测和数据分析、"大体积砼测温控温系统"在外海大体积混凝土工程中的应用等技术，在工程技术、质量监管时更加专业，也更加自信。

成长中的“宝贵财富”

东人工岛非通航孔桥完工以后，宋奎又担纲负责工区钢筋加工厂的建设和运营期间的施工、质量和安全管理等工作。整个岛上工程施工，有数十种类型的钢筋需要加工，钢筋加工厂的有效运营确保了东人工岛暗埋段结构、房建结构等施工的顺利进行。

有人说，“能者多劳”是一个不太公平的词汇，但宋奎并不以为然。他觉得这是领导的一种信任和对自己能力的一种认可，“我是一块砖，哪里需要哪里搬”。2015 年 5 月至 10 月，能干的他又兼职了工区整体施工计划编排和工程量统计工作，保证了东人工岛建设有序推进。

现浇暗埋段隧道墙身属于典型大体积混凝土结构，极易产生裂缝。为此，宋奎积极组织青年技术骨干进行工艺创新 QC 活动：按照试验成果，缩短设计分段长度，设置冷却水循环系统，降低混凝土入模温度，布设测温控温系统，从钢筋整体绑扎、模板安装与加固改进、浇筑断面分割等方面进行了全面创新优化。采用改进后工艺现浇的暗埋段墙身裂缝得到了有效控制，采用跳仓法施工也大大缩短了工期。宋奎以骄人的成绩深受工区、公司本部、岛隧总部的好评，该 QC 成果也获得了 2016 年度全国优秀质量管理小组二等奖。

2015 年 11 月，宋奎又肩负起全工区技术质量管理的重任。他带领部门成员先后负责东人工岛现浇敞开段、岛隧结合部、岛上建筑及附属设施、护岸结构、东人工岛桥面系、室外工程等作业面的质量管理工作，尤其是岛隧结合部、现浇敞开段中墙、室外工程和主体建筑，工期特别紧，质量要求特别高。正因为有了他们的忠于职守，既确保了施工质量，也如期完成了施工节点目标。

为确保挡浪墙、敞开段、岛上主体建筑外观饰面质量达到清水混凝土标准，宋奎积极参与施工技术攻关，在项目总部的大力支持下，工区选用了从德国 PERI 公司引进的工字梁模板系统，对清水混凝土面采用双层面板设计，有效避免了拆模后螺钉印等各类痕迹残留；进一步细化了模板设计细节，拼缝统一控制在 1 毫米，使之成为横竖成线的装饰线条；对拉螺栓统一采用 DK 拉杆系统或 SK 拉杆系统，再采用预制堵头内嵌螺栓孔，形成排列整齐的装饰孔，浇筑出来的清水混凝土色泽统一，线条流畅，凹凸有致，展现出本质的建筑之美。

对于自己角色和岗位职责的不断转换，宋奎并不十分介意。他说："我觉得年轻人就应该要多尝试干一些不同岗位、不同领域的工作，多吃点苦。这对于个人的成长，都是一笔非常难得的宝贵财富。"

"零瑕疵"标准不动摇

宋奎坦言："我们工程技术人员和一线施工作业的班组长、工人就是一对矛盾的结合体。很多时候，他们不理解我们的良苦用心，尤其是对我们在一些细节上的高质量要求，他们常常难以接受。"

为确保工程 120 年使用寿命，宋奎深知，技术、质量的每一个细节都不能讲条件，也不能讨价还价。东人工岛非通航孔桥的管线槽采用的是非常漂亮的清水混凝土构件，每一块都两米见方，彼此之间的对接精度、拼缝和线形控制都有一系列的明确控制标准。宋奎说："当时有一位工人在安装板的时候，一块板足足安装了一整个下午仍不合格，天气又很热，他也很不耐烦，但我仍坚持标准不降低，要求他第二天上午继续安装，直到精度调整合格为止。"

由于每一块圆弧板重达三吨左右，人工安装的难度可想而知，经常不是缝宽了，就是上下边缘的错牙高度大了。第二天搞了一上午，还是没有安装好，施工班组长也开始发起牢骚："这活儿我们真的是干不了了。"见此情景，宋奎只好让他们先歇会儿，一边讲道理，告知工程项目的重要意义；一边和他们一起想办法，详细讲解施工方案，增强他们对成功的信心。

经过宋奎耐心细致的思想工作，大家的情绪缓和了许多，到了下午的时候，这块板总算调好了。缝宽控制在 5 毫米，错牙控制在 2 毫米以内。有了第一块的高标准做样板，接下来的第二块、第三块……就非常顺畅地安装完了。工人们养成习惯后，思想观念也转变过来了，干起活来更加细腻和得心应手，都以这样的标准感到自豪。

宋奎说："如果不这么严格要求，虽然对整体结构安全的影响不大，但对整体外观来说，就会永久留下遗憾。我们在港珠澳大桥岛隧工程，一直追求的是'零瑕疵、零缺陷'的施工标准。"

工地上的“集体婚礼”

在宋奎他们的精心打磨下，如今的东人工岛已经成为伶仃洋上的最美景观之一。这幅画卷的完美呈现，既离不开像宋奎一样执着的年轻人的敬业奉献，更离不开每一位工程技术人员家属的长期理解和支持。

在施工现场忙碌了一天，宋奎回到宿舍后，常常会不由自主地给自己的亲朋好友，尤其是和正处在热恋中的女朋友打个电话，或者视频一下，这是他舒缓疲惫、排解压力的方式。宋奎说：“参与港珠澳大桥岛隧工程建设的每一个人，每天都顶着工期、质量和安全的巨大压力坚守在施工现场一线。累点、苦点都没什么，其实最让我们忧心的是自己父母的身体健康，以及担心个人情感上出现问题。”

宋奎和妻子曹琰也是港珠澳大桥工程项目中的一对“牛郎织女”。由于工程任务重、工期紧迫，恋爱期间他们也是一年到头见不上一两次。偶尔曹琰从长沙来到珠海看他，也只是将她安顿好后，他就又坐船返回了施工现场。有一次曹琰因脚被砸伤住院半个多月，他也未能抽空回家探望。为此，曹琰甚至对他下了最后通牒：“要么你在珠海跟港珠澳大桥谈恋爱，要么回家来跟我谈恋爱，你看着办。”

不过，曹琰是宋奎大学时的校友，她心里清楚，宋奎非常喜欢自己所学的专业，即便是未来会经常漂泊在各地，他依然深爱这份工作和事业。曹琰说：“我当初完全是被他的一句话给打动了，他说‘我爱你，也爱港珠澳大桥’。”为了支持宋奎，她于2014年底辞去了自己在银行的优越工作，踏上了驶往珠海的列车，加入了东人工岛建设大军。

从此，宋奎成了港珠澳大桥岛隧工程项目中少有的几对夫妻档参建者之一。夫妻双双把桥建，结束了“牛郎织女”相见难、别亦难的千里相思之苦，成为工程项目中相互支持、比翼双飞的典范。后来，他们的终身大事都是在东人工岛的工地上完成的。2016年底，东人工岛项目部为青年员工举办了一场别开生面的集体婚礼。婚礼上，四位新郎官头戴黄色安全帽，身穿工地制服；四位新娘温婉地披上白色婚纱。碧海蓝天，大桥巍峨，共同见证了四对新人喜结连理。简朴的工地上，宋奎和曹琰正式组成了一个家庭。

2018 年 2 月 8 日，就在港珠澳大桥主体全线交工验收之后的第三天，宋奎的女儿出生了，名字叫“湾湾”。宋奎说：“取名湾湾，是因为港珠澳大桥是撑起粤港澳大湾区的脊梁，也希望女儿将来像大桥一样，成为支撑祖国繁荣发展的栋梁之材！”

张 奎：

把青春奉献给伶仃洋

张奎，港珠澳大桥岛隧工程Ⅱ工区 HSE 总监，前期主要负责东人工岛挤密砂桩打设、岛内抛砂整平和塑料排水板打设施工；后期主要负责项目安全、环保和职业健康等工作。

2010 年 12 月 29 日，他加入港珠澳大桥岛隧工程东人工岛项目部，是最早一批加入这一世界级“超级大工程”的建设者，至今已九个年头了。在这段坚守与奉献中，他参与完成了东人工岛多项工程任务，见证了东人工岛从无到有的全过程，先后在工程部部长、项目部副经理、HSE 总监等岗位上履职尽责，勇挑重担。

在东人工岛建设七年间，他既收获了爱情、家庭和两个“港珠澳宝宝”，也收获了一堆沉甸甸的荣誉：连续三年获岛隧工程“建设功臣”，多次被评为“立功个人”“先进个人”“岗位能手”“优秀共产党员”和创先争优活动“优秀青年”等。此外，他还参与技术创新，完成了多项 QC 成果和工法，撰写了《港珠澳大桥东人工岛敞开段清水混凝土模板施工技术》等多篇技术性论文，工作能力和业务水平深受领导和同事赞赏。

稳步推进东人工岛施工

东人工岛和西人工岛均长约625米，中间最宽处为216米，轮廓设计形似伶仃洋上漂浮着的贝壳一样，造型“鲜”美。与西人工岛一样，东人工岛是衔接跨越茫茫大海中的桥梁和海底隧道的枢纽，像一座小城市一样绽放在珠江口的伶仃洋上，各种市政功能设施一应俱全。在功能设计上，东人工岛兼顾景观、商业和旅游。除了岛上暗埋段隧道结构、扶臂式敞开段结构，还有公路、环境绿化、应急码头、地下管网、给排水设施、通信电气等岛面工程建设，施工任务非常繁重；并在国内首次大规模使用清水混凝土，成为珠江口的地标性建筑群。

2010年底，张奎主动请缨，参与到港珠澳大桥岛隧工程东人工岛建设中。刚到项目的时候，这里还是一片茫茫大海。他主要参与东人工岛建设总体施工组织方案的编制，以及相关技术、方案的研究、讨论和试验论证。由于工程涉及领域多，工程难度大，技术含量和设计标准都很高，其中有很多新的技术和工法都是他未曾接触过的。这让他在施工方案的编制过程中犯了难。

为此，张奎不得不反复查阅初步设计图纸、规范等资料，虚心向身边的老师傅请教。经过一个多月加班加点反复推敲和改进后，终于完成了东人工岛施工组织方案的编制，顺利通过了专家的评定。张奎的工作得到了岛隧工程总经理部主管领导的高度认可。

施工方案的完成只是“万里长征”迈出的第一步。为了保证各种新技术、工艺和工法的切实可行，在正式施工之前，还必须经过典型施工的实践论证和检验。这是港珠澳大桥岛隧工程建设的一条硬性规定，东人工岛施工也不例外。

2011年5月，张奎他们正式开始上岛，进行挤密砂桩试验，检验施工船舶性能，查找方案是否还有疏漏的地方。张奎说：“当时我们来到伶仃洋的时候，眼前全是茫茫大海。如果不借助设备、仪器和GPS定位等手段，身处何处都不知道，更不要说开展试验和施工了。”

那时候，张奎他们每天早上5点坐船出发，要近两个小时的海上航行才能到达施工海域。张奎每天的工作除了要集中精力观看各种船机屏幕上的数据变化、做好各种记录、及时处理各种异常问题外，还要忍受施工现场震耳欲聋的机器声、风浪与船舶的搏击声、飞机起降声。一天的紧张忙碌后，还要再经过两个小时的海上颠簸、摇晃，直至晚上七点左右才能到达营地。每当此时，大家早已精疲力竭。张奎说："长达四个多月的海上试验期，每天都要在海上耗时近 15 个小时，很多时候比起正式施工还要辛苦许多。因为许多事情都处于探索、验证未定论阶段，过程中琐碎的事情繁多，常常会令人忙得没有头绪，累得焦头烂额。但是，也正是因为有了那段时间的扎实付出，取得了大量的成果、数据，才确保了东人工岛建设任务的稳步实施与推进。"

尽善尽美地完成任务

2011 年 9 月 22 日，东人工岛钢圆筒开始振沉，后续的筒内抛砂回填、筒外海底基础的砂桩打设工作也相继拉开序幕，张奎正式被委以"施工部部长"的重任。由于施工作业现场位处伶仃洋外海，他绝大部分时间都是在 303 指挥驳船上。只有每周的生产会时间，他才下船回到珠海这边岸上，第二天一早再乘船赶赴现场。

在振沉钢圆筒和回填砂时，为了更好地给施工单位交底，张奎采用实景模拟的方法，将现场施工船舶、锚位的动向布局等信息都翔实地标注在施工总平面图上分别对其进行细化、分析和说明，让工人看得一清二楚。他还结合既定的施工计划安排，每天与施工班组、兄弟单位进行仔细的技术交底，协调、统筹安排现场施工。现场工作千头万绪，他常常要根据实际作业情况，及时采取各种应对措施，果断灵活地处理各种问题，对东人工岛岛内回填砂施工提前进行布置。

通过紧密协调，采取流水线式的交叉作业方式，东人工岛岛内回填砂作业有效地利用了钢圆筒振沉的间隙期，15 艘运砂船高效运转，既确保了不窝工，也保证了现场施工不断档，大大减少了后续筒外吹填和岛内推填的工作量、缩短了工期，为后续提前成岛打下了坚实基础。

紧张的工作中，他还利用自己在实践中积累的资料和经验，积极参与技术创新。东人工岛塑料排水板施工，不仅解决了被业界称为陆上最深的塑料排水板打设施工世界难题，还大大降低了打设回带率；套管桩头自动脱落、无泥浆污染快速成井方法，还获得了技术专利。

自 2012 年 5 月始，张奎先后担任工区经理助理、副经理、HSE 总监等职务，从负责工程任务的实施编排和现场施工组织，逐渐转到健康安全和环保等方面的管理。经过近两年时间的外海施工实践，对影响东人工岛施工的水流、潮汐、季风和恶劣天气，已经有了更深刻的认识，在施工安排上也有了更准确的把握。

为更好地排布计划，张奎经常早先一步到施工的西人工岛进行观摩、学习，考察相同工序的实际功效，尽量少走弯路。

与他一起共过事的人都知道，他是一位勇于迎接挑战、工作责任心非常强，且十分专注的工程技术人员，无论赋予他什么样的任务，他总是不计付出和报酬地来对待，竭尽所能、尽善尽美地去完成。

确保东人工岛环保安全

人工岛建设，安全环保先行。开工伊始，项目部就建立了旨在实现“零伤害、零事故、零污染”的 HSE（健康、安全、环保）管理体系，HSE 总监就是这项工作的具体负责人。从 2016 年 5 月开始，张奎一直担任着 HSE 总监这一重任。

岛上施工开始后，张奎他们工区就在第一时间安装了耗资 17.2 万元的进口污水处理器，经分离、过滤和消毒等环节处理完后的水都暂存在岛上的蓄水池里，待检测合格后才将其排入大海。

对废油回收，张奎更是严格控制，坚决杜绝随意泼洒到海里。要求所有船机、施工设备所产生的废油、食物残渣所含油脂都必须存放在污油仓里，待累积到一定量后，再通过专业回收单位处理。

每天的垃圾收集是东人工岛建设的日常工作，无论是岛上还是施工船上，每天所产生的生活垃圾和建筑垃圾，都统一运送至珠海处理。岛上房建施工开始后，每天所产生的垃圾越来越多，工作任务量也越来越重，后来还把保洁员、“6S”管理也请上了岛，以便及时清理施工现场。因为张奎坚信，在脏乱差的环境下，是打造不出精品工程的。

东人工岛距离中国香港水域仅 366 米，在天气晴朗、能见度高的时候，从东人工岛就能看见中国香港大屿山上的天坛大佛。刚开工那会儿，中国香港的一些民间环保组织和人士就经常在大屿山上架起望远镜，时刻监督着张奎他们，密切关注着东人工岛及周边海域的一举一动。

尤其是东人工岛濒临中华白海豚活动和繁衍中心水域，噪声干扰、往来行驶船只碰撞、悬浮物扩散等，均会对中华白海豚的生存构成威胁。为此，工区一开始就与各班组签订了“中华白海豚保护协议”，制定了严格的防护措施；还特意聘请了上海交通大学国家重点试验室专家对施工现场周围 100 米、海平面以下 8 米之内的海域进行立体式监控。

除此之外，张奎他们每天指派若干专员对施工区域周围 100 米范围内的中华白海豚进行驱离；新来的员工都必须经过“中华白海豚保护”培训，所有参与施工的交通船、运石船、定位船等都配备有一定数量的“观豚员”。七年过去，没有收到一起环保投诉，中华白海豚种群数量有增无减。据广东省中华白海豚保护管理局统计，白海豚数量从开工之初的 1000 多头上升到近 2000 头，真正实现了环保零投诉、中华白海豚不搬家的建设目标。

对于 HSE 总监来说，工程施工中的环保责任只是张奎日常工作的一部分。由于珠江口位处台风侵袭高发海域，岛上施工人员的人身安全和健康保障同样考验着他的应急处理能力和智慧。让张奎印象最为深刻的莫过于 2017 年的“天鸽”台风了。

2017 年 8 月 23 日，超强台风“天鸽”肆虐珠海，最大风力达 15 级。那时候，屹立于伶仃洋上的超级工程——港珠澳大桥面临着前所未有的严峻考验。在“天鸽”台风到来之前，张奎优先考虑的是如何做好岛上 1000 余人的安全撤离工作。他和项目总工赵辉在岛隧总部的统一指挥下，一方面，积极组织船舶、人员进行有序撤离，将所有船舶和 200 多名辅助施工人员全部撤离到防台锚地或者珠海营地；其他 800 余人安排在岛上主体建筑的地下层。另一方面，他组织大家努力做实岛上所有施工设备、机械和物料的安全加固工作，将施工现场所有的设备，如塔吊、起重设备等都停放到了比较安全的地方，放下塔臂，将岛上容易吹散、轻质的物料进行了归拢、捆绑和压实。

为了“天鸽宝宝”的降生

正当张奎全力迎接台风到来时，他脑海中忽然闪过一个念头：“我家二宝快要出生了。”“在这恶劣的天气里，如果二宝出生了怎么办，老婆又不会开车，家中没有其他人能照顾她。大姨姐的预产期晚几天都已经生了，二宝这两天肯定要出生。”于是他对赵辉说：“我必须马上下岛回去，不然家里会出大事的。”

赵辉安慰他：“你就放心吧，没有这么多凑巧的事。现在下岛也很危险，等台风过后，再回家安心地照顾你爱人生产吧。”但张奎越想越害怕。他把现场防台工作安排完毕，又仔仔细细地检查了两遍后，把事情交代给赵辉，才坐上了最后一辆安排人员撤离的车。

那个晚上，窗外的雨一直下，风一直在呼啸，张奎一晚上也没有睡好。第二天，“天鸽”台风如期登陆珠海，狂风骤起，雷雨交加，席卷了整个粤港澳大湾区。妻子已经出现临产的征兆，疼得满头大汗。趁风力减小，他开车带着妻子向附近的妇幼医院驶去。然而，通往医院的路极不顺畅。张奎回忆起当时的场景：“马路两旁的树木、中间的隔离护栏，都已经被台风吹倒，有的是连根拔起，有的是从中间折断，马路上到处都是断树残枝。有的地方积水很深，有的地方路面塌陷……大街小巷凌乱不堪。好不容易赶到了医院，却被告知不是妇产医院，而且一个空床位都没有。”

望着车上疼痛难忍的妻子，张奎心急如焚。可是，在这台风肆虐的天气里，他就是想快也没办法。好不容易行驶到距离珠海拱北附近一家妇产医院大约还有一公里的路程时，却堵得寸步不前了。无奈，他只好将车停放在路边，搀扶着妻子一步一步朝医院走去。

当他们来到医院的门口，又被眼前的场景愣住了：周围的树全都倒了，地下水管也已爆裂，路面已积了很深的水，整个医院也已陷入停电状态。他们被安排在六楼住下了。之后，他们又在各科室之间来回折腾了几趟，才在八楼完成了手术。张奎的二闺女就这样出生了。

已经四岁的大女儿望着刚出生不久的妹妹天真地说：“爸爸，妹妹的名字就叫天鸽吧！”

每当有人提起“天鸽”台风，张奎的感受总是比其他人要深。在这场台风期间，由于他把许多工作做在了前面，准备充分而细致，逾 1000 名工程建设者无一受伤害，台风过后很快就复工了。也许过不了多长时间，人们对“天鸽”的印象会慢慢淡化，但对于张奎来说，“天鸽”是他难以忘却的记忆，因为“天鸽宝宝”，是他一辈子无法割舍的爱！

陈　聪：

永不后悔的岛隧“战狼”

历经三年京沪高铁工程后，2011年初，陈聪加入港珠澳大桥建设队伍中。作为岛隧工程Ⅲ二工区项目经理部副经理兼副总工，他参与了从沉管预制厂建设到大桥通车的全过程。他说：“这样的大工程，一辈子能遇上一个就心满意足。我毕业后连续参建了京沪高铁、港珠澳大桥，对于人生非常难得。”

庆幸自己的选择

初入桂山岛，陈聪的第一感觉是：“我来到一座荒山野岭、一座被大洋环抱的孤岛。杂草丛生，岛上未见有开发过的痕迹。”眼下的情景与他之前的想象反差很大。他被安排住在桂山镇上，距离牛头岛的施工现场有六七公里。每天早晨肩挎装满水的行军壶，乘班车上山，七点半准时赶到现场。

那时正值深浅坞开挖阶段，工地上的爆破声、发动机高速运转的声音，渣土、岩石的摩擦声，挖掘机、拉土车往返不停，满眼都是尘土飞扬，令人窒息。整天与炎炎烈日相伴，没过几天，他也被晒得黝黑。但是，艰难的工作环境并没有让他后悔最初的选择。

14 个月后，世界最大的沉管预制工厂建设完毕，一个长 400 米、宽 230 米、深 15 米以上的深坞成功蓄水，一个整体呈“L”形布局、生产设备先进的世界一流工厂展现在了他眼前。2013 年 5 月，他参与预制的 E1 沉管管节顺利转运入海，在预定海域沉放安装成功。这一切，让他明白了所有人艰辛付出的意义：“我们是在做一项不同寻常的、意义非凡的伟大工程，是在做一件有益于粤港澳三地人民、有益于祖国发展的大事。”

他庆幸自己当初的选择与坚守，庆幸自己做了一件这辈子都将是非常有意义的大事，尤其庆幸自己人生中有这一段难以忘怀的特殊经历。“没有什么显示港珠澳大桥与其他工程相比有什么特殊性，没有人喊豪情万丈的口号，有的只是非常严苛的质量要求、不断攻坚克难的工作激情和踏踏实实的施工态度。”陈聪说道。

开启管理蜕变之路

作为主管现场生产的副经理，陈聪的精力主要集中在沉管预制，负责对流水线上各工序、各岗位的操作管理与质量监管，对施工过程中每一个细节进行规范，保证沉管预制的优良品质与高效率。他说，一些看似平常的措施，却引起了大家的兴趣；严苛的质量要求与技术标准，每一位来访者反响强烈；许多新做法、新突破，更是得到了国内外同行业专家学者的高度评价。

从工厂建设到沉管预制，他在管理上经历了两个阶段的阵痛与蜕变。首先是“工厂法”推行的最初阶段，大家不理解“工厂法”是什么？为什么要推行“工厂法”？做惯了工地施工的人都认为，工程建设中做的每一件事都跟“工厂法”不沾边；即便做得再好，那也仅仅是一个管理相对较好的工地而已，也不是真正意义上的工厂，推行“工厂法”管理没有必要。究其根本，大家干惯了工地上的活，也沉积了粗放管理的坏习惯：烟头乱丢、安全帽随意戴、杂物随便堆放、施工散漫等，要一下子转变到“工厂法”生产、流水线作业、标准化管理，限制他们的行为举止，就犹如要革了他们的“命”。其次是外出学习带来的震撼。在沉管预制初期，项目总部专门组团到日本丰田等一些推行精细化、标准化管理比较成功的汽车生产企业考察、学习。陈聪在考察过程中，深刻感受到沉管预制厂眼下的管理现状与这些真正意义上的工厂之间的巨大差距。

回来后，在项目总部的组织领导下，陈聪开始带领工区人员在现场推行“6S”管理。利用晚上时间，以施工小班组为单位，持续对工人进行轮流培训；通过早班会、周会，不断讲解岗位职责、施工要求，传授操作要领、技巧，提高工人职业化素养。同时，现场持续性严抓“安全帽佩戴、流动吸烟、乱扔垃圾”等陋习整改，奖罚措施并行。如此坚持一年后，大家都养成了良好的习惯：每个人都按规定佩戴安全帽；除了吸烟点外，厂区内其他地方再也找不到一个烟头……

人改变环境，环境改变人。工人的行为改变了，素养、能力提升了，施工质量也上去了。陈聪说，许多建筑业的同行来参观后，看到沉管预制厂内干净、整洁，物品摆放有序，到处都是一尘不染，工人穿戴规范、精神饱满，除给予高度赞扬外，还表示要效仿学习。

严抓细节打造精品

沉管生产多达156道工序，每道工序又被细化成许许多多的施工节点，每个节点的施工有无数的细节必须严加监管。如每节沉管管节的“钢筋笼”由37万根钢筋绑扎而成，需要数百名工人在不同的区域进行绑扎施工，平均每人每天绑扎的钢筋接点达4000余个；要求每个绑扎接点扎丝拧紧的力度、扎丝余留的长度、弯曲的方向角度要一样。

除了每天的现场督查，在每一个钢筋笼绑扎完成后，陈聪都会带管理人员和班组长进行全过程的自查、总结。过程中的施工操作、工艺处理、质量监管，尤其是对某些特定细节，哪些仍待进一步规范与提高，都会现场提出来，立即开会讨论解决。他说，这些细节乍看事小，但日积月累，必将影响沉管的质量和使用寿命。

将8万吨重的巨型沉管顶推200多米到达浅坞区，是沉管生产最关键的工序之一，整个过程必须非常小心，要保证由8个小节段“串”成的组合体不能脱节、不能挤压、不能受损，顶推方向不能有丝毫的偏差。建设团队研发了

“多点支撑、分散顶推”工艺，192 个支撑千斤顶、168 个顶推千斤顶，四组导向装置，在中央控制系统控制下同步作业。

此时，陈聪都是时刻紧盯沉管挪动的每一步。前三节沉管管节顶推因为没有经验，每天只能推动几米，千斤顶下面的垫板还损坏得非常厉害，经过研究发现是摩擦阻力太大了。第四节沉管管节顶推的时候，陈聪把工区所有人召集在一起，要求每个班组立一份“军令状”——做好每一个细小环节，保证自己所负责的“一亩三分地”一尘不染。顶推轨道、350 多个千斤顶是否干干净净，都要经过“白手套法”的严苛检查后方能使用。

在这种要求之下，奇迹发生了，顶推用时大大缩短。从第四节沉管管节开始，顶推时长从一个月缩短到半个月，再到一个星期、五天、四天、三天半、两天。最后一节沉管管节顶推时，仅用时一天半。还是那些人，还是那些设备，为什么能取得如此高的效率？那就是“管理产生效益”。

陈聪的电脑里，留存着一张他站在首节沉管管节前拍的照片，他准备洗出来挂在家里永久珍藏。在他眼里，每一节沉管管节都宛如自己的孩子一样，亲眼看着他们“健康”地出世，又亲眼看着他们被沉放在相应的岗位上“忠于职守”。他说：“看着这张照片，心里很暖、很美。”

黄文慧：

人生永远的骄傲战绩

2011 年 7 月，刚毕业两年的黄文慧加入港珠澳大桥岛隧工程Ⅲ二工区项目经理部。七年来，他甘愿扎根桂山孤岛，为亚洲首例沉管预制项目奉献智慧与青春。从技术员成长为工程部长、副经理兼副总工程师，这七年已成为他人生旅程中最宝贵的职场财富，成为工作履历中永远的骄傲战绩。

在高强度学习中成长

接触过黄文慧的人，都评价他是一个踏实稳重的实干型人物，敬业负责，积极钻研。加入预制厂建设那天起，他就一直奋战在施工一线。在开挖坞口底板施工时，面对地势低洼、岩体裂隙多、雨季漫长和地下水丰富等困难，他每天都是在施工现场与工人一同吃盒饭，商量对策，放弃休息时间，挤出一切可以挤出来的时间推进施工进度。

坞门灌排水设施建设，他每天要反复多次爬到 29 米高的坞门沉箱上，上上下下认真地检查四台水泵的安装细节，保证设施的安装质量。从外表看上去，黄文慧虽较一般的南方人胖些，体重达170斤，但身手敏捷，每天在狭窄的钢梯爬上爬下，从不喊一声累。

坞口航道宽60多米，疏浚施工是一个难点，陆上开挖难度大，水下岩体裂隙多，坞口水域暗涌大，爆破点距离坞门沉箱过近。在诸多限制条件和不利因素面前，作为外行的他，积极向老专家学习、请教，通过采取大块石爆破解体、挖泥船探路开道、炸礁船单点裸爆等措施，让问题逐一得以解决，保证了坞口区、坞门的止水及深浅坞灌排水设施质量的高可靠性，为首节沉管管节顺利出海创造了有利条件。整个沉管安装期间，先后进行了18次蓄水、放水，210万立方米容量的深坞每一次都运转良好。

来岛隧工程之前，黄文慧曾在其他项目工作两年。他坦言，相比之下，两者工作强度、质量标准、技术难度均不在一个量级上。岛隧工程建设者承受的各方面压力，要大出许多倍，更需要无比顽强的坚定意志。但在这种高强度的工程里锻造久了，每一个人的能力素质都会大大提高，对各种难题的探索也更加有信心。再回过头看看来时的路，这种工程的历练，反而让他觉得时间没有浪费、日子更加充实。

展现高效执行力

沉管预制时，黄文慧已升任工程部部长。作为一名关键岗位人员，他充分发挥承上启下的作用，细致编订施工计划，不折不扣地落实各项工作安排，最大限度发挥现场人员、机械设备的施工效率。每周工程例会上，他带领工程部认真做好上周工作总结，查漏补缺，对目标任务进行细致分解，编制下周进度计划表，从关键工序和重点环节入手，狠抓工程进度，做到多工序协同推进。

“一丝不苟，不让隐患出坞门”是沉管预制的工作要求。他每天在现场全程跟进各工序施工，带领技术员对每一次钢筋笼体系转换、每一次管节匹配、每一次混凝土浇筑都认认真真地检查，用随身携带的小本子记录下发现的问题与不足。为保存最翔实的一手资料，他还经常用相机拍下每一个关键环节的影像。面对每天不断出现的各种“疑难杂症”，他都会在每天的调度会上一一罗列和技术人员探讨。一次次会议就是一次次思想碰撞和经验交流，在讨论研究中，做到了“问题不过夜”。

白天在沉管预制现场跟进各项施工生产，吃过晚饭后，他又第一个到达办公室，参加分组培训和集中学习。结束后，再和同事们一起整理内业，常常到深夜 11 点还忙碌着。在他的带领下，工程部始终保持昂扬向上、敢想敢干、能闯能拼、敢于担当的状态。由此部门获评“广东省工人先锋号”“先进集体”“先进班组”等 12 项集体荣誉。

技术创新永不止步

外海沉管隧道建造技术，中国几乎是从零起步。因此，港珠澳大桥岛隧工程的每一项技术创新，对于中国交通建设的发展都弥足珍贵。黄文慧和他的攻坚团队在完成每一次创新过后，都不忘将创新的全过程记录下来，将经验整理成章，以供参照推广。七年时间，他针对每一个分项工程特点，通过现场照片与三维动画相结合，先后整理完成包含 18 个分项的一套通俗易懂的 PPT 材料，成为关键工序的施工指南。

2014 年，项目团队开始沉管水密件专项技术攻关。作为这一重大任务的牵头人，他带领技术攻关小组从波纹管保护、波纹管匹配对接开始，严格实行岗位责任制，分区域、分节段、定人定岗进行全过程跟踪，确保波纹管安装满足设计要求，从源头降低预应力管道渗漏的风险。张拉压浆过程中，他带领技术小组不断优化密封工艺，降低了密封罩渗水的风险；制作专用计量工具，使压浆计量达到了标准化，通过系列技改措施，大大提高了预应力管道灌浆质量，实现了沉管“滴水不漏”的高水密性。

在紧张繁忙的工作中，他仍不忘发明创新，参与编写的《沉管隧道大型管节顶推、滑移施工工法》获得国家级工法，《沉管隧道大型管节端封门装配式施工工法》等七项发明荣获中国水运协会一级工法；还获得多项国家发明专利和全国工程建设优秀质量管理小组奖。

2016 年 2 月以后，黄文慧身兼Ⅲ二工区副经理和副总工程师。作为中交集团“优秀党员”“明星员工”，各种荣誉的光环、工作职位的升迁，并没有改变他一个共产党员的先进本色。分管的事情多了，肩上承担的任务和责任就更重了，他依然激情饱满，默默耕耘在施工一线；依然敬业奉献，手把手教导年轻的同事如何管理现场质量安全。他深知，这些荣誉只代表过去，以后要走的每一步，仍需从零开始。

季拥军：

“穿针引线”的测量工匠

在港珠澳大桥岛隧工程七年建设中，季拥军一直担任着Ⅲ二工区测量主管。工程前期，他完成了项目施工总营地、房建工程测量方案的编写与测量任务；沉管预制厂开工建设后，他又在桂山牛头岛挑起了管节预制的测量重担，保证了每一节沉管管节的尺寸、结构满足设计标准，使沉管品质始终如一。

他扎实过硬的业务素养，沉稳敬业的工作态度，深受同事们的敬佩，先后被授予“岗位能手”“先进个人”“超级工匠”等荣誉。

工程未动测量先行

2010年底，季拥军作为第一批进驻岛隧工程的开拓者，以十足的干劲和热情，马上投入港珠澳大桥的施工建设当中。他说：“对于我们每一个参建者来说，沉管预制都是一个陌生的、全新的领域，不论我们之前干过多少大型工程，来到这里都是从零起步，摸着石头过河。我们做工程测量的也同样如此，很多时候就连参考的规范都没有，施工图纸也是边施工边设计同步进行的。”

根据工程建设安排，在最初的一年半时间里，季拥军主要负责岛隧工程施工总营地一期工程、二期工程及Ⅰ号、Ⅱ号码头等工程的施工测量任务。接到任务后，他就立即组织人员、调配仪器，周密做好各种准备，利用自己的经验，指导各项测量工作有条不紊地进行：编制测量实施方案，深入现场进行实地勘察，精确计算、放样，加班加点地复核每一组测量数据，保证工程顺利开展。

季拥军说：“虽然我们不直接负责具体的施工，也不参与工程设计，相对于工程建设中的其他岗位来说，工程测量是一项附属工作。但如果没有测量提供准确的数据，任何工程建设都无法实施和完成。”

用测量护佑沉管预制

初到牛头岛，季拥军最初在工作和生活上都很不适应。当时沉管预制厂正处于紧张的建设阶段，大家都在恶劣的环境中承受着巨大的工程施工压力，每个人都处于一种极度焦躁的工作状态。除了条件确实十分艰苦，对于沉管预制过程中的测量工作他也没有十足的把握。但作为一位老同志，他还是选择了坚守。他说：“大风大浪都曾经历过，再遭受一次飓风洗礼又何妨呢？”

外海沉管隧道建设、8万吨沉管预制与安装，对于他们来说，既没有经验，也没有参考资料。这是一条在谨小慎微中必须勇于突破的路，是一条注定要披荆斩棘之路。在这条路上，工程测量人员发挥的作用举足轻重，因为缺少了测量的支撑，任何施工可以说都是盲目的。

从每一节沉管管节的预制、顶推，到坞内横移、海上浮运，再到沉管安装，都需要依据测量来控制和完成。每节标准沉管由8节管节组成，预制时以“一节管节”为工作单元进行施工，从钢筋笼绑扎到模板安装，从沉管顶推到一次舾装，测量工作量特别大。特别是曲线段沉管，每节管节都有不同的地方，每一个细节都要做到放样准确、尺寸精准，并非易事。加上沉管预制厂生产车间四周高、中间低，一到夏天在里面干活，什么时候都是汗流浃背。季拥军说：“这种长时间的重复测量，更考验一个人的韧劲，要耐得住寂寞，始终做到持之以恒。”

七年间，季拥军以几乎“零差错”的工作表现完成了沉管预制的各项测量任务，以扎实过硬的专业技能经受住了120年使用寿命标准的最严苛考验。面对恶劣的工作环境，面对日复一日的重复和坚守，他对自己当初的选择无怨无悔。有人称他是一头名副其实的“拓荒牛”，他却说：“我只是一个随遇而安的老兵。”

实现最小测量误差

“精益求精，实现最小测量误差”，这是挂在季拥军办公室墙上的一句标语。他说：“我们做测量，就是要用最小的误差来提升工程品质，最终实现质量‘零缺陷’。”这句响亮的标语也时刻提醒着每一位测量人员，用手中的测量仪器精确地测控，为施工提供精准数据。

为了提高端钢壳安装和沉管节段顶推精度，季拥军带着测量班的小伙子们可没少下功夫。安装端钢壳的时候，测站设在钢筋笼左侧墙的控制点上，可以一站式测量完所有的测点，但会造成个别测点与测站之间的角度倾斜较大，使端钢壳个别点的平整度超过设计值，进而导致沉管顶推轴线也不容易控制。问题不解决，肯定会影响预制质量。

为了解决这个难题，季拥军搬着测量仪器在厂区内来回测试比对，对多次监测资料进行反复分析，找出最佳补充测站位置，虽然增加了测绘工作量，但大大提升了端钢壳安装质量和沉管节段顶推精度。

和直线段沉管相比，曲线段沉管的测量工作更重，也因为是世界范围内第一次采用“工厂法”生产曲线段沉管，误差控制更严，对放样精度、顶推控制等都提出了更高的要求。面对全新领域的挑战，季拥军毫不迟疑肩负起了测量方案编制任务的重担。他带领同事花了半年时间，数易其稿，完成了方案编制任务，又经过多次试验，验证了这套方案的可行性。

对此，季拥军深有感触：“万事开头难，总有人要勇敢地迈出第一步。只有多做尝试，多想办法，才能实现突破。”正是这种无所畏惧的开拓精神感染了测量班的每一个人，激发了大家的干事热情，才把曲线段预制的测量工作做到了极致。

工作之余的季拥军还喜欢看看专业的书籍，以此提升自身技能和职业素养。用他的话说，“工作以后，才更明白专业知识的重要性。学科前沿理论、工程测绘计算方法，都在不断更新，只有不断学习才能跟上步伐”。

测量作为连接设计和施工两者之间的重要桥梁，起着“穿针引线”的作用。在测量人员的测绘下，一个个标注指引着施工的位置和方向；一张张设计蓝图转变为一节节宏伟壮观的沉管。季拥军正是其中的一员，并努力为之奋斗着。

梁杰忠：

实现“零事故”生产

梁杰忠，中交第四航务工程局有限公司副总经理，曾任中交四航局二公司总经理、港珠澳大桥岛隧工程Ⅲ二工区项目经理部常务副经理。近四年的港珠澳历程，他主要负责沉管预制厂建设和管节预制。

面对新环境，他肩负起建设厂区的责任，带领团队创造全方位浇筑新工艺，在任职期间，真正实现了把“安全生产”摆在第一位，其负责的生产车间流水线没有发生过一起安全责任事故。

建预制厂的艰辛与自豪

梁杰忠来到港珠澳大桥项目，做的第一件事就是建设沉管预制厂。除了用传统工艺把厂房盖起来，工厂结构更要巧妙地利用水力进行设计，才能满足沉管预制所需的设施条件。

“刚到牛头岛的时候，岛上设施和建筑材料，一瓶水乃至一颗米都是从外面运进来的，又容易受台风等恶劣天气的影响。在 14 个月里建成占地面积 56 万平方米的预制厂，虽然很艰辛，但是觉得很自豪。”虽然现在说起来好像很简单，但当时建设厂房的苦，只有梁杰忠他们才能真正体会到。

“开工建设的时候，岛上有建筑工人1500余人，工区在桂山镇上租了房子，员工上下班都是用车接送。预制厂原本是一片荒地，是一个无人岛，没水没电。”梁杰忠回忆起在港珠澳大桥的经历，觉得建设预制厂是压力最大的时候。

“我当时是在两边跑，施工现场在牛头岛，决策会议在项目总部，一会儿跑桂山，一会儿跑珠海。第一阶段是负责施工总营地的建设，把营地建成花了半年时间。施工过程一直在灌输港珠澳大桥项目是120年工程的思想。对于这个项目要进行高标准、精细化管理，包括项目团队怎么协同合作等问题。”

在各方的共同努力下，梁杰忠带领Ⅲ二工区建设者提前建成预制工厂，接下来他们要面对的是紧张的管节生产任务。

创造全方位浇筑新工艺

“做沉管，我们国家起步比较晚，最早的一条是20世纪90年代的珠江隧道，只有四节管节。”当时被调来港珠澳大桥项目时，梁杰忠手上还有一个关于沉管隧道的项目，他对于这方面的技术有一定的了解。

以往来说，沉管都是用传统工艺分段浇筑，操作相对简单。而港珠澳大桥在传统工艺上进行了创新，运用全方位浇筑技术，每个节段3300立方米的混凝土需要全断面一次性浇筑完成，这给梁杰忠带来了难题。

一方面，要保证3300立方米的混凝土一次性浇筑，强度非常大。另一方面，浇筑要依靠模板系统，浇筑强度越大，模板系统就越复杂。当时项目计划邀请德国公司合作，不料对方给的报价费用很高，林鸣最后决定让梁杰忠他们自主研发。另外，全方位浇筑过程中的质量管控要求很高，时间一长会带来质量风险。技术风险倒不是难点，最难的是怎么降低人为的风险，如何保证质量始终如一。

梁杰忠说，人为操作风险很大，存在很多不确定的干扰因素。“管节要在海上浮运70海里，最后还要沉到40多米深的海底，全都是靠人来操作。在这个过程中，要保证管节的结构不开裂、封门不漏水。钢封门如果质量不过关，发生漏水情况，整个隧道都有可能被淹没。”怎么把人为操作的风险降到最低，是他最头疼的一个问题，因为无法将相同体积的沉管放到海里面做试验，只能靠现场临时调控。

最终经过4年的执着坚守、持续奋战，梁杰忠带着工区团队不断进行技术攻关、突破工艺难题，从2012年一直到2016年底，高品质完成全部管节预制任务。

给工人良好的工作环境

沉管在车间里采用流水线生产，大约每两个星期就是一个循环。工人长时间机械性作业，每天在相同的岗位干同样的事，难免会麻痹大意。如何保持工人的积极性和良好状态？

梁杰忠说：“第一年大家还有新鲜感，第二年我就很担心出现麻痹大意的现象。很多工序都是工人来操作，容易出现安全事故。我们首先想到的是给工人提供一个好的作业环境，因为好的环境才能做出好的作品。”

如何创造好的工作环境？他观察发现，夏天预制厂房里温度高达30多摄氏度，里面很闷且空气不流通，工人待不了半个小时就会跑出来，工作质量得不到保证。为了改善环境，他决定在厂里安装空调。在梁杰忠看来，项目首先要确保安全，给工人安装空调也是保证生产安全的一种好方式。

“工人说以前赶都赶不进去，现在是进去了都不愿意出来，这也是我们管理上的一个改进。”梁杰忠看到这样的场景，笑逐颜开。

在工区团队的人性化措施管控下，流水线上没有发生一起安全事故，沉管没出现一条裂缝。每一节沉管管节都是高标准、高品质，每一个工人都是高高兴兴上班去，平平安安回家来。

团队精神铸造世纪工程

虽然在这个项目只待了近四年的时间，梁杰忠却是终生难忘。对此他很激动地说道：“作为工程师，不是每个人都有机会参与这个世纪工程，能参与是件非常荣幸的事情。这个项目也显示出国家的实力，是国家经济发展的体现。项目前期一直在调整研究，要确保装备技术研发足以建设这个工程。那时林鸣总经理说国外要价太高，我们自己去研发，最后成功了。国家发展很重要，因此我们才有底气自己干。”

另外，梁杰忠认为，项目的团队精神铸造了这个世纪工程。在他看来，港珠澳大桥项目的模式是中交联合体一起来做，需要各个单位共同合作。技术不行，可以请专家；装备不行，可以花钱，但良好的团队合作精神不是找人或者花钱就能实现的。

各个工区之间、各家单位之间都要打交道，只有高效配合才能顺利推进工程进度。“林鸣总经理经常到工地检查工作，刚开始的那几个月，除了要出差，都会来我们这边，担心工区之间的配合。”说到这儿，梁杰忠笑了。

在团队精神的影响之下，即使大家休假在外穿便装，但只要回到工地就会自觉换上工作服，这已经成为一种工区文化。“我在家里还保存着港珠澳大桥的工服，在外面只要看到这身衣服，就知道肯定是港珠澳大桥的建设者。”对于梁杰忠而言，这种团队文化认同感越来越强了。

刘经国：

“滴水不漏”的沉管守护神

刘经国，港珠澳大桥岛隧工程Ⅲ一工区副经理兼副总工。先后参与和负责沉管足尺模型试验、沉管预制、沉管管内附属结构施工以及路面工程施工等任务。

他是一名陕西人，性格憨厚，身材微胖，2008 年大学毕业进入中交二航局第二工程有限公司后，先后参与京沪高铁、无锡金匮大桥建设，2011 年 9 月，正式加入岛隧工程项目。那时候，工区正在组建沉管预制流水线，紧张进行混凝土生产设备、高压供电设备、自动化预制模板的安装。来到沉管预制厂所在的牛头岛，给他的第一感觉是：各个环节要求更加细致，质量指标更加严苛。

沉管守护神

初到岛隧工程，刘经国的第一项任务是负责设备安装；设备安装、调试刚刚完成，沉管预制又马上开始了。作为一名技术员，他主要负责钢筋加工、绑扎以及预埋件安装。

预埋件安装是沉管预制过程中技术含量高、质量要求严的关键环节之一，主要包括止水构件、浮运安装结构预埋件以及一些交通设施、洞室。这些设施都得提前预埋、预设、浇筑在混凝土里。其中，止水构件的安装精度要求特别严苛，因为相邻两节沉管管节对接时，只能依靠两侧端钢壳预埋件和橡胶止水带挤压密贴进行止水，一旦密贴效果不好，就会影响止水效果甚至造成漏水。端钢壳预埋件环向一周 90 多米，任意两点的平面误差不得超过 5 毫米。在足尺模型试验时，安装止水构件就出现了较多问题，误差超过了 2 厘米。一是由于端钢壳预埋件是钢结构的，而且是先分段生产，再在现场焊接成环，变形量很大。二是混凝土浇筑时，混凝土侧压力会传递到预埋件上，致使其变形。

正式沉管预制迫在眉睫，足尺模型的“失败”不能重演。焊接变形、温度变形等难题逐一攻克，最后难题集中在混凝土侧压力引起的变形问题上。刘经国和同事们一起反复想办法，通过对模板的优化改造，把原先分别用于固定预埋件和模板的螺杆，改造成可以随时精调的综合装置。在沉管浇筑时，实时监控，发现哪儿有变形，马上把它精调归位，最终解决了这个难题。

沉管预制有许多隐蔽性的细节必须严格把关，稍有不慎，也会严重影响到“保沉管使用 120 年”的质量要求。每当这些关键细节处施工时，他都是亲自上阵，所有的细节都必须经过反复验证、检查，做到百分之百无隐患，才能进入下一道工序。

最美沉管隧道“精装师”

2014 年 9 月，刘经国开始负责沉管内部装饰装修以及其他附属工程施工。沉管内部的综合管廊、防火结构、隧道装饰、检修道构件安装，施工内容极为繁杂，既是沉管的内脏器官，也是沉管的美化需求。他说，每一项任务都是细活，是在给沉管精妆、美颜。

所有内饰构件不能有瑕疵，不能有污染或缺损，正看、侧看不能有波纹状光照效果；检修道构件、装饰板安装错台不得超过 1 毫米，轴线偏差必须控制在 3 毫米以内；都要做到横看成线，竖看成面。各种构件数以万计，每一件都要达到“零缺陷、零误差”，谈何容易。

在第一次安装装饰板测试时，虽然厂家提供的产品表面平整度误差均已达到行业领先的毫米级标准，但林鸣总经理来检查时，用手电光一照，发现有一处产生了波纹状光照效果，马上要求撤换，找出原因并进行改进。后来大家花了整整一个月才查明原因，第二次现场安装试验取得成功后再批量安装。

刘经国非常理解林总的要求，他说："从 2 毫米到 1 毫米，看似只相差一点点，却是一个质的提升。大家辛辛苦苦预制出来的高质量沉管，如果我们没有把最后一关做好，对不起大家的心血。"

因此，在沉管内部装饰过程中，对每一道缝隙、每一条排水沟、每一块防火板，无论是正面、背面，刘经国都要求工人做到标准一致，颜色一致，一尘不染，让港珠澳大桥沉管隧道既实用，又美观。

为铸精品工程他"忍了又忍"

刘经国说，港珠澳大桥岛隧工程让大家感觉很累、很急，但这种累更多的是要时刻处于不断满足更高质量、更高技术要求，不断面对新任务、解决新问题的那种神经紧绷的累；这种急是处处要求达到精益求精、保质量百分之百无隐忧的责任与担当。

七年中，有很多人和他一样，因责任与担当而坚守了下来。东人工岛上的那段大台阶，就是一次"极不情愿"的返工。当时台阶已经铺设了一多半，有一次林鸣总经理来到现场检查，一眼望到头去，总感觉到略有不平，问道："中间有一级台阶的高度误差可能超标了，你们马上过去测量一下，看是 7 毫米，还是 8 毫米？"他当时没有多说什么，更没说要返工。谁都知道，台阶是一级压一级地叠加上去的，动一级台阶，之上的台阶都必须全部拆除、返工，至少得用 20 来天时间。为了几毫米的误差，要投入这样大的人力、物力值得吗？且那时候正是珠海最热的时节，队伍中不愿返工的声音不绝于耳。虽然距离 3 毫米的设计要求相差不大，但是，为了打造港珠澳大桥精品工程，刘经国还是艰难地做了最后决定：将所有刚铺好的台阶拆除重铺。

刘经国说，"不情愿"的事情何止这一桩呢？只要关系到沉管隧道质量要求的事，都容不得半点缺陷，换了谁都一样，再难、再不情愿也要"忍"着。让他最高兴的是，所有事情都在不断地向好的方向发展：刚开始是解决大问题；大的问题解决了，再想办法去解决小问题；小问题解决好了，大家又主动对一些小细节进行优化。大家对高质量的追求，真的到了一种“没完没了”的境界。

刘经国也有过“这些要求是不是有点过了”的疑问。但是，当大家真的迈过一道看起来无法迈过的难关时，又觉得这也没什么难的。例如沉管内部的防火板、装饰板，安装要求是误差1毫米，开始都觉得太难太难，当真的达到以后，大家又很自然地形成了一种习惯。

说到这里，刘经国打趣道：“这就如同我刚来沉管预制厂的那段日子，每天都是早上六点多起床，晚上十一点多睡觉，每个周六、周日都是连轴转，连续好几个月都是这种状态。好几次都想拔腿就走，逃离这个项目。可是，每次都是‘忍了又忍’，强逼着自己一次又一次地坚持、再坚持。当自己真的挺过来的时候，又感觉那样的付出与港珠澳大桥使用120年的质量要求相比，又算得了什么呢？”

女儿为他提前过“六一”

人们常说，坚持就是胜利。这句名言对于刘经国来说，再合适不过了。七年坚守，七年拼搏，也是七年收获。工程经验不断丰富，技术能力不断提升，管理水平不断提高，很多人都成了业务骨干，得到了社会的认可。刘经国也是如此，他还在这里收获了爱情，有了一个关心、体贴和理解他的妻子，有了一个天真可爱的女儿。

刚来项目不久，刘经国就和妻子相识了。那时她在广州，是某工程项目的一名监理；他在珠海，在牛头岛上安装沉管预制设备。工区领导得知他的情况后，特意批准他一周可以周六、周日休两天，去约会女朋友，并下了一个“任务”：一个月内搞定此事。也许是两情相悦，也许是真情感动，刘经国真的在一个月之内就完成了“任务”。他工作忙，经常是女朋友到牛头岛来看他。

有了小孩以后，妻子辞去了工作，回老家照顾小孩和老人，无怨无悔地撑起了全部家事。沉管预制、管内装饰开始后，刘经国就更忙了。武汉的老家并不远，但一年到头只能回去一次，其中有两年还都是回家不到24小时，又马上赶回工地。好多次在电话中约好，过多长时间一定回去看她们，可临近约定时间时，他又只能放她们“鸽子”。

刘经国说，最愧疚的是2016年的“六一”儿童节。那是女儿在幼儿园过的第一个儿童节，妻子反复强调，一定要回去，亲眼看看孩子的表演。这一次，他也真的在5月26日就赶回了家，可就在他刚到家的当天晚上，领导来电话：“5月28日项目要接受一次大检查，你要马上回来。”命令如山，他只能做好提前回项目的准备。也许是天公作美，他发现28日及以后一周内都有雨，便去与幼儿园沟通，看能不能将“六一”活动提前到27日。27日上午，他含着泪水看完了女儿的表演，中午就坐上了返回珠海的高铁。后来，妻子打电话说：“女儿知道你走了以后，整整哭了一下午，晚上睡觉做梦，一直在说：爸爸，你别走，爸爸，我不让你走。”谈到这里，刘经国哭了。

港珠澳大桥岛隧工程已经完工了，回头再看自己在这一项目中所走过的路、经历过的事、受过的“折磨”与“煎熬”时，一切已趋于平静。岛隧七年，让他难忘的是，“6S”管理已经成为他工作、生活中的一种习惯。上班、外出他仍爱穿白色的“中国交建”工作服。他说：“这是一份荣耀与责任，一种高标准、严要求的岛隧精神。就如同军人穿上军装一样，穿上工作服，身上就有一种使命感，浑身充满着正能量。”

聂四生：

2200 多天安全无事故的奇迹

“一天整改一条隐患，十天就整改了十条，一个月下来就有三十条。”在中交港珠澳大桥岛隧工程Ⅲ二工区安全管理部的墙上挂着一条醒目的标语：每天进步一点点。安全管理部部长聂四生说：“当初设立这样的口号，是因为我们负责巡查施工现场中存在的安全隐患，每天把发现的隐患关闭，就是一个小小的进步。”

说起聂四生，每天早上在预制厂施工现场都可以看到他：手臂上绑着红袖标，左手拿着对讲机，右手拿着照相机，兜里还装着手电筒。这位身材稍微有点“矮胖”的 HSE 总监，时刻把安全装在心中，为工地筑起了安全的防火墙。

从“早班会”这件小事说起

一日之计在于晨，员工早上的精神状态如何，关系到一天的工作效率。每天早晨，在沉管预制厂的四周及厂内，班组在各自的施工区域集中，整齐列队召开早班会，形成牛头岛上一道独特的风景。为了让早班会效果更理想，安全管理部开发了一套热身操，在舒展身体、活动筋骨的同时，让员工在施工作业中不易扭伤。

班组长每天都会在早班会的时候对作业人员的劳保用品进行细致的检查。“早班会有这样一个步骤，从安全帽正确佩戴这件小事做起，是教育警醒大家的一个过程。”聂四生说，E27 沉管管节预制时，现场一名工人在装模板的时候，脚下一滑，从底模与厂区地面之间的间隙掉到了浇筑坑底。因为平时的严格要求，这名工人正确佩戴了安全帽。当他赶过去的时候，看到工人自己站起来，手扶了扶安全帽走上来，口中还念叨着“幸好有了这个安全帽，不然我今天小命不保”。

正确佩戴安全帽看似小事，但要保证现场 1000 多名施工作业人员正确佩戴率为 100%，不是一件容易的事。为此，聂四生带领安全管理部每一天细致做好安全交底，管理层层落实，一直到每一个员工身上。

不放过任何“魔鬼细节”

“魔鬼细节”一词由世界著名建筑师密斯·凡·德罗所提出，意思是不管你的建筑设计方案如何恢宏大气，如果对细节的把握不到位，就不能称为一件好作品。在工区周例会上，安全管理部工作汇报时展示了施工现场一个角落的模板螺丝帽没有拧紧的画面，这让很多刚进场的新员工惊叹：这么细小的安全隐患都能检查出来！从广州南沙港、深圳盐田港，到京沪高铁、贵广铁路，在工地十二年的摸爬滚打练就了聂四生一双安全管理的“火眼金睛”。

一次在进行现场安全巡查时，聂四生发现一电焊机没有接地保护，他立即对电焊机断电，并当场喊来现场电工要求立马整改，丝毫没有理会现场工人的解释。在 E23 沉管管节管内巡查时，因作业需要立了一把梯子，现场人员为防止梯子砸伤人，在梯子上写了一个小纸片：请留神梯子，注意安全。舾装区域责任人小王走过时并没有留意，也未发生梯子砸人事故。但是老聂把小王叫了过来：“给你个建议，将纸片改为‘不用时请将梯子放倒’。之前的做法只是起到提醒的作用，但是这样一改就直接排除了潜在的安全危险。要消除事故，就要着力排查，从源头上消除隐患。”小王连连点头，示意明白。

如此浩大的工程项目如何完美把控“魔鬼细节”？聂四生介绍，管理人员将沉管预制厂现场分为若干个区域，每个区域落实相关的责任人，都有相应的班组，工程技术人员作为现场最直接的执行者，安全部门作为监督管理，每天在每个区域不停地循环检查，发现隐患立即要求整改，并选择一些有代表性的问题在周例会上进行通报。“一个隐患在某个区域关闭了，但在别的班组也可能出现。把这些典型的类似的问题拿出来说，是防止其他区域也发生类似的安全隐患。”

告别“填鸭式”的培训

“起吊！”只见聂四生伸手往上一抬，向吊车司机做个手势，物品随后被缓缓吊起。在沉管预制厂休整区内，起重师傅张月球正在对作业人员进行安全吊装演示：“吊物绑扣的时候，要找准物体的重心，然后再慢慢吊起 20 厘米左右，物品不倾斜、不变形，才能继续起吊。”为了改进培训效果，聂四生与工区领导探讨了好久，最终决定在培训模式上进行创新，采用了技术实操演练的新模式，工人全程参与，更容易牢记技术要点。

此外，在安全培训会上，相比以前“填鸭式”的灌输，安全员按类别收集了许多安全事故案例，以动画和解读的方式，对现实中血淋淋的教训进行展现，起到良好的警示效果。

为了提升培训效果，聂四生还亲自参与到安全管理教育视频的拍摄。“曾经想找专业公司来做，但是后来经过各方面的沟通，大家一致觉得专业广告公司毕竟不是干我们这一行的，没有天天深入现场的经历，拍出来的肯定不是我们真正想要的东西，这还得我们自己去做。”聂四生说，“有时候为了拍摄那一两秒钟的镜头，可能要在烈日下站个大半天。”视频做出来后首先在工区内推广，得到大家的一致好评，还在公司的安全主管例会上展示，为其他项目提供了借鉴。

有人问聂四生：“你搞安全的何必那么认真，图个啥呢？”他这样回答：“我只是尽力做好一个安全员的工作，履行自己的职责。我们实现了 2200 多天安全无事故的纪录，要说图什么，图施工安全，图每个工人的安全，还有他们的家庭幸福。”

孙　志：

让“魔鬼”无处藏身

孙志，中交港珠澳大桥岛隧工程Ⅲ一工区质量总监、质检部部长，主要负责工区所承担的16节沉管管节生产、最终接头施工等工程任务的质量监管。

2011年5月，他来到牛头岛，从此便与海底隧道结下了不解之缘。七年多时间里，他始终如一地认真落实沉管预制的各项要求，思想上不懈怠，管理上“严”字当头，秉持“严苛”的态度，将标准化、精细化管理贯穿于沉管预制全过程。

在工地上，他也收获了个人成长，获得了各类荣誉：参与发明了三项技术专利，申报了12项QC活动成果，先后荣获中交二航局“青年岗位能手”、项目总部“五比五提升”劳动竞赛“质量标兵”“水密性技术攻关”等。荣立沉管预制工程“一等功”、岛隧工程“第三战役”劳动竞赛“个人一等功”。他所在的质检部也多次荣立集体特等功。

工区质量管理体系的缔造者

2011 年 5 月，孙志刚参建完江苏泰州大桥，就马上到了港珠澳大桥岛隧工程项目。早在泰州大桥的时候，他已经是质检部长了，来到岛隧工程，工区安排他承担编制沉管预制质量管理方案这一重任。然而，外海沉管施工在中国还是第一次，沉管预制还是一个全新的领域，孙志以前从未接触过，预制的流程都不清楚，更谈不上怎么对它进行质量管理了。所有一切都是空白，相关的工艺、工法、材料、配合比等标准均无前例可循，他都只能摸着石头过河，在探索中去创新、总结和提升。

尽快建立起一套关于沉管预制过程中的质量管理体系迫在眉睫。Ⅲ一工区即是沉管足尺模型试验的攻坚单位。随着试验工作的一步步深化，孙志带着质检部的同事密切监视着每一道工序，从每一个细节中总结沉管预制质量的控制条款，建立质量管理体系，再指导控制后面的沉管生产工序和流程。

钢筋加工是第一道工序，钢筋检测合格后才能进入这里进行精加工，加工精度误差必须控制在 2 毫米以内。

钢筋绑扎是第二道关口，精加工后的钢筋半成品运送到这里绑扎成钢筋笼，每一节沉管管节要绑扎 37 万根钢筋，绑扎点达数百万个，每个点的绑扎力度和扎丝方向都要保持一致。

混凝土浇筑是沉管质量的关键工序，绑扎成型后的钢筋笼被顶推进模板系统，通过 35 小时的紧张施工完成一次性全断面混凝土浇筑，混凝土入模温度控制在 25 摄氏度以下，保护层厚度误差控制在 5 毫米以内。

以后的沉管养护、长距离顶推、钢封门安装、止水带安装，每一步都不能有半点差错，每一道工序的质量控制标准都要经过反复推敲、试验、核对，经过七个多月的努力，沉管预制质量管理体系初步成形，为沉管预制施工正式展开打下了坚实的基础。

隧道 120 年使用寿命的护航人

港珠澳大桥海底隧道是当今世界规模最大、综合难度最高的海底深埋沉管隧道，全长 5.664 公里，设计使用寿命 120 年。然而，要修建这样一条海底隧道，人们最担心的问题是它的防漏、防渗，怎么样保证质量。

孙志说："要做到海底隧道滴水不漏，保证120年使用寿命，这首先要取决于每一节沉管管节的预制质量。"他没少在加强沉管预制过程管理上下功夫，七年如一日地坚守在施工现场，总是以"鸡蛋里挑骨头"的劲头监控每一个环节，以精益求精的"工匠精神"完成每一道工序质量验收，以"每一次都是第一次"的理念把控每一个细节，持之以恒地抓好质量管理工作这一环。

沉管预制的驱魔师

历时4年半紧张施工，工区负责的16节沉管管节预制完成。这是一场沉管质量管理的持久战，更是中国第一条跨海隧道工程建设的一场攻坚仗，每一节管节，每一道工序、每一个细节，都浸透着建设者的汗水。孙志说："问题和隐患宛如隐藏着的魔鬼，它可以毁掉一项工程，危害许多人的生命、财产，甚至一个国家的声誉。因此，我们预制沉管时，决不能让魔鬼隐藏在身边。"

"魔鬼藏在细节中！"然而，要预制完成一节沉管管节，必须经过许多道工序，每一个细节都要求做到万无一失，百分之百无隐忧，谈何容易。可想而知，要做好沉管质量管理，光靠孙志一个人，或者质检部的几个人显然是不现实的，还必须发动群众，依靠集体的力量，群策群力，才能把藏在细节中的魔鬼驱逐干净。

一是狠抓质量管理关键点。每一节沉管管节预制前，各部门都要认真做好图纸会审与施工策划，理解设计意图，选取最佳的实现方式。

二是开展多种形式的培训。提高现场操作能力和施工熟练度，关键岗位和特种作业人员必须持证才能上岗，钢筋加工、钢筋绑扎、预埋件安装、模板安装、混凝土浇筑、管节顶推、一次舾装，每一步都要传达清楚，让每个人都明白干什么，怎么干，干好的标准是什么。

三是各工序标准到位。对每道工序精细优化，形成全流程标准化，定职有序，责任分明，质检员跟班监督，全流程"三检制"把关。针对沉管预制工序复杂、技术要求高的特点，编写了《港珠澳大桥岛隧工程沉管预制质量控制要点》，细化为22个子分项、116个工序控制点，并根据质量风险分成3级控制层次，规定了质量检查方式、检查频率、质量要求标准、相关处罚制度，从而健全了质量风险管理机制，做到标准到位。

开展质量创优，丰富质量文化内涵；开展岗位练兵，提高员工素质；开展 QC 活动，促进持续改进；加强过程控制，正确做到“三检制”到位；开展数据分析，找出主要因素，采取有力措施，组织攻关逐项消除。孙志在多方面均下功夫，防检结合，从“事后把关”转移到“事前控制”，真正把沉管预制质量管理做精做细，做到了极致。

孙志说：“我们工区采取了专业检查和班组检查相结合的方法，严格执行搞好三检，加强对过程控制，把质量问题消灭在萌芽状态。”

精细化、标准化和规范化的管理，让“魔鬼”再无藏身之处，确保了每一节沉管管节“滴水不漏”。七年岛隧工程建设，孙志在沉管和最终接头的质量管理上倾尽了全部心血，为港珠澳大桥海底隧道的匠心呈现打下了坚实的品质基础。

王　俊：

没有一蹴而就的成功

王俊，港珠澳大桥岛隧工程Ⅲ一工区工程部部长，主要参与西人工岛非通航孔桥、隧道沉管内部装饰、路面铺装等任务。

王俊是重庆人，2012 年毕业于广州工业大学，一毕业就来到了二航局第二公司工作。自 2013 年 3 月至今，他一直坚守在港珠澳大桥岛隧工程项目，心志与能力在这里得到了快速提升。即使现在已经转战其他工地，每当听人谈起港珠澳大桥，他总是由衷地感到骄傲和自豪，仿佛过去几年的经历就发生在昨天。

在西人工岛桥梁工程中收获成长

来港珠澳大桥岛隧工程之前，被公司分派到珠海项目从事工程技术员工作的王俊，曾在横琴二桥参与下部基础钻孔灌注桩施工；2013 年 3 月，参与港珠澳大桥西人工岛非通航孔桥建设。

当时西人工岛非通航孔桥施工正在紧张地进行，下部基础钻孔桩已经完成了1/3。王俊说："刚来的时候，除了下部基础，其他如承台、墩身、箱梁、吊箱等，对我来说都是新东西，怎么施工？如何管理？技术质量、标准怎么去控制？全是一头雾水。当时我傻傻地分不清承台和桥台的区别到底在哪儿，常常纠结于各种问题，找人问东问西。好在有师兄们的耐心指导，工区同事、领导们的谆谆教导，经常参加工区、总部组织的一些培训、讲座等，这才让我得以飞速成长。"

2014年，王俊已顺利完成了从一名现场工程技术员、技术主管到工程副部长的岗位转换，工区领导委任他负责西人工岛工程部的事务，成为非通航孔桥施工的骨干，主要负责孔位、钻孔等技术指导和质量把控。

此外，他还要负责施工中所涉及的各种物料、机械、设备及各种准备工作：如做桩基、承台之前，他必须提前了解钢筋笼、混凝土、模板、钢筋、配料、人员等都到位了没有，召集工人班组长进行施工方案交底，解读施工图纸各个细节地方的技术、质量标准是怎么要求的，哪些地方需要重视和注意……

2014年10月，西人工岛非通航孔桥全部完工，成为港珠澳大桥首个完工的工程段。回忆那段经历，王俊说："那段时间虽然身体上累点，但我学到了很多东西，心志、能力也成长了许多，真的是获益匪浅。"

筑就沉管内部施工精品

2014年底，港珠澳大桥隧道开始第15节沉管管节安装，Ⅲ一工区又承担了隧道内部附属设施的施工任务。管内施工内容特别庞杂：浇筑沉管接头混凝土剪力键、中管廊电缆通道隔断，安装检修道及排水设施、隧道结构防火、隧道装饰板、隧道横向疏散通道安全门，沥青路面铺装等。

沉管内部施工与桥梁的建设完全不同。如果说桥梁建设施工强调的是技术，那么管内施工主要是抓好管理，装饰、装修，都是细活。对王俊来说，这是一个全新的跨行业领域，面临一种新的挑战。在正式开工前的准备阶段，王俊觉得，虽然自己从来没有干过，但看着图纸应该还是比桥梁施工要简单些。

然而，当他刚进行完一段长22.5米、高1.5米的中管廊隔墙浇筑的典型施工时，林鸣总经理就给了他们当头一棒，责令停工整顿两个月：现浇隔墙混凝土颜色存在色差，成品棱角保护不到位，线形控制不达标。"在这么重要的工程中，你们怎么能干出这样没有水平的活来呢？”当着很多人的面，林鸣总经理毫不客气地训斥了他们，这让大家都蒙了。

因为这是一堵隐蔽性的管线隔断墙，最后还会在上面遮盖盖板，都是看不见的。按常规施工，作为隐蔽工程，只要质量有保证，外观一般是没有特别强制性要求的。那段时间，大家内心都有点质疑要求这么苛刻到底有没有必要？工人也产生了一种抵触情绪。

正当他们积极找寻解决方法的时候，刚好工区成功完成了曲线沉管生产和第一批小构件预制，精致的外观让王俊和团队深受启发，也增加了自信，“做精细活，我们是可以的”。

随后，他借鉴曲线沉管的线形控制方法、复合测量法和小构件的清水混凝土配合比，经多次试验后，做出来的效果非常完美。两个月后，他们成功交出了一份满意的答卷，成功实现了混凝土墙面无色差，棱角分明，线形偏差控制在毫米级。

沉管内部施工总动员大会正式拉开序幕，林鸣总经理在动员大会上提出，要坚持“零瑕疵、零容忍”的理念，坚持“创世界一流、造精品工程”的质量标准，坚持“滴水不漏、世界最美隧道”目标定位。王俊和所有人终于理解了林鸣总经理要坚持返工的良苦用心，自觉按照“建最美隧道”的标准，做好每一个细节，防火板、装饰板和检修道安装的缝隙都被严格控制在 0.5 毫米以内，横看成线，竖看成面。王俊高兴地说：“打造‘精品工程’，我们在沉管预制中践行了一大步，管内施工也卓有成效，这证明只要用心，我们都能成为精装师。”

感受被尊重

王俊说，在港珠澳大桥岛隧项目建设中，他曾不时反问自己工作的意义何在？坚持的目的又是什么？前进的方向是否正确？在这段时间里，他学会了聆听，从聆听中懂得了如何去关爱生命、提升自己，懂得了如何去捍卫坚守工程质量这条底线，更懂得了人生和职业的选择不能盲从，学会了对他人的尊重和理解。

在现场施工中，他总会尽可能地把施工任务、标准、可能产生的问题向工人、班组长交代清楚；平时和大家相处，他会主动了解工人冷暖，体谅工人难处。经常提醒他们注意安全、防范风险。时间久了，工人们也都把他当成知心朋友。王俊说："这样大家一起才会配合娴熟，干起活来才得心应手。"

港珠澳大桥岛隧工程建设宛如一场持续七年的长跑，有的人中途掉队，有的人坚持到了最后。王俊是岛隧工程建设的亲历者，也是港珠澳大桥通车运营的见证者，他说："踏实、坚定地走完岛隧工程建设的全过程，也不失为一种好的结果。"

杨绍斌：

挑战人生新的天花板

“我是在港珠澳大桥岛隧工程建设中成长起来的。如果说苏通大桥是我职业生涯的第一个巅峰，那么岛隧工程也许就是我人生旅途的顶峰。”

杨绍斌，Ⅲ一工区常务副经理。从2011年6月率领二航局二公司团队进入珠海，至今已是7年多了。在这7年里，他率这支建桥梦之队转战牛头岛、东人工岛和西人工岛、沉管隧道，先后完成了沉管预制厂建设、足尺模型试验、超级沉管预制、非通航孔桥施工、小构件生产、东人工岛和西人工岛主体建筑大斜屋面安装、岛面铺装、隧道内装饰装修、最终接头钢结构监制和高流动性混凝土注浆、最终接头基础浇筑、沥青路面铺装等施工任务，甘当敢打敢拼的工程先行军，甘做孤悬海上的牛头岛岛主，攻克了一个又一个难题，创造了一个又一个工程精品。现在回忆起来，真是“忆往昔峥嵘岁月稠”！

忆往昔　峥嵘岁月稠

靠海识水性，近山知鸟音。在一般人的心目中，干海洋工程的肯定都是靠近海边的，而杨绍斌带的这支队伍却与众不同。

二航局是中国交建四个航务工程局中唯一一个地处内陆的工程局，二公司更是处于山城重庆，很多员工都来自西南腹地，大多数人不要说没有深海施工经验，就连大海都是头一回见。作为领头人的杨绍斌，虽说有参与世界上第二跨径的苏通大桥、造型别致的九堡大桥建设的丰富经验，但巨型沉管预制国内还是第一次，他也同样必须是从零起步。项目总部又对沉管施工提出了很高的“四化”要求：大型化、工厂化、装配化、标准化。面对林鸣总经理“希望Ⅲ一工区引领沉管预制”的要求，杨绍斌着手编写施工方案、列计划、写预案，接下来就是工厂建设、预制工艺研究、钢筋绑扎、足尺模型试验。在足尺模型试验钢筋笼顶推前，他带着技术员在10多米长的钢筋笼里钻到半夜，第二天天刚亮他又一头钻进了钢筋笼，爬上爬下，里里外外，每一个角落都不放过。

正是凭着这股不放过任何一个细节的劲头，在荒岛上，杨绍斌和兄弟工区合作，你来开山辟石，我来供水供电；你来搭建厂房，我来安装设备。在他的带领下，成功安装世界工艺最复杂、生产最高效、结构最复杂的沉管预制系统，攻克了超大型钢筋笼绑扎、大断面混凝土一次性浇筑、大体积刚性结构长距离顶推等一系列技术难题，形成了沉管预制成套质量控制标准、施工方案与操作规程，顺利完成两期足尺模型试验，扫除了大型沉管“工厂法”预制过程中的多个拦路虎，保证了全世界最大也最漂亮的沉管预制厂按期开工投产。

2012年8月5日，是一个让他铭刻在心的日子。这一天，牛头岛沸腾了！沉管浇筑区沸腾了，大家都兴奋地忙碌着，世界最大的首节沉管管节正式开始浇筑。经过50多个小时连续紧张作业，首节沉管管节浇筑取得圆满成功。

千万次都是第一次

“每一次都是第一次”“每一节都是第一节”，这是唱响整个岛隧工程的“一字歌”，也是杨绍斌最深的记忆。

钢筋绑扎、浇筑振捣，是建筑行业最常见、最普通、最多反复的工序，但也是最考验建设者职业心、责任心的工序。为了保证沉管预制质量，工区建立了沉管质量追溯制度，细致为振捣工人划出了固定作业区，每个工人 2 小时一班，在指定区域重复作业，定点、定岗、定责，工人们的责任心大大增强，作业效率和施工质量也节节攀升。第一个节段他们用了 30 天，第二个节段用了 28 天，随着责任越来越明晰和熟练度的提升，一个 22.5 米的标准节段预制周期稳定在 8.5 天，浇筑时间也从 50 多个小时稳定在 30 个小时左右。

混凝土没有不开裂的，这是建筑界公认的常识。浇筑不开裂的沉管，保大桥安全使用 120 年，杨绍斌决心挑战这个“不可能”。优选混凝土配合比，完善从骨料仓库到模板系统的全过程全方位温控措施，制定浇筑顺序，乃至用什么规格的振捣棒，一个点振捣多长时间，他带着团队一项一项试验，一点一点优化；底模区振捣、倒角处振捣、墙体振捣，每一个细节他都不放过。他一再强调：“每一个环节要百分之百检查到位，每一项措施要百分之百落实到位。”真正做到“每一次都是第一次”“每一节都是第一节”，在他的带领下，首节 180 米世界最大沉管顺利预制成功，首节采用“工厂法”生产的曲线段沉管预制成功，一号生产线 16 节沉管管节率先预制完毕，所有的沉管在深水复杂海况下全部做到了滴水不漏，创造了“浇筑百万立方米混凝土无一裂缝”的工程奇迹。

苦心百炼始成钢

杨绍斌的“严”是出了名的，什么东西都要做到最好，每一项工作都要做到极致。杨绍斌说，7 年里我们一直在学习，一直在改进，一直在提高，总想做到极致。比如对“半刚性”沉管密水性的优化，7 年一直在持续；对管内施工中装饰板、防火板的预制，都做到了精益求精，品质如玉。

如果说其他工程钢筋绑扎只需要满足标准的话，这里则需要把误差控制在 0—1 毫米。国家标准的碎石含泥量仅要求不超过 1%，而沉管预制厂里却要达到不得高于 0.5%。一般的工程只是强调混凝土的配合比、坍落度和振捣质量，对温度的要求并不严格，杨岛主却是面面俱到，把混凝土当成婴儿来看护，炎炎夏日里，让混凝土“吃上冰糕”、吹上空调，还加上高档喷雾系统、喷淋系统，保证混凝土不高于 25 摄氏度的入模温度。第一次钢筋笼顶推，第一次混凝土浇筑，杨绍斌都忙碌得几天几夜睡不着觉。每天从工地回来，身上的工装都沾满了油污，手上常被钢筋刮出伤口。正是他对工作和对自己的超高标准要求，才使得沉管得以完美预制。

2017年岛隧工程进入尾声，杨绍斌和他的战友们凝望着桂山岛久久不忍离去。那岛上的一草一木，他再熟悉不过……

7年来，百万平方米混凝土预制没有出现一丝裂纹；

7年来，安全生产没有出现一次安全事故；

7年来，工区没有流失一名骨干员工；

7年来，所有的设备都处于最优状态，光洁如新，被称为“东京的颜色”。

这些成绩是在工序交叉最多、质量要求最严、施工环境最为陌生的条件下取得的，都凝聚着他的匠心和心血，都浸透着他的执着和坚守。他已经记不得了，有多少次被对讲机从熟睡中惊醒；他也记不得，有多少次半夜里收到林总的电话和短信。

放弃了自己熟悉的桥梁专业，毅然转投到沉管隧道这个全新的领域，七年外海孤岛坚守，转战伶仃三岛，大兵团作战，跨专业施工，历经无数次攻坚克难的洗礼之后，杨绍斌显得非常平静。他说：“人生需要新的天花板，来港珠澳就是一场挑战，要有勇气去探索未知、解开谜题，这也是一种人生体验。”

张　洪：

用心做好无愧于伟大的世纪工程

张洪，港珠澳大桥岛隧工程Ⅲ一工区总工程师，先后参与和负责沉管足尺模型试验、超级沉管预制、隧道最终接头、沉管内部施工和小型构件生产与安装等系列工程任务。

张洪是四川人，毕业于同济大学土木工程系。2007—2011年，他全程参建了荣获“杰出结构工程奖”的江苏泰州大桥；自2011年7月始，正式加入了港珠澳大桥岛隧工程的建设。

沉管预制唯一的路

Ⅲ一工区是港珠澳大桥海底隧道沉管生产的先行军，要为中国首例“工厂法”预制沉管找方法、写方案、定标准。张洪的第一份工作就是编制沉管预制钢筋施工方案。

外海沉管隧道建设，对于当时的中国来说，还是从零起步，几乎所有人都处于一种纸上谈兵的状态，沉管“工厂法”预制还是一片空白。“为了能借鉴一点国际上的成功经验，项目总部专程到丹麦的厄勒海峡大桥考察，想了解一下大型沉管隧道到底是如何建造出来的，得到仅有的一本薄薄的英文参考文献，还不到30页。”张洪说。

面临国际社会的技术封锁，面临超级工程高标准的要求，大家意识到，港珠澳大桥沉管的预制，既无先例可循，也无捷径可走，唯有自主攻关这条路。张洪和他的这个团队，成了国内第一个吃螃蟹的人，也是国内第一个掌握超大沉管预制技术的团队。

在沉管足尺模型试验过程中，张洪和大家一起验证沉管预制工法、技术参数、控制标准的可靠性，及时修正、优化；钢筋怎么加工、模板怎么安装、混凝土怎么浇筑、沉管怎么顶出去……努力从演练中找寻到最佳方案，形成了一系列的施工指南。

2012年5月，港珠澳大桥首节沉管管节开始预制，拉开了世界最大的沉管批量生产的帷幕。这依然是由张洪所在的Ⅲ一工区负责。历经四年多艰苦卓绝的战斗，由Ⅲ一工区负责的16节沉管管节和最终接头终于胜利完成。

圆梦海底百年之吻

岛隧工程刚刚动工的时候，Ⅲ一工区分配到的任务主要是沉管预制厂建设、沉管足尺模型试验和16节沉管管节的预制；但在数年建设期间，又陆续新增了西人工岛非通航孔桥、小型构件的预制和安装、路面铺装、管内附属工程、最终接头制造和基础灌浆等施工任务。这些工程看起来不仅零散，而且处处都需要精益求精。尤其是后续增加的任务，都是工程的“面子”和关键，最直接、最直观地显示着岛隧工程的质量，彰显出建设者“永铸精品工程”的执着与追求。

张洪和他的团队就是在这样一种不断接受新任务、挑战新难度的状态中拼搏过来的。七年中，从沉管足尺模型试验、首节沉管管节预制到最终接头施工，从西人工岛非通航孔桥、清水小型构件预制，再到管内装饰工程，他都参与其中，为之付出了许多辛劳和智慧，有很多难以忘怀的时刻。

张洪说，最让他难以忘怀的是最终接头施工。港珠澳大桥沉管隧道的最终接头采用的是一种全新设计——整体式主动止水最终接头，其本体是由外包钢壳与内部填充高流动混凝土组成的“三明治”楔形结构。这在世界范围内都是首创。从方案制订到最后实施，张洪作为工区技术负责人，全程参与了整个攻关过程，无论是每个细节的考量，还是具体的试验验证，他都献智献力；无论是钢壳制造、高流动性混凝土浇筑，还是最终接头两端钢接头焊接、基础注浆，他都是亲自上阵。

最终接头钢壳由Ⅲ一工区负责，在上海振华长兴岛基地制造。整个制造过程历时近 100 天。为了抢抓工期，张洪带着他的团队拼战在凛冽的寒风里，在江苏南通的长江边上度过了一个最难忘的春节。为了保证万无一失，他们对每一个细节都严格要求，每天在狭小的钢壳隔舱里钻来钻去，摸遍了每一条焊缝，核查了每一个孔洞。

钢壳运回沉管预制厂，需要在里面浇筑高流动性混凝土，形成“三明治”楔形结构。这种混凝土具有高流动性，无须振捣就能自动浇筑满舱。这还是国内首次大规模采用这种工艺，采用什么样的配合比？过程怎么控制？后期怎么检测？大家都没有经验。项目总部组织沉管试验室，用了近一年的时间来进行研究，张洪他们也开展了一系列工艺试验和浇筑演练，制定了高流动性混凝土浇筑方案，圆满地完成了最终接头高流动性混凝土灌注施工。

张洪说，港珠澳大桥岛隧工程中累计完成了 100 多项试验研究，创造了 500 多项发明专利，最终接头则是最重要的创新。

创造中国的沉管预制速度

港珠澳大桥岛隧工程虽然完工了，但张洪对其中的很多工程节点依然记忆犹新。他说，沉管预制模板是世界最先进的模板系统，从 2011 年 7 月开始，一直忙到 12 月，耗时半年拼装、调试完成。紧接着进行的是沉管足尺模型试验，从 2011 年 12 月开始，直到 2012 年 4 月底，耗时 5 个多月，两节长 5.6 米、断面尺寸与标准管节相同的沉管模型才预制成功。第一个 22.5 米的节段，耗时三个多月，从 2012 年 5 月开始绑扎钢筋，2012 年 8 月才完成混凝土浇筑。首节沉管管节顶推亦耗时近两个月，前进的速度以厘米级计算……

张洪认为，沉管预制的起始阶段进展缓慢，但却是一个必不可少的探索和积累过程。尤其是沉管足尺模型试验，是一次必不可少的过程。在这期间，获得了一系列经验，优化了结构设计和混凝土配合比，确定了施工参数，为后续沉管正式预制奠定了坚实的基础。

沉管开始正式预制后，张洪和技术员分班值守，24小时不离现场，通过翔实的第一手资料来修正工序设置、资源配置、工装设备。钢筋先绑哪一根，后绑哪一根；预埋件什么时候安装，每个工位的人员布置是否足够，都在一步步摸索中得到了优化和固化。

操作规程日渐熟练，工序配合日渐流畅，资源配置日渐合理，沉管预制的效率也逐渐加快，质量也稳步提升。第一批沉管，单节段预制周期长达17天；第三批沉管，节段预制周期已经缩短至8天，达到了预期的工效；预制出来的沉管，一节比一节漂亮、完美；完成一次长距离顶推，从最初的近两个月，逐渐缩短到7天、6天、4天半……张洪微笑着说，到了沉管预制的中后期时，大家施工技艺已经达到了“庖丁解牛”般的游刃有余。

港珠澳大桥岛隧工程建设，张洪是走完全程的人之一。从入岛到工程结束，一年也回不了几次家，即便每次回去，也都是待个三五天就被工程项目的事逼着赶回施工现场。七年中的假期累加起来，他陪伴家人的时间也不足三个月，小孩出生的时候，父母生病的时候，都没能守护在自己家人的身边……他说：这里得到了很多，但对家人的亏欠不少。

港珠澳大桥岛隧项目干完了，他和大多数建设者一样，依然不能与家人有太长时间的相聚，下一个新的工程开工，他又将奋战在新的工地上。“这就是建设者的宿命。”说这话时，张洪坚强中又有些无奈。

邹正周：

做好沉管预制的"千里眼"

"道虽通不行不至，事虽小不为不成。"这是他的人生信条。工作十八载，他坚持从每一件小事做起，从点点滴滴做起，在平凡的工作岗位上兢兢业业、任劳任怨；在艰苦的环境下磨砺自己，做实在人，办实在事，把自己的一片真情融入每一个工程建设中。

邹正周，2001年毕业后，进入中交四航局第二工程有限公司工作。2012年加入港珠澳大桥建设大军，担任岛隧工程Ⅲ二工区副经理，分管工区沉管预制测量工作，数次被中国海员工会、岛隧项目总部评为"建设功臣"。

测量是施工的眼睛

邹正周说："测量就是工程的眼睛，就像导航一样，位置一变，测量也要相应变化，必须要时刻保持清醒。"

一节8万吨的巨型沉管，从钢筋加工到起浮横移，共有156道工序，每一道工序都是环环相扣，每一个环节都不能有半点差错。首节管节混凝土浇筑前，端模、端钢壳、预埋件精调工作关乎沉管的整体外形和对接效果，而且精调多半都是高空作业，精度要求多在 5 毫米到 10 毫米内。由于时间紧、任务重，邹正周带着测量团队白天顶着大太阳，晚上熬夜赶蚊子，日夜“兼程”、精心调试，最后将精度控制在允许范围内。浇筑前几天的调度会上，邹正周的衣服总是最脏的，被汗水湿透的工作服还蹭得满是油污。

“工厂法”预制沉管，一节做完了往前顶推，再接着生产下一节，这就要求两节沉管管节之间要进行匹配。为了保证测量的准确性，项目总部制定了“三轮复核制”：工区内部第一组先检测一遍，上报测量数据；第二组再去复测，看看有没有错误；两组是相互独立的。如果复核的数据和第一组测量的数据没有问题，中心测量队的人再去做第三次复测。只有三组数据都完全吻合，才可以正式施工。

邹正周带领测量人员，通过仪器观测模板的变化，观测预埋件安装位置是否准确。有一些变化很微小，有的甚至是零点几毫米不到一毫米，要求他们必须时刻打起十二分精神。“设计给的只是一张图纸，要把图纸上面的东西复制到现场，就离不开测量。测量有一套计算的方法，测量员首先是看图纸，把图纸看了之后再通过计算，再根据数据把设计图放样到现场。每个节段 22.5 米，有几百个数据，每一数据都要两个人，你算你的，我算我的，算完之后两个人再相互核对。”

突破曲线沉管难题

“工厂法”预制曲线沉管，世界上没有任何先例。尽管在直线段沉管预制积累了不少测量放样经验，但是曲线段沉管施工测量工作依然是摆在眼前的难题。

在曲线段设计图纸还没有正式出来之前，仅有几份参考设计图。沉管预制曲线段技术控制难度较大，为了做好曲线段沉管测量工作，得到更加精准的数据，邹正周带领测量技术人员，早出晚归，日行数万步，测量放出曲线段特征点，反复进行比选，完成沉管预制厂控制网复测。经过计算复核，编制完成了《曲线管节预制施工测量专项方案》，制定了操作流程，为预制厂组织现场施工及队伍安排提供了很好的参考指导。

他没有受限于权威思维，经过严密计算，发现了国外专家提供的图纸及数据中的差错，避免了设计图纸正式出来之前因细微设计缺陷引起人、材、机、工、法浪费的问题发生。在施工中，他要求对关键部位实行100%彻底换手测量，全程测量监控管节重心不同引起的偏差，及时反馈调整施工参数，保证了曲线段沉管预制质量。

静心做好本职工作

邹正周是一个能够静下心、耐得住寂寞的人，为了钻研一个事情，可以在办公室里一坐就是一天。“做测量就是要耐得住寂寞，特别是面对一些新的问题时，要静得下心，静下心来才能够想出一些好办法。做曲线段沉管测量方案的时候，我就在办公室关了好几天，制定了好几套测量方案。”

闲暇时，他也会跟工人有说有笑，询问他们近期的工作和思想情况；工区来了新同事，他常常在工作之余主动找他们，了解他们的心理动态，帮助他们渡过心理难关，同时耐心地为他们讲解施工流程和注意事项，让他们尽快适应新的工作环境；他还会抽空将自己学习到的知识整理总结，结合工作经历，为员工们讲课，通过定时集中培训，不定时现场指导，让年轻的技术人员迅速成长。

大学毕业到现在，邹正周转战了好几个项目。随着历练的增多，他对工作的事情想得也越来越多，越来越善于总结。“以前是想怎么干就怎么干，干完就行了；现在在干之前要比选，想想这个方法的好处在哪里；干完了要有一个总结，还有哪些地方需要改进。”每干完一项测量任务，他都要求自己去思考，怎么样做得更周到、更细致一些。

他总说，工作不是做给别人看的，把本职工作干好、干踏实，有所思、有所想、有所得，足矣。

陈　林：

用世界标准创“海底绣花”奇迹

陈林，港珠澳大桥岛隧工程Ⅳ工区常务副经理，中交广州航道局总工程师。从外表上看，他相对瘦小，但身体里却潜藏着巨大的能量，遇到难题时，总是挺身而出；临危受命，却又能出奇制胜。

2011年1月4日，港珠澳大桥海底隧道基础开挖动工。六年里，陈林带领着由广州航道局组建的Ⅳ工区团队，“绣花海底”，成为世界最大沉管隧道的开路先锋，先后完成了伶仃洋临时航道、东人工岛和西人工岛基础、沉管隧道基础开挖及基槽清淤施工。

“绣花海底”筑坦途

“要实现水下50米深海开挖，并且不能超过0.5米的偏差，这是不可能做到的。”这是陈林听到工程要求时的第一反应。港珠澳大桥海底沉管隧道基槽是由不同纵横坡比组成的“锅底形”，是非常规疏浚，形状复杂多变，开挖质量标准远超常规疏浚标准。巧妇难为无米之炊，在陈林看来，以现有的设备完成这个要求，简直是不可思议。

用常规的抓斗船是不可能实现深海隧道精挖要求的。解决设备难题，是陈林遇到的第一个挑战。

早在 2008 年，广航局就开始参与沉管隧道试挖槽原位试验，在试验的基础上进行抓斗船技改。整个试验、技改过程足足用了两年时间，但是直到开工前，技改还没有完成，还不具备平挖功能。直到 2011 年初，“金雄”轮技改方才告竣，成为国内第一艘真正具备定深平挖功能的抓斗船，解决了基槽精挖的装备难题。

第二个难题就是施工标准。港珠澳大桥沉管隧道是世界首条深埋沉管隧道，谁都没有试过海平面下开挖水深 50 米、槽深 40 多米的隧道基床，自然没有标准。没有标准，那就得制定标准！按照常规疏浚标准，海平面下 20 米允许的偏差是 1.5 米，那么，50 米就是 2.5 米，这个标准自然不能满足沉管隧道的建设需求。陈林综合工序、设备、海况等因素，制定了 –0.1 米至 +0.4 米的误差控制标准。后来的实践证明，陈林他们也以实际行动达到了这个标准。

在海平面下 50 米开挖误差不大于 0.5 米的隧道基槽，这样的精度要求，堪称“海底绣花”。

即使对于手握利器的陈林来说，他也没有必胜的把握，唯有知难而上。

这个利器就是刚刚完成技改的“金雄”轮。“金雄”轮是国内第一艘真正具备定深平挖功能的大型挖泥船，抓斗容量达 30 立方米，重达 110 吨，高近 3 层楼，张开时最大宽度可达 9 米。一斗挖出的淤泥，就可以填满一个 10 平方米的房间，可称得上是一只真正的海底“巨手”了。这只“巨手”有两大本领：一是能够实现精准定深。每一斗在哪儿开挖，开挖到多深，都能实现精确控制。二是能够平挖。一般的抓斗船抓起淤泥后，抓斗都会在海底留下一个 W 形的缺口。但对于港珠澳大桥沉管隧道而言，必须确保开挖后槽底仍是平整的。“金雄”轮将一次挖泥过程分解为八个动作，收斗分成几个步骤，每收一点，就下沉一点，这样就做到了开挖作业面的平整。在后续施工过程中，他们又对风浪、潮位等将影响平挖的因素做了详细的分析，不断改进，取得了满意的效果。

承受无数压力的两年

“头两年压力很大，手一摸头皮就像触电了一样。”这可能在别人看来是一个笑话，但对于陈林来说，这是经受巨大压力下最为真实的感受。

从2010年底开始，陈林常常夜里三四点会接到林鸣总经理的电话，问他一些最详细的现场细节。因为岛隧工程各工序是相互交叉的，各个工区之间必须进行紧密协调；很多工序完成的时间要细化到以小时计算，节点工期压力大。

“开始那两年半夜接林总的电话特别多，后来干得越来越顺了，配合得也越来越好了，半夜接林总电话的次数也慢慢减少了。”

虽然每次都能很好地完成任务，但并不代表过程就是一帆风顺的。陈林说，他遇到最大的难题之一就是在钢封门前清淤。

2014年12月，E15沉管管节因遭遇异常回淤安装受阻。要重新安装，就只有清除碎石基床上的淤泥。这可是一个极其高危的事情：在茫茫的大海上，清淤船的任何一下细小的移动，都可能给已经安装好的沉管带来毁灭性的伤害。特别是钢封门，就像一层纸，清淤头只要轻微地撞一下，就会造成门破水入。“那就出大事故了。这里面涉及的不确定因素太多，如果有一点点意外，前面所有的建设成果都会前功尽弃。”陈林讲起这段往事还是那样胆战心惊。

为了这次清淤，陈林真的是做了万全准备：采用多种手段进行清淤船定位，反复确认清淤头位置，设置尾缆、侧缆确定船体稳定，布设锚艇进行应急救援，安排最有经验的施工人员进行操作，增加水下测量频次等。那段时间，陈林是天天值守在“捷龙”轮清淤船上，和现场技术员会商清淤方案，反复确认清淤效果。用“捷龙”轮船长赵江的话说：“陈总的眼睛都落在了监控屏幕上了。”

众志成城，在大家的努力下，E15沉管管节历经“三次浮运两次回拖”最终安装成功，谱写了一曲“三战伶仃洋”的壮歌。

人生最值得回忆的一幕

责任大就意味着付出多。说起回家，陈林笑称“我们这个工作是只有星期七，没有节假日。”白加黑地拼搏苦干、5+2 地执着坚守，陈林先后获得“全国交通行业青年岗位能手”“全国工程建设优秀项目经理”“全国水运建设行业优秀项目经理”“全国建筑业优秀项目经理”、中交广航局第五届“广航十佳青年”等荣誉称号。面对荣誉，陈林很平淡地说，参与港珠澳大桥建设是他这辈子干过最值得骄傲的事情。

“工程结束后我们编写了项目管理‘三大篇’，从项目管理、技术研究和文化宣传三大方面，全程展现了中交疏浚在‘超级工程’中的完美足迹，也为中交建设行业积累了隧道基槽设计与施工的实战经验，更为中国疏浚业的发展注入了新的内涵。”陈林自豪地说。

何　波：

为“深海之吻”打好前站

何波，港珠澳大桥岛隧工程Ⅳ工区副经理，主要负责沉管隧道基槽开挖、清淤，以及航道疏浚等施工现场组织管理工作。

七年间，他闷头实干，永不服输，在试验研究、工程建设、项目管理等方面取得了丰硕的成果。

精益求精填空白

沉管隧道基槽怎么开挖成形？采用哪一种边坡比施工既合适又经济？海底回淤强度及速率到底有多大？回淤物的性质、成分及其饱和度的答案是什么？这些都是何波他们团队必须攻克的难题。

何波是港珠澳大桥岛隧工程首批建设者，早在正式开工前，曾进行过多次隧道基槽试挖，和设计团队一起确定了大厚度淤泥、横流条件下的边坡合理取值，大大降低了疏浚工程量。尤其是在试验过程中获得的淤泥质土层的不同边坡稳定数据，填补了疏浚行业规范相关空白。

高质高效破难关

2011 年 1 月 11 日，西人工岛及海底隧道 E1—E3 沉管管节段基槽开挖正式开工，这是在近 50 米水深的外海第一次进行疏浚作业，工期紧，任务重，施工难度大。由于它是打造海底沉管隧道的第一道工序，项目总部对工程质量提出了前所未有的要求：深挖区域超深精度必须控制在 50 厘米以内，且中间不允许有任何一处浅点。

面对这场艰难的挑战，当时担任工程部部长的何波并没有退缩，而是迎难而上，毅然决然地勇挑重担，连续三个多月，每天 24 小时驻船指导，精心组织每一步施工。在他的带动下，工程部的工作热情空前高涨，顺利地完成了基槽精挖施工，将完工日期提前了 15 天。

“精益求精，力求完美，真了不起！”每当提起他工作中的那股认真劲，一起并肩奋战过的老同事无不竖起大拇指：“他白天忙着现场施工，图纸不离身；下班后还组织业务培训，让每一位技术员都会管现场、核方案、写交底书。”

2012 年 3 月 20 日，工区开始进行沉管隧道 E1—E4 沉管管节段隆起土开挖。由于临近西人工岛，周边有多艘砂桩船，横竖密布的定位锚围成了一张巨大的“锚链网”，水上交通情况特别复杂。那时候，如何将总长 68 米、型宽 25 米的“金雄”轮安全拖入施工区域，成为工程面临的最大难题。

坚决打好这场攻坚战。何波积极与各个工区进行沟通、协调，最终制定了一种既不影响各工序正常施工，又能确保船舶、人员安全的方案。在拖航时，他专门请来了具有丰富拖航经验的“航锋 1”“航锋 8”船长，与“金雄”轮船长共同完成此次拖航作业。当天下午 4 时许，“金雄”轮顺利布船到位，提前 6 天顺利完成隆起土开挖施工。

打赢清淤攻坚战

2014 年底，岛隧工程建设遇到了开工以来的最大危机——沉管隧道基槽连续遭遇异常回淤和边坡淤积物滑塌，E15 沉管管节两次安装受阻，造成了港珠澳大桥沉管隧道整体施工被迫停滞。由于回淤量极大，受影响区域较广，如果仍采用“捷龙”轮专用吸淤船作业，施工进展将特别缓慢。

紧急时刻，工区提出了采用具有 DPDT 和 DTPS 动态定位与轨迹跟踪功能的万方耙吸挖泥船——“浚海 6”来进行清淤的构想。采用万方耙吸挖泥船进行基槽清淤，这在世界疏浚史上还是第一例。方案提出后，争议四起。没有人敢迈出第一步。如何根据水流方向调整船位？如何进行施工布线？工区组织工程技术人员加班研究、编写施工方案，经过不懈攻关，复合边坡及槽中清淤典型施工大纲及实施方案编制完成。

方案有了只是第一步，正式作业之前必须进行典型施工试验，这个艰巨的任务又落在了何波团队的身上。那时候，他虽然在基槽开挖、清淤等方面已经有了一定的实战经验，但接到 E15 沉管管节清淤任务时，仍深感压力巨大。他组织船长、工程技术人员一起，分析相关数据，研究如何提高清淤效果。经过两天紧张试验，“浚海 6”清淤典型施工顺利完成，基槽、复合边坡的清淤质量和工效超出了预期效果，为后续沉管安装提供了有力保障。

无限风光在险峰

最终接头基床清淤是隧道基础施工的关键一战，也是最艰难的一战。

最终接头位于 E29 沉管管节、E30 沉管管节之间，水深近 30 米，宽度仅仅 15 米，由于峡口效应，海流更加复杂。要把重达 2 吨多的清淤头伸入这个狭窄的缝隙中，精准清除淤泥，就好比在一个大风大浪的船上给人“掏耳朵”。

面对关键一战，广航局公司总部更是高度重视。公司总经理、董事长立即召集各路精兵强将来珠海召开现场会，一再强调：“港珠澳大桥不仅仅是一个超级交通工程，更是一个具有重要意义的政治工程。我们千万不能在这个时候就掉链子！”已经身为工区总工兼副经理的何波火速赶回了项目营地，连夜组织工区技术员进行风险分析，并将每个风险点、应对举措、实施难度都逐一进行了分析，会议一直开到晚上十一二点。这之后，他又马上将会议内容整理出来，形成了最终汇报材料。那天晚上，他几乎一整夜没有合眼。

第二天，何波带着编制完成的施工方案来到清淤船上，在东人工岛附近进行了第一次清淤试验。由于这里海水深度、水流方向与最终接头清淤现场不一样，当天下午，他又在最终接头安装区域的外围延长线上选定了船位进行第二次试验。这里水流、水深均与实际施工区域接近。最后的试验效果比上一次更好，比预计的时间提前 4 个小时。

回到营地后，何波向总部汇报了试验成果。大家又反复对一些风险点及避险措施进行了分析、推敲，一直讨论到凌晨 3 点钟。

4 月 19 日下午，何波带着清淤船进入施工现场，锁定船位后，就一起住在船上，等待第二天早上最平潮时机的到来。何波说：“在床上翻来覆去的，怎么也睡不着。我就爬起来在船上四处转，那个时候已经是凌晨两三点钟了。当来到船舶后甲板时，发现好多人都没休息。”

何波采取了严格的管控措施：一方面，加强自我警戒，增派四艘船舶把守各个锚位，加强对锚点的保护，防止渔船或其他船只进入施工区域；另一方面，向广东海上交管中心提出申请，要求所有过往船只船速降到十节以下，以防船行波过大导致“捷龙”轮产生大的晃动。他还将施工区域的地貌特征全都画了出来：边坡是什么样的，旁边是什么样的，都标注得非常清楚，交底操作手要“匍匐前进”。

厚积薄发，拨云见日。4 月 20 日早上 7 点，在水深近 50 米的伶仃洋海底连续激战了四个多小时后，原本以为“不可能挑战”的最终接头基槽任务终于完成。经潜水员的探摸验证，基槽淤泥已全面清除，清淤质量符合施工要求。至此，沉管隧道合龙路上的“拦路虎”最终被顺利“清”除，为沉管隧道全线贯通扫清了障碍。

引领中国疏浚行业

七年间，何波先后参与完成了多项技术研究与工法试验，整理出了多部技术、工法著作。如他担任 QC 小组组长编制的《抓斗挖泥船高精度开挖外海深水基槽施工工法》，是国际上第一部系统介绍采用抓斗挖泥船开挖外海深水基槽的著作，引领中国疏浚行业迈上新台阶；参与完成的不同边坡比深海开挖试验成果，获得了中国水运建设行业协会科学技术一等奖和中国建筑业协会全国建设工程优秀项目管理成果二等奖；参与编撰的“深基槽高精度挖泥关键技术与设备研发”“深水清淤关键技术及设备研发”分别荣获中国水运建设行业协会科学技术一等奖。

质量之魂，存于匠心。工匠精神不会凭空产生，培育“大国工匠”则更需要土壤。幸运的是，港珠澳大桥就是这样一方沃土。何波等岛隧工匠们以独到的眼光捕捉到桥梁建设的发展关键，以非凡的魄力开启了外海沉管隧道工程的突破方向，以精益求精的精神引领中国智造不断走向世界，讲述了一个个新时代的中国故事。

施顺源：

一个现代水手长的故事

施顺源，“捷龙”轮水手长，在港珠澳大桥岛隧工程施工中，他把自己二十几年所积累的经验毫无保留地传授给年轻员工，认真做好“捷龙”轮甲板和设备的维护保养，参与“捷龙”轮的操作施工，为港珠澳大桥海底沉管隧道基槽清淤提供了坚实保障。

“超级工匠”铁打汉

20 世纪 60 年代，汤晓丹执导的电影《水手长的故事》可谓风靡一时，生动刻画了水手长陈福海为人宽容大量、做事沉稳老练的英雄形象。施顺源也是这么一位水手长，虽没有陈福海那样英雄般的故事，但他朴实认真、勤劳肯干的作风也值得称赞。

施顺源是福建人，中等身材，长相精瘦，上班时总穿着一身油迹、漆迹“点缀”的工作服，手上老茧清晰可见；文化水平不高，但善于学习，踏实肯干，待人真诚，每当船上需要时，总是有求必应，船上的老少都习惯称他为“水头”。

2017年台风频繁。“捷龙”轮接到指令回厂避风。船刚停稳，六锚定位，又传来消息，台风变换了路径，工地立即恢复清淤……施顺源二话没说，解缆、起航、停泊、抛锚、固定，在最短的时间内开始了清淤施工。这样的事情反复上演，他带领水手们不厌其烦地重复着这些动作，缆绳都磨断了，他们也没有一句怨言，为的就是岛隧工程早日完工。

“不怕干不到，就怕想不到”，施顺源经常给水手这样说，安全工作要防患于未然，安排工作一定要有提前量，计划性要强，“兄弟们的性命都掌握在你的手里啊”！

眼睛里像揉进了沙子

2014年3月28日一大早，“捷龙”轮结束检修，由唐家No26TJ锚地拖航至岛隧工程施工现场。由于涌浪过大，船尾右侧捆绑锚标的麻绳突然断裂，导致锚标和钢丝绳全部掉入海里。船长赵江从驾驶台的监控画面发现了这一情况，赶紧呼叫施顺源：“‘水头’，‘水头’，右尾锚标掉海里了，赶紧处理！”当时施顺源正吃着早餐，赶紧放下手中的碗筷，叫上徒弟小张和小陈，马上穿戴好救生衣和安全帽，跑向了船尾。

“赶紧让大副启动吊机协助我们！”到了船尾，施顺源仔细查看了一番，一边大声地向小陈安排，一边和小张用手拉扯掉入海里的锚标钢丝绳。大风中，涌浪扑面而来，船体不停地摇晃，给施工带来了不小的麻烦。初春冷湿的海风刮过来，衣服打湿了，身体直发抖；海水溅进了眼睛里，弄得眼睛直眨。

小张一手扶着栏杆，一手用力拉住钢丝绳，显得力有不逮。施顺源吼了一句：“我有救生衣，让我来！”没等小张回过神来，施顺源一把把他拖了回来，自己站上了小张的位置。涌浪似乎在跟他们对着干，白色的浪花一阵高过一阵，打得“捷龙”轮船体砰砰直响，海水无情地飞溅在施顺源的身上、脸上，衣服全部湿透了，眼睛也睁不开。施顺源再次用麻绳把锚标初步固定，并用吊机将锚标钢丝绳拉回甲板上。

任务完成后，三人衣服上的水直往下流，好像刚刚从海里面捞出来一样，眼睛里就像揉进了沙子一样，通红通红的，眼泪直流。刚刚喘一口气，小张便和他“理论”开了：“师父，你怎么把我拉回来了，我也穿着救生衣，戴着安全帽呀！”

“我这不是看着着急了嘛！下次再遇到突发状况时，我给你打下手。”施顺源乐呵着说。

“每次都这样说，可哪一次你兑现了？一急了就冲前面去了。”三人相互“埋怨”着，走回了更衣室，换下了那身又冷又湿的工装。

烧焊是需要“磨叽”的细活

当天下午，“捷龙”轮拖航至E19沉管管节安装海域，随即定位抛锚，进行施工展布。可就在此时，新问题再次出现：由于钢丝绳经常摩擦锚标表层，导致锚标表层穿孔，如若锚标内部被海水灌满，将会有沉没的风险。施顺源和小张、小陈师徒三人再次上阵。

这一次，心急的施顺源又“爽约”了，他再次冲在了最前头，叮嘱俩徒弟在边上好好看着，自己去干。

“捷龙”轮的锚标比较笨重，施顺源首先将锚标钢丝用麻绳绑在栏杆上，利用吊机将锚标一端吊起，排掉锚标内的积水，再将锚标放置在锚艇甲板上。经验老到的施顺源仔细观察了锚标的磨损处，发现锚标只是被磨破了一个小洞，随后便开始清理附在锚标上的杂物。一切准备就绪，施顺源右手拿焊枪，左手拿防护罩，对着磨损口烧焊起来了，还不时地用锤子在磨损口仔细地敲打着。整个过程持续了约20分钟，直到他满意了，才放下手中的焊把和铁锤。

在收拾工具的时候，施顺源又和小张、小陈俩人念叨开了：“以后你们进行烧焊作业时，切忌急躁。烧焊可是个细活，要细心，得慢慢来。”小张和小陈使劲地点着头。

由于施顺源积极肯干，工作出色，2017年底，他被中交港珠澳大桥岛隧项目总经理部授予“超级工匠”，林鸣总经理亲自为他颁奖。施顺源激动地说：“港珠澳大桥工程是我这一生参与的最大的项目，这说明我们国力强大，也体现出我们中交团体合力的强大。”

刁焕朋：

在平凡中成就不凡

刁焕朋，中交港珠澳大桥岛隧工程Ⅴ工区整平回填班班长，全程参与并完成了 5664 米长的沉管隧道碎石基床整平、抛石覆盖回填等施工任务。

2012 年 12 月，他正式加入港珠澳大桥岛隧工程沉管隧道安装团队。在沉管安装的五年里，作为抛石回填班长，刁焕朋带领班组成员沿着一条长 5664 米、宽 42 米的海底隧道，基础累计打水测量次数超过 35 万次，打水累计深度 700 万米，相当于 8500 个迪拜塔的高度；回填溜管累计行走距离超过 170 公里，相当于杭州到上海的距离；累计抛石回填总量超过 360 万立方米，超过 36000 节火车的运输总量。

在沉管安装的五年间，他先后受到中交一航局二公司、中交一航局和中交港珠澳大桥岛隧工程项目总部的表彰，多次获得“先进个人”荣誉称号。

做好自己最重要

刁焕朋所在的“经纬”船，集供料、回填于一体，是港珠澳大桥沉管隧道进行覆盖回填作业的专用施工船舶。覆盖回填是沉管安装过程中最后一道工序，每一节沉管管节对接成功以后，他们抛石回填班组的工作才正式开始，即在沉管两侧和上面通过回填大量碎石、块石的方式，将整节沉管管节固定、保护起来，保证沉管不移动，免受沉船、抛锚等意外伤害。

按照工程设计要求，刁焕朋他们首先在沉管上回填大量的碎石料，然后再抛撒一些块石沉压在上面，其中沉管顶部上面的碎石层厚度必须达到 2 米以上，高差小于或等于 40 厘米，整个过程就如同为海底沉管隧道穿上一层厚厚的护身“铠甲”。

刁焕朋说：“我们抛石班组虽然是一个极易被人遗忘的小群体，但我们的工作同样关系到港珠澳大桥海底隧道 120 年的使用寿命，每一个细节都容不得半点马虎。能参与这项世界工程，就已经是我一辈子的荣耀，这就够了。只要能把自己手中的活干好了，见不见报，上不上电视，这都没什么。”

积极索寻深海抛石规律

抛石回填，听起来好像是一项十分简单的“粗活”，其实不然。刁焕朋是一名水上抛石经验十分丰富的老师傅，自 1997 年他干上这门差事以来，至今已经 21 年了，但谈起在港珠澳大桥岛隧工程的这份工作，他的脸上完全是严肃的表情。他说：“每一节沉管管节安装完成后，我们抛石班组就要依次进行点锁回填、锁定回填、一般回填等多道工序，至少要经过 10—15 天的连续作业，才能完成整节沉管管节的覆盖回填作业。”

外海抛石回填，最让刁焕朋头痛的是施工现场交叉作业严重，周围施工船舶多，安全隐患大。为了给下一节沉管管节安装留出足够的窗口期，回填施工的作业窗口十分紧张。为了加快施工进度，他们都是吃住在船上，24 小时不间断地轮班作业。忙的时候，他们三四个月不能下船一次，这早已是“家常便饭”。

“抛石工作看起来是个力气活，其实更是个技术活。因为抛石质量受海水流速、流向、深度以及碎石颗粒大小等因素的影响较大，只有将这些因素全面考虑到位了，才能将每一立方米石料精准地抛入指定的设计点位，最大限度地降低石料的损耗率。”

此前，刁焕朋与一航局二公司的许多人一样，从事的工程大多是他们所擅长的“水工活”，要求不是那样高，多抛点也没有事。而这次面对的港珠澳大桥海底隧道沉管安装，是一个全新的领域，大家心里的压力自然非比寻常。为了吃透这项工程任务的施工技术、工艺和工法，刁焕朋和班组成员早在沉管安装技术准备阶段，就参与了总部牵头的技术攻关和演练。在施工期间，他们还经常向负责现场施工的工程主办技术员请教，一起反复研究操作工艺，精准确定回填位置，计算回填方量，经常都要讨论到很晚。他们在实操作业中边学边练边提高，那股求知若渴的劲儿俨然跟高考前的高中生一样。

然而，随着沉管安装水深的不断增加，碎石入水点、落点之间的关系距离也越来越长，受海流的影响，碎石在海底的散落面积等也随之不断变化，这大大增加了他们抛石回填的控制难度。为了提高抛石精度，刁焕朋与技术人员经常长时间地站在“经纬”船的甲板上，对每艘供料船的皮带供料速度和动力进行反复研究，仔细地观察着海流的变化，指挥供料船及时调整抛石位置。经过长时间地抛石回填实践，刁焕朋精确地掌握了抛石时间和速度的关系，实现了对碎石在海水中发生“漂移”后落点位置的精确控制，最大限度地减少了碎石损耗率。

海底隧道筑城防

海底抛石，“打水”是刁焕朋与抛石班组成员的一项重要工作。“打水”，即是用一条有刻度的绳子，拴一个重达 5 公斤的铁砣沉入水中，用以测量回填碎石的标高是否达到施工规范与要求。这既是一个技术活，也是一个力气活。

“勤打水，不后悔。”这是以前师傅对他的再三叮嘱。刁焕朋每天来来回回至少要折腾 100 多个回合，放下去再提上来。“我们工作一天下来，两个胳膊经常酸到吃饭的时候手都是抖的。随着水深和海水流速的增大，打水砣测量标高的误差也逐渐加大。为了确保测量数据的准确性，我们不得不增加复测次数，碰上海况不好的时候，我们一天至少要测量 200 多次，工作强度可想而知。”

长期远离陆地，日日与风浪做伴，使抛石回填工程任务更显枯燥。每当进行抛石回填施工的时候，船上很多船机设备一直在不断地轰鸣运转，碎石敲打船体的声响也接连不断。大家刚到船上的时候很不适应，晚上经常睡不好觉。

“时间久了，我们反而习惯了这种声音，还有点喜欢上了这种在船上随波荡漾的感觉。”刁焕朋说。因为只要能听到这个声音，工人们就知道抛石回填施工一直在顺利地进行着。“抛石是我们的本职工作，哪怕再枯燥，我们也要把活干好。”刁焕朋的话语中，既饱含着对这份工作的热爱，也充满着对这项工程任务的责任与担当。

沉管安装五年来，刁焕朋他们抛石班组累计完成了360万立方米石料的回填任务，在伶仃洋海底为沉管隧道筑起了一道坚固、安全的“防护墙”，为港珠澳大桥海底隧道120年使用寿命的质量保证再添一道保险。

伶仃洋中创不凡

在刁焕朋看来，他印象最深刻的莫过于E1沉管管节的安装过程。由于这是国内首次进行超大型海底沉管安装，缺乏经验，致使从沉管浮运、沉放、移位到对接，每一步都进展得极其艰难，付出了常人难以想象的艰辛。他说：“E1沉管管节原计划在30个小时之内完成安装任务，但最终却让整个安装团队苦苦鏖战了96个小时，其中的辛酸只有亲身经历过的人才能体会得到。”

每一节沉管管节安装前后的10—15个小时，是刁焕朋班组最繁忙的时段。他们除了要负责沉管安装完成后的抛石回填任务，还要承担沉管安装前的碎石基床铺设和整平。在平整E1沉管管节和E33沉管管节碎石基床时，由于受施工现场环境的制约，“津平1”整平船到达不了施工海域，只能采用人工铺设作业。在万般无奈的情况下，只有采用人工铺设方式，22名专业潜水员分成11组，配合刁焕朋班组完成基床碎石的铺设、整平作业。

碎石基床整平时，先由潜水员在海底放置导轨，然后再将碎石抛入相应的位置并进行整平施工。碎石基床整平精度直接影响着沉管的安装精度，特别是第一层石料标高，关系着沉管安装的成败。“我们频繁地复测标高，准确控制下石量，有的时候一个点就要测上十多遍。即便工期再紧，作业强度再高，我们每一个人都未曾有丝毫的怠慢，每一步都谨小慎微，生怕出现一丁点儿的失误。”在他们的努力下，E1沉管管节和E33沉管管节最终安装成功。

五年间，刁焕朋始终如一地将这份小心谨慎贯穿在沉管安装施工的全过程；认真按照施工计划，小心地将每一方石料抛撒在海底，让每一粒石子都落在最需要的位置。

长期坚守伶仃洋外海，五年如一日地与石料打交道，刁焕朋把最平凡的碎石基床铺设、石料回填任务做到了趋于完美，保证了港珠澳大桥海底隧道每一节沉管管节精准安装，在平凡的岗位上做出了不平凡的业绩。

刘建港：

在岛隧工程绽放出彩人生

刘建港，中交港珠澳大桥岛隧工程“津安 2”“津安 3”安装船组总船长，沉管安装首席操刀手。

2013 年 1 月，在加入港珠澳大桥岛隧工程项目后不久，他便肩负起了“津安 2”“津安 3”安装船组总船长的这一关键职责，先后完成了全部 33 节沉管管节安装对接，以勤勉的工作态度，顽强的战斗作风，赢得了总部领导和同事们的广泛赞誉，先后获得了广东省“优秀海员”、中国交建“建设功臣”、岛隧工程项目总部“立功个人”、中交一航局二公司“感动企业十大品牌人物”等殊荣，与团队共同创造了港珠澳大桥海底隧道 34 次对接与安装“零失误”的传奇。

鸡蛋里也要挑骨头

用于港珠澳大桥海底隧道沉管安装的船舶共有两艘，即“津安 2”“津安 3”，它们分别长 56 米、宽 40 米，是一对姊妹船，也是我国当时唯一的沉管安装船组合。两艘安装船上分别配备一名船长和 16 名操作人员，刘建港则是总船长，统一指挥两艘船的定位、系泊和沉管连接、下沉、对接。2012 年 11 月 28 日，随着“津安 2”“津安 3”顺利抵达珠海，拉开了世界最大沉管安装帷幕。

每次沉管安装前，刘建港都要带着船员们完成沉管与安装船的连接工作，在深坞内进行多次沉放演练；调试检测沉管内外压力泵、压载水箱、监测设备的运行情况；验证沉管两端钢封门的水密性；磨合提升人机配合度，尽最大努力使船机设备、人员素养处于最佳状态。浮运前，再将沉管从深坞绞移至坞门外，完成与拖航船连接，开启惊险、艰难的 12 公里多的海上浮运之旅。

到达安装海域后，刘建港他们又要将沉管、安装船与海底锚系通过缆绳连接好，再次进行体系转换，完成沉管安装之前的最后一次调试和测量工作。待安装前的一切准备性工作执行到位后，他们再根据沉管安装总指挥的指示，进行沉管沉放。

为了保证每一次沉管安装都取得成功，每次沉管船只要一返回深坞，刘建港就带着船员们立即启动下一次沉管安装的准备：一遍又一遍的沉放演练，一次又一次的调试设备，一轮又一轮的船机保养。对照风险排查表，他们对两艘安装船的每一个机舱、每一部锚机、每一根缆绳，甚至每一颗螺丝都进行细致检查、保养，对上百项可能存在的安全隐患和风险进行详细排查、消除。五年来，他们建立起了“VIP”维保套餐，不断提升人员素质，保证船机性能。

进入深坞，远远地就看见“鸡蛋里面挑骨头”的大幅标语，张贴在“津安 2”“津安 3”安装船最醒目的位置，这个标语是林鸣总经理对沉管安装的要求，也是刘建港按照林总的要求写的。五年来，他一直把两艘安装船当作自己的双胞胎“女儿”，精心照料，悉心保养，深恐出一点点问题，检查了再检查，保养了再保养，几年下来，甲板上的油漆涂了一层又一层，锚机保养了一遍又一遍，时时刻刻都保持着整洁干净、性能良好。“不让一丝隐患出坞门！”刘建港是这样说的，更是这样做的。

烂熟于心的指令

港珠澳大桥巨型沉管每节长 180 米，重达 8 万吨，加上安装船，宽度仅仅比坞门窄一点点。每次出坞时，要在 12 根缆绳的协同配合下，从不同角度精确用力，才能保证沉管安全。为了掌握安装船绞移操作工艺，刘建港带领团队先在深坞里进行了上百次演练试验。“每一根缆绳的作用，每一步需要多大的力量，先放哪条缆，先解哪根绳，都要一清二楚。”他把每一次试验的数据详细记录在口袋里的小笔记本上，一有工夫就掏出来琢磨，把这些数据不知道梳理了多少遍，所有的流程都深刻在他的脑海里。

相比传统的海上吊装作业，沉管安装全部在海平面以下进行，没办法用肉眼观察，刘建港要根据监测仪器提供的数据和现场的指令，做出准确的预判，完成精准的操控。庞大的沉管在海流复杂的海底，经常只是移动 1 厘米，2 厘米，这只能靠他的感觉和经验以及各操作手之间的默契配合才能完成。“两船司机联动，同步下放 2 厘米，速度 0.5 米 / 秒。”“‘津安 3’保持不动，‘津安 2’下放 1 厘米，速度 0.3 米 / 秒。”这是刘建港烂熟于心的指令。

巨型沉管体量太大，运动速度又慢，在惯性的作用下，动作具有滞后性。刘建港清楚，要精确控制沉管的每一次沉放，必须在不断实践中摸索出沉管运动的规律，提前拿捏好它的滞后位移量。“这一块也确实让我们伤透脑筋。刚开始，我们什么也不懂。后来，总部请来了很多技术专家来做培训，经过无数次沉放演练，初步认识掌握了沉管运动的规律；通过一次次实际安装施工，经验丰富了，手感、配合度也越来越好。”

责任重于泰山

谈起五年沉管安装历程，刘建港如数家珍。特别是回想起第一节沉管管节——E1 沉管管节的安装经历，他更是印象深刻。

“由于是我们第一次安装海底沉管，大家都没有实际经验，往前迈进的每一步都是摸着石头过河，整个过程都是小心小心再小心。原计划在 30 个小时内安装完毕，可实际安装时间却用了 96 个小时，整整 5 天 4 夜。安装船上的操作人员，工作的时间还要多 24 个小时，一直在操控台前值守，6 天 4 夜没有合眼。”整个安装过程中，大家的衣服湿了干，干了再湿，长达 120 个小时的持续鏖战，体能遭到极度消耗，精神遭遇巨大压力，与疲乏抗争的毅力已经达到了极限，再加上多次安装受阻的挫折感，早已让每个人的意志都处于崩溃的边缘，一杯连一杯的咖啡，一支连一支的香烟——船上从来是严禁抽烟的，这次是例外，猛涂风油精，什么办法都无济于事。船上的很多人都已困得不行，一屁股坐倒在甲板上就酣睡过去了。刘建港说："那时候，我们所有人都困得支撑不住了，但唯一没有倒下的，就是我们心里的信念——一定要把首节沉管管节安装成功。"当林总宣布 E1 沉管管节胜利安装完成后，刘建港倒在指挥舱的沙发上就睡着了，这一觉一口气睡了 12 个小时。

书写岛隧传奇

每一次沉管安装，遇到很多不可预知的难题，如基槽突淤、边坡滑塌、深水深槽、龙舟水、异常波等，很多都是从未遇到过的世界难题。作为安装船总船长，刘建港最忧心的还是船机设备"临时患病"："成败在此一举，每一个细节都关系着沉管安装的命门，如果因为船机设备的毛病而让沉管安装受挫，那我们就是历史的罪人。"按照总部、工区的工作部署，安装船员们坚决把"保障船机、管理现场、提升素养"的要求落实到行动上。每次沉管浮运前，他再三叮嘱兄弟们，要确保精神饱满，设备最佳。由于长期面临"只能成功，不许失败"的沉重压力，刘建港养成了一件事情要检查一遍、两遍、三遍的习惯，尽管所有的设备都经过了一遍又一遍的检查，结果都显示正常，但还是担心会不会到了安装的时候突然出问题。他问自己："我是不是得了强迫症了？"

2017 年 5 月 4 日，最终接头精调成功，港珠澳大桥海底隧道全线贯通，东人工岛和西人工岛上的烟花点亮了伶仃洋上空，让刘建港悬了五年的心回归到了原位。他说："五年间，我们安装了 33 节沉管管节和 1 个最终接头。让我感到庆幸的是，34 次安装，没有一次因为船机故障或者操作人员的失误而导致沉管安装受到影响，大伙的努力没有白费，汗水没有白流。"

五年艰难磨砺，刘建港团队的沉管安装水平和协作能力得到了质的飞跃，赢得许多的赞誉和荣誉，连年被评为"先进集体""先进个人"，赢得了全国乃至世界的认可和钦佩。海底蜿蜒的巨龙，证明了他们不愧为中国首支海底沉管安装专业团队，也是世界上水平最高的一支海底沉管安装团队。

潘　丰：

搏击风浪的弄潮儿

2012 年 7 月加入国家海洋环境预报中心海洋气候预测室，作为助理研究员的潘丰主要负责海洋数值预报系统的研发和应用。半年后，他接到一项任务，为港珠澳大桥岛隧工程开发海流和泥沙数值预报系统。从此，这位物理海洋学研究生成了伶仃洋上搏击风浪的弄潮儿。

把握“第一次”，探寻最佳“窗口”

2013 年初，潘丰第一次来到港珠澳大桥岛隧工程施工总营地。对于同行人来说，作为海洋预报研究员能投身港珠澳大桥建设，为工程实施提供气象预测是一个千载难逢的好机会。但潘丰自我感觉，这一份荣光的背后将承载巨大的压力与考验。

“每一次都是第一次，每一次出发都是第一次出发！”施工如此，海洋预报更是如此。从现有的海洋预报能力上讲，精准完成深海预报，提供相应的技术保障，当下的预报系统显得有些吃紧和粗糙——预报的精度不够。现有技术只能提供精确到天的预报，但沉管安装施工却需要精度更高的数据。

提高深海预报精确程度不仅对潘丰而言是第一次，对我国当下的海洋预报工作而言也是一次突破。为了打破预报瓶颈，他开始着手研究，通过反复查阅文献和历史资料数据，深入现场勘测记录，终于在手稿上密密麻麻、杂乱无章的数据中发现了门道。

功夫不负有心人！经过对资料和数据的研究，预报中心终于对原有的预报系统做出了有效修正并推出了新的“海流预报系统”。新系统可以将原有的精度从天精确到小时，这对于掌握施工的最佳“时间窗”，预判气象、海流、潮汐起着巨大的作用。

同年 5 月，岛隧工程第一节沉管管节顺利入水，安装成功。预报中心团队研发的新预报系统立下了首功。看着第一节沉管管节安装入位，潘丰眼里泛出了泪花，心里有着说不出的莫名激动：“这不仅是岛隧工程沉管安装的开门红，也说明深海预报的第一次让我们准确抓住了！”

深海研“沙”，共筑通衢立新功

泥沙问题是海洋工程的关键，海洋工程师们都把它戏称为一门“玄学”。港珠澳大桥岛隧工程位于珠江入海口，珠江流域降水丰沛，植被茂密，历来丰水少沙。

E15 沉管管节碎石基床铺设完成，翌日通过监理验收，后又进行了实地探摸，也只是发现少量回淤。但后来，在短短时间内，回淤增大且回淤物形态发生了变化。平时监测到的回淤物直径都只有 0.01 毫米，而这些平均直径为 0.026 毫米的泥沙从何而来？ E15 沉管管节二次回拖，第三次能否顺利安装成功？成为摆在建设者面前必须迈过的难坎。

时不我待，预报中心团队立即行动，想方设法开始了对海底泥沙的探索，潘丰自然也在其中。经过反复对比和研究，研究团队明确了泥沙回淤的趋势，制定了一套新的“泥沙沉管预报系统”。这套系统把施工的准备时间也考虑了进去，从宏观到微观，从外围到内核，事无巨细，洋流中的泥沙都被清晰地囊括了进去。

仅仅一个月后，建设者们在新泥沙预报系统的助力下，就精准完成了基槽边坡和基床清淤、碎石基床铺设，迎来了第三次安装窗口期。2015 年 3 月 24 日凌晨，浮运船队携 E15 沉管管节第三次出海。翌日早上 5:58，在经过数轮沉放、观测、调整后，E15 沉管管节在 40 多米深的海底与 E14 沉管管节精准对接。

决胜 E20，沉管管节勇探异常波

问题总是接踵而至。2015 年 8 月 24 日，E20 沉管管节在基槽区域等待安装时，原本平静的海面突然出现 2 米多高的大浪，安装船和沉管出现了大幅晃动，并持续了数分钟。“本来海面上风平浪静，突然来个大浪，我们的沉放船都差点翻了。”在这种情况下，为保障沉管和施工人员安全，潘丰和预报中心团队再度投入研究。通过大量观测，他们发现这是一种新型的畸形波，将之暂命名为异常波。

由于这种波持续时间短，只有五六分钟，而常规的海浪观测往往是半个小时一次，因此之前一直没有捕捉到这种异常波。为了彻底弄清楚这种波的来龙去脉，潘丰登上了检测船，向着深海驶去。在海上漂泊了几天后，异常波还是没有踪影，好像从未出现过一样。但潘丰没有灰心和放弃，反而更加打起精神，因为他以敏锐的职业嗅觉判断——异常波就要来了。

果不其然，第二天异常波就冲击到了潘丰所在的检测船。这种波威力巨大，把检测船掀起的角度足有 45 度。“我当时真的很害怕，而且我还晕船。但我不能退缩，放过这个机会，下次就不知道是什么时候了。”潘丰做到了，他成功地在与异常波第一次交锋中就准确记录了其所有有价值的信息和数据。

根据潘丰在海上获取的一手资料，再加上对这类异常波发生和传播规律的研究，预报中心团队开发了一套由改进后波潮仪和浮标组成的异常波预警系统，可提前 15 分钟提供异常波预警信息，为沉管施工又增加一道安全保障。

此后，潘丰还跟团队一起，创新性地研发了最终接头安装三维仿真数值模型，在计算机上模拟接头在风、浪、流环境中的运动姿态，并在最终接头吊装试验中验证，进而提出安装的施工窗口，保障了最终接头的成功安装。

沉管安装完毕，海面又恢复了往日的平静。整理整理微微破旧的衣衫，潘丰挽起袖子逆着落日余晖的方向，再一次走向了预报监测室。“每一次都是第一次，每一次出发都是第一次出发！”他将带着新的使命，再一次迎风出发。

李　毅：

把“创新”融入血液

在一般人的印象中，港珠澳大桥这种世纪工程的设计团队成员，都应该是已过不惑之年的专家，而在最终接头设计分项负责人李毅的脸上却看不到岁月的痕迹，只是言语间能感受到他对创新的执着和对技术的严谨。

李毅毕业后参与的第一个工程就是港珠澳大桥，这个项目整整持续了十年之久。十年间，他参与了港珠澳大桥沉管隧道最终接头设计、“半刚性”结构创新、专业力学分析软件开发。让他兴奋的是，这些工作不仅在国内尚属首次，而且许多问题也是第一次在国际上得到破解。

桥梁科班生也可以是软件产品经理

2009 年，刚从同济大学毕业的李毅参与港珠澳大桥沉管隧道初步设计工作，开始做沉管隧道结构总体分析。这是国内第一条超长外海节段式沉管隧道，国内并没有可借鉴的技术和经验；有着建造经验的欧洲、日本又不愿意将核心技术分享给中国。况且，港珠澳大桥的工程难度更大，国外的成果也只具有部分参考作用。李毅是桥梁专业出身，做沉管隧道结构分析软件的专业设计和编程，还是一位门外汉。

这些困难没有阻拦住李毅，“沉管设计工作虽然繁重，但仍要去思考如何计算和提高效率”。他学习、借鉴国外相关软件，不断摸索，耗时半年，用面向过程的底层编程语言开发出用于沉管结构设计的计算软件，程序达十几万行。后来，这个软件被命名为OSIS，在港珠澳大桥沉管隧道得到成功应用，现在又应用到了深中通道和大连湾海底隧道的设计。OSIS与设计软件的融合，也为BIM技术的应用和推广奠定了基础。自此，中国人有了自己的桥梁、沉管三维非线性分析软件。

计算，几乎贯穿了港珠澳大桥沉管隧道设计的整个过程。

“在港珠澳大桥沉管隧道的设计过程中，每一个理念、每一种方案、每一项创新都有科学的计算作为支撑，我们要让怀疑者心服口服。”李毅坚定地说。

对于李毅来说，最激动的事情莫过于自己的设计成为工程实体：“站在巨人的肩膀上，我们会走得更远。”

用科学来挑战质疑

在港珠澳大桥建成之前，沉管隧道结构只有两种：整体式、节段式。欧洲国家主要采用前者，属于柔性结构；日本常常使用后者，属于刚性结构。建设团队仔细研究了珠江口特殊的地质情况并对沉管受力进行分析，发现这两种结构对于港珠澳大桥海底隧道均不适用。

原因是什么呢？港珠澳大桥海底隧道地处主航道，要预留30万吨油轮通航能力，要求海底隧道埋深达到30多米。这样，在工程耐久性、止水等方面，整体式和节段式沉管都存在巨大的风险。

面对挑战，建设团队决定用创新的办法来解决问题，首次提出了“半刚性沉管隧道结构体系”，既能够规避隧道因压力过大造成变形、漏水的风险，又能最大限度地降低工程造价。

新事物总会受到质疑。概念一经提出，国内外行业人士一片哗然，反对声不绝于耳，来自欧洲的合作方也极力反对。因为在当时没有任何先例的情况下贸然尝试，很可能会让已完成的974米沉管隧道毁于一旦。

面对内外部的压力，建设团队只有用科学的试验、精密的计算来说服质疑者。他们组织了清华大学、同济大学、日本NCC等6家单位同时做平行计算，希望用有力的证据说服各方。

中交公规院是“半刚性”沉管结构的6家平行计算单位之一，李毅不仅肩负着计算、论证“半刚性”沉管结构合理性的重任，还要将这一结构通过数学、结构模型翻译给其他计算单位及国外专家，发挥桥梁作用。

经过一年多不间断地讨论、推翻、演算、论证，再推翻，再演算，再论证，糅合所有的细节和可能因素，“半刚性沉管隧道结构体系”最终得到各方认可，并在港珠澳大桥得以实施。

让“海底穿针”变成现实

港珠澳大桥海底隧道能够顺利建成，除了结构方面的创新，最终接头方案设计，也是这项世纪工程的重大创新点。

2014年的一个普通周六，李毅正十分专业地履行自己的第二职业——做一个靠谱奶爸，陪着5个月大的儿子做运动。这已是他参与港珠澳大桥建设的第5个年头。他接到了委任电话，负责沉管隧道最终接头方案设计。

港珠澳大桥沉管隧道最终接头施工面临三大困难。一是对精度要求高，二是快速止水挑战大，三是由临时结构变成永久结构难度大。“采用常规的最终接头方案，最少需要半年以上时间。30米水下、回淤环境，质量控制、安全管理风险都非常大。2013年6月，我们就有个设想，希望打破常规，获得本质安全、本质质量、更具效率的合龙方案。”作为团队的骨干成员，2014年开始，李毅开始调研各种先进方法，对凡是做过沉管隧道最终接头的地区和国家都做了详细考察，也尝试过与日本等外方机构合作，但最终都因不适用、专利保护等原因没有成功。现实又一次倒逼团队创新。

最终接头的环境非常恶劣，精度要求又非常苛刻，风向、浪高、海底洋流、泥沙、海水密度，每一个参数都会直接影响到对接成败。大家都把最终接头施工称为“海底穿针”。为了让这根“针”穿得稳、穿得准、穿得快，项目总部成立了最终接头技术攻关组。

好的设计方案要利于施工组织，利于控制风险。在两年多时间里，李毅和伙伴们进行技术攻坚，多次论证、反复试验，从方案的提出、细化、完成，“做到每一个参数能说得清楚”；在接头结构上狠下功夫，最终采用外部为钢结构，内部灌注混凝土的“三明治”沉管结构。区别于目前世界沉管隧道已经使用过的 5 种工法，这一结构巧妙地利用了可伸缩性止水顶推小梁，实现了“可逆式主动止水”。

2017 年，中央电视台现场直播了最终接头安装的全过程。当时，李毅负责全程数据监测。回忆起当时的场景，脸上挂着兴奋的笑容。他说：“面对着数十家媒体，我在监控室目不转睛地盯着各项监测数据，生怕出现异常，很是紧张。”曾经有人问起，“海底穿针”风险特别大，你们为什么还有信心接受媒体的直播？李毅说，因为整个过程都经过了反复的推演，每一个细节都做得非常到位，团队的每一个人都相信肯定会成功；直播正可以让世界了解中国，了解中国工程建设的成就，增添我们的技术自信。

按照设计标准，最终接头第一次安装其实已经达到目标，隧道不漏水。但为了让 120 年的工程不留遗憾，经过仔细论证，又进行了艰苦卓绝的第二次安装，实现了南北横向偏差只有 3.6 毫米，是验收标准 (7 厘米) 的 1/28 ；比第一次安装对接精度提高了 66 倍。在世界范围内，第一次做到了滴水不漏。

将创新思维融入工作

李毅说，能参与世纪性大工程，对于做工程的人来讲是一种荣耀，很多人可能一辈子都遇不到一次。他很幸运，不仅刚毕业就深度参与，而且负责了好几项关键技术攻关，用精益求精做到了完美无瑕。“和一群优秀的人做事是十分开心的，因为他们有那么多值得去学习和借鉴的闪光点。只有沉淀自己，不断突破自我，才能把握方向。方向是比速度更重要的追求。”李毅如是说。

“创新”成为李毅和伙伴们工作中不可或缺的关键词。港珠澳大桥的建设经历，让他们感受到了把“不可能”变成“可能”的满足，产生了一系列创新成果，在世界工程史上写下了浓墨重彩的一笔。

工程完工，李毅回到了北京，在中交公路规划设计院有限公司继续从事与创新相关的工作。李毅认为，当时就是单纯地要把每一项工作做好、做精；现在回头来看，“创新”已经融入血液中，成了思维习惯和做事风格。

王汝凯：

科研服务于施工的初心

港珠澳大桥沉管基槽的精细化回淤研究为国内外首次；基于高精度、高时效的回淤预警预报和合理的减淤工程方案，保障了港珠澳大桥沉管E15—E33沉管管节的顺利、安全沉放，极大节省了工期，取得了巨大的经济和社会效益。而这项技术攻关的技术负责人，就是中交第四航务工程勘察设计院原总工、水工设计大师王汝凯。

取得开创性突破

作为攻关组副组长，听说工程遇到重大难题，已经退休在家的王汝凯立马赶赴工地。他提出泥沙回淤研究不是一般的科研，要紧扣工程需要搞科研，一切举措要服务于工程，发挥参与单位的各自优势，倡导不计个人名利、合力攻关的奉献精神。他同时提出了泥沙回淤研究的技术路线：相关分析要从宏观进入微观，预报泥沙淤积厚度精确到日，泥沙淤积观测精确到厘米，这是以往国内外施工中所没有的。

王汝凯带领专家组先后召开36次专题会，展开了海洋环境分析、回淤监测预报等多项技术攻坚，开展了 9 大类 300 多项的风险排查。在施工现场周边 120 平方公里海域布设 6 组固定监察基站、24 组监测仪器，每天 18 公里长距离巡测，先后完成 200 组地质取样普查、30 多次密度检测，分析研究泥沙产生的原因，制定应对措施，探索建立预警、预测机制的可能性。

海洋泥沙回淤是个世界性工程难题，港珠澳大桥岛隧工程从设计阶段就考虑到珠江口海底泥沙回淤，制定了施工解决方案，因此，从第一节沉管管节到 E15 沉管管节之前均进行比较顺利。但是随着隧道的延伸，海底水文情况逐渐发生了变化。E15 沉管管节以东的基槽处于铜鼓浅滩南部滩尾，受河口冲淡水和浅滩下泄泥沙的直接影响，铜鼓浅滩尾部淤积南移，沉管施工处于有利于泥沙落淤的水动力泥沙环境中，特别在冬季、春季，受潮流和东向风浪等的作用，铜鼓浅滩泥沙再次起动扩散，就直接影响 E15 沉管管节以东基槽区域，因而基槽淤积越发严重。

王汝凯根据现场大量实测资料，并结合动力地貌、卫星遥感反演、模型试验等相关研究，发现周边的采砂活动对港珠澳大桥岛隧工程沉管基槽回淤影响较大，基槽出现异常回淤的主要泥沙来源是内伶仃岛附近采砂作业所致，采砂形成的高含沙浑水以直接输移和再搬运方式进入基槽。通过这项研究，无论是基础理论还是模拟技术、预警预报模式等均取得了“开创性”的突破。以上成果可为其他类似工程提供借鉴，对我国水下工程建设和泥沙研究的理论与实践具有极大的提升和促进意义。

科研探索无止境

E15 沉管管节到 E22 沉管管节的探索中，王大师带领着攻关组以“回淤控制”为中心思想和主要目标，以“系统控制”为指导思路，从提高碎石基床纳淤能力、准确预测回淤情况、实时监控回淤状况以及有效处理回淤工况四个方面制订具体的研究目标，由浅入深，层层推进，最终实现对回淤问题的全过程控制。

他们开展碎石基床纳淤能力试验，揭示碎石基床纳淤机理，分析确定影响先铺碎石基床纳淤能力的敏感因素，进而提出回淤环境下基于纳淤分析的沉管隧道先铺碎石基床纳淤设计，完善目前先铺碎石垫层设计方法和体系，并将纳淤设计应用于沉管施工决策。他们开发纳米级分辨率的浪潮流与泥沙耦合的数值预报模式，开展泥沙淤积预报实践，预测特定管节在特定时段进行基础施工时回淤的空间和时间分布情况，准确掌握港珠澳大桥岛隧工程施工海区复杂的水动力环境和泥沙回淤分布特征，规避施工风险，保障施工质量，为沉管基础施工决策提供科学依据。他们研究采取综合措施提高多波束系统测深精度和稳定性，形成高精度外海沉管基础回淤监测技术，满足深水碎石基床回淤监测的厘米级精度要求，解决快速准确判定沉管基床面回淤状况的技术难题。

陈　亮：

工匠精神打造钢铁精品

如果说港珠澳大桥是一条跨越伶仃洋的巨龙，那么作为隧道入口处的减光罩，就宛如巨龙眼睛上的眼睫毛。港珠澳大桥岛隧工程上海振华重工钢结构项目部承担着“点睛美妆”的重任，负责人陈亮，就是那位“拿画笔的人”。

模拟现场精制首制件

回忆起2015年那个早春，陈亮印象深刻。当时，正值首制件的预评审阶段，原定10天的拼装时间被压缩至4天。

珠海虽是一座南方海滨城市，但在寒冬时节，深夜外场的温度较低，常在零摄氏度左右徘徊。12人的预拼小组经常顶着严寒，工作至深夜。现场生产条件有限，大型吊装设备难以进场，因此以小型移动设备居多。项目组综合考虑设备占车位置、臂架长度、幅度等多个工艺参数，最终决定不动用龙门吊等大型吊装设备，采用汽车吊进行吊装，完全模拟岛上安装现场的工况，进行精细化拼装。

最终，预拼小组顺利完成了首制件的预拼工作。11米高、24米宽的钢构件严丝合缝，平整光滑的表面、拼接处的处理、构件的美观度让评审小组赞不绝口，“预拼效果震撼美观，立柱、横梁的垂直度、平整度均达到了技术要求”。

无处不在的工匠精神

“工匠精神”主要表现在两方面。一方面，是要拥有在细分的专业领域里追求极致的精神；另一方面，则是工匠本人要拥有积极向上的工作、生活态度，对自己从事的职业无怨无悔，充满自豪。在减光罩项目部的全体成员身上，工匠精神得到了淋漓尽致的体现。

陈亮在2015年2月开始参与减光罩施工工作。按照项目总经理部的要求，减光罩要做成“艺术品”，保证线形优美流畅，展现出“韵律感”。为了达到要求，打造钢铁精品，项目组成员想了很多办法，例如采用自动化焊接的方式，在钢板预处理阶段全面喷涂可焊底漆防锈，使钢板能够直接进行焊接作业，等等。

“自动化焊接是精细化制造的强有力保障”，陈亮表示。制作初期，振华重工以“无码化”的施工理念，全程采用自动化设备进行钢板预制和箱体成型焊接作业。在首批自动化焊接小车投入使用后，检测结果并不理想。每道焊接焊缝端部都有十几厘米焊不到的死角。若采用人工补焊，又会出现焊缝接头，极容易产生焊缝缺陷，并且达不到美观标准。

陈亮和工艺、制造、质检各部门为此苦苦查找原因。经过反复分析，他们发现是由于焊接枪头位于小车中间部位，作业时两端总会出现一段焊接死角。如果将枪头改装在小车两端，问题便迎刃而解。在振华南通基地，他们花了2天时间，完成了对焊接小车的改造。改造后的小车焊接成型美观，焊缝一次成型率达99%。林鸣总经理来振华南通基地现场办公时，对美观均匀的减光罩给予了高度评价。

减光罩构件在长江口振华南通基地制造完成后，要转运到珠江口的东人工岛和西人工岛进行安装。运输过程中，表面的白色保护层需要重点呵护，不能有半点磨损。为此，施工团队精心选材，给构件挑选合适的“衣服”，既要颜色匹配，防止污染，又要防水、耐磨。大家小心翼翼，细致做好构件转运、装卸过程中的每一个环节，在1600多公里的长途运输中，减光罩构件毫发无损。

全心全意打造艺术精品

2016年5月，西人工岛减光罩安装正式启动。怀着对超级工程高度负责的使命感，陈亮与35名施工人员一起，全身心投入安装工作。刚开始的时候，每天超负荷的工作让他倍感压力。后来他慢慢体会到，有压力才有动力，这不仅是一次锻炼和提高的机会，更是一种人生积淀。

减光罩构件中，最长的23米，重22吨，体量大，并且要安装在清水混凝土墙上，绝不能有一丁点磕碰。每一次构件吊装，他一步都不敢离开，目不转睛地盯着构件的移动，生怕出现一丁点差错。当时珠海已经进入最炎热的季节，每天在现场都汗流浃背，有时候汗水模糊了眼睛，用衣袖一擦又继续干活。有人跟他开玩笑，“陈亮，怎么晒得这么黑啊？老婆孩子看到都该不认识了”。虽然从小到大都没被这么狠晒过，但陈亮知道，他能参与这样一个“世纪工程”是一种幸运。正是这种发自内心的荣誉感和使命感，让他克服一切困难和压力完成好每一项工作，不放过每一个细节，力求完美。

减光罩施工期间，陈亮无时无刻不在“走钢丝”，时时刻刻如履薄冰。特别是在安装期间，每天凌晨一两点结束工作已成为常态。在高压工作状态下，他只有做好自我调节，来适应这样高强度的工作。他养成了每天跑步的习惯。他经常开玩笑说，在蓝天碧海间跑步也是一种独特的享受，可以放松心情、回顾工作；他也养成了每天写日记的习惯，从进驻现场开始从未间断；他还养成了及时总结的习惯，时常翻看施工记录，思考需要进一步改进和提高的地方。

想方法、做方案、组织实施，陈亮把控好每一道工序：质量要求，安装精度，文明工地，紧抓细节，环环把关，不给工程留下丝毫的隐患，把“工匠精神”发挥到极致，用一组组钢构件做成一件件精美的“艺术品”。

一分耕耘一分收获，努力终会有回报。最终的检测数据表明，安装的钢构件各项数据都满足设计及规范要求，这来之不易的成绩背后，是团队成员的不懈努力和辛勤付出。陈亮相信，只要大家凝心聚力、用心做事，任何难题都会解决，也定会交出满意的答卷。

陈亮说，人生就像是一项自己做、做自己的工程。这场“没有硝烟的战争”中，陈亮得到了锻炼和成长，让他受益良多：每天进步一点，每走一步都要深思熟虑，项目管理、成本控制、团队协作能力，各方面都有了很大提升。陈亮把每条感想、每个感悟、每次总结都记录下来，这是他参与“世纪工程”建设的一种特殊纪念，也是人生成长过程中的一笔宝贵财富。

董 政：

做“状态在线”的技术能手

董政，中交港珠澳大桥岛隧工程项目总经理部总工办副主任、专业副总工程师，2007年毕业于南通大学，同年加入中国交建，先后在金塘大桥担任技术员、江苏疏港航道沂北船闸项目和南京唐家湾船闸项目担任工程部副主管；2011年开始参与港珠澳大桥建设，主要负责岛隧工程技术管理相关工作。

在预制工厂建设，沉管“工厂法”工艺研究与应用，工程设计施工手册、技术专著、论文集编著等工作中，他立足本职岗位，一直用“在状态”的工作激情感染着身边每一个人。

“一个蒸蒸日上的集体必须有一批在各个岗位和职业上精干、能干的人。这批人应该能做好事，而且能做到别人做不到的事。”这是董政刚参加工作不久，在日记本里写下的一段话。从刚毕业到港珠澳大桥建成通车，至今已经11年，他依然在项目一线守好最后一班岗。

人的价值在于创新担当

“小朋友们，这个就是我们的沉管，要像糖葫芦一样把它串起来。”港珠澳大桥沉管预制厂落成后，厂房里迎来了一批年龄最小的参观者。典型的工程师脸庞，手握扩音器，坚定的目光直视前方，有一种说不出的自信和勇敢——当时还是工区总工的董政负责接待当地桂山小学的小学生，正在给大伙儿讲解。回忆起建设这个 56 万平方米的超级工厂和研究沉管攻关的经历，董政笑着说，“刚开始那段时间，听到开会都怕，留下‘后遗症’了”。

作为国内首例“工厂法”沉管预制施工，一切犹如“摸着石头过河”：刚开始孤岛上无水无电，工程建设的参考资料仅有国外的一张宣传单页。凿井者，起于三寸之坎，以就万仞之深。作为牛头岛的第一批建设者，2011 年当董政踏上这片荒芜的土地后，一待就是 6 年。

从 8 公里外的桂山镇到牛头岛，一路颠簸，董政带领工程部的同事，每人背上一个行军水壶就开始了一天的“长征”。岛上没有可以遮阴的树，阳光下每个人都晒得黝黑。据统计，在那段时间里，他们一共开了 700 多次的各种论证会。在厂房里，总是可以看到工程部人员边吃盒饭、边讨论研究的场景。白天在现场跟进施工生产，晚上在办公室整理内业资料，董政说：“不把当天的事情做完，睡觉也睡不踏实。”

为了提升业务能力和技术水平，他总是抓紧一切业余时间加班加点主动学习各类理论知识。港珠澳大桥 33 节沉管管节“直线 + 曲线”的预制工艺，他带领着技术人员，进行工艺优化和施工方法的改革，边实践边提高，保障了曲线沉管生产流水线、大型自动化液压模板、混凝土全断面浇筑及控裂系统、8 万吨沉管顶推系统、深浅坞闸门及启闭等创新工法的顺利实施，为 33 节沉管管节预制生产立下了汗马功劳。针对重点及特殊工艺，他还带着技术小组进行三维动画的建立，给其他管理人员进行动画演示。节节相扣、段段相连、滴水不漏，如今走在 6.7 公里宽敞透亮的海底隧道，说不定还能找到些许当年董政挥洒汗水的奋斗足迹。

新挑战中再迎风出发

2016 年，还未等到最后一节沉管管节预制完工，已经成长为工区核心骨干的董政早就被项目总经理林鸣“相中”，调到总部上班。用林鸣的话说，事情只要交给董政，就让人非常放心。但不一样的平台，意味着不一样的挑战。

书桌上的资料越堆越高，汇集了项目总部、设计分部和六大工区的技术成果，统计、总结、编撰工作千头万绪。在项目领导的统一部署下，他组织各工区开展关键技术总结、国内外奖项申报、专利著作评选、工艺丛书编撰工作，仅仅不到 2 年，就出版了 20 多本技术类书籍，还为项目申报了 12 项省部级科技进步奖。

董政一直认为，“开放才能赢得真正的尊重和理解：既要有勇气把世界先进技术请进来，站在巨人的肩膀上寻求新的突破；又要有底气拿出自己的精品，让工程技术走出去，赢得世界的信任、接纳和尊重”。2018 年 4 月，在阿联酋迪拜举行的世界隧道大会及展览，一块半包围十几米宽的 LED 屏和一个巨型蓝色水滴，因宏大的工程画面和独特的造型，成为惊艳全场的焦点，吸引了全球 2000 多名技术专家的眼球，前来交流、了解港珠澳大桥关键技术的外宾络绎不绝，而董政正是筹备此次海外展的主要负责人。

为了全方位展示港珠澳大桥建设中的中国智慧、中国制造，推动沉管技术世界范围内的交流互动，他从 2017 年就开始着手联系主办方 ITA，同时对接布展公司，从研讨设计方案、技术资料印制到团队行程制定，事无巨细一一到位，让展览成为展示中国实力和中交品牌的窗口。项目主管技术的副总经理尹海卿评价说：“董政善于学习、善于思考，钻研与创新能力强，组织管理能力强，是优秀的青年管理技术人才。”

从技术员、工程主管到副总工程师；从沉管预制厂土石方爆破开挖，到钢结构厂房建设、沉管管节预制施工，再到项目收尾阶段的技术成果管理，董政都是自始至终地全心努力、全力付出。当问起是什么支撑着他走过十几年的时光，他的回答让人更加深深体会到一个工地男人的责任和使命。35 岁的他已经是一个 8 岁多孩子的父亲，“为了国、为了家，也为了对自己的选择负责，趁年轻，多挑战，多积累，多担当”。

青春不息，奋斗不止。在不久的将来，董政也将带着港珠澳大桥人的这份热情再出发，奋进在新时代浩荡的春风里。

吴凤亮：

干工程要有敬畏之心

2010年的深秋，当吴凤亮从京沪高铁被调往千里之外的南海之滨时，从一航一公司副总经理到港珠澳大桥岛隧工程副总经理，他不曾想到这是他职业生涯的一次转折；他更不知道随后7年的超级工程建设，使他这个有着20多年施工经验的工程管理者在思想理念上有了一次全新的飞跃。

提及大桥建设的记忆，在他看来，干工程，一定要心怀敬畏。施工中工作不论大小，都要规规矩矩、踏踏实实地干，要对得起良心。敬畏工程、敬畏设备，严格按照施工规范一点点落实，该怎么干就怎么干，自然就会收获好的结果。

无人荒岛变身“梦工厂”

港珠澳大桥通车后，牛头岛作为世界最大的沉管预制厂，如“造梦机器”般吸引了不少前来参观的游客。很难想象，这个高度现代化的生产车间，在2011年仍是个无水无电无人的外海荒岛。“当时满眼都是乱石堆、荒草滩，别说建预制厂，就连基本的生活条件都无法保障。”作为首位登陆牛头岛的建设者，吴凤亮见证和缔造了牛头岛的沧海巨变。

无人岛上建工厂，一切从零起步，可项目团队最先遇到的问题却是“跑手续”。“虽然是个无人岛，但开工所需的手续一道都不能少。岛上曾经驻扎的部门，包括政府规划环保部门、配套服务公司等至少十几个单位均有涉及。那时候，经常一开会就坐了满满一屋子人。”吴凤亮回忆。由于牵涉单位众多，单位之间也存在交集，经常一个问题没解决，另一个新的问题又出现了。“真是‘摁下葫芦瓢又起’！反反复复、来来回回地沟通。”

手续办好后，接踵而至的是生产车间的建设。根据安排，沉管预制厂要在2012年2月底投产，也就意味着，留给吴凤亮的时间只有14个月。大规模的“工厂法”预制沉管，在世界范围内尚属首次，需要与施工设计团队随时沟通，不断优化设计改进方案。如在模板系统设计上，传统方式通常需用对拉螺丝杆增加刚度，但会导致管节产生孔洞，“最后经数轮研讨，我们采用避免中间留孔的反力墙支撑，提高沉管的使用寿命”。

为了精益求精，类似的设计优化有不少，可如此一来，本就紧张的关门工期更无法控制。“因施工、设计改进、再施工循环的特殊性，那段时间，我们只要定准一个事情，就立即执行。”那段时间，吴凤亮始终是在焦虑状态中度过的。雪上加霜的是，岛上资源匮乏，一切物资即便一个螺丝、一滴油都要从珠海陆地运输过来。“30海里的路程，货船单程运输就要走3个多小时。大家都克服了很多困难，最终如期将预制厂建成投产。”

把好沉管“滴水不漏”第一关

33节沉管管节百万立方米混凝土浇筑无一条裂缝，在40多米深海“滴水不漏”……2016年12月26日，吴凤亮带领的沉管预制团队交出了亮眼的成绩单。

沉管预制156道工序，每一道工序都关系着120年的使用寿命，每一个过程都充满风险，每一个环节都关乎产品质量。从建厂起，吴凤亮就已在考虑如何确保沉管“滴水不漏”的问题。“我们的秘诀是，任何环节都来不得一丁点马虎。就拿最基本的砂石料来讲，含泥量会影响混凝土的强度和耐久性，我们执行的标准是不能超过0.5%。”吴凤亮说。砂石含泥量国际最高标准是1%，而为了沉管120年寿命，项目团队将标准提高了一倍。且岛上没有淡水，原材料只能从陆地洗好运输过来。“为满足 50 万立方米碎石的需求量，光是选择供货商，和供货商沟通的故事，都可以聊上很久。”

要避免裂缝，混凝土浇筑中的温度控制至关重要。常规给混凝土降温的措施是加冰块。可冰块会存在未完全融化的现象，存在后期出现气泡的风险。“我们配备了特殊的制冰系统，将冰块粉碎成冰絮，确保入模温度低于 28 摄氏度、出机温度低于 24 摄氏度的设计要求。”为了保证浇筑质量，现场进行了 6 次小尺寸模型试验和 2 次足尺模型试验，进行了 18 个人工岛沉箱混凝土浇筑验证。“把能想到的都做到了，只要下决心认真做，一定能达成预期目标。”吴凤亮坚定地说。

“6S”管理的先行者

“岛上的罐车，每天装卸完都会洗得干干净净的，即使是停工，司机也主动擦洗车辆设备。”有媒体在参观沉管预制厂后如此写道。“用过的设备要像新的一样”，是 4 年里沉管预制厂未发生一起设备卡壳故障的关键。而这一切，都与吴凤亮推行的“6S”管理有关。

“我始终认为，现场管理的关键在人。管理人员一定要形成好的施工习惯，并将这种好的习惯坚持下去。”吴凤亮说，我们遵循的施工规范都是前人经无数实践总结出的可靠标准，要保证工作质量，就必须严格按规操作。作为岛隧工程最早推行“6S”管理的团队，从 2012 年 4 月开始，他就组织人员外出学习，邀请专家培训，把基础的理念贯彻到每个人。

最开始也有施工人员不适应，但吴凤亮不为所动，组织班组长进行全过程、全时段的严格贯彻，单是培训就开展了两周。更关键的是，培训完毕就开始现场“拉练”。“例如今天讲整理，专家课后直接到现场和车间，让每个参训人员把工具箱打开，有用的、没用的、常用的、马上用的工具，都逐一分类整理好。”吴凤亮说，通过施行“6S”管理，从行为上、工作环境、生产原料等方方面面实现了规范化操作。

7 年，以荒岛为家，驻扎伶仃洋，是吴凤亮在港珠澳大桥的难忘经历。7 年里，很多大桥建设者度过了最美的人生年华。吴凤亮感慨：“这是我职业生涯中经历的最规范的项目，进一步刷新了我对待工程的看法。敬畏工程，做事认认真真、脚踏实地，我想这是从事我们这个职业最基本也是最高的境界。”

第三篇

中流砥柱

杨增林：

职业生涯的圆满句号

作为港珠澳大桥岛隧工程项目总经理部领导班子中年龄最长的一位，杨增林把退休前的最后五年贡献给了这个世纪工程。大桥通车后，林鸣特意把这位老书记请回珠海，与岛隧工程的战友们共同分享竣工的喜悦。

党务行政分工不分家

2009 年底，组建项目领导班子的时候，时任中交集团纪委副书记、监察部部长的杨增林被任命为岛隧项目总部党委副书记。

他认为，党务工作要抓好，首先要健全党组织。所以，来到珠海后，杨增林做的第一件事是搭建党组织工作架构。他在领导班子会上提出，党政工团组织架构要健全，人员要配齐。有了组织、有了专人，才能有效地开展工作。他的建议得到了班子的一致赞同，中交集团也很快批复了项目总部的申请。随即，各工区的党工团组织也建立健全起来，这为岛隧工程的党建工作开展及项目施工生产提供了有力的组织保障。

各工区配备的书记都是年轻干部。据统计，港珠澳大桥建设7年里，工区书记的平均年龄不超过38岁。年轻的党务干部有理想、有激情，有想方设法把党建工作做好的强烈愿望，缺乏的是经验和阅历。而杨增林正是利用他多年从事党务工作的丰富阅历和深厚经验，带领着一群充满朝气、忘我敬业的年轻书记，在伶仃洋上打了一场漂亮的思想政治工作的攻坚战。

多年的实践告诉杨增林，党建工作要想抓好，必须贴近工程，贴近一线。“如果党委与行政领导各想各的，各干各的，容易形成‘两张皮’。”在项目总部，杨增林不仅抓党建、管后勤，还要检查安全，协助对外联络、内外宣传……甚至大桥管理局朱永灵局长还亲自点名要他担任施工总营地的管委会主任，负责所有单位的营地协调工作。

此生难忘岛隧情

杨增林对港珠澳大桥工程情深意切，对自己没有干到工程竣工深表遗憾。

2014年，杨增林早已过了退休的年纪，但是在林鸣的一再恳请下，中交集团批准了他连续两次延迟办理退休手续。也正是在这一年的年底，杨增林病倒了。突然袭来的甲亢使得他四肢乏力、身体发胖。被紧急送回北京治疗，他从此离开了这片熟悉的工地、这群熟悉的战友。

他无法忘记，在工程最困惑、大家情绪最低迷的时候，是项目党组织勇于担当，带领党员职工始终坚守在一线；他无法忘记，在工程遭遇技术难题的时候，全体建设者发挥集体智慧，团结一致攻坚克难的情景；他无法忘记，在看到外国专家拿到了中国企业开展的劳动竞赛奖状后脸上的那份喜悦……

在项目上的5年时间，杨增林带头组织了丰富多彩的群众文娱活动。例如“职工环岛跑”，不仅各工区员工踊跃参加，还吸引了外国专家的积极参与。沉管隧道顾问花田幸生把环岛跑的奖牌带回了日本，自豪地对周围的人说，这个奖不是因为沉管隧道，而是中国企业组织的职工运动比赛。

杨增林说，最为欣慰的是，自己在被广东省聘为省监察厅义务纪检监察员期间，在一次开会的时候，时任中共广东省纪委书记黄先耀对他说的话：“你负责的工程一没有出重大的伤亡事故，二没有发生一起不廉政案件，真的很不容易啊！”

离开港珠澳大桥工程整整 3 年了，但是杨增林对那些一同为岛隧工程项目党建工作做出贡献的战友们记忆犹新，如数家珍：孙长树、邱云、李杰、唐三波、漫犟斌、王有祥……这些名字将永远伴在左右，挥之不去。

高纪兵：

七年的科技创新之路

高纪兵是港珠澳大桥岛隧工程项目总经理部副总工程师兼总工办主任。每天清晨，他都会快步来到位于施工总营地二楼的办公室。在这个只有15平方米的房间里，办公桌和墙角的方桌上被施工资料和技术规范堆得满满当当。7年间，高纪兵在各种重压之下快速成长，淬火成钢。

港珠澳大桥对于工程技术人员来说，是一座令人向往的高山。有着10年建桥经历的高纪兵说："此前建设过好几个特大型桥梁，但对于港珠澳大桥，我依然充满了渴望。"

工作一年比一年忙

2011年2月26日，崇启大桥主跨顺利合龙，大桥建设的最后一道难题顺利解决。也就在此时，身为大桥技术负责人的高纪兵收到了港珠澳大桥岛隧工程的邀请，他怀着激动的心情办理了工作交接，然后马不停蹄地从长江口奔赴伶仃洋。他坦言："港珠澳大桥是百年不遇的超级工程，2008年曾擦肩而过，这次万万不能错失机会。作为青年技术人员，能有幸参与港珠澳大桥建设，是我这辈子最大的幸运。”

来到珠海的第一年，担任总工办副主任的高纪兵工作重点是建章立制、规范管理，忙完之后他以为可以喘口气了，哪曾想之后是一年比一年忙。不仅是技术攻关，与设计、监理的沟通，各类专题会议、现场施工难题的解决，总工办都要深度参与。

在沉管安装至第 10 节时，工程遭遇到前所未有的难题，这完全超出了当时科学的认知范畴，国内外科研院所和海洋专家对此也是无计可施，沉管安装施工一度停滞四个月之久。为了不耽误现场其他的生产任务，林鸣总工程师决定让高纪兵配合他开展技术攻关。在那段时间，整个团队都面临着极大的内外压力，不仅要抢抓时间专心致志开展技术攻关，还要一一回应来自各方的咨询和质疑。

作为技术攻关组的主要成员，高纪兵积极调整好心态，具体牵头组织国内相关科研单位开展探索和研究，成功发现并掌握深水深槽海流规律，并参与完成了“海流实时监测”与“沉管运动姿态实时监测”两项监测监控系统和“对接窗口预报保障系统”的研发，成功破解了深水深槽沉管安装技术难题。这两套系统就像深海中的一双眼睛，可以精确监控 8 万吨沉管在 40 多米水下的一举一动，哪怕被海流晃动一毫米，也会被精确地记录下来，使得深海无人对接真正“看得见、摸得着”。

最辛苦的要数最终接头一战

2017 年 3 月，岛隧工程建设进入沉管隧道最终接头安装的筹备阶段，项目总部技术人员每天早晨开会讨论施工细节。高纪兵说，每一次技术讨论的过程都非常激烈，每一项方案都会有意见分歧，会场经常变成“战场”，大家各持己见，争论得面红耳赤，有时甚至需要举手表决，选出最优方案。最终接头对大家来说都是陌生课题，每一个细节都要进行反复推敲讨论，遗留一点点风险都可能造成重大灾难。

4 月 30 日下午，项目总部召集相关施工单位进行最后一次吊装推演，高纪兵被要求第一个发言，他把所有的吊装程序烂熟于心，在黑板上标出了完整的安装程序。5 月 2 日，最终接头正式吊装，高纪兵作为结构监控组成员，把控吊装安全，丝毫不敢放松。直至最终接头成功着床，他悬着的“心”才放了下来。

那一年，他陪同林鸣总工程师连续250多天出海，风雨无阻，经常是岛上检查完，再返回到船上参加专题会议，下了船就整理会议纪要……高纪兵说：“最后能留下来坚持走到今天的人，都是岛隧工程项目里意志最坚定、信念最顽强的人。”

第一次把项目从头干到尾

最初来到港珠澳大桥，高纪兵与岛隧项目总部签订的是三年合同。一晃七年过去了，他当时只有三岁的女儿如今都已经升了中学，他却迟迟没有离开珠海。2017年，他回老家过了第一个春节。他说：“干工程的人都是这样，只有把工程干好才是对家人最好的补偿。”

2000年，高纪兵毕业于大连理工大学，后就读于重庆交院，获工程硕士学位。从世界上第二跨径的斜拉桥苏通大桥、世界首座三塔悬索桥泰州大桥、国内最大跨径连续钢箱梁桥——崇启大桥到世界公认技术难度最大的港珠澳大桥，从长江口到珠江口，港珠澳大桥岛隧工程是他从业18年以来唯一一个从头干到尾的工程项目。

参与港珠澳大桥岛隧工程建设，不仅教会了高纪兵如何与海洋打交道，外海工程与在江河湖泊上建桥截然不同的施工理念，也不断提升着他的工程思维方式。

高纪兵说：“工程前期我们与国际顶尖公司合作，没有一味模仿、亦步亦趋，而是取长补短、有所创新。进入沉管安装阶段，随着对施工环境的不断认识，对技术研究的不断深入，我们采取动态思维的科研模式，把各种跨专业、跨学科的理论研究融会贯通，完成了百余项科研课题研究，这对于今后全球的海洋工程施工具有切实可行的借鉴指导意义。”

郭　威：

源于两张效果图

回顾港珠澳大桥岛隧工程建设经历，郭威感慨良多：“这个项目无论是原材料采购还是工艺工法应用，每一个细节都做到了‘零缺陷’的标准，实现了整个工程的高质量，这是我前所未见的。”和参加过港珠澳大桥岛隧工程建设的每一个人一样，超级工厂对郭威的生活习惯和工作态度，对他的人生规划与理想追求，都产生了极大的影响。

郭威是港珠澳大桥岛隧工程Ⅰ工区装饰装修分部总工、副经理，主要负责西人工岛主体建筑的装饰装修与机电安装工程。

两张效果图

2009年，郭威从天津科技大学海洋学院环境工程专业毕业后，进入中交一航局工作，先后参与天津市多条地铁和多个大型商业楼宇建设，直到2015年，因港珠澳大桥建设的需要，他才第一次离开这个学习和工作了近十年的城市。

得知即将调往港珠澳大桥岛隧工程项目，郭威内心有点忐忑：虽然对这个超级工程早就有所耳闻，但具体是什么样子，他并不清楚；而且长期在北方工作，对南方的工程文化、风土人情都不甚了解。可当他看到同事发来的两座人工岛效果图时，一下子就被其优美独特的设计所吸引了，心中顿生向往之情。

2015 年 5 月，西人工岛岛体基础、隧道敞开段及暗埋段施工已接近尾声，主体建筑及岛面工程正有序推进。由于现场还不具备装饰装修和机电安装条件，来到岛隧工程后，郭威主要负责装饰材料的市场调研和采购事宜，做好前期准备。“这里对各种原材料的采购要求、比选条件极其严格，考察的内容多而且广，只有性能与品质最优的产品才有可能被选用。”对于岛隧工程的选料之严，要求之高，郭威深有体会。

工期缩至半年

港珠澳大桥西人工岛主体建筑包括地下两层、地上二层，建筑面积约 2 万平方米，全部采用装配化施工及清水混凝土工艺。按照常规施工方式，光是装饰装修，至少需要 1 年半时间才能完成。

主体建筑室内管网与装饰装修，既要考虑对清水混凝土的保护，设计风格、施工工艺还必须和清水混凝土朴实的美相得益彰，这对郭威的工作也提出了更高的要求。为此，仅室内装饰装修样板段，郭威就做了好几种方案，一直到 2017 年上半年才最终定下来，此时距离年底完工只剩半年时间。

半年要完成一年半的工作量，这看似不可能完成的任务如何进行？除了精心组织，首先是要加大人员投入。8 月初，从事主体建筑结构施工和室内装饰装修的总人数迅速增至 700 余人，其中装饰装修 300 多人，这成为郭威的坚实后盾。

方案一定，多点开花，齐头并进，岛上多条施工主线你追我赶，多个作业面同步展开，各道工序环环相扣、高效衔接，现场施工宛若“百团大战”。大家夜以继日地奋力拼抢，不仅如期实现了年底具备通车条件的工程目标，还建成了一个高品质的漂亮工程。

压力与动力同在

那段日子是怎么熬过来的，也许只有郭威自己才知道。不仅是施工质量、进度方面带来的压力，现场管理也让他“伤透了脑筋”。

2017 年 8 月 4 日，林鸣总工程师照例早上八点半就来到岛上现场办公。刚到室外施工现场，突然就发起火来了。郭威说：“来这个项目两年多，还是头一次看到林总发这么大的脾气。”原来，因为岛上施工面积大，施工工序多，作业班组多，各种机械设备、原材料堆放杂乱无章，地上也散落着施工废料，这让林总大为生气。当天林总午饭都没有吃，就和大家一起现场整改，一直搞到 4 点多钟才离开，一下岛就组织召开东西岛施工专题会，要求全面推行“6S”管理，全面提升现场施工管理水平，保证施工多而有序，快而有章，做到一尘不染，一丝不乱。

但在“6S”管理推行之初，还是遇到了很大阻力，很多工人一时改不了乱堆乱扔的习惯，怎么顺手怎么来。林总每次上岛，只要看见工地上有垃圾，都会弯腰捡起，把现场整理得干干净净，整整洁洁。这一幕也给郭威带来很大触动：“林总天天上岛来捡垃圾，这是在打咱们的脸啊。”从那时起，郭威除了加大工人教育力度，要求现场做到“工完场清”，还专门请了清洁队，进行专业保洁。经过一段时间的常抓不懈，现场做到了地面零烟头、零纸屑，建筑材料摆放整齐有序。

整个 2017 年，郭威一直在与时间赛跑，把精力全部投入工程建设，先后打赢了“820 突击战”“百日奋战迎国庆”“奋战 40 天全面实现主体建筑完工”等多个关键战役，直到港珠澳大桥主体工程全线亮灯的那一刻，他才有了“大功告成”后的那份轻松与喜悦。

孟令月：

一定要把岛隧工程干完

孟令月，港珠澳大桥岛隧工程Ⅰ工区副总工，2011年毕业于哈尔滨工程大学港口航道与海岸工程专业，同年加入港珠澳大桥岛隧工程建设，先后参与了钢圆筒打设、沉管隧道过渡段、岛上主体建筑、岛面工程、清水混凝土挡浪墙等西人工岛全部施工任务，并一直坚守奋战到工程完工。

采访孟令月时，他在岛隧工程已经干了整整七年。经过多年的历练，孟令月的脸上少了几分稚嫩，多了几分沉稳。工程建设期间，他擅长沟通协调，善于观察思考，提出多项合理化建议，先后荣获21次表彰，发表论文14篇，获得国家发明专利5项。

感觉就像困在大海中

初到港珠澳大桥工地，西人工岛正在紧张地进行着钢圆筒振沉。第一天坐船去施工现场，孟令月感觉坐了很长很长一段时间。一位与他同船过来的老师傅，指着远处海面上被吊起的钢圆筒告诉他："快到了，那就是咱们的施工现场。"

顺着他手指的方向望去，只见开阔的海面上，有一条高大的机械臂正吊起一个巨大无比的钢圆筒欲将插向海底，不远处还停着一艘生活船。孟令月明白了，那就是他即将工作、生活的落脚之地。这里不算远海，但离陆地也不近，从航行时间来看，至少离珠海 20 公里。

上了工作船，眼前的一切出乎他的意料。大海茫茫，四顾无依，风起浪来时，船晃人摇，晕得很厉害；船小人多，设备多，活动空间十分狭小，没有一丝手机信号，唯一的娱乐就是与同事聊天；发动机的轰鸣声，周边船舶施工的撞击声，夹杂着飞机低空飞过的轰鸣声，晚上连觉也睡不踏实。站在船头，望着远处灯火通明的中国香港、深圳、珠海，孟令月心想：寒窗十多年后的第一份工作、第一个工程竟是这般场景？

经过一段时间的心态调整，一些老师傅的心路历程听得多了，孟令月对船上的工作、生活慢慢也习惯了。再加上西人工岛岛体日渐成形，岛上施工相继铺开，他也逐渐全身心投入工作中。

三次与施工队“分道扬镳”

在西人工岛上，孟令月第一个施工任务是负责 2100 根 PHC 桩的打设，包括方案编写、试验和正式施工。这过程中所遇到的难题，让他一次又一次体会到了外海工程的艰辛。

万事开头难。他先把涉及 PHC 桩打设的相关施工规范都查了个遍，然后再运用到人工岛 PHC 桩基础施工中。哪些细节必须时刻牢记，哪些标准严格遵守执行，那段时间，他每天除了工作就是学习。值得庆幸的是，他有一个经验丰富的师父，每当遇到解决不了的问题，孟令月都会虚心请教。

一次，孟令月遇到了跑桩现象。这是由于海底地质上部的软基层导致桩位产生了偏移。师父告诉他：“跑桩是不可避免的事，一般都是从桩架的外侧向内侧跑。出现这种情况，可根据前面跑桩位移的大小，为后面的桩留出一定的富余量就可以了。”听了师父的教导，再遇到跑桩现象，他就要求工人向打桩架内侧预留出 5 厘米左右的富余量，从而保证了 PHC 桩的合格率。

“除了技术层面上的困难，人的问题也让我犯了难。”孟令月说，对高标准、高质量施工要求的坚持，让他与施工队三次“分道扬镳”。干了一段时间后，施工队不愿意往下接着干了，原因是施工要求太严格了。施工队一而再、再而三地发难，孟令月的内心也开始矛盾起来。但标准不能降，他只能做工人的思想工作。好在经过沟通协调，大家也都慢慢相互理解，共同高质量完成了PHC桩打设。

在学习中不断提升

西人工岛敞开段采用了清水混凝土工艺，这是首次在国内海工工程中大规模应用此项工艺。模板是从德国引进的，商家提供的技术资料是一大堆的英文图示和说明，加上附带的各种配套组件，大家都看傻了眼，谁也不知道怎么去用。

商家派来了一位专门负责模板拼装的德国专家，但谁来负责沟通交流？任务落到了孟令月身上。那段时间，他每天紧跟在德国专家身旁，认真听取专家的讲解、示范，不懂的地方，他就在现场反反复复地问。实在弄不明白的地方，晚上回去就对着说明书一个单词一个单词地查阅，直到熟练掌握这套模板的拼装方法。

但另一个棘手的问题来了，如何让看不懂英文的操作工人掌握这套模板施工的要领？白天，孟令月一有空就对着实物，一项一项地将模板上相应位置的英文名称译成中文名，晚上再对工人进行培训。在培训中，他对着英文图片不厌其烦地给工人们仔细讲解，教他们各种部件如何拼装，反复强调各工序的技术要领。他还特意向德国专家要来了一些实例视频，供工人们观摩学习。

此外，他对清水混凝土模板的工法进行了许多优化，创新出立面升降平台、移动轨道的钢桩支撑、可拆卸和自动拉升的模板防护罩等。敞开段高20余米，前端呈75度角斜墙，采用一次浇筑成型工艺，需要连续作业24小时，是人工岛清水混凝土的施工难点。那天晚上，正赶上孟令月值班："浇筑完拆模时，看到清水混凝土墙面那种质朴无瑕的效果，我觉得一切都值了。"

差点成了"逃兵"

孤岛作业，天天面对着冷冰冰的钢筋、混凝土和笨重的机械设备，对于年轻人来说就是一种煎熬。2013年底，工作两年多的孟令月结婚了，摆在他面前的问题现实且棘手。

那时，西人工岛正进行 PHC 桩打设，孟令月既要负责跟桩厂沟通，及时掌握各种型号的 PHC 桩的装运顺序、承放方式、运输时间；转运到施工现场后，要协调车辆、吊机、人员及时转运，全程监督整个打设过程；还要编写内业资料、档案记录、报检验收，等等。“这么多工作都压在我一个人身上，有时真的喘不过气来，根本没有时间照料新婚的妻子。”

孟令月产生了当“逃兵”的想法，想趁年轻，换个工作养家糊口。但工区的领导和同事都劝他留下来，师父对他说：“你一毕业就能参与到这个世界瞩目的工程中来，对于你今后的人生和事业发展一定会有很大的帮助。你看我们这些快要退休的老人都还坚持在这里，就是因为这个工程的意义不一般。如果你现在中途放弃，将来一定会后悔的。”

听了师父的一番话，在得到妻子的理解和支持后，孟令月选择留了下来，继续参与这场交通工程建设的“世纪之战”。

2007 年底，港珠澳大桥岛隧工程顺利完工，西人工岛成为珠江口地标性建筑，孟令月的儿子也快两周岁了。有人问他，这两个“作品”，你更喜欢哪一个？孟令月说：“西人工岛和儿子都是我一生的荣耀，一个让我骄傲自豪，一个让我甜蜜幸福。”

莫日雄：

起跑未来的荣耀

莫日雄，2011年7月投身东人工岛建设，从港珠澳大桥岛隧工程Ⅱ工区的一名工程质检员、技术员，成长为质检部长、副总工、副经理。因其出色的表现，莫日雄多次获评“建设功臣”“工程建设质量能手”“优秀技术人才”等荣誉，获得1项发明专利，三次获得全国工程建设优秀质量管理小组二等奖。这是他港珠澳大桥建设七年的见证，也是他起跑未来的资本与荣耀。

筑牢“硬豆腐”基础

踏上东人工岛，作为工程质检员的莫日雄，接到的第一个任务是岛体四周挤密砂桩打设质量管理。基础不牢，地动山摇。这在任何一项工程建设中都是一条铁律。因此筑牢海底基础的挤密砂桩打设，对于深海筑岛来说，至关重要。

中交三航局自主研发了三艘专用砂桩船，无论是软、硬件设施，还是成桩工艺、技术，都堪称当时国内一流，远超公司早先从日本引进的同类型砂桩船舶。莫日雄说：“通过这样的装备，向海底软土地基打设挤密砂桩，将人工岛周围的海底‘软豆腐’土质变成了坚实、牢固的‘硬豆腐’基础，这是国际上最前沿的软基处理方法。”

刚上砂桩船时，面对各种全新的工艺和技术，莫日雄兴奋之余多了几分好奇。经过一段时间的潜心研究，他和同事创新提出了“全自动”打桩施工的新思维。为实现这一设想，他们对相关软件、程序作了许多改进，最终只需要通过系统将船舶的定位、每个桩点的打设方式设置好后，便可实现全过程“自动化”控制打设施工。

东人工岛面积约 10 万平方米，环岛壁钢圆筒外侧的 60 米海域都是挤密砂桩打设的作业范围。施工期间，偌大的砂桩船砂斗从天而降，拍击着浪花，涛声阵阵，声声刺耳，让人感觉到仿佛整个伶仃洋都在颤抖。莫日雄他们每天吃住都在船上，一待就是好几个月。

2013 年 10 月，历时两年多的挤密砂桩打设全部完成，累计用砂量逾 130 万立方米，打设砂桩超过 3 万根，对东人工岛岛体的稳定和岛壁沉降控制起到了重要作用。

岛上施工献智慧

挤密砂桩打设任务结束时，东人工岛陆域回填施工已接近尾声。莫日雄从船上转移到岛上，就又立即投入岛体基础的加固处理作业中。莫日雄说：“来到岛上以后，施工从水下转移至海面以上，各分项工程的技术、质量要求也越来越高。”

2013 年底，东人工岛隧道暗埋段正式动工，这是一项与海底沉管隧道直接相连的重大分项工程。每个人都清楚，隧道工程最怕漏水、渗水。因此，施工中必须确保隧道结构不能有裂缝，并且在高盐、高湿的环境下性能稳固、牢靠。

为此，从隧道结构的钢筋配比、材料选择，到整个施工技术、工艺工法的研究攻关，莫日雄做出了诸多努力，积极贡献智慧、参与创新。他提出的“超大断面箱体结构现浇工法”，保证了东人工岛 260 多米长的暗埋段隧道墙身结构牢固、外观质量良好。后来，这一工法被水运工程行业协会评为一级工法。

2017 年，岛上主体建筑施工正式拉开序幕。莫日雄说：“这是我们在岛隧工程建设七年中，最紧张、最煎熬和最难忘的一年。”岛上功能设施涵盖了市政、公路、交通、给排水、电力、地下管网和景观等各领域，新课题、新技术和新材料，都是全新的挑战。在莫日雄和同事们的精心打造下，东人工岛慢慢地褪去了遍地是沙的景象，这座“小城市”功能设施一天天完善、齐全。

浪漫的集体婚礼

在岛隧工程建设的七年，莫日雄得到了迅速成长，从最初的现场质量监管，到编写执行施工方案，优化调整工艺技术，再到分管整个工地的生产进度，每一步都走得踏实而有意义。工程项目需要长期坚守，同样，工地爱情也需要长期坚守。

2016 年底，由于岛上施工繁忙、工期紧迫，工区在东人工岛上为四对新人举行了一场特别的集体婚礼。莫日雄说：“每当回想起东人工岛婚礼的那一幕幕场景，翻看着留下来的视频和照片，我心中常会有一种说不出来的幸福感。今后的路仍漫长，无论前方多么坎坷，我将勇敢面对，永恒坚守。”

东人工岛完工后，莫日雄带着家人沿着自己奋斗了七年的人工岛走了一遍。参观过程中，他向家人诉说着修建每一个设施背后的故事。家人先是惊讶，后是理解。离岛时，母亲对他说：“这几年你很少回家，以前我们不理解，现在我们全明白了。你能参与这样的工程，是你的荣幸，也是我们的骄傲。在汪洋大海中，你们能把这个岛建得这么漂亮，很不容易，也很了不起。”

正因为有了成百上千个像莫日雄这样的工程技术骨干，长年坚守与辛勤付出，东人工岛才能从无到有，并以高品质的清水混凝土建筑群傲立于伶仃洋上，成为珠江口的地标性景观。

烧焊作业

牛头岛沉管预制厂全景

舾装件拆除

挖泥船现场指挥

人工岛房建装修

俯瞰东、西人工岛

夕阳下安装施工

沉管浮运演练

系缆作业

清水混凝土浇筑

东人工岛施工现场

海上施工

小构件安装

赵　辉：

找出藏在细节中的“魔鬼”

岛隧七年，他始终以“魔鬼藏在细节中”来警示、要求现场的工程技术人员，用工匠精神打造东人工岛上的每一分项工程。他先后多次被授予“建设功臣”“先进个人”“优秀共产党员”等荣誉称号。

赵辉，港珠澳大桥岛隧工程Ⅱ工区总工程师，1997年毕业于江苏南京河海大学，在中交三航局国内外工程一线奋战了21年。

常年漂泊在外，以工地为家，早已成为他的常态。

深基坑的挑战

2012年9月，随着印尼公主港电厂海工EPC工程完工，在国外待了两年多的赵辉终于踏上回国之路。但回来没多久，他就收到了公司的调令，前往港珠澳大桥岛隧工程东人工岛项目。

第一项任务就是岛上的暗埋段隧道结构。赵辉说：“从海平面以上5米到水下15米，20米深的基坑内要建起一个巨大的隧道结构：四个孔箱，高 11.4 米，最宽处达 72 米，底板、顶板和侧墙厚度均为 1.5 米。”为保证结构防水和不开裂，他查阅了大量相关资料，在编写施工方案上花费了大量心血，还邀请业内专家进行了多次技术评审。

浇筑混凝土时，赵辉借鉴了沉管预制的成功经验，采取了底板和墙身一起浇筑的“U 字形”作业方式，一次浇筑成型并做好降温措施，防止因水化热而导致的结构开裂。技术上的突破很难，但炎炎夏日的太阳炙烤、长时间的高强度作业更考验着每一名建设者。

赵辉说：“如果没有一种强烈的责任感和使命担当，这是很难完成的。20 米的深基坑内，光是站在那里，不一会儿全身衣服就湿透了。”

385 米的非通航孔桥

对于赵辉来说，海中建桥并不陌生，还具有一定经验。有所不同的是，之前参建的东海大桥仅做过下部桩基、承台等。东人工岛这段长 385 米 7 跨的非通航孔桥，第一次让他真真切切地实践了从下部桩基、承台到上部结构、箱梁、断面、桥面施工的全过程，这是他之前从未经历过的。

这段桥梁从设计到施工都别具特色，整体呈大圆弧状，随着从中国香港段向东人工岛延伸，桥面从 20 多米逐渐变宽至 50 多米，最后再与岛上匝道相接。东人工岛刚成岛不久，中国香港段桥梁承建方就多次催促Ⅱ工区尽快把非通航孔桥建起来，理由是港方计划以它为起点，向中国香港方向推进跨海大桥施工。赵辉不得不在岛上暗埋段隧道结构施工的同时，同步展开非通航孔桥施工。

外海作业，风浪流的影响本就很大，加上这段桥梁的特殊曲度，成了赵辉手里一个棘手的难题。后经过研究攻关，通过从 2 米到 5 米的逐渐变径，才得以实现跨度要求。赵辉说：“之前从未参与过这样大直径桥身、箱梁混凝土浇筑。为保证桥梁断面效果一致性，我还专门找厂家根据现场的特殊要求，量身定制了浇筑用的成套模板。”

那段时间，赵辉和一线技术人员、工人长期驻守在东人工岛，以平均每 2 个月完成一跨的速度不断向前推进；到最后一跨，他们仅用 25 天。

最“苦”的收尾阶段

暗埋段隧道结构、非通航孔桥完成后，更大的挑战是岛上主体建筑施工。此时，留给赵辉他们只有短短 8 个月的时间。

东人工岛主体建筑地下两层、地上四层，建筑总面积逾 4 万平方米，考虑到后期内部装修装饰还需要时间，项目总部要求Ⅱ工区必须在 2017 年 8 月 31 日前完成主体建筑结构封顶。赵辉深知，如果仍以现在的施工节奏，按正常方式进行施工，几乎是不可能完成的。

军令如山。命令一下，只能硬着头皮向前冲。除了推行 24 小时不间断、三班倒轮班作业，现场新增了一倍多人员、模板和设备，他们还把每一项细节任务的完成时间都精确到小时。赵辉介绍说：“最高峰时，东人工岛总人数超过 1000 人，各专业施工队 10 多个。”8 月底，经过 200 多天的紧张施工，东人工岛主体建筑如期封顶。随后的岛面工程、装饰装修也在年底相继完工。

2017 年 12 月 31 日，港珠澳大桥主体工程亮灯仪式在东人工岛举行。绚丽的烟花点亮伶仃洋上空，标志着建设 7 年之久的岛隧工程具备通车条件。赵辉感叹：“此刻，心里就像一根紧绷的橡皮筋，终于可以放松下来了。”

刘宇光：

岛隧艰辛步步铭心

刘宇光，辽宁葫芦岛人，“80后”，2011年毕业于大连海洋大学港口航道与海岸工程专业，现任中交三航局俄罗斯远东地区水工项目副经理。2011年7月，刚刚大学毕业的刘宇光就参与到港珠澳大桥东人工岛的工程建设中，一待就是七年。

有他在我们就放心

七年间，刘宇光几乎全程参与了东人工岛每一项施工。成岛初期，他参与了钢圆筒振沉、岛内回填、挤密砂桩打设；陆域形成后，历时四个月完成临时生活设施建设；紧接着的两年时间，他又参与到东人工岛非通航孔桥建设。因为工期紧，建设团队日夜兼程，照射着强烈的紫外线，吹着凛冽的海风，大家的脸都是黝黑黝黑的。

非通航孔桥结束后，刘宇光开始负责岛上隧道暗埋段、敞开段施工组织。在隧道敞开段施工中，他与同事一起历经60多个小时的不间断作业，完成了一次浇筑混凝土5000立方米的单次浇筑纪录。

刘宇光还全程参与了岛上主体建筑、室外工程等施工。具有 30 多年工作经验的现场生产副经理徐桂强常说：“有小刘在，我们就放心。”

幸福而特别的生日

2016 年 10 月 7 日，E33 沉管管节开始浮运安装。这是港珠澳大桥海底隧道首节曲线段沉管，也是与东人工岛“深海之吻”的第一节沉管管节。由于岛头施工海洋环境复杂，为了给沉管对接做好充分准备，从清晨一直到深夜，刘宇光那天的脚步就没有停歇过。

晚上 11 点多，E33 沉管管节与东人工岛顺利对接。岛上除了值班人员，其余人都陆续回去休息了。刘宇光与几个同事拖着疲惫的身体回到办公室后，准备吃个泡面再回去休息。就在大家聊天吃面时，同事小李神秘地端出一个小蛋糕来到刘宇光面前：“光哥，生日快乐，岛上条件有限，只能凑合一下。等以后空闲了，再一起好好庆祝。”

刘宇光一瞬间有点蒙，才想起那天是自己的生日，忙得都忘了。大家围着小蛋糕，相拥着唱起了生日歌。他说：“不管多辛苦多累，总还有人在关心。这种幸福感，这份情谊使我永生难忘！”

超级工程的历练

一个刚毕业的大学生，一路学习知识，积累经验，提高技能，慢慢地可以独当一面，这是一份坚守和执着。七年坚守一个工程，他自己也没想到。这个过程中，有些人为了更好地发展，或者有了新的追求，离开了这个项目，刘宇光却从未动摇过。

Ⅱ工区是一个以“85 后”“90 后”年轻人为主的年轻团队。大家耐得住寂寞，顶得住压力，吃得了苦，常年坚守在“孤岛”上实属不易。刘宇光说，项目书记邱云的孩子出生时，他还在岛上忙碌着；质检部长宋奎妻子在岛下营地工作，一个月也难有见面的机会；安全总监张奎生了一个“台风宝宝”，综合部长李晓强的妻子怀了一个“港珠澳宝宝”，东人工岛的故事太多太多……

回想起那些峥嵘岁月、铮铮好友，至今，刘宇光的心情仍久久不能平静……

贺朝阳：

岛隧建设的“孤岛飞鹰”

贺朝阳，中交港珠澳大桥岛隧工程Ⅲ二工区项目经理部办公室主任、工会主席，主要负责Ⅲ二工区的综合管理、人力资源、后勤保障等工作。

他是中交四航局二公司最早派驻桂山岛的“先遣部队”成员之一。如今的他，对当地的人文风俗、地理环境、办事机构，可能比许多土生土长的岛民还要熟知和了解。只要是“后勤保障”方面的事情，委托他去办理，一定能取得让人满意的效果。

三军未动粮草先行

从2009年国务院批准《港珠澳大桥可行性研究报告》后的一年多时间里，沉管预制工程一直处于前期准备阶段。作为后勤管理人员，一开始加入这个工程，贺朝阳就必须马上进入角色。因为团队人员在哪里，后勤保障就要跟到哪里。

初入桂山岛时，由于各方面条件受限，作为“先遣部队”成员的贺朝阳主要负责为团队寻找临时住宿场所，以及沟通食材、饮用水、生活用具、药品等的供给渠道。岛上解决不了的后勤保障事宜，他要提前与岛下协调好，搭建起“桥梁”，为Ⅲ二工区“大部队”进驻做足准备。

2010 年 12 月 15 日，港珠澳大桥岛隧工程正式开工建设。Ⅲ二工区的首要任务是建设占地面积 56 万平方米的沉管预制厂。项目启动后，刚上来的人员大概有二三百人。到了 2012 年 3 月，管理人员加工人有近 1000 人。此时，厂房建设、深浅坞开挖、码头施工等全面展开，前方施工热火朝天。如此规模庞大的队伍，后方保障也时刻考验着贺朝阳。

面对台风的机智

外海孤岛，要做到“保障有力”并非易事。贺朝阳寻遍整个桂山岛，临时租用了岛上的民房供员工居住，又联系珠海的供应商通过船舶将食材和生活用水运往岛上。14 个月后，沉管预制厂建成，一幢幢白色的两层宿舍楼成了“海景别墅”，还专门配备了生活水池、污水处理站和发电机房，大家的生活条件有了大大改观。

贺朝阳说，生活条件比以前好多了，但是岛上天气变化无常，不定期前来“骚扰”的台风，也让人十分困扰。因为一旦台风来袭，海上风大浪急，出入桂山岛的渡轮就会停航，物资运输就会中断。

这要求掌管后勤的贺朝阳，必须具备一种提前预判的敏锐力和果断采取举措的决策力。除了每天密切关注当地天气预报，还要提前做好未来一星期的生活、生产物资采购，以保证工区的日常生活和施工生产不受台风等恶劣天气的影响。他说：“台风每次来袭，持续时间少则一星期，多则十天半月。只有做足准备，大家在岛上才能安下心来。”

保障安全无死角

做好后勤保障，服务好全体建设者，最终的目的是保证每一个人在工程建设中健康平安。

沉管预制厂建设时期，整个荒岛上没有一棵遮阳的树，近千人每天肩挎一军用水壶来到施工现场，头顶烈日一干就是一整天。在酷暑难耐的空旷场地干活，尤其是夏天，特别容易中暑。看到此景，贺朝阳深知，帮助大家消暑降温，不让施工队倒下一人，是他与后勤保障队义不容辞的责任。因此，除了煮好的绿豆汤不断地往工地送去，现场还架起了不少供大家歇脚的遮阳伞。

随着夏季气温升高，贺朝阳安排新增一名驻岛医生。医生每天背着药箱、携带用于防暑降温的相关药品巡视施工现场。沉管预制厂建成后，厂区内的医疗保障措施也逐渐完善，增设了专门的医疗救治点和取药点。厂房内的医药箱多达十余个，藿香正气水、医用胶带、烫伤膏等一应俱全，大大方便了工人们拿药和及时治疗。

总结这段历程，贺朝阳说：“作为后勤保障人员，最欣喜的莫过于每天早上看着大家高高兴兴上班，晚上平平安安回家。”

陈伟彬：

筑岛的严苛与柔情

陈伟彬，中交港珠澳大桥岛隧工程Ⅲ二工区常务副经理，现任中交四航局技术中心总经理。1999 年毕业于大连理工大学港口航道工程专业后，他一直在国内外的大型工程项目中从事技术管理工作，长期在工地一线的历练，积累了丰富的工程项目管理经验，具备较强的解决实际问题的能力。

初识他的人，只觉得这个人彬彬有礼、和蔼可亲中略带几分腼腆，给人略有几分不善言辞的感觉。无论走到哪儿，他总要携带着自己的办公笔记本电脑在身边。聊得久了，发觉他学识渊博，说话、做事有礼有面，极其严谨，有条不紊，工科类能人范儿十足。对待工程，他标准严苛，原则性很强，自律身先士卒，言谈中能感受他骨子里满满的全是正能量。

在港珠澳大桥岛隧工程Ⅲ二工区主要负责沉管预制厂建设、17 节沉管管节预制和一次舾装等工程分项，陈伟彬的主要职责是与工程设计单位的对接。2011 年 6 月底后，他又担负起整个工区的工程施工、质量监管等全面管理工作。

善接最烫的山芋

陈伟彬心直口快，雷厉风行。2011年，他初入桂山岛工地时，各方面的协调工作十分艰难。岛上的生产生活物资严重匮乏，缺水缺电，网络信号不通畅，台风、酷暑、蚊虫和蛇鼠袭扰频繁，工作条件和自然环境非常艰苦，很多人长时间处于一种极度焦躁与不安的状态。

根据各类问题的轻重缓急，陈伟彬逐一排查、处理，梳理来往有关文件，创立信息共享平台，并通过加大对管理骨干、施工班组的培训力度，凝聚全员的共识，鼓励他们提升管理水平和自律意识。开早会、做早操、跑步等在岛上深受大家的喜欢。特别是一套管理团队自创的“早操”，在工程建设期间，被大家贯彻执行得非常好，直至项目完工。他还带头捡烟头，一段时间以后，整个沉管预制厂，做到了地上零烟头，在桂山岛成为一道别样风景。

陈伟彬有一种“身先士卒”的强迫症，他的理念是“身教重于言教”。他要求管理团队做的事，自己首先做到；要求工人做到的事，管理团队首先做到。虽然刚开始很多人一时难以接受，但时间长了，这种做法也就成了一种习惯、一种传承。这对提高团队执行力、融洽工作关系、严把质量关、提升自律性起到了正面的引领和示范作用。

在预制厂建设期间，正值酷暑难耐，又无处遮阳蔽日。管理团队和施工队伍一样，每人肩挎一个装满饮用水的军用水壶，长时间地暴晒在炎炎烈日下。大家的心是齐的，一天虽饱受烧烤般的烈日煎熬，但充实的日子过得飞快。

陈伟彬坦言，以往干的工程都是先有图纸后施工。而在这里，很多时候是跟设计一起商量图纸，边施工边设计。有时管理团队甚至都不清楚，明天该干什么？干得对不对。每往前一步都是摸索着、试探性地，一点点地小步快跑，创新思维，颠覆传统。建设初期的那种艰难，种种超越常规的新做法……但他坚信，困境是可以突破的。他通过坚持不懈地往返相关单位部门，真诚密切沟通协商，加强了彼此间的信任与合作，缩短了磨合期，工作进度大大加快。如在与负责施工设计的中交四航院建立了战略协作关系后，双方互派人员长驻对方单位，能够第一时间反馈意见和调整思路；与设备供应商、科研院所之间的战略合作也是如此。

此后，随着项目的向前推进，沉管预制厂建设逐渐走上了正轨。14 个月后，一个占地 56 万平方米，集全球最先进工艺、设备的世界最大沉管预制工厂建成，为沉管预制施工创造了条件。

用人文关怀传递正能量

“事在心上，心在事上”，这是挂在Ⅲ二工区办公楼前的一句标语。陈伟彬希望每一位员工都把自己的工作牢记在心，这也是他做人做事的基本准则。他说：“一个人做事，首要的基本素质是有责任心，养成有责任心的习惯才可以做到‘用心浇筑您的满意’。”他和他的团队一直在践行这一基本准则，对待每一个细小环节都秉承“严”字当头、“认真”为先，始终致力于不给项目埋隐忧，不给港珠澳大桥留遗憾。

陈伟彬对Ⅲ二工区的管理既严格，又非常人性化。他很懂得人情关怀，并且乐于助人和善于接受别人的建议。

2015 年春节前夕，E15 沉管管节第二次安装受阻，沉管预制厂“停工百日”，且复工日期不明朗。对于 1000 多名工人来说，等待复工的焦虑早已超过了对当年春节的期盼。陈伟彬看到此景，既感同身受，也自觉无论如何都要留住这些久经培训、业务熟练的职业工人，让他们继续安心地留在岛上作业。

一方面，他积极研究对策，加强关怀慰问，了解工人动态，做好思想工作等；另一方面，他和管理团队想方设法帮助工人打发漫长的等待时间，有计划地组织工人开展跑步锻炼等活动，在生活和福利上努力改善与提高。此外，陈伟彬还邀请外面的专家给工人授课、举办学习讲座，组织技能比武，提升工人职业技能，继续保持“在状态”，以随时准备投入复工。那段时间，工人们每一天的日程都安排得满满的。这些做法，让工人们觉得“暂时停工”比施工干活还忙碌，也给予了工人们精神层面上极大的尊重，稳定了队伍。

用心浇筑满意工程

港珠澳大桥由粤港澳三地政府共建、共管，执行三地标准。标准化、文明施工是工程 120 年使用寿命的立命之本。对此，陈伟彬有自己独到的见解。

他说，标准化、文明施工是生产力进步、社会进步、文明进步的一个重要标志。文明的施工环境是保证质量的需要，没有好的环境，如何做出好的产品？文明施工是队伍素养和战斗力的表现形式，也是展现企业形象和个人形象的需要。即使在工地上干活，也要容妆整洁、干净、得体，精神饱满，富有朝气，体现出团队的专业形象。

为了实现工地标准化，陈伟彬在现场大力推行“6S”管理。除了组织外出参观学习、开展系统培训、现场实操练习，他还要求定期开展班组长培训班，通过层层落实推动，让每一名员工做到脑里有意识、行动有自觉。“整理、整顿、清扫、清洁、素养、安全”的“6S”理念贯穿6年施工建设，安全帽正确佩戴率100%，现场零烟头，生产线上的所有机械设备、工作台、模板与钢构件表面等做到无污渍、一尘不染，连续运转的流动设备和搅拌车也是天天清洗、干净如新。渐渐地，每一项工作都成为大家的行动自觉。

立模范、找方法、严检查、常坚持，关怀与鼓励并举地真抓实干，陈伟彬和他的团队用心浇筑每一节沉管管节，把每一个节段都当作第一个节段，一丝不苟，不让隐患出坞门，真正达到了“踏石留印、抓铁有痕”的管理效果。

港珠澳大桥完工时，有人问他：“这七年来，你个人收获了什么？你所带领的Ⅲ二工区又收获了什么？”他笑着说：“2018年5月，Ⅲ二工区项目部被团中央授予‘中国青年五四奖章集体’称号。其他的，我们还收获了许多，但最重要的是，七年建设经历对于我们人生的形塑。”

刘志平：

让不可能变成现实

23 岁从水手升为三副，25 岁升为大副，28 岁升为政委，他一路刷新了多项广航局年轻干部成长纪录；在沉管基槽施工中，屡受林鸣总经理的表扬。他就是港珠澳大桥岛隧工程Ⅳ工区“捷龙”轮政委刘志平。

终生难忘的一场硬仗

2009 年，刘志平从湖北航海职业技术学院毕业，成为中交广航局的一名水手。2011 年，“捷龙”轮耙吸船进行全面的设备改造升级，为港珠澳大桥建设做准备；2012 年底，开赴珠江口，投入岛隧工程建设。刘志平也由此开始了一生中最不平凡的一段经历。

2012 年 12 月，“捷龙”轮正式进场施工。它的任务是在沉管基床初挖、精挖后进行清淤，在铺筑碎石、夯平后再进行清淤，确保沉管基床达到设计标准。项目总部对此高度重视，在施工期间，林鸣总经理几乎每月上船慰问、检查，一再要求清淤工作做到“海底绣花”，精益求精。

特别是沉管隧道最终接头安装前，基床遭遇泥沙回淤。刘志平临危受命，带领“捷龙”轮专用清淤船前往施工海域清淤。由于“捷龙”轮是六锚定位，而最终接头两端与E29沉管管节、E30沉管管节的间隙只有12米，最令人担心的是耙头碰上两侧已安装好的沉管。为此，刘志平曾带领“捷龙”轮船员，在外海花了半个月的时间进行实战模拟演练，反复试验了很多次，让每个水手、操作员做到烂熟于心，遇事不慌。清淤当天，他亲自操作清淤头，胆大心细，指挥若定，仅用了三个小时就把厚达20厘米的淤泥全部清理完毕。

挑战不可能

1994年“捷龙”轮建成下水，作为海上特种施工装备，拥有每小时2500立方米的吸排能力，曾经是广航局战队的龙头船。尽管它的施工能力强，创造效益大，但是船上的生活设施一直不够完备。

狭小的活动空间，贫乏的娱乐设备，单一的作业模式，很多年轻人在船上生活枯燥无味。身为“85后”的刘志平深知船员的感受，他总是耐心地做着大家的思想工作：这里是一个比家人还要亲近的集体，在这里生活的时间甚至超过了与家人团聚的时间。船上的风气就像家风，家风好每个人就会好。在他的带领下，大家都以船为家，一心扑在工作上。2017年，Ⅳ工区被项目总部评为“岛隧先锋”，刘志平和他的团队功不可没。

岛隧工程结束了，“捷龙”轮又迎来了新的使命。它将进行为期四个月的设备改造，随后参与深中通道建设。刘志平说：“有了港珠澳大桥岛隧工程的历练，以后面临什么样的难题我们都有信心。港珠澳大桥是我职业生涯中最有挑战性、最有意义的工程，这种经验的积累，技术的提升，是在其他项目难以遇到的。”

陈金桥：

“90后”测量能手

陈金桥，港珠澳大桥岛隧工程Ⅳ工区项目经理部测量主管，主要负责沉管安装前隧道基槽开挖精度、碎石基床平整度等的数据测量与数据分析。

他来自江西赣州，2014年7月从江苏河海大学测绘工程专业毕业后，被中交广州航道局有限公司揽入麾下。陈金桥参与建设的第一个工程就是港珠澳大桥岛隧工程，是项目中为数不多的“90后”管理人员之一，属于那种埋头苦干、踏踏实实做事的人，谨慎、认真而细致。他说：“勤学，让我走出了大山，结缘了广航；苦练，让我在岛隧工程项目中得到迅速成长和提升。”

第一次接触“多波束”

来到广航局没几天，陈金桥就被公司分派到了港珠澳大桥岛隧工程项目，从事海洋测绘工作。刚来时，整个海底隧道沉管安装已经完工近一半了，Ⅳ工区承接的沉管隧道基槽开挖正在有序地进行着。初到项目部，他对周围的一切都感到非常生疏，看到同事们都在紧张地忙碌着，想搭个话都不好意思说出口。

刚到工区的那段日子，由于人生地不熟，加之条件很艰苦，他的思想斗争比较激烈，不过一想到能有幸参与到超级工程中来，其他的想法就统统放一边了。当时的测量部长杨景鹏是他的师傅，经验丰富，技艺高超，对他的指导非常耐心，每一处细节都能讲解得非常透彻，在实际操作中手把手地教他，陈金桥很快适应了紧张的工程建设。那段时间里相当忙，他除了认真地向师傅请教，还积极参加工区的各种培训……渐渐地，他喜欢上了海洋测绘这项工作，并经常利用工余时间翻阅相关书籍、资料。

多波束测深仪是港珠澳大桥岛隧工程项目测量的主要工具之一，一般安装在测量船底部，对于陈金桥来说，这是他第一次与这类仪器亲密接触。多波束的工作原理是利用安装在船底的多波束设备向海底发射宽扇区覆盖声波，再利用多波束回波设备——接收换能器阵列对声波进行窄波束接收，最后通过发射、接收扇区指向的正交性，形成对海底地形的照射脚印，并对这些脚印进行恰当的处理。这样，能够有效探测水下地形、地貌和地质结构，得到高精度的三维地形图，指导海底工程作业。

杨景鹏接触多波束测量较早，对整个多波束系统了解得比较全面，自工程开工就参与港珠澳大桥建设，对沉管隧道基槽开挖工程技术、质量要求与施工现场情况也了如指掌。另外，Ⅳ工区的测量任务非常繁重，也为陈金桥快速成才提供了更多的实际操作机会，一般是头一天教完理论，第二天就上船进行实习操作，一边听师傅讲解，一边观看老员工怎么操作和设置，然后再上手练习。

长时间、高频次的测量工作，让陈金桥不断有了更多的学习和实践机会，多用、多练更让他在各个环节都上手较快。三个月以后，他已经对多波束测量系统都了解得更加透彻，实际操作起来也精准了许多，逐渐开始承担起独立处理数据分析工作。

在测量与分析中迅速成长

在港珠澳大桥岛隧工程项目四年中，陈金桥职业成长最快也最艰苦的阶段莫过于 E15 沉管管节安装前后的近一年多时间。2014 年底，E15 沉管管节基槽、边坡出现崩塌，基床上出现了大量回淤。在“百日停工”整顿期间，整个岛隧工程几乎所有建设都停了下来，但测量工作一直没有停，任务反而比平常更重了。项目总部和兄弟工区都着急看到他们提交的数据报告，以便及时知晓沉管基槽、基床的回淤情况和边波的稳定状况信息。

那段时间，陈金桥的主要工作是负责数据处理，对整个测量数据进行结构分析、比对、计算，提交出数据报告。既需要重新分析之前的一些测量数据和分析结论，还需要持续监测强回淤出现以后的海底基槽、基床的回淤量变化，测量强度、频次的工作量都增加了一倍，每天需要对整个隧道基槽进行全覆盖测量。一天一次不够时，就进行两次。测量回来，本来时间就很晚了，当晚还必须对测量数据进行计算，得出分析结果，并形成数据报告，经工区领导复核后，第二天一早上报项目总部。

E15 沉管管节安装两次受阻，大家的压力相当大，都在加班加点找寻解决方案，经常加班到晚上 12 点；2015 年 3 月安装完成后，测量工作强度依然没有降低，这种高强度的测量与数据分析工作持续了一年之久。

陈金桥不得不更加谨慎地设置每一个参数，分析每一个数据，保证数据的精确性和可靠性，不让提交的每一份数据分析报告出现一丁点儿差错。他说：“现在回想起来，依然让人惊心动魄，工作紧张而辛苦。不过也值得，自己进步了，也成长了。”

打拼出属于自己的幸福

陈金桥的信条是：“要做就做最好，要学就成专业。”

每天对着电脑屏幕上的一排排、一串串数据进行比对、分析，将它们形成各种束波图、表格，再进行计算与评测，看似枯燥、乏味，陈金桥总是很专注，很投入。他说：“虽然从某种意义上说，我的职业选择可能走了一些弯路，但做任何事情，只要坚持走下去，耐心地干一行爱一行，都会收获成功。海洋测绘虽不是我大学时所学的专业，但现在它已经成了我工作的全部。”

数年历练，陈金桥在数据测量、数据分析及疏浚施工质量的把控等方面，已经达到很高的专业水平，先后荣获 E15 沉管管节基床回淤监测“集体一等功”、E15 沉管管节基础施工及浮运安装“三等功”、劳动竞赛“质量标兵”、“先进个人”、测量能手等荣誉称号。2018 年 1 月，他升职为测量主管，也带起了自己的徒弟。

陶宗恒：

儿子眼中的“超人”

陶宗恒，港珠澳大桥岛隧工程项目Ⅳ工区工程部部长，2012年7月入职广州航道局，先后在射阳项目部、营口项目部、加蓬项目部、港珠澳大桥岛隧工程Ⅳ工区工作。

多个工程的不同历练，他先后掌握了航道疏浚、导堤、高桩码头、地质勘探、护岸、围堰、沉船打捞、吹填、深水基槽开挖、深水基槽高精度清淤等相关技能，学习了绞吸船、耙吸船、抓斗船、专用清淤船等多类型船舶知识。尤其是在港珠澳大桥岛隧工程建设中，他经历了风雨，增长了才干，得到了快速成长。

在工地上，他爱岗敬业，高质量完成各项工程任务；在家庭中，虽然他没有太多时间陪家人，但是全家人都为他取得的成就感到骄傲。他不仅是各个项目中的实干家，更是儿子眼中的超人！

经历风雨快速成长

陶宗恒以稳重踏实的工作作风，出色地完成了工程施工和技术管理的各项工作；积极参与项目团队建设，愿意用自己掌握的知识和技能帮大家、教大家；主动利用工作之余钻研疏浚施工技术，得到了同事们的一致好评。

他紧紧围绕整体工作计划，积极参与施工现场组织、协调，认真编制施工计划和施工方案，细致做好效率分析、技术总结和技术交底。无论是在哪一个项目，他都对所负责的工作全程跟踪、组织、协调，安全、高质量、高效率地落实施工计划，圆满完成施工任务。参与港珠澳大桥岛隧工程建设以来，他先后担任技术员、工程主管，协助项目总工出色完成了众多技术工作：注重理论与实践的紧密结合，编制完成了多项技术方案和工程总结；负责施工任务书的撰写、初审与交底工作，独立协调船舶高效推进疏浚开挖和基槽清淤施工；协助完成船舶施工效率的测算与分析工作，编制和初审项目年、季、月施工计划；承担驻船工程师职责，与船舶保持良好的沟通，帮助船员分析和总结施工经验。

陶宗恒积极学习工程技术及工程管理相关知识，注重技术经验和管理水平的积累与提升，以扎实的理论功底和吃苦耐劳的品格，不断在实际工作中总结新问题、发展新技术。随着经历的丰富、知识面的扩展、工作内容的不断增多，他在不断提升自己的同时，为项目技术管理工作与施工管理工作做出了突出贡献。他担任 QC 小组副组长的《外海水深基槽复合边坡精确清淤》荣获“2016 年全国优秀质量管理小组”奖，撰写的三篇论文先后被收录到《2013 年广航局科技论文集》《华南航道》和中国交建《2013 年现场技术交流会论文集》，参与编制的《深水基槽槽底高精度清淤施工工法》被公司评为企业级工法；先后被评为港珠澳大桥岛隧工程“五比五提升”劳动竞赛“先进个人”、“五比五提升、实现‘第三战役’目标”劳动竞赛“建设功臣”，荣获港珠澳大桥 E15 沉管管节安装“三等功”、沉管隧道贯通暨“第三战役”劳动竞赛“个人二等功”。

儿子眼中的“超人”

经过岛隧工程建设的历练，陶宗恒从一名普通的技术员快速成长为一名工程管理人员，考取了一级建造师证书，实现了事业上的更进一步。谈起事业，他神采飞扬；但谈及家庭时，他却满心愧疚。

2015 年，正是工程施工的关键时刻，他的儿子也在这个时候降生了。这本应是一个阖家团圆、欢喜庆祝的时刻，但为了“超级工程”，陶宗恒不得不暂时放下对儿子的思念，一心一意投入工程建设中。虽然他表面上不露声色，但是内心却备受煎熬，充满了对妻子、儿子的愧疚，觉得亏欠他们太多。

记得有一次，一个工友刚刚探完亲回来，兴高采烈地向大家讲述自己的儿子又长高了多少，又学会了几个汉字……正在忙着检查仪器的陶宗恒在一旁听到这些，忽地愣住了神，手中的仪器滑落到了地上，默默地抽泣起来——他再也无法抑制住自己的感情，只得任由它宣泄。

三年多来，他们夫妻、父子相聚的次数屈指可数。与妻儿的联络交流，主要都是通过视频。儿子过三岁生日的时候，他在视频前和儿子一起吹蜡烛，吹完蜡烛他问儿子：“宝贝又长一岁了，许个愿吧，爸爸一定帮你实现。”儿子挠了挠头，思索了半晌：“我的愿望是希望爸爸变成超人奥特曼！”陶宗恒看着儿子天真但认真的小脸，笑了起来：“你是希望爸爸变成奥特曼保卫地球吗？”“不是！”“奥特曼飞得比火箭还快，爸爸变成奥特曼以后，就可以随时随地从广东飞回来陪我了。”听到这里，陶宗恒情不自禁地抿住了嘴，看着眼前幼稚却懂事的儿子，他伸出手爱怜地对着屏幕摸了又摸。“爸爸，你能变成奥特曼吗？”“能！放心吧儿子，爸爸一定能变成奥特曼。”

虽然和家人依旧是天各一方，但他的心渐渐沉淀了下来，将所有的精力都投入港珠澳大桥建设。不为别的，为的就是对儿子的承诺，为的就是让儿子知道，他的爸爸能和奥特曼一样，逢山开路，遇水架桥。

2017 年冬天，妻子带着儿子来营地看他。儿子一见到他就噘着小嘴：“爸爸骗人，你没有变成奥特曼。”陶宗恒把儿子抱了起来，轻轻地亲了亲儿子稚嫩的脸庞，然后指向港珠澳大桥的方向：“儿子快看，那是什么？”这时的港珠澳大桥已全线贯通，静静地矗立在伶仃洋上，夕阳的余晖洒落在平整的桥面上，显得分外好看。“好长啊！好美啊！这是爸爸修的吗？”“对。是爸爸修的，是爸爸和很多叔叔伯伯们一起修的。”“爸爸好厉害！”

晚上，陶宗恒又把儿子抱在怀里，向他讲起港珠澳大桥的建设过程、技术难度以及未来将带给国家的发展契机。儿子似懂非懂，瞪大了眼睛，“爸爸好伟大！”“你将来也要和爸爸一样，为祖国繁荣铺路，为祖国发展架桥，然后超过爸爸。”“嗯！”看着儿子清澈而认真的大眼睛，陶宗恒脸上露出了欣慰的笑容。

随着港珠澳大桥全面贯通和通车，知名度越来越高，家里人对他的工作也越来越理解、越来越自豪、越来越支持，每当电视台播放港珠澳大桥的新闻时，妻子都会指着电视告诉儿子：“看，爸爸在那呢！”也许是因为听得次数多了，现在只要有人说起港珠澳大桥，这个“港珠澳宝宝”都会抢着说：“它是我爸爸建的！爸爸就在港珠澳！”“我爸爸是奥特曼，不，比奥特曼还厉害！”

刘兆权：

人生因大桥而改变

测量是工程施工的基础，测量人员终日与数据为伍，要求精确，而港珠澳大桥的测量标准更是以毫米为单位。对于刘兆权来说，数字就是他的生命。

作为岛隧工程中心测量队队长，刘兆权从2010年10月开始，一直干到工程完工，刚好七年时间。在这七年里，有项目重压之下的管理创新，也有改进不足的锐意进取，而这些，都已成为刘兆权人生中最为宝贵的财富。

过电影般精控测量

中心测量队的工作不仅繁多，而且还非常复杂。这意味着，身为队长的刘兆权，要肩负的责任可不是一般的多。一切的测量数据最后都要进行验证校对，他相当于最后一道关卡，必须进行严格把控。因此，他每天晚上睡觉之前都会“思前想后”，一边在脑海里对当天的测量数据进行“检索”，一边把第二天的工作计划像过电影画面一样在脑袋里播放几轮，保证第二天的工作能够顺利开展。

然而，这位已经参加过一些大型工程项目的“老手”，在刚接触港珠澳大桥时，也曾面露难色。“我在外海干过很多项目，对精度的要求远比不上这里。沉管在水下对接要做到滴水不漏，安全保障全靠测量技术去监控。普通项目的精度要求是几厘米，但港珠澳大桥沉管隧道的精度要求是毫米级。”

为了做好现场测量精度控制，积累更多的测量经验，刘兆权和他的团队只要有时间就去现场测量，白天去现场晚上回来开会，发现问题再去现场，一次不够，就去两次。随着经验的不断丰富，最后做到了只需要测量一两次。

而这些功夫并不是白花的，在这过程中刘兆权还发现了设计上的一些小问题。当时按照设计的要求，国内第一艘平台式的整平船要求施工精度是正负25毫米。然而，刘兆权带着团队通过系统进行分析发现，依照当时的技术水平，误差怎么也排除不掉，达不到正负25毫米的高要求，只能达到正负40毫米。这个数据并不是一两次测量就得出来的结果，而是刘兆权团队反复测量及核查的成果。虽然从正负25毫米到正负40毫米也不影响施工成效，但足以显示他对数字的精准把握。

风险管理解决问题

在岛隧工程，刘兆权碰到的棘手问题很多，那次惊涛骇浪般的E15沉管管节安装就让他后怕。在此之前，E15沉管管节已经按往常工序展开准备工作，如无意外就可以顺利对接。但基床突然出现大量回淤，不在可控范围之内，这让谁都始料不及。

林鸣当即组织各工区、各部门开会总结问题，并决定把测量工作纳入风险管理。刘兆权还记得，林鸣提出“轴线重合，对边平行，纵坡一致”的要求，要用风险管理的手段，把工程目标分解。可一个风险管理就真的能把工作做好吗？他心生疑问。

当时，刘兆权提出把风险分为通用风险和专项风险。通用风险就是常规错误，用技术和管理手段把风险降低到可接受程度；专项风险就是在易变的工作环境中针对不同的人和事，采取相应的应对策略，预防和解决突发问题。针对专项风险，刘兆权举了一个例子：安装一些管节需要潜水，潜水有一定风险。原先他们采用声呐深水控制系统，这个声呐并不是在哪里都可以用的，浅水区受各种条件限制就不能用。这时候就要考虑到其中的风险问题，然后要把它提前解决，保证管节安装顺利进行。

“这些问题不是我们开个会就能解决的，要开了会到现场去检查一遍，检查后发现问题，然后再进行处理。”刘兆权笑着说道：“我们不仅将测量工作纳入风险管理，也让自身融入风险管理。以前推行标准化，心里不踏实，经常睡不着觉。现在是标准化加上风险管理，我们心里踏实了，饭也吃得香了，觉也睡得着了。”

时间让他更有担当

除了风险管理，刘兆权还提出要创新管理：“管理创新最主要在于学习，怎么去学习更多的东西，怎样跟工程更好地结合。以前大家有问题就去找理由，后来变成找方法。”

超长距离跨海高程传递，普通项目正常传递距离是 2.5—3 公里，港珠澳大桥则要求达到 6—9 公里。“我们探究了很久，如果采用传统的方法没有十足的把握达到这个要求，我们决定跟外面的单位合作看能不能进行创新。”于是，刘兆权带着团队用了半年时间，研发了一整套超长距离跨海高程传递的全新方法。

由于现场海况复杂，安装测量导线也成为一个棘手的难题。“一开始我们也是不服气，上课也学过，之前的工程也干过，无非这个更复杂，更有难度，那就仔细点。但通过研究发现，很多技术问题还是解决不了。”于是刘兆权团队提出，请武汉大学的专家指点把关，最后研究出双向性测量导线。

回顾七年时光，刘兆权感知自己变化非常大。“刚到项目的时候，我就是一个很普通的测量队长，只和几个小弟兄一起起早贪黑，别人把结论做好，我们就去执行。慢慢地，我学着去发现问题、分析问题、解决问题，主动寻找问题所在。”刘兆权认为，技术可以通过管理进行调整，技术不够通过好的管理可以解决很多问题，但技术好管理却不够则会使团队没有战斗力。

也正因为如此，“学有所得，学有所成，学有所用”，成为刘兆权在经历港珠澳大桥工程后最有感触的一句话。他说：“我们的人生因港珠澳大桥而改变……”

魏红波：

铺好隧道的“石褥子”

他参与整平船“津平1”技改，研发新增的清淤系统及清淤头高程控制系统，使这艘船成为世界首艘具备清淤功能的平台式抛石整平船。他与团队一起攻坚克难、创新奉献，获得4项专利，收获了中国交建科学技术进步特等奖、中国航海学会科学技术一等奖、“建设功臣”“优秀员工”等荣誉。

中交港珠澳大桥岛隧工程V工区项目经理部工程部部长魏红波，2011年10月加入沉管安装团队，肩负海底隧道碎石基床整平施工重任。七年工程建设，他带领团队为沉管隧道铺设了一张长5664米、宽42米、垫层厚度13米，稳固且坚实的“石褥子”。

累计抛石56万立方米

建房子，要打桩基；建海底隧道，基础施工是第一要务。隧道基槽经过初挖、精挖和逾2米厚的块石夯平后，还有最后一道工序，即13米厚的碎石基床铺设，待清淤干净、整平之后，才能进行沉管沉放对接。

海上施工靠机械，机械干活靠人机配合。早在魏红波他们进行施工技术研究与攻关之前，一航局就已倾全局之力进行着专用工程船舶的技术改造与创新工作。经过多年的精心制造，用于海底隧道碎石基床整平作业的专用船舶“津平 1”于 2012 年 10 月抵达施工海域。它引入了石油钻井平台抬升系统的工艺，利用四个桩柱把工作平台抬出水面，船长 81.8 米，桩柱长 90 米，抛石导管长 72.7 米。

施工作业时，整平船就位后通过增加荷载的方式，将其四个桩柱扎根海床，再利用抬升系统把船舶平台抬离海面悬空，降低了波浪、海流的影响，保证了基床铺设、整平的精度。日籍专家曾惊叹：“‘津平 1’先进的功能设置及精准的作业表现，在世界上首屈一指。”

“津平 1”到达施工海域后的近 7 个月，魏红波结合之前的技术攻关成果，针对沉管隧道碎石基床整平方案，先后组织了大量的整平船抬升试验、碎石基床铺设施工试验，以加强对船机操作的熟练度，进一步验证其作业精度和效率。但在试验过程中，许多难以预测的问题却一直在不断涌现。他们不得不反复对施工方案、船机技术进行改进。

随着工作娴熟度、配合度进一步加强，碎石基床整平作业的进度也不断加速，后来“津平 1”仅需七天便可高质完成 180 米 ×42 米一个沉管基床位的铺设任务。据统计，他们累计为 33 节沉管管节和最终接头基床铺设 56 万立方米碎石。在 E13 沉管管节基床施工中，整平精度达到了毫米级，创造了垄间整平高度差 2 毫米的世界纪录。

严格把控每一流程

魏红波作为基础组的技术主管，在碎石基床整平施工中始终按照标准化、规范化管理整个流程；每次作业前严格做好风险自查，确保船舶性能良好、平面高程系统准确无误，确保施工人员的风险宣贯和技术交底到位。他还要在“津平 1”进场前，将相应管节的各施工参数输入施工管理电脑，并联合测量队做好复核，保证船舶桩腿安全穿过海底软基夹层。

施工期间，魏红波与同事毕子杨搭档，全程参与插桩和操作整平施工。每个船位作业完成后，不管是不是他值班，魏红波都要仔细复核全部数据，直到确认施工技术、质量全部符合工程设计要求后，才肯下发移动船位的指令。

除了负责工艺技术研究、施工方案编写、现场作业组织管理外，他也参与了基床整平相关的技术和工法创新。由于沉管安装须在每个月的低潮期进行，而这个窗口期时段一般仅有3—5天，所以基床必须在窗口期到来之前铺设、整平和清淤完毕。但珠江口海水泥沙含量较大，提前铺好的碎石基床常常会面临海底回淤的侵袭。2015年，E15沉管管节两次遭受严重回淤的侵袭之后，项目总部提出“津平1”需具备清淤功能的要求。V工区接到任务后，立即展开相关技术的讨论与技术攻坚。魏红波全程参与了对“津平1”整平船清淤系统的研发。

这套清淤系统的成功研制，使“津平1”成为世界首艘兼具清淤功能的抛石整平船，在此后的沉管基床施工中发挥了有效作用，尤其是当E22沉管管节碎石基床出现大面积严重回淤时，清淤功效显著：“津平1”在3个工作日内就完成了2000多平方米的基床高精度清淤，实现了40多米水深碎石基床面无损清淤，为E22沉管管节的成功安装打下了良好基础。

突发状况勇于担当

在40—50米深的伶仃洋海底，进行长达5个年头的碎石基床整平作业，并非一帆风顺。魏红波说：“这5年，是与复杂海况、海底回淤和台风气候抗争的5年。”

E20沉管管节基床铺设时，“津平1”进入第五个船位后，在下放抛石管的过程中，一根长达200余米、直径6—8厘米的抛石管提升钢丝绳突然断了，连接在它下端的抛石导管瞬间掉落到了40多米深的沉管隧道基床上。见此情景，“津平1”上的所有人都蒙了。魏红波当即向工区、项目总部汇报了情况。在项目总部的统一指挥下，魏红波立刻组织抛石管“打捞”方案讨论，最终借助一艘2600吨浮吊将抛石管捞了起来。

起重作业人员迅速更换了钢丝绳，并重新连接抛石管。此时，魏红波发现两个液压油缸也莫名其妙地损坏了，正不停地向外漏油。让他最担心的是，抛石管的高程系统会不会受到影响？于是，他重新对液压油缸和高程系统进行了校准。但祸不单行，当他将这一切问题全都解决正准备重新开始施工时，装载施工管理系统的电脑又突然死机崩溃了。

由于“津平 1”使用的是韩国的施工管理系统，船上的日籍技术服务人员也只能望而却步、无能为力。迫于工期的巨大压力，魏红波连夜赶回施工总营地，并通过网络与韩国厂家的技术人员进行远程交流，重新安装了一套电脑管理系统，随后立即返回施工现场调试。虽然过程一波三折，但他们始终不辞辛苦、忠于职守，在 11 天内完成了 E20 沉管管节基床碎石整平任务。

在港珠澳大桥海底隧道的基床施工中，困难和挑战何止这些。诸如深水深槽、超缓坡、强回淤、曲线段、岛头区流场等技术难题，他们要么通过降低抛石管移动速度、选择合适的作业窗口；要么通过防淤盖板、截淤屏等措施非常巧妙地加以解决。最终，魏红波和同事们一起，为我国首条外海深埋沉管隧道打造了一张踏实舒适的“席梦思”。

王彰贵：

海洋环境预报的一次突破

国家海洋环境预报中心总工程师王彰贵用他 6 年多的不懈努力，在港珠澳大桥建设者的心中树立了一个“定海神针”的形象。

港珠澳大桥管理局局长朱永灵说：“他的预报是我们行动的重要依据。”

林鸣说：“王彰贵的预报准确与否，直接关系我们的施工效益。”

中交四航院总工程师卢永昌说：“他是我们的定心丸。”

全情投入岛隧工程

2012 年，王彰贵作为负责人带领预报中心团队正式进驻珠海。

外海施工对海洋环境的要求相当严苛。深海基础施工一般来说海浪不能超过 0.8 米，风力不能大于 5 级，海流每秒不超过 0.6 米。这样的预报精度要求给预报中心带来了新的挑战。特别是在沉管安装期间，准确预报施工窗口期的气象、洋流、海浪等海况，成为上下关注的焦点。在 E1 沉管管节安装时，由于经验不足，预报海浪将超过 0.87 米，沉管到底放还是不放？施工团队和预报团队的压力都非常大。林鸣十分严肃地说 :“王彰贵，你们的预报直接关系我们工程的成败。”

从 E2 沉管管节开始，王彰贵把工作重心转移到沉管安装施工的保障上，常驻珠海营地。

E10 沉管管节安装发生了较大偏差，引起了王彰贵的高度警觉：仅仅依靠传统的方式能否满足这个超级工程的预报需要？在与设计、施工单位的共同协作下，一套全新的沉管对接保障系统应运而生。它可以利用数值预报技术，对深基槽全断面的海流进行精确预报，从而保障了从 E11 沉管管节到 E33 沉管管节的预报准确度。

在 2013 年至 2017 年的 4 年中，预报中心累计投入岛隧工程海洋环境预报工作的技术人员达到了 100 余人，每节沉管管节施工都有 20 人参与现场的海洋观测与预报保障。

与工程同进退、共存亡

E15 沉管管节安装期间发生了两次泥沙回淤，举国关注。岛隧项目总经理部希望预报中心与泥沙攻关小组联手攻关。王彰贵全力以赴，带着几个博士、硕士研究生加班加点地分析、计算，在几个月的时间内开发出国内首个“深基槽泥沙淤积数值预报系统”，这是国内首个厘米级泥沙预报系统，可以每天对深基槽泥沙淤积分布进行预报。这又是一次针对工程需要在海洋预报技术、预报手段上的创新。

王彰贵还记得，在 E20 沉管管节准备安装时，海浪毫无声息地涌来，安装船上瞬间地动山摇，晃得人都站不住。如果对这类大浪不能提前预警，沉管安装时极有可能造成管毁船翻的重大事故。

究竟是什么原因？通过一系列科学研究，他们得知这是至今尚未发现的一种异常波。王彰贵结合前期对船行波的研究，带领团队开展了该异常波的形成条件及传播规律的研究，并开发了“异常波预警系统”。在此之后的 E21 沉管管节至 E33 沉管管节安装中都对异常波进行了预警，保障了工程安全作业。

港珠澳大桥主航道桥合龙在即，大桥管理局局长朱永灵彻夜难眠。受厄尔尼诺现象影响，那一年台风来去无踪，势头凶猛。2015 年底，他找到王彰贵，希望预报中心团队对 2016 年的台风情况进行长期预测。在北京超级计算中心的配合下，预报中心 2 月份就对全年影响珠江口的台风做出评估，为主桥合龙创造了条件。

预报也是生产力

海洋环境预报是工程保障的千里眼、顺风耳。多年从事预报工作的丰富经验告诉王彰贵，精确的预报能为沉管安装提供定量化施工的依据，使工序更为可控。

每到施工窗口期，预报中心都会对台风形成的路径进行跟踪、研判，利用超级计算机，大大提高了预报精度，预报时效达到了 10 天。E33 沉管管节安装前夕，有一个热带气旋在珠江口外 200 公里的海面形成，并且原地打转，移动路径难以预测。

项目总部人员非常紧张，Ⅴ工区常务副经理宿发强天天追问台风的进展。经过对伶仃洋周边海洋气象观测站的数据分析以及卫星、雷达观测资料的综合研判，王彰贵断定这个台风的强度不会增强，对施工的影响不大。E33 沉管管节如期安装，宿发强高兴地说：“台风不可怕，有科学预报，外海施工游刃有余。”

“科研服务于工程，科研也是生产力。”王彰贵和他的团队通过多年的积累，对海洋气候环境的掌握已经达到国际水平。丹麦科威公司专家曾经武断地告诫，在中国南海夏季多台风，不适宜外海施工。王彰贵则自信地说，实际上，珠江口海域冬天冷空气活动频繁，容易造成海洋环境波动，施工窗口期短，而夏季台风一过就会出现一个十余天的相对平稳期，非常利于海上沉管施工作业，关键就是要做好预报。提高预报水平，改善监测手段是重要前提。在港珠澳大桥工程之前，我国常规性的海洋环境预报对海浪的预报误差控制在 0.5—1.0 米，而现在则基本控制在 0.2 米的水平。

现年 60 岁的王彰贵是博士生导师，1989 年获中科院大气物理研究所博士学位，1995 年破格任研究员，2002 年获得国务院政府特殊津贴。他对自己的科研工作做了如下评论："岛隧工程的海洋环境预报是我一生中最有收获的工作之一：六年里扎根工程，用科学的态度去分析每一个海洋现象，帮助项目把工程风险降下来，解决了一些关键技术问题。团队要带好，关键是带头人，总工不仅要会布置工作，还要带头冲锋在技术科研的最前列。"

张 炜：

磨砺成一名真正的海洋人

张炜，国家海洋环境预报中心网络与计算机部高性能计算机组组长，2014 年 7 月加入港珠澳大桥建设团队，为 E11—E33 沉管管节及最终接头的 26 次安装提供数据通信、海洋环境观测等现场保障服务。因出色的工作表现，他曾获港珠澳大桥岛隧工程建设“个人二等功”。

工作中从此有了海

2014 年，港珠澳大桥海底隧道施工进入深海，沉管安装遭遇“深水深槽”难题。为了实时观测、采集施工海域的水文环境信息，找寻合适准确的“施工窗口”，国家海洋环境预报中心介入最前端的海洋观测任务，力求提供从天上到海面，再到水中全方位、立体式的气象、海浪、海流、泥沙以及不同水层海流方向的专项预警、预报服务。

海洋观测这一业务板块，对于国家海洋环境预报中心来说，相关技术和实际经验都相对缺乏。因此，许多交叉学科的研究、分析人员也不得不参与到前端的海洋观测服务中，张炜自然也不例外。经过数轮的挑选，张炜成了在港珠澳大桥岛隧工程海洋环境预报中心团队的一员，他不仅是负责数据通信方面的技术骨干，也是海洋观测任务中的顶梁柱。

7 月 12 日，张炜作为技术支持人员来到珠海施工总营地。第二天一早，他就坐船来到了东人工岛上，并驻岛做了近一周的技术准备工作。他将整套数据通信系统从观测点连接到所有的数据采集器、通信装置、指挥舱、营地指挥部一一布设完成。从此，他的工作就与海洋紧紧地联系在了一起。

保障沉管施工最前线

沉管安装施工海域共有 8 套数据传输系统、2 套浮标传输系统，在每次安装前，张炜都要对整套通信系统进行检查、调试，至少提前一天确保系统上线运转正常。当这些设备出现问题时，他还要负责修理、更换等。

2015 年 10 月，在第一次畸形波浮标布放时，由于对布放海域受到机场信号屏蔽强度的估计不足，导致浮标连续三次放入海中立刻失去信号。为寻找浮标放置的合适点位，在第二日即将进行管节沉放的关键时刻，张炜和通信保障组成员立刻协调项目总部安排船只，采用船只接力方式通宵工作，不断调整浮标位置和软件系统，最终在沉管浮运前 8 个小时顺利将观测数据传到了指挥船。

由于畸形波浮标布放位置靠近航道，过往船只较多，而浮标自身较小，所以经常会受到船只撞击，一年内光天线就被撞断了 9 根。为了保障沉管安装顺利进行，张炜都是在第一时间对所出现的问题进行补救、抢修。2016 年底，浮标被直接撞沉后，他花了 20 天时间，不断与浮标制作方进行沟通、协调，重新改造了一套浮标，并立即投入使用。

三年间，他和团队维修浮标通信系统 5 次，铺设船上线路 10 余次，维修更换数据传输系统 6 套，有效保障了实时观测资料第一时间到达指挥船上。除沉管现场的服务保障外，他和观测团队成员还完成了 18 次配套观测任务，如最终接头观测保障、东人工岛浊度观测、ADCP 坐底观测、畸形波浮标观测、水样采集等，且大部分都属于紧急任务。

经过三年实践，国家海洋环境预报中心将从前端观测到后端分析、预判和预报的一条龙式的海洋工程保障服务推向了一个全新的高度。各类研究成果在这一世界级的海洋工程项目中进一步得到了验证和推广。

永记于心的岛隧经历

“每一次都是第一次”，这是张炜在岛隧工程最真切的感受。精细化的工作，往往是干得次数越多，胆子就越小。刚来的时候，张炜总觉得海洋观测能有多难？研究研究不就可以干了？但在岛隧工程干的时间长了，才真正体会到了“每一次都是第一次”的谨慎态度，对干好一项工作、建设一项精品工程有多么重要。

他说：“这项工程对我来说，最初纯粹是当作一种工作责任、一项任务去完成，但后来我渐渐觉得，每一次来到沉管安装的施工现场，自己都是带着一种责无旁贷的使命感而来，因为我要不来，我们总工不放心，沉管安装现场不放心。”

张炜大学毕业后，就一直在国家海洋环境预报中心工作，在他职业生涯的前十年，日常工作一直跟海洋没有太大关系。参与港珠澳大桥建设后，他才真正感受到了海洋的魅力。其间，他还考取了潜水证，是目前中国海洋观测领域考取潜水证较早的人员之一。后来，他又参加了科学潜水的培训，将成为国内第一批科学潜水员。他说：“这种培训的目标就是有朝一日，科学家们自己就可以下到海里从事海洋科考与试验。”

吕勇刚：

脚踏实地的筑梦者

作为港珠澳大桥沉管隧道结构设计负责人，吕勇刚几乎自始至终参与了沉管隧道初步设计、投标设计、施工图设计及施工配合等全过程。回顾整个过程，最纠结焦虑、最不足为外人道的是，从沉管纵向结构、“工厂法”预制、岛上隧道暗埋段、最终接头到隧道内附属工程等，最终的实施方案几乎完全推翻了最初的设计方案。

对设计者来说，这是一个颠覆认知的过程，时间紧、任务重，压力重重。在总负责人带领下，他沉着冷静，重新研究，从改变对事物的认知入手，探索新的解决思路，提出了具备创新思维、历经考验的设计方案，不断试验并最终得以实现。每一处细微的方案变更、每一个难以取舍的决定，都关乎 120 年的责任，设计中经历的艰辛与焦灼，只有他知道。如今，这些都已经成为那段艰辛岁月的记忆，成为团队的骄傲和自豪。

与港珠澳大桥岛隧项目结缘

2017 年 4 月 24 日，中国公路学会隧道工程分会主办的“2017 年全国公路隧道学术年会”在重庆召开，会议隆重表彰了 10 位“第四届中国公路隧道优秀工程师”，公规院隧道工程部总工吕勇刚荣列其中。

中国公路隧道优秀工程师每 2 年评选一次，每届获奖人数不超过 10 名，当选者为我国公路隧道建设、养护、管理工作中做出突出成绩的工程技术人才。吕勇刚因其在港珠澳大桥沉管隧道设计中的突出成就脱颖而出，光荣当选。

时间回溯到 2009 年下半年，吕勇刚作为主要负责人之一正在进行某大型跨江通道的设计工作，而此时，千里之外的港珠澳大桥急需设计人才。当时，港珠澳大桥海底隧道还处于初步设计阶段，给大家的印象是：工程挑战空前，成败尚不明朗；任务异常艰巨，一旦介入，意味着超长、超强的付出；主要的负责人都是国内外顶尖的沉管专家，去那里只能从“绘图员”干起……面对这个“召集令”，很多同事选择了放弃。作为当时隧道部的技术骨干，吕勇刚却主动请缨，选择去当“小学生”，从零开始。这是一个职业生涯的重大选择，在吕勇刚看来，“年轻人不要过于看重眼前的利益，要懂得舍得。不管成败，经历了港珠澳大桥，也算不负此生”。

在完成工作交接后，2009 年底，他正式加入港珠澳大桥初步设计团队。在此之前，高速公路钻爆法、城市道路浅埋暗挖法、明挖法、盾构法，他都经历过，已算是公路隧道界一名年轻的“老司机”。对于沉管法，尽管此前他也有过思考，但港珠澳大桥这样的超级沉管工程，依旧是一次巨大的挑战。从项目投标设计开始，他就在北京顺义进行封闭工作；项目中标后，马上随团队入驻珠海施工现场。8 年一直坚守在一线，直到主体工程完成才离开。如此超长的设计项目，在中国公路交通建设史上，是空前绝后的。

力求平衡之美

作为结构设计负责人，吕勇刚负责的工作最烦琐，除了涉及隧道“命根子”的结构、防水等关键设计外，还涉及路面、防火、装饰、逃生等设计及与机电工程、岛上建筑、桥梁工程等接口协调。而且，一个好的隧道工程，需要在安全与经济、土建与机电、建设与运维、工程与环保等之间找到平衡，也就是在设计中，使各个专业之间达到合理的配置。做到这点非常不容易，设计负责人需要对各个专业略通一二，要有强大的综合能力。在整个隧道设计团队中，吕勇刚科班出身、又有丰富的实战经历，自然承担起了“万金油”的角色。为此，他也付出了大量的心力。

用他的话来说：“要融入这个工程中，不要为了做而去做。多花一点精力，把事做好，把每一张图纸都做到极致。这是我发自内心的感受。”

用创新思维攻坚克难

6.7 公里的沉管隧道是港珠澳大桥最关键也是设计、施工最难的部分，承担着车辆通行、通风排烟、人员逃生、通信、照明等多项任务，各个环节都意义重大。不同于以往设计先行、施工照做的僵化流程，建设团队采用了“风险驱动设计、施工驱动设计”的思路，吕勇刚要站在施工的角度看问题，使设计和施工在一条船上，做施工能做出来的设计。

设计工作刚刚启动，问题就接踵而至。港珠澳大桥海底隧道需承受顶部 40 多米水头和 20 多米回淤形成的巨大压力，还面临着地震、沉船、水淹、爆炸等各种可能出现的不利因素，对结构受力要求的严苛性前所未有。尽管此前已经历过南京扬子江、渤海海峡、大连湾等超大型水下通道工程的设计或前期研究，但要将港珠澳大桥海底隧道这座超级工程的蓝图变成现实，吕勇刚仍感受到空前的压力和挑战。

为了破解海底隧道“一管多用”的难题，设计团队巧妙设计了“六角形 Y 中墙”结构断面，但第一版图纸提交出去，现场技术人员都傻眼了：如此形状“怪异”的沉管，密集的钢筋，根本无法实施“工厂法”预制。

“工厂法”预制就是在厂房内像生产汽车零件一样，采用流水线标准化生产沉管，从而实现高质量、高效率。“工厂法”要求结构设计一定要满足工艺需要，有足够的刚度，保证在工序转换时钢筋笼不变形，同时，还要考虑到钢筋的规格怎么统一，施工人员如何进去、出来，各工序之间怎么衔接。

吕勇刚意识到，必须从过去单纯的设计师向现场工程师角色转变，要向一线工人了解施工细节，从现工艺需求、结构受力机理出发，对沉管的每一处细部构造、每一根钢筋位置进行重新分析。他创新设计出了“两孔一管廊”状的沉管断面，这个看上去有些“怪怪”的东西是他进行了大量研究的成果，集通行、逃生、通风、排烟、照明、供水等诸多功能于一身，又可以实现“工厂法”生产。

按常理来讲，33 节管节一个通图就足够了，由于沉管埋深不同，坡度不同，每一节沉管管节都要重新分析受力情况，重新调整钢筋、预埋件的布局。这在很多工程师看来是特别烦不胜烦的事情，吕勇刚仍是始终如一地设计好每一张施工图。用他的话来讲：“不是说这个不行，而是不经济，不完美。”

凭借韧劲为行业做出贡献

港珠澳大桥海底隧道沉管采用了柔性结构，随着安装深度的增加，建设团队发现这个结构不能满足沉管深埋的要求，反复探索后，最终提出了“半刚性”沉管结构的概念，既充分利用柔性结构的优点——化整为零，从而更好地适应地基变化，并且弯矩小；又利用刚性的优点——刚度适度提升，不存在小结构；刚柔并济，可变可控。

“半刚性”沉管结构一推出就面对着巨大的阻力，不仅需要说服国内外专家，还要获得交通运输部的支持。一开始团队也有所顾虑，没有任何成功案例，外部反对声音很大，新结构落地尚有很多的细节需要细化、优化，工作量大，无法预测会不会出现其他问题；况且当时沉管已经制作完成了 6 节，此时更改结构，就要否定已经批复的方案。

面对艰难险阻，仍要大胆一试，吕勇刚如今谈起来颇感自豪：“这是场艰苦卓绝的斗争。创新首先要想明白了，坚持住了，最后才能取得好的结果。”功夫不负有心人，“半刚性”沉管结构的成功实施带来了多重效果：沉管隧道防水系数提升了，安全系数提升了，抗风险能力提高了，应对意外状况的抵御能力更强了。

“半刚性”沉管结构创新为中国赢得了世界沉管界的尊重，为解决沉管深埋难题提供了中国方案，推动了隧道整体技术进步。吕勇刚说：“外国文献显示，30 年前的沉管隧道技术和现在没啥区别，我们挑战了别人的 30 年。”

七八年的高压状态，艰难探索的一段经历。当被问到港珠澳大桥项目带给了自己什么时，吕勇刚感慨自己很幸运，在推动中国沉管隧道技术走向世界前列的征途中做出了自己的贡献，看待事情的态度也有了很大的变化，用他的话说：“淡然处事，遇乱不惊，眼界和格局更宽阔，内心更从容。”

林　巍：

人生因为“冒险”而变得简单

林巍是港珠澳大桥沉管隧道设计分项负责人。

2008年从长沙理工大学毕业，林巍进入中交公路规划设计院有限公司。当时港珠澳大桥的工可设计已经进入后期，来到公司的第一个任务就是去机场接丹麦科威公司的专家；第二天，领导又让他去找外国专家要《工程风险报告》。在与科威公司专家的接触中，他第一次接触沉管隧道概念，第一次了解到沉管隧道的风险，这使他在之后的沉管重量平衡设计中受益匪浅。

2010年底，当中国交建拿到港珠澳大桥岛隧工程的中标通知时，一些参与前期设计的工程师悄然离开了：未知风险过大、施工周期过长，有多少人愿意把宝贵的职业黄金期押在一个难以预估的“世界之最”上呢？作为中交港珠澳大桥岛隧工程设计分部的一员，林巍进入沉管隧道组，开始了在港珠澳大桥岛隧工程的“驻守”。

越简单的，越是最好的

日本隧道专家花田幸生，曾参与包括那霸隧道在内的多条海底沉管隧道的建设，是港珠澳大桥沉管隧道的技术咨询顾问。林巍一开始作为他的翻译，跟他一起从事技术攻关工作，进入施工方案阶段后，每天跟他一起上工地，听到花田说得最多的一句话就是“去现场”。

对，去现场。只有在施工现场才能发现问题，也只有在施工现场才能找到最好的解决方法。沉管是借用水之力的工程，利用水的浮力移动、利用水的重力下沉、利用水的压力连接，但是水能载舟、亦能覆舟。沉管从预制工厂浮运至安装现场，再下沉、安装，需要经历上百道工序，哪怕一道工序把控不严，就会造成漏水。对止水的重视，贯穿整个隧道的设计过程，乃至基础、结构、接头、舾装与施工技术要求，而这些问题都是在施工一线才能得以解决。设计师在把关的最前端，必须要把每一个环节都设计到位，结构的裂缝，接头的间隙，管节临时封门的管道……确保每一处结构不留缺陷。

在沉管出坞浮运方案最后拍板前，设计团队中所有的人都变得沉寂而纠结：重达 8 万吨的沉管如何横移、固定、出坞、浮运？众人提出的方法步骤多且烦琐。一次他陪着花田幸生从现场回营地，一路上两人一言不发，走到中途，花田突然驻足凝视着林巍说：“简单，一切都是越简单越好。”是的，任何复杂的计算、试验最终都要回到设计的原点，越是简单的就越是实用的、越是完美的。

林巍听懂了。他后来的设计也是力求简单，好理解，好操作，好施工。

“冒险”是为了将工程风险降到最低

“冒险的本质是什么？”林巍反复追问自己。

沉管隧道的最终接头在水下 30 米，如果按照传统施工方法，需要一大批潜水员在深水工作 6 个月，潜水员的生命仅靠一条连接到水上的“脐带”来维持，一旦海流超过预期就会有生命危险。而且施工海域舟船通航密集，长期占用航道，对航运造成的损失难以预料。为了把风险和损失降到最低，中交建设团队“冒险”创新了一种新的工法，免除了大量的潜水作业，还将 6 个月的海上施工时间缩短到了 1 天。

这只是岛隧工程众多创新中的一项。7 年里，他们用“冒险”去创新，换来的是 4000 名建设者 2500 天海上施工无一伤亡，换来的是中华白海豚历经 8 年建设期间后数量反而增加了一倍，换来的是 40 项科研成果、540 项专利、24 个科学奖……

“岛隧工程团队完成了港珠澳大桥的建设，但是我人生的冒险梦想才刚刚开始。”10 年超级工厂历练，林巍对未来更加自信。

自由是“冒险”的必备条件

每天早晨，林巍在珠海轻纱般的薄雾中晨跑时，大脑会陷入深深的思考之中：回放昨日的收获，筹划当天的工作。林巍说：“我习惯了在晨跑中思考，身体奔跑着，思绪也跟着自由地奔跑。”每一阶段工作完成后，他都会及时整理资料，做好总结，书写心得体会。

林巍在文章中这样写道：“刚参加工作时，可以对一个问题研究得很深入，但是视角有限。随着接触的专业越来越多，看问题的视角越来越开阔。这就是自由。”

要获得这种自由，工程师需要广泛地学习，深入地思考，对方案理解的宽度要达到其他所有参与者之和，深度要超过所有的参与者，这样才可以做出更适当的判断，才会找到最好的方法来解决困难。举个例子，要提出沉管隧道基础方案，光知道计算沉降和地基承载力是不够的，还需要通过了解沉管结构，知道什么样的基础更能适应这种结构；还需要了解地勘，因为沉降预测基于地勘数据，地勘数据的来源、方法、地勘质量控制，都对沉降预测结果产生影响，进而影响基础设计。再者，提出的基础方案是否具备可实施性？基础质量控制是否完全依赖于人的操作或天气海况？是否方便施工和检测？是否需要开发专门的设备？对总工期的影响程度、与其他工序衔接是否简单？只有深入理解以上问题，才可能提出适宜的、新颖的基础方案。

因此，自由是“冒险”的必备条件，需要始终如一的思考和积累。对经验的总结，对工作方法的认识如此系统透彻，对一个年轻的工程师而言难能可贵。

港珠澳大桥岛隧工程是林巍工程师生涯的第一步，这一步起点很高，视野很广，收获也很大。此刻的他，有一种“会当凌绝顶，一览众山小”的喜悦与自豪。

工程圆满结束了，但林巍对科学、对创新的认识和探索没有停顿，又投入对悬浮隧道的探索。他说：“桥梁是为了跨越，桥梁的用材主要为了承载重量。如果把桥梁浸没在水中，利用天然的浮力来帮助承载重量，我们就有可能得到一个很经济的方案，就能够跨越更深更宽的海峡。这就是悬浮隧道。”

他的大脑一刻没有停顿，一直在自由地“冒险”：使设计思想、理念变得更“简单”，更科学，更实用。

卢永昌：

钢圆筒方案凸显专家胆识

扎根中交四航院30余载，他孜孜不倦从事着水运工程设计和技术管理工作；30余载的兢兢业业，让他从一个普通工程设计人员成长到如今的总工程师，从壮志青年变成华发早生的中年。尽管略显苍老，却掩盖不住他的光芒，也掩盖不了他对工作的热情。他就是卢永昌，中交四航院总工程师、全国水运工程勘察设计大师、华南地区水运工程设计领军人物，集众多头衔于一身。

是他，敢为人先地采用大钢圆筒振沉形成港珠澳大桥东人工岛和西人工岛的方案。可以说港珠澳大桥岛隧项目的建成，离不开卢永昌的设计，离不开他的奋斗。

十年谋划岁月沉淀

55岁的卢永昌如今已是满头白发，用员工的话来说，之所以早生华发是因为“他是太操心工作了”。自1985年从天津大学毕业，他一头扎进交通部第四航务工程勘察设计院(现中交四航院)，这一扎就是34年。献青春，洒热血，他无怨无悔付出，将中交四航院的技术实力推向一流，声誉远播海外。而港珠澳大桥这个项目，绝对是卢永昌华彩人生中浓墨重彩的一笔。

“这个项目对我们来说非常重要。”卢永昌早在十年前就意识到港珠澳大桥项目的重要性，于是在当时就果断组建该项目的投标团队，用了整整一年的时间来筹备。正是这整整一年的时间，为后来的优化方案和调整设计等，打下基础，做好准备。卢永昌睿智的眼神中流露出对这个工程深厚的责任感与庄严的神圣感。

人工岛是整个项目的关键

然而当年在设计港珠澳大桥人工岛项目的时候，卢永昌和他的团队却久久找不到好的方法。原来，卢永昌考虑到人工岛是整个项目的关键，所有的隧道都要从这个人工岛开始，后续的工序才能继续。当然，做隧道也不是这么容易的，这对地质的要求非常高，特别是参数的要求。归根结底，人工岛的设计是难点，必须要尽一切力量攻克！

从何下手呢？如果按照原来的水工系统的方案来操作，技术上肯定没有问题，但从工期及其他方面的要求来看，是满足不了工程要求的。这着实让卢永昌苦恼，百思而不得其解。

不过，经过冥思苦想之后，卢永昌想到还有一个钢圆筒技术方案，这个方案从 20 世纪 90 年代开始就一直在研究，在国内做过不少工程，长三角地区也做过试验。但从专业角度来看，卢永昌认为还不是很成熟。

继续尝试新方法

虽然钢圆筒的工程之前并没有成功范例，但那时中交四航院在全球范围内，第一次与美国的 APE 公司一起开发了一个四锤联动的振沉系统，这个系统是成功的。而这个技术，也被运用在南沙港的工程上。不过尽管如此，很多人也认为这个工程难度太大，根本没办法做，毕竟，这样的技术难点在如今世界水运工程中都是当属罕见的。

“但我们有过技术的积累，认为是可以做的，所以也就开展了一个研究。”卢永昌坚定信心，决定派人去日本进行调研，因为同类型的工程在日本做得很多。然而，日本工程师看过卢永昌他们的方案后，也觉得不可行，因为考虑到工程的水下深度过深。

可这一切的打击，都不能磨灭卢永昌及其团队的意志，卢永昌势要将这个技术进行到底。于是，他带队重新评估，同时请来了美国 APE 公司帮助进行新技术开发。四锤联动不行，那就六锤联动或者八锤联动。技术上的难题解决不了，那就继续尝试新方法解决。

最终，功夫不负有心人。经过日本取经、一线考察等漫长的过程，卢永昌带领他的设计团队，创造性地提出采用大钢圆筒外侧辅以抛石斜坡堤筑岛、岛外地基处理采用挤密砂桩、岛内地基处理采用插塑料排水板降水联合堆载预压的方案。这个方案，一举克服了隧道基坑施工期止水、控制岛体陆域工后沉降、岛壁施工期岸坡稳定、缩短筑岛工期等四大技术难点。

别人几乎不可能完成的我们完成了

回忆起那段日子，卢永昌认为这么多难点中最难的还是钢圆筒部分，毕竟，钢圆筒要深插入地下四五十米、并且相对较软的土层里。这个步骤是世界性难题，全世界都不存在一个规范，到底能不能成功呢？卢永昌当时心里都没底，因为也曾失败过，心中难免有阴影。

可也正是那些失败，给卢永昌及其团队更多的经验和教训，让他们更加了解，钢圆筒要用什么样的结构，什么样条件下才会变得稳定。“这在外人看来几乎是不可能完成的任务，这次我们也完成了！”卢永昌不禁发出阵阵感慨。

大钢圆筒单重 500 吨，高度 50.5 米，为世界最大。关于钢圆筒的应用，在 2011 年就开始实践，当时在全球业界引起了很大关注，从上海运过来九个钢圆筒，场面可谓是十分壮观。除此之外，采用 8 台液压锤联动振沉大直径圆筒，为世界首创。利用圆筒的止水，实现岛内抽水，减低插板标高，通过降水达到 350kPa 超大荷载对深层软土进行预压，为国内乃至世界首次。

这一个个首次和首创，彰显的不仅仅是卢永昌及其团队的卓著成绩，更是不屈不挠的工匠精神。

设计、施工分工不分家

2011 年 12 月 7 日，港珠澳大桥岛隧工程人工岛最后一个钢圆筒全部振沉完毕，意味着港珠澳大桥岛隧工程人工岛施工建设首战告捷。两个人工岛的建设进度比原定计划提前了 180 多天，比初设工期提前将近 2 年。

在卢永昌的带领下，设计团队和施工团队团结协作、互补，跟以往分工过于清晰的情况不同，可谓分工不分家。也正是在这样的环境下，卢永昌的设计团队与施工单位紧密联系和讨论，确保设计方案的可行性，保障最终的效果。在卢永昌看来，这是这次项目成功的有力保障。

至此，四航院作为中交联合体的一员，以卢永昌为首的设计团队凭借着出色的设计方案，通过与制造、振沉施工单位的大力配合，交出了港珠澳大桥岛隧工程东西两个人工岛顺利成岛的满意答卷，这也是中国乃至世界交通建设史上具有非常重要意义的里程碑。

四航院上下一心

他随后的工作重点是后勤和总结，岛上的建筑施工也在进一步落实，工期比较紧张，2000 多个工人在努力赶工。而卢永昌从不闲着，每周还会去岛上的现场，看事业团队和施工队伍在做什么事，时常给出一些建议。

在卢永昌看来，这其实也是在给岛上的同事加油鼓劲，毕竟工作人员加班加点干活，已经够辛苦了，还要保证工作质量，压力非常大。因此卢永昌想以自己的探望让工作人员提起斗志，撸起袖子加油干，争取又快又好地完工。

“我总不能坐在办公室啊，得让他们也知道我心里记挂着他们。”卢永昌说道。

陈良志：

兴奋之后收获的是精粹沉淀

2010—2014 年，作为沉管预制厂设计分项项目经理参与港珠澳大桥岛隧工程从投标至项目实施的全过程，这段经历对陈良志而言终生难忘。

港珠澳大桥沉管预制厂是国内首次采用“工厂法”进行沉管预制，也是目前世界规模最大的深浅坞预制厂。在设计过程中，他与设计团队一起攻坚克难，实行动态设计，解决了大量的技术难题。在进行沉管预制厂设计工作期间，他同时参与了港珠澳大桥岛隧工程人工岛地基加固设计、港珠澳大桥岛隧工程人工岛岛壁结构设计和港珠澳大桥沉管隧道管节纵横向结构设计复核等工作。

预制厂蓄水成功

岛隧工程是港珠澳大桥工程主体工程 6 大标段中投资规模最大、技术难度最高的一个标段。相对于岛隧主体工程，沉管预制厂工程虽然只是大型配套临时工程，但该工程直接关系到岛隧主体工程的成败，其重要性不言而喻。岛隧工程总工期 75 个月，其中土建工程的工期仅为 61 个月。按照计划，首节管节须在开工后 30 个月内沉放安装。岛遂工程工期的紧迫性要求，使沉管预制厂工程处于工期关键节点。

港珠澳大桥设计使用寿命为 120 年，是采用 C45 钢筋混凝土自防水沉管结构的世界上最大埋深的隧道，管节一旦安装埋设后无法从外部进行维护。这些因素都对本工程的管节预制提出了前所未有的质量要求。鉴于工期紧及管节预制质量要求高，业主选择了“工厂法”流水线预制沉管管节。

“那时候，我们只有一本书。”陈良志说。2010 年，在接到负责港珠澳大桥桂山沉管预制厂的设计任务时，设计团队一片茫然：什么叫“工厂法”预制沉管？而且是“工厂法”预制 180 米长、38 米宽、11.4 米高、重达 7.4 万吨的世界上体量最大的钢筋混凝土沉管！曾经，厄勒海峡唯一一次使用过“工厂法”预制沉管，但那个沉管的断面尺寸要比港珠澳小很多。那时候，陈良志他们手上只有一本介绍性的英文参考文献《The Tunnel》，但里面只有寥寥数语、不到 30 页关于预制工厂的介绍！

面对艰巨的任务，他们没有退却，因为他们知道，只有积极地进取和创新，才能不断地提升和发展。“所以，我们遍寻文献，不放过一丝一毫；所以，我们四处查访，孜孜以求地汲取知识；所以，我们日思夜想，力求胸有成竹。终于，我们明白：只有在工厂内预制，才能最大限度减少环境因素对沉管预制质量的影响，实现 120 年使用寿命的严苛要求；只有采用‘工厂法’，才能具备全年 365 天不间断地流水生产，赶上日夜流逝的紧迫工期；在港珠澳大桥岛隧工程采用‘工厂法’预制沉管，是实现港珠澳大桥‘大型化、工厂化、标准化、装配化’建设目标的体现和必要保障。”

一般而言，第一次意味着只能模仿。然而，在中交联合体总经理部和设计分部着手开展桂山工厂总平面布置设计的时候，他们清楚地明白，不进行创新就意味着失败，因为他们的沉管断面远大于厄勒海峡，他们的钢筋用量是厄勒海峡的 4 倍，他们每天所能利用的时间不会超过 24 个小时。所以，他们必须根据工程特点、建设地址的地形地貌、周边自然约束等因素，尽快寻找出一个最适合桂山牛头岛的工厂总平面布置。

约 2.7 万平方米的厂房，中间为两条生产线，各具备 3 个独立的钢筋绑扎台座和浇筑台座，侧翼为其相对应的钢筋加工区。横向上，底板、侧墙、顶板的钢筋经加工后横向送至对应台座绑扎；纵向上，底板、侧墙、顶板钢筋在各自台座上顺序绑扎，流水推进，真正意义上实现了流水线式的工厂化预制施工模式。这个看似简单的优化和改进，却凝聚和沉淀着总经理部和设计分部全体人员的智慧和汗水。

工厂、浅坞、深坞一线布置，这个厄勒海峡工厂的成功范例，却成为牛头岛上的烦恼。已有范式虽然是很好的参考，但同时又在不经意间成为设计人员思维上一道无形的枷锁。但是，集体智慧的力量是无穷的，一句“何不将深浅坞并列布置，将纵向推动改为横向拉移”，犹如炎夏中的一场及时雨沁人心脾。于是，一个创造性地将工厂与浅坞一线布置，浅坞与深坞横向并列的工厂总平面布置设计方案横空出世，真正体现了“没有最好的设计，只有最合适的设计”这一永恒的真谛。

细节决定成败。桂山沉管预制厂长 59 米、宽 25 米、高 29 米的深坞门结构设计及其止水系统设计的困难，曾经犹如一座高不可攀的大山横亘在设计团队的面前。这座深坞门应该是迄今为止全球体量最大、需要反复起浮坐底的沉箱式坞门。需要解决内外 15 米水位差作用下的抗滑抗倾、反复使用时的底板应力安全、浮运过程中的稳定性、重量适中便于绞缆定位坐底、底部和侧壁有效止水等一系列问题。

设计团队充分发挥他们的聪明才智，通过利用坞内高水头的重力作用，同时将止水边界设置在高水头一侧减少浮托力，并利用底部基岩设置抗滑齿坎等一系列方式成功解决了沉箱的抗倾抗滑稳定问题。

引入人工岛钢圆筒的思路，将坞门分成下部为钢筋混凝土沉箱，上部为弧形挡水钢扶壁的组合式结构，降低浮坞门重心位置，减少了坞门将近 8000 吨的重量，提高坞门浮游稳定性的同时方便了坞门的绞缆和定位。

在坞门底部基础和坞门止水这两个关键问题上，总部和设计团队不放过每一个细节，经过五六个方案的比选和不下数十次技术方案研讨会，终于将坞门基础由原来的混凝土大板 + 钢板调平的方案优化为更为轻巧、更易于坐沉定位，更有效减少坞门底板应力的钢筋混凝土井字梁 + 导向槽 + 橡胶垫块的方案。其间，设计团队反复权衡、认真比较、精心设计，不断使用三维设计手段寻找漏水薄弱点；项目总部更是以林总牵头，组织施工和设计召开了七八次的技术方案研讨会来确认止水方案的安全性、耐用性和施工便利性。2012 年 5 月 25 日，深坞门经过起浮、绞缆拖引，准确顺利地安放在了预定位置上，两侧止水钢闸门安装完毕后，成功验证了 13 米水位差下的止水系统密闭性，基本一次性做到了滴水不漏！整个深坞门的设计和施工过程，真正体现了“细节决定成败”。

传统的沉管管节预制采用“干坞法”，即在干坞内进行沉管管节预制，管节预制完成后抽水进入干坞内使沉管管节起浮，待坞内外水位平衡后，打开坞门将沉管拖运到预定位置沉放。目前国内建成的沉管隧道都是采用这一传统工艺预制出运沉管管节。“干坞法”具有需要预制场地大，预制条件粗放，灌排水时间长，人力资源需求高等不足。陈良志设计的“工厂法”将沉管预制、出运过程中的工序进行细分，按步骤划分为钢筋绑扎、模板安装、混凝土浇筑、混凝土养护、一次舾装、管节起浮、管节横移、二次舾装、管节出运等。以上工序满足空间与时间上的线性要求，起浮前通过顶推系统、起浮后通过系泊绞缆系统逐步有序进行，前置工序是后续工序的条件，后续工序对前置工序没有任何影响，从而形成流水作业生产模式。

桂山沉管预制厂所在牛头岛地质以中风化花岗岩为主，岩面起伏波动较大，同时由于该区域作为采石场，岩石表面覆盖大量的碎石土，地形地貌较为复杂。该类型地质地形地貌下建设沉管预制工厂利弊共存。陈良志认为岩石地基为工厂各建构筑物提供了良好的地基基础，特别是有利于控沉要求较高的建构筑物如沉管顶推轨道梁、深浅坞门等的建设。事后证明，他们采取的竖向设计充分考虑到了地形地貌的起伏，最大限度减少了爆破开挖量，实现了经济性和可持续发展。

记得在做浮坞蓄水试验时，陈良志精神高度紧张。头一次蓄水时发生了漏水，漏出的水柱喷到了 2 米高。陈良志和同事们马上做出方案，立即实施加固。一周后关门蓄水，蓄水后林鸣要求泡上三天。陈良志围着防护堤走了三圈，仔细观察确认滴水不漏。他跑到没人的地方大哭了一场！这是兴奋的泪水、激动的泪水，是对领导、同事支持鼓励的感激，也是对自己内心压力的释放！交通部水运司发来了贺电，林鸣高兴地拍着陈良志的肩膀说：“这是港珠澳大桥岛隧工程成功的第一步！”

兴奋之后是创新精粹的沉淀

2007 年 7 月毕业于天津大学港口海岸及近海工程专业，陈良志现任中交第四航务工程勘察设计院有限公司副总工程师，先后荣获“中交四航院青年岗位能手”“港珠澳大桥建设功臣”“港珠澳大桥先进个人”等称号。在参加工作的 10 年时间里，他从设计人员开始不断成长为专业负责人和项目经理，参与了多种类型水工结构的设计工作，包括：高桩码头、板桩码头、重力式码头、干船坞、深水防波堤和人工岛等。2007 年至 2010 年主要参与海外工程设计工作，包括巴基斯坦卡西姆港粮食化肥码头工程、巴基斯坦卡西姆港集装箱码头工程、安哥罗比托集装箱码头工程、巴基斯坦 FOTOC 原油码头工程等多个项目。现在回想起来，陈良志把桂山预制厂项目形容为“最惊心动魄”的项目，也是收获最多的项目。2017 年 5 月，预制厂成功出运第 33 节巨型沉管，圆满完成历史使命。

陈良志感言，创新的动力源于对压力的承受能力，兴奋之后收获的应该是创新精粹的沉淀。“工厂法”预制沉管管节在港珠澳大桥沉管预制厂的成功应用，充分地验证了该技术的可行性、先进性和经济性，提供了大型预制构件预制出运的新方法，为类似工程建设提供了可借鉴的成功案例，填补了我国在相关领域的技术空白。

可以预计，四航院在港珠澳大桥岛隧工程设计中的多项创新将获得国家级科研成果评选的认可。专家普遍认为，随着社会的不断发展，大型工程的开发建设日益增多，大型预制件的需求迅速增加，“工厂法”预制大型构件技术将有力推进类似工程的发展，极大地提高我国在工程建设领域的竞争力。该成果社会效益和经济效益显著，具有广阔的推广应用前景。

刘可心：

工程见证人生的升华

无论是从技术研究、管理经验还是个人成长方面，港珠澳大桥岛隧工程对中心试验室副主任刘可心都有着非凡的促进意义。在他看来，最大的影响在于“每当面对挑战时，要迎难而上”的精神。因为港珠澳大桥是交通工程界的珠穆朗玛峰，取得了许多史无前例的创新成就。这些创新并不单体现在技术上的发展和进步，更体现了全体建设者的攻坚克难、拼搏奋进的精神。他们凭借不服输的精神，研发出更优、更靓、更绿色的产品，实现技术的进步。

技术传承造就行业奇迹

2004 年，刘可心毕业后来到中交二航局武汉港湾设计研究院工作，在导师屠柳青的引导下，逐步积累工程技术和管理经验，成为一名真正的工程师。

提及自己的女导师屠柳青，刘可心的言辞中满是钦佩与尊敬：“在科研的路上，有人引领是非常幸运的，少走了很多弯路，收获也非常丰富。”屠柳青是武港院新材料研究所所长，在担任港珠澳大桥岛隧工程中心主任之前，参与过杭州湾大桥、金塘大桥、苏通大桥等重大工程建设，累积了丰富的超大型桥梁建造经验，后来带领团队参与竞标港珠澳大桥岛隧工程的质量试验与检测，在各方竞标价格旗鼓相当的情况下，得益于混凝土控裂等方案的透彻和周全，新材料研究所从众多的竞标团队中脱颖而出，一举中标。

刘可心说，透彻细致的方案是研究所一代又一代前辈的技术和经验的传承，是保证中心工作顺利开展的基础，但并不意味着背靠大树好乘凉，相反，而应具备更强大的能力，承担更重要的责任。

就拿对重达 8 万吨的沉管控裂来说，就是一次巨大的挑战。港珠澳大桥沉管隧道是世界最长、规模最大的海底公路沉管隧道，也是我国交通建设史上技术最复杂、标准最高的海中隧道工程，沉管混凝土裂缝控制是关系到海底隧道成败的关键技术之一。巨大的沉管采用“工厂法”预制、流水线生产，一开始就遇到了沉管约束条件在施工期内变化，传统温控计算程序无法计算的难题。作为中心试验室的副主任，刘可心带领团队负责解决这一难题。他们查遍资料，交流研讨，引进了 FEA 有限元分析计算软件，基于大量分析比较，创新性提出了采用两种计算模块结合的方式分析各项数据，妥善地解决这一技术难题，获得项目总部领导的肯定。

从科研人员到管理人员之间的转变

为了锻炼年轻人，中心试验室主任屠柳青放手让年轻人自己干。刘可心的担子更重了，除了本职的科研试验，还要承担起全部管理工作。他感觉到如同负起了千钧重担，经常忧心忡忡，生怕搞砸工作。

每周一的周会上，向林鸣总经理汇报工作进展时，刘可心都非常紧张，总担心没有把该汇报的事情表述清楚。这一心态也鞭策着刘可心努力钻研专业技能，尽快掌握管理工作，做到胸有成竹。他不懂就学，不懂就问，从导师屠柳青到二航局的老专家，几乎全请教一遍，再综合各方意见和资料文献，带着大家一起干。就这样，刘可心跟时间赛跑，跟自己较劲，一点点地往前啃。他经常跟大家说：“事在人为，只要肯干，总会有起色的。”

渐渐地，刘可心得到了项目总部领导的认可和肯定。林总的批评少了，越来越随和了，开始和他们开玩笑，说这是个年轻却肯动脑筋的团体，经常关心大伙的工作和生活情况，怕中心试验室是个“没娘的孩子”，会受到委屈，评优评先更是倾斜和照顾。

经历了七年港珠澳大桥建设，刘可心从工程师成长为高级工程师，还积累了自己独到的项目管理经验，中心试验室运营有序，和各工区协作紧密。

独木不是林，孤芳不成春，团队的管理好了才算成功。在刘可心看来，管理的工作比科研工作更加繁杂，沟通是团队管理最有效的方式。他眼中能看到每一个员工的优点，经常表扬他们，鼓励他们，手把手地教他们，团队的科研水平和协作能力得到了快速提高。

刘可心又把“6S”管理运用到了中心试验室的管理上，加强培训教育，提高员工素养；将每一份责任落实到人，每天打扫清理，做好设备维护保养，任何时候走进试验室去，都是井井有条。

七年的时间里，刘可心在珠海过了四个春节。试验室不能缺人，逢年过节他都主动留下来，让大家能回家与亲人团聚。刘可心开玩笑说：“不凑春运这个热闹，等春运高峰过去了，我坐专列回家。”

岛隧工程促成人生角色的转变

中心试验室工作越来越顺利，刘可心的试验科研和团队管理也越来越得心应手，但个人生活上却遇上了难题。来珠海的第三年，他初为人父，不能陪在孩子身边，只能通过网络展示自己的一腔父爱。后来，孩子渐渐长大上学，教育培养等问题都摆在刘可心面前，让他心酸却又无可奈何，亲情路远，港珠澳大桥同样让他不舍。后来，为了刘可心的事业，妻子做出了牺牲，辞职从武汉到珠海，并带来了他们的孩子。

七年建设历程也是刘可心的成长历程，港珠澳大桥见证了他人生的几个重要角色转变。进入港珠澳大桥岛隧工程项目之前，刘可心是一名只有几年工作经验的试验工程师，七年后，他已成为一位能够独当一面的高级工程师；之前是一面埋头试验不闻窗外事的科研人员，现在已成为一名经验丰富的科研带头人，一名称职的项目管理者；来珠海之前，还未为人父，现在已成为一位慈爱的父亲。刘可心说，我与港珠澳大桥共同成长，最终实现了人生的升华。

魏　杰：
桂山岛上的“大管家”

2015年4月初，刚回上海领完振华重工颁发的“年度优秀项目经理”荣誉证书，魏杰又踏上了回珠海的旅程。他的行李箱里没有个人物品，装满了各类调料。到了珠海，买好去桂山岛的船票，等船的空隙，他跑到附近的菜市场里逛了逛，买了一大袋青菜，这才登上了开往桂山岛的轮渡。

魏杰是港珠澳大桥沉管舾装项目部的经理，从项目管理到生活起居，事无巨细，大伙亲昵地叫他“大管家”。在珠海现场，他带领近百名项目成员，对港珠澳大桥海底隧道沉管进行舾装，确保每节沉管管节在海底对接时滴水不漏。每次对接前，都是魏杰最忙的时候，要对沉管进行注水测试，连续48小时观察是否有漏水现象。

大至舾装工作，小至成员的食宿，魏杰不同于一般项目经理，都要一一操办。项目部刚在桂山岛成立时一穷二白，没有厨房，成员只能吃泡面度日。后来二航局给舾装项目部成员发了饭卡，日日麻辣川菜让这群吃久了上海菜的人感到兴奋。但是时间一长，鼻子就开始冒火，加上天气燥热，成员们一个个嘴里起了溃疡，吃饭都疼。魏杰看在眼里、急在心上。吃不好，怎么能工作好？拥有“三级厨师证”的他，自告奋勇给大家开小灶，改善伙食。在他那个仅有10多平方米的小房间里，魏杰用电磁炉做出了一道道美味的本帮菜。

岛上交通不便，物价很贵，普通的青菜价钱比珠海市里翻了七八倍。魏杰就趁着下岛的机会，自费从外面带菜，瓶瓶罐罐的调料挤满了他那间小小的宿舍。只要工作不忙，魏杰就会亲自下厨，给大家改善伙食。

“大管家”的管理法则

“大管家”除了管生产，管生活，还要管纪律。

魏杰的管理方式多以“打击”为主，几乎从来不在团队成员面前说一个“好”字，似乎有些不近人情。但正是这种不近人情的做法，才造就了一支纪律严明的团队。

在项目部里，有严格的规章制度：除了每天上班要按时签到外，还要召开早班会和晚班会。有一次，魏杰发现项目副经理李春华给大家打的考核分数都很高，而且差距不大，但平时又常听到他说组员们工作中存在一些问题。魏杰当着很多人的面批评李春华：“工作就是工作，不要做老好人，如果怕得罪人，工作就永远做不好。”李春华的考核变得严格起来，大家的考核分数拉开了距离。虽然不再当“老好人”，但这并没有影响李春华在大伙心目中的地位。在2013年度项目部优秀员工的评选中，通过无记名投票的方式，李春华被选为年度优秀员工。“有口皆碑，才是真的优秀。”魏杰解释道。

尽管“大管家”偶尔不近人情，但在关键时刻却具有很强的号召力和凝聚力。2013年6月中旬，一艘载满了预埋件、端钢壳和相关设备的船停靠在桂山岛，卸下材料后，还要从桂山现场装载一批设备、工具，运往西人工岛。船抵岸后，魏杰组织大家开始卸船。晚上8点，卸船完成后，天降滂沱大雨，打乱了之后的装船计划。情况突发，项目部开了一个小会，魏杰提议当晚冒雨完成设备装船，这样第二天上午，设备就能运抵西人工岛，不耽误工作进度。提议遭到了大多数人的反对，讨论了半天也没有结果，魏杰穿上雨披，独自一人走进茫茫黑夜中。很快，项目部其他人跟了上去，施工队的工人们也拿起了雨披纷纷往外走。经过大家的努力，凌晨1点完成了装船任务。第二天一早，装满了工具、设备的船按时驶向西人工岛。关键时刻，魏杰用强大的责任感和执行力感染着周围的人，用行动带领大家完成工作任务，为工程进展提供了支持和保障。

一碗生日面

2013年1月13日，是魏杰一个难忘的日子。这一天他接到港珠澳大桥岛隧舾装项目任务。魏杰等不及在家过春节，告别家人，来到1500公里之外的珠海桂山岛，准备开工。驻岛5年，每一个日夜都有故事，每一个节点都充满回忆。

2013年6月30日，公司宣传片制作小组到珠海现场，魏杰陪同他们登上桂山岛、整平船、沉放驳拍摄环境。由于海上信号不好，直到到达码头的时候，魏杰的手机上才蹦出了一条条消息，家庭群里妻子、孩子给他发来了生日祝福。这一刻他才想起，今天是他50岁的生日。

到餐厅的时候已经过了饭点。“樊书记，今天能不能破例给我下碗面？”魏杰问道。项目总部樊建华书记说：“都辛苦一天了，吃什么面呀！”魏杰黑黑的脸庞表情淡然，咧嘴一笑：“今天是我50岁生日。”

“那碗面真的很好吃！”魏杰说。在江浙一带，50岁的生日一般都办得比较隆重，他还记得母亲50岁大寿时热闹的祝寿场面。他还想，如果此时他在上海，那肯定是一场热热闹闹的家庭盛会。

这是魏杰在海上度过的第一个生日，也是在“世纪工程”现场度过的第一个生日。此后的四个生日，他都是在港珠澳大桥施工现场度过的。

一封慰问信

弹指一挥间，又是一年春节。魏杰为团队成员的每个家庭都准备了一封言辞恳切的慰问信。在信中，他向家属解释港珠澳大桥作为“世纪工程”的意义，能够参加这样国际级的大项目是多么荣耀的事情。数九严寒中，一封信，温暖着23个家庭的心。

2016年春节前夕，在江苏如皋市九华镇服装厂上班的陆云收到了一封大红色的慰问信。信是从珠海发来的，陆云的丈夫李春华已经驻岛五年，这是他在工地上度过的第三个春节。

慰问信里讲述了李春华一年的付出与收获："在过去的一年中，舾装项目部先后被评为'先进集体''青年突击队'，获'全国五一劳动奖章''AAA级安全文明标准化工地'等荣誉称号。这些成绩与各位员工的辛勤工作是分不开的，也与各位家属同志的默默支持和无私奉献是分不开的。"

含着泪水读完了这封信，陆云百感交集：李春华去珠海时，父母年事已高，儿子还是一名小学生，家里的重担全落在她一个人身上，好在儿子很争气，去年以优秀的成绩考进了当地重点高中。从那以后，家人对项目部成员都理解了很多，看到中央电视台播放港珠澳大桥工程的消息，都会高兴地打电话来。

五年时间里，魏杰共发出100多封慰问信，最远到哈尔滨，最近到江苏和上海。"军功章里有你的一半，也有我的一半！"魏杰说，团队人心稳定、目标一致，家属在后方的支持功不可没。

超级工程的护航员

6点刚过，一阵急促的敲门声响起。魏杰有早起洗澡的习惯，此刻正难得地吹着口哨放松心情。

"老魏，别洗澡啦，去食堂拿两个馒头快点跟我上船！"平时温文尔雅、和蔼厚道的岛隧工程副总经理吴凤亮有些焦急地喊道。2017年5月2日，"振华30"惊天一吊，港珠澳大桥岛隧工程最终接头对接到位。3日凌晨他们才回到营地，刚休息几个小时，前方就传来消息，说对接的偏差有些大。魏杰和指挥团队第一时间赶赴东人工岛，商讨对策。

原来，对接后几个小时，贯通测量人员发现最终接头与沉管之间，产生了15厘米的横向偏差。事实上，对于已经加宽了的最终接头对接端来说，15厘米的偏差不会造成什么影响，更重要的是，它已经实现了结构安全，做到了滴水不漏。但面对"世纪工程"，更要高标准严要求，项目总部决定再度挑战极限：吊起接头，再次"穿针"。

重新"穿针"，就得重新密封5道水密门。指令发出后，魏杰冲在最前面，第一个下了隧道，团队成员紧随其后，迅速下到隧道最终接头处，检查水密门的橡胶密封性能，逐一拧紧贯通测量时松开的螺栓。一道门有 6 个长杆螺栓，全部拧紧需要 3 个半小时。5 道门，再加上穿舱件的 24 个法兰，螺栓总数达 192 个。

5 月 3 日晚，5 道水密门密闭完成。为确保安全，必须进行注水试验，在水下 30 米，只有内外海水压力达到平衡的前提下，才能进行第二次“穿针”。晚上 7 时许，临时止水闭合腔注水增压正式开始。

“砰”的一声，意外发生了。一个水密门出现了问题，海水急速涌入最终接头。水下 30 米处，压强达 4 个大气压，一个米粒大的小孔，就可能喷射出子弹一样的水柱。指挥部下达紧急命令，停止注水。

魏杰不顾危险，快速重返最终接头。原本需要将注入的海水抽干才能重新作业，但由于时间紧急，排水作业刚开始，他们就蹚着及腰深的水，重新排查一个一个螺栓，检查每一寸橡胶圈，再次封闭水密门。这个水密门已经回用了 5 次，每次都是一次性关闭，从来没有重复开关的经历，橡胶每次都要换新的，要想实现滴水不漏，难度非常大。

7 个小时后，水密门终于重新封闭，进行二次加压测试。二次加压可以说是惊心动魄，在加压到一半的时候，接头内部突然传来“砰砰”巨响。

“老魏，还能加压吗？”对讲机里传来指挥部焦急的询问声。经过检测，是海水压力的作用，封门出现部分变形，但整体结构未受影响。“能加！”魏杰语气坚定地朝着对讲机说。如此重大的工程，在紧要关头每做一个决定都必须有十足的把握，马虎不得。“当时的勇气都不知从哪里来的，事后想起来还是有些后怕。”魏杰回忆说。

5 月 4 日 21 时，最终接头精调顺利完成。数据显示偏差一侧 0.8 毫米、一侧 2.5 毫米，38 米宽 12 米高的庞然大物，对接竟能达到毫米级，令人惊叹又敬佩。

魏杰说，最自豪就是在这五年时间里，他和他的团队完成了 33 节沉管管节钢封门安装和拆除任务，确保整个施工过程中，33 节沉管管节滴水不漏。他和整个团队多次受到项目总部的奖励，舾装项目部还为振华重工赢得了“全国五一劳动奖章”。

梁 桁：

沉管定海舍我其谁

对于港珠澳大桥建设过程中所独有的“痛并快乐着”，他理解“痛”是因为大桥建设有着如此之多的“第一次”挑战，使大家不得不每时每刻都要用十二分的认真去面对，而每一次成功后的喜悦又是如此让人甘之如饴。他说：“只要每一个人都尊重自己手上的工作，那么这千万个工作的成果必将会铸就一个让世人尊重的地标。所以，我喜欢做一个工程师，因为你认真的作品，不偏不倚，就在那儿！”

梁桁，中国港湾工程有限责任公司副总经理，1995 年大连理工大学本科毕业后加入中交第四航务工程勘察设计院有限公司。2009 年 7 月起，作为设计负责人之一，先后参与珠澳口岸人工岛填海工程、岛隧工程人工岛、桂山沉管预制工厂、沉管隧道基础的设计和施工管理工作。“世界上怕就怕‘认真’二字”，这是毛主席说的话，梁桁在七年岛隧施工中对此做出了完美的诠释。

慎思创新踏坦途

2010 年，在接到负责桂山沉管预制厂的设计任务时，梁桁和他的设计团队感到一片茫然：什么叫“工厂法”预制沉管？而且是世界上体量最大的钢筋混凝土沉管。那时候，梁桁他们只是知道：曾经，厄勒海峡唯一一次使用过“工厂法”预制沉管，但那个沉管的断面尺寸要比港珠澳大桥沉管隧道小很多。那时候，在他们手上只有一本介绍性的英文参考文献《The Tunnel》，但里面只有寥寥不到 30 页关于预制工厂的介绍。

梁桁意识到，只有在工厂内预制才能最大限度减少环境因素对沉管质量的影响，实现 120 年使用寿命的严苛要求；只有采用“工厂法”，才能具备全年 365 天不间断流水生产的条件，赶上紧迫的工期。遍寻文献，四处查访，驻守一线，挑灯夜战，结合牛头岛地质条件和地形，梁桁团队大胆提出深浅坞平行布置、沉管坞内寄存、重力式混凝土和钢扶壁相结合的深坞坞门、三角形自稳式横拉钢结构浅坞坞门等多个获得国家发明及实用新型专利的重大创新设计方案。

“莫惧风高浪流，且驾轻舟奋争先，水流泥软沉管沉，谁怕，慎思创新踏坦途……”这首《定风波·贺深坞止水成功》诗词，正是梁桁在沉管预制厂深坞首次灌水成功时的即兴之作。

钢圆筒横空出世

港珠澳大桥人工岛采用的钢圆筒完全不同于以往的圆筒。“我们使用圆筒作为岛壁维护止水结构，必须保证圆筒间完全不透水，圆筒要深插入不透水土层。”梁桁介绍道，东人工岛和西人工岛是国内首次采用插入式大圆筒岸壁构造和堆载联合降水预压的软基处理方式。

梁桁率领设计团队，自主研发了全新的深插钢圆筒设计计算方法、结构构造和止水构造，成功攻克了圆筒振沉、圆筒稳定、全岛止水三大难关，解决了岛内隧道基坑施工期止水、岛体陆域工后沉降控制、软土地基下岛壁岸坡稳定、缩短筑岛工期四大技术难题。2011 年 5 月 15 日，西人工岛第一个大圆筒顺利振沉，梁桁的设计团队交出了一份优秀的答卷。

其实，在“钢圆筒快速成岛”这一理念提出来的时候，很多人觉得不切实际，但梁桁却不质疑这个理念的可行性。“为什么要快速成岛？因为人工岛是隧道安装的前提，是整个岛隧工程的第一个关键工程、关键节点。这是源于岛本身的作用，因为它一边连桥，一边连隧道，起到基石的作用。”

在梁桁看来，从岛隧工程本身来讲，它的整体工期就那么多。“譬如我们整个工期就 63 个月，如果这个岛建设要花 20 个月的时间，那意味着沉管预制安装时间就剩下 43 个月，但如果筑岛用的时间是 10 个月，那我们就有 53 个月。”经过无数次缜密的计算、分析和判断，梁桁得出一个大胆的结论：沉管安装可用的窗口期不多，只有尽快把人工岛做完，留给沉管安装足够的时间，才能更有效地保障工期。

世界上就怕“认真”二字

事实证明，他的判断没有错。“快速成岛”是项目平稳推进的重要基石，但其中还是遇到了不少困难。岛隧过渡段的隧道基础原来采用桩基，后来因达不到施工效果，改成了挤密砂桩。“沉降要求控制在 10 厘米以内，我听完以后简直是睡不着觉。”

面对挤密砂桩的新技术和新工艺、高压旋喷桩和刚性桩复合地基的设计理论及工程实例相对较少等困难，梁桁和他的设计团队以大胆假设、小心求证的科学态度，根据监测数据和试验结果，不断优化完善设计方案，最终隧道沉管差异沉降控制在了 5 厘米以内。梁桁坦言，进行隧道基础设计那四个月是精神压力最大的四个月，连睡觉时都想着如何控制和减少沉降。

2014 年 11 月中旬，E15 沉管管节第一次安装因基槽回淤超标而被迫返航后。梁桁临危受命，负责组织隧道基槽回淤预警预报攻关工作。经过 3 个多月夜以继日地工作，摸清了突淤发生原因，提出解决建议，并建立了一套完善的泥沙回淤预警预报系统。这位“70 后”说，小时候听过“大会战”这个词，但是不懂其中含义。“经过珠江口泥沙研究这一仗，我是真正明白了什么是科技攻关，什么是大会战。”

面对这个项目，面对这个世纪工程，梁桁情不自禁说道：“碰到这样一个超级工程，能够把你自己学的东西用到实处，痛并快乐着，对得起自己的工程师生涯。”

石志文：

要像爱护自己的家一样

石志文，中交港珠澳大桥岛隧工程项目总经理部综合部司机班班长，2009年开始参与大桥建设，至今已10年多。与他打过交道的人，都说他为人诚恳、忠厚老实。在岛隧工程建设七年间，他带领着司机班创下了280万公里安全行车无事故的纪录，深受前来考察和参访的中外来宾好评。

为出行任务树立标准

9位司机、12辆汽车，虽然不像工程一线冲锋陷阵，司机班却肩负着总部所有人员出行安全的责任。石志文作为班长，除了时刻严于律己，在做好本职工作的同时，也努力在班组管理、车辆管理与维护上下功夫。

每周一召开的安全驾驶班前会上，石志文会组织大家一起讨论关于汽车修理及保养方面的知识，探讨出行路线及如何保证车况良好，定期传达学习国家新出台的政策法规。为了做到“安全第一，预防为主”，他不仅合理做好排班、防止疲劳驾驶，还坚持对每一位司机的出行情况进行实时记录，时刻掌握车辆的动向。在车容车貌上，石志文总是以身作则，要求每位司机做到的，自己首先做到。除了最基本的车身擦洗干净，保持车内卫生、整洁，还要求司机“每天一小查，三天一大查”。他说：“这么做是希望我们每一位司机，都能用心爱车，像爱护自己的家一样。”

石志文认为，司机班是岛隧工程形象对外展示的窗口，礼仪方面的知识学习也很重要。每次接送来宾时，他要求司机穿着装束得体、仪容整洁、举止文明、谈吐文雅，待人接物礼貌大方，时刻保持微笑服务。除此之外，在车辆的保养、维修上，石志文更是精打细算。自己还经常往返于正规 4S 店，就同一维修、保养项目、工时价格等进行货比三家，最大限度地节约、控制不必要的维修费用支出。

这些管理举措和具体做法，是石志文在长年工作实践中总结和探索出来的，七年间潜移默化影响着每一位司机，为司机班出色地完成每一次出行任务树立了高标准。

280 万公里安全行车纪录

港珠澳大桥举世瞩目，工程一开始就吸引了世界的目光。前来考察、调研和指导工作的政府部门领导，进行学术交流的院士、技术专家学者，国内外媒体人士等络绎不绝，还有来自中国港澳台地区、欧美、日韩、非盟等 100 多个国家及地区的来宾。工程建设期间，来宾接送成了司机班工作的核心任务。

在石志文印象中，每个月的专家会和沉管安装期间的用车保障是他们最忙的时候，他将其称为司机班每月面临的一次“月考”。由于每次专家会出席的专家人数众多，即便每位司机一天接机三趟，仍难以满足需求，于是石志文只好求助于各工区车队的同行前来帮忙。在项目总部本来就处于人员、车辆较为紧张的情况下，他通过合理调度，完成了一次又一次的外围接待及内部员工的用车任务。

2013 年 5 月 2 日，港珠澳大桥首节沉管管节开始安装。相关政府部门、主管单位的领导都悉数到场。其中有的领导被接送到岸上准备剪彩，大部分领导在西人工岛现场督战。但由于施工缺乏经验，第一节沉管管节安装过程不太顺利。其间，现场人员的返程用车服务、闻讯前来关怀慰问的领导与技术专家的接送任务，让司机班一连忙了好几天。当沉管安装完成后，接送完总部人员回到营地时，已经五天四夜了。

七年间，司机班成员始终秉持着“安全出行，谨慎驾驶”的服务意识，细致而高效地完成各种接待、出行任务上万次，累计接送来宾逾 10 万人次，并创下了 280 万公里安全行车无事故的纪录。

随时随地待命状态

没有固定的上下班时间，没有固定的一日三餐，不论刮风下雨、白天黑夜，不是处在随时待命的状态，就是奔驰在接送来宾的路上。这是石志文和司机班成员工作、生活的真实写照。只要接到用车任务就是上班，都得马上进入工作状态。

他们还有另一个身份——“应急保障员”。岛隧工程施工区域地处台风、暴雨频发的外海伶仃洋，极端天气下作业人员的撤离、应急救灾物资的运送发放，都是司机班的职责所在。2017 年 8 月 23 日，珠海 50 年一遇的超强台风“天鸽”来袭。当天上午，石志文接到总经理林鸣需要上岛的任务，但外面已是大风、大雨和雷电交加。

当车辆驶上通往西人工岛的那段桥上时，车窗外的风声、雨声和雷声更大了。车辆在行进中，石志文已明显感觉有发飘的势头，即便方向盘紧紧地握着不动，车辆行驶的轨迹依然是忽左忽右地在桥面上画弧。桥下巨浪滔天，桥上暴雨如注，“当时外面肯定超过 10 级风”。说了七年的“安全第一”，他当时心里既恐慌又害怕，更深感自己责任重大，好在最终大家安然到了岛上。

安全这根弦，石志文紧绷了七年。他开始自嘲“有点神经衰弱了”，很多时候，总会出现手机响的幻觉。有人曾问他，在港珠澳大桥这么大的平台你学到了什么，获得了什么？石志文说：“我很难用一句话或一段话去总结我的收获，但我认为它给我带来的改变是润物细无声的、是潜移默化的。今后在我面对一个人、一件事的时候，我交流的方式或处理问题的方法必然会带有港珠澳大桥岛隧精神的印记。”

罗　冬：

另外一个战场上的领军人物

在港珠澳大桥岛隧工程，有这样一支合约管理队伍，集结了各参建单位的精兵强将，思维冷静、运筹帷幄。这支工程保障“部队”的领军人物，就是中交港珠澳大桥岛隧工程项目副总经理罗冬。

做好工程的支撑保障

罗冬接触港珠澳大桥工程要追溯到2005年。

因在中国港湾工程有限公司长年从事海外工程管理，他被中交集团抽调到港珠澳大桥项目筹备领导小组办公室工作。作为办公室副主任的罗冬从2006年起，就与林鸣、刘晓东等人牵头承接了粤、港、澳三地前期工作小组的委托，开始了《港珠澳大桥施工规范指南》的研究、编撰。2009年，港珠澳大桥正式上马，他参与了投标、编制标书、竞标的全过程。

与勇于创新的林鸣搭档，罗冬的特点在于冷静客观，拾遗补阙。实际上他相当于项目总部“大内总管”的角色，负责计划合同管理、成本核算、法律事务、人力资源等工作。

罗冬说，合约管理是项目管理的精髓。工程施工的五大指标——进度、质量、安全、成本、环保，都是通过工程合同的执行、管理反映的。他清晰地认识到，这份工作容不得半点马虎。与业主的主合同派生出的数千份小合同，涵盖设备材料采购、人力劳务、技术研发等方方面面。各工区合约的监督，通过合约部门反映上来最后都需要他来把关、核准。罗冬经常告诉工作人员，为了避免日后的合约争议、诉讼，合同在签订前就要做出预判，因为稍有不慎，合约制订时留下可变性，那么在合同执行中就会产生难以预料的不可控事件发生。

工作中，他一方面要处理好与业主的合同关系，简单地说，就是要争取到合约的调整空间。岛隧工程首次采用设计施工总承包模式，业主与承包人签署的合同是大单元“里程碑节点”的付款计划，随之而来的是巨大的现金流难题。对于这个超级工程的特殊性、复杂性，各方都没有做好充分的思想准备，要说服由粤、港、澳三地组成的业主谈何容易。罗冬反复与业主沟通，说明划小计量支付单位的必要性，通过十余次付款条件的调整，保障了工程的资金链。另一方面，他狠抓成本内控，避免法律纠纷。岛隧工程环节烦琐、千头万绪，如何避免成本失控、法律纠纷是“大内总管”的重要职责。他要求总部合约部积极主动与各工区合约管理人员加强联系，密切关注材料采购价格与市场价格波动的比较、核定。7 年来，罗冬经手的 4000 份合同没有出现一起重大法律纠纷。

他精通合约管理的每一个细节。在他看来，项目管理不同于科研创新工作，它操控着整个项目的运作，甚至成败。这些看似琐碎的工作无不牵一发而动全身，起着举足轻重的作用，因此才更不能有所疏漏，要百倍认真。罗冬说：“内业工作是工程管理的灵魂，贯穿始终。我们工作的好坏，是工程能否善始善终的关键。”

在一条“隐蔽的战线”上作战

罗冬是团队中少有的复合型人才，他不仅有高级工程师的技术职称，还有 MBA 在职培训经历，同时还是英国皇家注册建筑师。他不仅参与了国家重点工程——秦皇岛港煤三期码头建设，也是中国港湾第一批海外工程的奠基人。无论是在 20 世纪 90 年代的苏丹港，或是在瓜达尔港的协调工作期间，还是在中国港湾建设集团海外事业部副总经理的位置上，他都积累了丰富的项目管理经验。见过世面，懂外语，正是因为这些特质，中交集团把他派到了最能发挥好作用的工作岗位。这一来，就是 15 年。

2017 年是罗冬最忙的一年。由于工程三条主线同时推进，施工现场工作面进入了项目实施以来最高峰，需要解决各种资源的配置，其中工程建设的流动资金成为突出的问题，也是制约施工进度的关键所在。在多方密切协作配合下，罗冬通过调整合同计量支付条款和办法，通过签订合同补充协议等形式解决了建设资金短缺问题；同时加大了对各类合同签订的合规性、合法性与程序完善性的检查与审核。

罗冬还组织完成了岛隧工程整体项目的内部成本核算；组织国际律师事务所，完善和修订了《港珠澳大桥主体工程岛隧项目潜在争议初步分析意见书》，与国外律师所的合作目的达到了预期的效果；进一步组织国内律师事务所，完善和认定设计施工总承包合同的相关主要内容编制调整变更方案；对具备索赔基础条件的事件的法律依据、合同依据和索赔理由及主张进一步梳理和分析，形成了多项索赔报告。

大格局要从小事入手

港珠澳大桥通车后，职工的后置安排关系到其职业生涯的后续发展。原单位对项目员工能力与成长的认知认可，事关每一位员工的前途。因此，罗冬于 2017 年初就着手开展工作，要求建立每一位员工的档案资料，除基本资料外，还包括员工自身的工作总结、历年来业绩考核状况、个人专业特长与业务能力介绍、组织评定与推荐材料等；随后积极主动与集团总部、各单位沟通，推荐介绍项目的员工。

岛隧工程在实施过程中培养锻炼了一大批优秀的专业人才，罗冬认为，对人才培养模式的经验总结又是一个重要课题。他组织编写了《港珠澳大桥岛隧工程人才培养的方法与经验总结报告》，总结出依托设计施工总承包模式，提供高层次宽范围交流平台，培育国际化复合型人才；结合世界级难题科研与技术攻关，培育专业型及跨专业领域的科技创新型人才；促进员工和团队整体素质提高与精品工程意识，培养高技能工匠人才和高素质产业工人队伍；塑造岛隧工程精神和建设项目特色项目文化，培养宣传和党群工作高水平人才等五大人才培育的主题。

内业管理是一条隐蔽的战线，工程量、业绩是隐性的，在这些默默无闻的工作里面体现着巨大的付出和智慧投入。罗冬这个生于南方成长于北方的汉子，习惯于在波澜不惊中闪烁独特的光芒。他言语不多，但是他做得很多。

纵横四海，不忘初心；千里之行，始于足下。在经历了国际、国内众多工程考验之后，罗冬越发从容淡定。他认为，15 年是人生有效工作期的三分之一。虽然事业上的收获不能完全弥补个人生活的缺失，但是港珠澳大桥不仅是中国桥梁建造史上的巅峰之作，更是自己人生路途上的一座巍峨山峰。

不以物喜，不以己悲。罗冬的从容淡定，源自他的朴实无华、踏实敬业。他不计较个人利益得失，不羡慕他人的飞黄腾达，他只是默默地在别人不注意的地方尽职尽责、忠于操守、不辱使命。

谢臣伟：

为项目顺利完工保驾护航

提起“港珠澳大桥”，可能大多数人最先想到的是世界建筑史上里程最长、投资最多、施工难度最大的跨海大桥，“新世界七大奇迹之一”等耀眼的词汇，却很少有人想过，这样一个超大体量的世纪工程，除了规模大、工期紧、难度高、风险大等设计施工难题之外，工程建设资金如何保障？谁在背后默默出力，为项目顺利完工保驾护航？

中交港珠澳大桥岛隧工程项目总经理部财务总监谢臣伟，就是那个默默为项目顺利推进不遗余力的财务人。从2010年加入项目管理团队以来，他想尽一切办法推进资金融通模式创新、多渠道筹措资金，力争将财务资金管理工作做到最优，全力保障岛隧工程设计、施工各工程节点的资金需求，实现工程项目效益最大化。

盘活存量资金

工程项目建设资金大多数来源于业主预付款和按期计量结算支付的工程款。除预付款外，根据合同约定，业主每期支付工程款时都会扣留一定比例的质量保证金，以保证施工单位履行其对所承建工程质量的承诺。但这也造成了建设资金的滞留，加大了工程建设资金的缺口。如何解决这个棘手的问题？

谢臣伟根据多年来丰富的财务资金管理经验，提出了“用银行保函置换扣取的质量保证金”的操作思路，经与业主单位的多次协调反复沟通，业主最终同意了该方案的实施。通过该方案的实施，港珠澳大桥岛隧工程从开工到交工结算，共计盘活存量资金数亿元，在一定程度上缓解了建设资金的问题。

实现项目独立融资

岛隧工程是港珠澳大桥的控制性工程，沉管隧道、人工岛等施工由中国交建所属二级单位设立工区项目部承担。如何让庞大的建设队伍做到“一呼百应”、千军万马协同作战？这是对项目管理的巨大挑战。

《孙子兵法·行军篇》有云，“三军未动，粮草先行”，行军打仗没有钱粮怎么行。设计单位、六个施工工区可谓遍地开花，如何满足各方面的资金需求、确保工程节点顺利完成是摆在谢臣伟面前的又一大难题。他向上级单位提出把中国交建的银行授信额度，提供给承担施工任务的各个工区，在工区对外支付分包工程款、材料款、设备租赁等款项时开立银行承兑汇票。这一举措开创了“工程项目直接开立银行承兑汇票”的新模式，真正意义上实现了项目独立融资，大大缓解了项目资金紧张的局面，为施工生产的顺利推进贡献了力量。

保障项目前期建设

岛隧工程项目合同签订时，约定工程预付款按年度计划完成的工程量计算支付。项目开工建设之初，谢臣伟发现工程预付款如果按年度支付，不仅操作过程烦琐，而且不利于项目建设资金的使用。

谢臣伟根据交通部有关文件对工程预付款支付的相应规定，结合岛隧工程实际情况提出了将年度预付款调整为工程预付款的办法，充分利用业主单位科学务实的管理理念，锲而不舍多次沟通协调，最终获得业主单位的同意，将工程年度预付款变更为按合同总金额计算的工程预付款，为项目前期的建设提供了充分保障。

激发员工工作激情

“岛隧工程七年，建设者能心往一处想、劲往一处使，还得益于项目的一个重要举措。”谈及自己工作中印象深刻的经历，谢臣伟不禁想起“设置‘战役’节点目标奖励”这件事，而他就是将这笔资金和开支“合法化”的推动者。

对于大桥建设者来说，参建这个世纪工程本身就是一件非常荣耀的事情，如果在干好工作的同时又能得到物质奖励，将更有利于各项工作的顺利推进。为此，谢臣伟依据合同里关于“优质优价基金”的相关条款，创造性地提出了针对现场施工人员设置“战役”目标奖励的办法，并通过业主单位认同，调动了各级施工人员的主动性。“我认为，我们的工程之所以这么顺利，应该和我们这个奖励举措有很大关系。”

除此之外，在他看来，岛隧工程采用“总部—工区”这种组织结构，也是有利于项目高效推进的措施。“因为总部指令能直接下达到工区，并且有这么多好的举措做保障。组织架构的保证是很重要的。”他还认为，这种两级管理组织结构在节约成本的同时，也能保证各个工区在施工建设中的协同性。

转眼间，谢臣伟在这个项目已经待了将近九年。“有困难有问题不怕，我们管理团队如果不能解决问题就没有存在价值。”谢臣伟笑着说道，“事实上，当年面临很多审计上的难题时，自己的内心也很煎熬。可看到工程技术人员在海上连续奋战 96 个小时，才真正体会到什么叫作艰辛，什么叫作折磨。”

他非常有感触地说：“他们已经拼尽全力，如果因为我们的保障工作没做好，给工程带来不利影响的话，内心是会觉得有愧的。工程技术人员创造了这么多辉煌的工作业绩，如果我们没有将这个项目效益最大化，那也是有愧于心的。”

杨秀礼：

以桥为媒的建设功臣

斜阳西行，在披着金纱的港珠澳大桥上，一个身影久久伫立，眺望远方汹涌的涛浪，凝如雕塑。他反复抚摸着身前白玉般的混凝土构件，直到有人招呼，才一步三回头，走上了即将出发的通勤车。

此去一别，不知经年，一如他六年前所做的。唯一不同的是，这一次，他没有遗憾。

通车前夕，所有“建设功臣”被邀请到已经建成的港珠澳大桥上，“杨秀礼”这个名字，就像武侠小说里的“扫地僧”，你能够在几乎涉及岛隧工程方方面面的大型、非标准化船舶和设备方案中找到他，但在后期成果表彰和业绩庆功的各类材料中，这个名字却近乎绝迹。

从 2008 年参与投标，到 2012 年所有核心装备研发和采购的落实，杨秀礼担负着岛隧工程所有核心装备的研究和采购任务，特别是他主持研发新造和改造的 15 项关键装备，几乎覆盖了岛隧工程所有最为关键、风险最大的工序。

在大桥最艰难的时候进入，在施工最平稳的时候退出，跨越艰难，克服险阻，最后却甘愿隐姓埋名。他说，这是所有跟设备打交道的人身上的通病，“多数人心里只有设备，只不过我更偏执些”。

新设备的自主研发

“研究装备一定要先研究工艺。”这是杨秀礼长挂嘴边的一句话。但是港珠澳大桥项目的到来，却让这句口头禅执行得无比艰难。

2008 年应林鸣邀请，他作为第一批招标组成员，负责标书中项目整体设备和物资材料框架的搭建。第一次外海大型深水沉管隧道施工、第一次大型钢圆筒成岛施工、第一次重达 8 万吨的混凝土预制构建“工厂法”施工等，每一个第一次都需要通过最高端、最先进、最顶尖的装备来支撑复杂的施工工艺，以面对外海施工恶劣的环境。

杨秀礼面临的第一个问题是用什么设备整平 50 米海面下的沉管基础。当时整个团队手里只有一本薄薄的《沉管隧道设计与施工》，书中只谈到浅埋隧道，关于设备的介绍半个字都没有，工艺研究更是无从谈起。

究竟需要什么设备？听说韩国有一艘船整平过类似巨型沉管的基床，技术团队立刻飞往韩国，对方却只让他们乘着交通船在距离设备数百米远的地方绕行一圈。海湾一游，远在北京的杨秀礼等来的，却只是一艘整平船的远景照片。

究竟使用什么方案？一张石油钻井平台的照片让他顿悟，伶仃洋的海况比韩国釜山巨济岛的海况更加恶劣，隧道基床的宽度和面积比釜山更大，碎石垄的铺设精度要求更高，也许他们需要的不是一艘船，而是一个具有 3D 打印功能、能灵活抬升移动的整平平台。工艺确定了，形成设计任务书，他当晚就把任务书交给了林鸣。林鸣立即让他统筹一航局、振华重工等单位，开始了新设备的自主研发之路。

“津平 1”整平船的问世，是杨秀礼在港珠澳大桥项目上打的第一场漂亮仗，4 厘米的碎石整平精度创造了施工的极限纪录，更打破了外国对中国在大型沉管设备上的严密封锁。

谈判桌上的据理力争

除了整平船，项目后续大大小小的设备、材料的方案和选型都要确定。两年里，杨秀礼除了把自己关在酒店研究设备物资的选用方案以外，就是在和各类国内外设备商、材料商的谈判中“厮杀”。

33节沉管管节接头处都有双重防水装置——Omega和Gina止水带，特别是单条长度达到91.5米的Gina橡胶止水带，只有日本和荷兰的两家工厂能够生产。但是港珠澳大桥的沉管需要满足120年的寿命，日本人一听条件后，连连摆手，120年，他们的工艺达不到要求。

只剩荷兰特瑞堡能够接单。没有竞争，对于任何一次招标工作都是毁灭性的。杨秀礼立即召集同事开会，要求他们不能将日本公司的任何情况对外透露，并对荷兰公司宣称，仍旧要根据日本公司的方案和报价来定夺。

第一次报价，荷兰公司开口8000万元。可当他们到伶仃洋现场实地考察后，第二次、第三次报价从8500万元一路狂奔到了9000万元。不敢拒绝，还不能让对方要价太高，杨秀礼只能在谈判手段上下功夫。他将几次投标的方案都收集起来，对比其中每一项参数、配置以及市场报价变化，同时收集各类材料历年的市场报价，寻找价格下调的每一条论点论据。

谈判桌上，杨秀礼据理力争：“贵公司屡次提升原材料价格，我们查了国际上历年橡胶期货的价格，与你们提供的报价并不符合。”就这样一步一步，寸步不让，每天在酒店谈判到深夜，转钟休息几个小时后又继续鏖战。

最后一次谈判，当杨秀礼仍旧给出7000万元的报价时，荷兰商务代表拍了桌子起身就走，整个会场氛围降至冰点，这次谈判破裂，意味着前面所有的付出都将毁于一旦。杨秀礼握紧了手中的水杯，他知道，为了拿下港珠澳大桥这样的巅峰业绩，对方还会回来；他深知，外国企业在报价时非常严谨，能在合同中让步5个点以上，几乎是不可能完成的任务，但对于港珠澳大桥，他们不可能放手。

“按你们的价格！”几分钟之后，大门打开，荷兰公司的商务代表果然回来了。合同价最终被锁定在了7000万元，比对方考察后的报价整整低了近20%。荷兰籍商务经理签完合同后向杨秀礼竖起大拇指：“你们可能是我这辈子遇到过的最可怕的谈判对手！”

量身定制的沉管模板系统

并不是每一项方案的确定，都能依靠谈判完成。有很多技术方案，世界上都绝无仅有，比如，实现流水化作业的沉管预制工厂，它所需要的钢结构模板、顶推系统以及流水线结构都是独一无二的。

不能依靠传统的思维进行招标。杨秀礼在与领导交流中受到启发，认为“带案投标”的方式可能更适合港珠澳大桥。正因为没有，所以他们能够通过招标中的方案博采众长，当确定手上有了什么样的材料和设备后，再来思考对接设计上的变更和施工工艺的改进，带动项目进度整体推进，事半功倍。

8万吨的巨型沉管要保证120年的寿命，混凝土断面不能有一丝裂痕，必须依靠一套可靠的全断面液压模板系统才能成行。团队邀请原来为苏通大桥做墩身模板的DOKA公司重新设计方案。当厚厚的方案摞在杨秀礼的桌子上，不管再多的文字，也掩盖不住1万吨模板，接近3.8亿元的报价，几乎超出预算2倍以上。由于没有对比案例，不管怎么谈，对方死不松口，方案不可能优化，价格也不能再低。

杨秀礼有一个习惯，每隔两年，不管多忙都要在11月底，抽身去上海参加一趟“宝马展”。这个在欧洲经历了50余年的品牌工程机械展会从2002年入驻中国，为工程机械业内人士提供了亚洲领先的交流展示平台。在展厅的闲逛给杨秀礼带来了意外的收获，一家叫PERI的公司宣传册上，赫然印刷着丹麦沉管隧道的业绩。留了联系方式后，他惊喜地发现，这家公司完整保留着当时“工厂法”预制沉管的整套工法。

当时，与DOKA公司的谈判进入签署协议阶段，如果毁约，不仅涉及法律风险，更会让前面的努力前功尽弃。当杨秀礼将这一情况向林鸣报告后，林鸣陷入了沉默。凌晨4点，杨秀礼接到林鸣的电话：“暂停谈判，先接触这家德国公司。”

他立即向德国公司发出邀请。数天后，一份1.7亿元的报价让他欣喜若狂。他当即联系振华重工的负责人，三方商榷优化采用了一种全新的模板设计方案，用德国的方案、中国的工艺，实现模板制造的本土化，将总用钢量由

10000 吨降低到了 6000 余吨，总造价锁定在 1.2 亿元。

2012 年离开港珠澳大桥，回到二航局技术中心，杨秀礼开始专心钻研海洋工程的施工装备，先后为以色列阿什杜德港、援助马尔代夫中马友谊大桥、委内瑞拉卡贝略港口、巴基斯坦胡布码头等工程提供施工技术和专用装备的支撑。

为什么离开？杨秀礼其实也有难言之隐，并不是他不想干、不敢干，而是身后的家庭更需要他。他的父亲在 2010 年患上了帕金森综合征，后来瘫卧在床。老人在家没人照顾，孝顺的他主动请缨回到武汉，一方面方便照顾家人，另一方面专心研究技术。

2018 年 9 月，大桥通车前，杨秀礼带着妻子、儿子走上港珠澳大桥。他激动地拍着儿子的肩膀，告诉他："看，这就是爸爸的工作，这就是爸爸造的桥！"

杨永宏：

为工程建设屡挑重担

杨永宏，中交港珠澳大桥岛隧工程项目总经理部副总工，2003年毕业于重庆交通大学土木工程专业，同年加入中交二航局第二工程有限公司，跟随工程项目一直漂泊在外。

2010年底，他参与到港珠澳大桥岛隧工程建设中，将人生中最美好的青春年华奉献在了伶仃洋海域，多次获得“先进工作者、管理标兵、建设功臣”等荣誉。他说，自己虽平凡得像一块“砖”，但哪里需要哪里能搬。

技术攻坚的带头人

杨永宏参与了岛隧工程建设全过程，见证了整个工程项目从无到有，从想法、图纸到具体实施，到伶仃洋海底的跨越与连通。

直至今日，他依然记得刚来时的情景。2010年10月25日凌晨三点，他第一次踏入珠海这片土地。那时候，办公场所都是临时租借的。虽曾参与过一些桥梁、高铁以及水工工程，但海底沉管隧道究竟什么样、如何做，他和大多数参建者一样，都是一无所知。

在此后的近两年时间里，他偏偏成了沉管预制技术筹备工作的主要负责人，主要任务包括与设计部门互动，研究沉管结构材质、工艺工法及生产线布置，相应技术方案、管理体系的建立以及一些指导性文件的编制等。杨永宏带领同事们进行了上千次会议讨论和现场验证，夜以继日地完成了30多项沉管预制方案、作业指导书等。在足尺模型试验期间，他在现场爬上爬下检查设备，指导工人布料振捣，一干就是40多个小时。

杨永宏说："回忆起那段时光，虽然当时内心一直备受煎熬，但同时觉得能够在自己建设的生产线上，按照'工厂法'浇筑出一组全断面的沉管，心里还是特别开心。首节沉管管节的成功预制，也为后续管节的批量生产打下了基础。"

桥岛相接的建筑者

随着沉管预制步入正轨，2012年12月，杨永宏又接到了一项新的任务——负责建设连通青州航道桥与西人工岛的非通航孔桥。

第一次踏上离珠海陆地26海里远的西人工岛，眼前是一片黄沙纷飞的荒漠景象，岛上到处都在施工。站在岛头望着前方一望无际的大海，他心里凉了半截：在四面环海、无水无电的孤岛上修桥，这任务要怎么完成？但他没有过多迟疑，下岛后他立刻组织各种资源、组建任务班组、调配工程技术人员、制订现场施工方案、完善开工手续。

这段非通航孔桥虽然不长，但无论是桩基、承台、墩身、箱梁、吊箱等细节处的材质选择、配筋和混凝土浇筑、桥面与侧栏施工，杨永宏都费尽了心思，充分认识和考虑到了海洋环境的影响。经过整整一个月的奋力鏖战，双侧500多米的栈桥平台就搭设完成了，很快打开了施工局面。

杨永宏带着一批"80后""90后"工程技术人员，远离城市，共同经历骄阳暴晒，以及恶劣海况、台风的洗礼，日夜驻扎在孤岛上。那段时间，他们每天早出晚归，只能休息五六个小时。两年时间，他们率先在全标段完成了贯通，实现了桥岛的连通结合，获评"集体一等功"。港珠澳大桥管理局、监理等单位纷纷发来贺信。

贺信说道："你们在这座桥的建设中克服了艰难险阻，真正实现了整个岛桥结合的贯通，为后续沉管安装的全线贯通提供了一个精神支柱，更增添了大家攻坚克难的奋斗信心，是一剂给大家加油、鼓劲的强心针。”

2013 年 4 月 18 日，“中国梦・劳动美”慰问演出就选址在这段桥上，蔡国庆、腾格尔等歌星纷纷献唱。

屡挑重担的多面手

西人工岛非通航孔桥完工，杨永宏本以为自己在岛隧工程中的两个阶段性任务结束后，可以稍微轻松一点，但还没等他提出休假申请，林鸣又为他安排了更具挑战性的沉管舾装现场管理任务。

舾装是沉管浮运安装前的重要工序，其施工质量优劣直接关系到管节对接的成败。作为主要负责人的杨永宏深知责任重大，处处不敢掉以轻心。每一节沉管管节出坞前，他都要通过直径不到 1 米的人孔井钻进管内五六次，认真细致地检查每一个管路泵系、水箱、封门、水密结构等情况，以及每一套控制仪器、通风供电设备的运行情况。为确保万无一失，他细到一根保险丝都要仔细检查到位。浮运过程中，他更是如影随形，全程监护。

最终接头施工期间，杨永宏连续 2 个多月坚守现场，协调落实了 600 多个问题，最终做到了风险可控。特别在试吊当天，他主动请缨，带领舾装监控组爬上 20 多米高的测量塔、进入已经沉入海底的最终接头腔内，检查结构水密情况，并第一时间将管内情况实时报告指挥中心，为最终接头吊装提供了支撑。安装期间，杨永宏在现场值守了四天三夜，困了就靠着椅子休息，时刻监控着管内每一个动向。2017 年 5 月 5 日，最终接头安装就位后，他又马上进驻东人工岛，协调最终接头合龙焊接工作。

工程建设后期，杨永宏又被委以重任，全面负责与交通工程等外单位的沟通协调。由于隧道内、岛上建筑工程涉及多专业、多家单位交叉施工，需要统筹协调整体的工程进度及工序安排。杨永宏与相关方通过多次讨论，明确施工工序、管理机制、处理原则，受到各方的好评和认可。

认真负责、真抓实干、既严又细、敢于担当，杨永宏始终秉承这样的敬业精神，凭借多年的施工管理经验和一股敢打善拼的韧劲儿，一直坚守在工程建设一线，成为大桥建设的中坚和骨干。

尹海卿：

踏实低调的技术掌门人

在港珠澳大桥岛隧工程提起项目副总经理尹海卿，大伙儿会异口同声地说："这是一位踏实、认真、低调、负责的技术掌门人。"

尹海卿是恢复高考后被录取大学生中的一员，从大连理工大学海洋工程专业毕业后，曾先后参与过宁波北仑港、上海洋山港等重大工程建设，可以说大半辈子都在从事港口、桥梁等工程技术工作。

2005 年，他参与了《港珠澳大桥施工指南》的编写；2010 年 5 月 4 日，参与港珠澳大桥的投标工作；同年 11 月 9 日来到珠海，参加岛隧工程建设。

大量工作互相交错

尽管在水工工程领域经验丰富，但尹海卿深知，港珠澳大桥工程体量之巨大、建设条件之复杂、建造过程之艰巨，堪称史无前例。因此，他更加谨小慎微，认真细致。在大桥建设期间，他常驻现场，很少回家休息。

工程初期，岛隧工程的初步设计还没有通过审定，尹海卿带领团队只能按照《人工岛原案》进行海上测量，在天津进行试验段试验。作为总工办主任，他要开展测量勘探、沉管预制、人工岛及隧道、技术装备、设计方案等方面的技术管理工作，大到科研攻关、技术审查、商务谈判，小到营地建设、厂房布置等，大量的工作相互交错。

钢圆筒快速筑岛虽节约工期成本，但从科研到实施，整个过程并不容易。作为技术负责人，他组织了钢圆筒制作及运输方案、钢圆筒打设方案、副格打设方案等的内审和专家审查，最终施工团队只用了 221 天就完成了 120 个钢圆筒打设。

东人工岛和西人工岛上的两个救援码头，初步设计为高桩梁板结构码头，由于其紧邻岛壁结构，如先打桩进行码头施工，岛壁抛石施工时极易造成码头位移；如先进行岛壁抛石施工，其坡脚块石必将影响打桩。

尹海卿结合在洋山港挤密砂桩试验及施工经验，提出建议将救援码头改为重力式结构码头，采用大置换率（60%）的挤密砂桩对软土地基进行加固处理，在加固后的基础上设抛石基床并安装沉箱，解决原方案中码头与岛壁先后施工矛盾，同时提高码头的设计使用荷载，改善了结构的耐久性。

沉管施工技术能手

经验的积累、技术的更新、工艺的改进，创造了外海沉管隧道滴水不漏的建设奇迹。海底基床泥沙软硬不一，沉管安装上去会因沉降不一产生断裂。尹海卿带领工程师们研发出挤密砂桩复合地基设计方法，把整个海底基槽的总体沉降控制在 10 厘米以内，差异沉降控制在 1 厘米以内。

沉管浮运安装施工海域自然条件复杂，航道交叉且来往船舶繁忙。尹海卿组织团队分析了工程区域的风浪流等资料，结合管节受力计算及工期要求提出了沉管安装作业条件，同时联合国家海洋环境预报中心开展了沉管安装作业保障系统的研究，建立了完善的监测系统，采用多重嵌套技术及风浪流耦合技术开发了精细化海洋环境数值预报系统，为沉管安装作业指明了方向。

隧道最大埋深达 22 米，且基槽位于珠江口咸淡水交汇处，基槽内水流复杂，沉管下沉坐底前，受槽底水流影响，潜水检查发现沉管摇晃较大，极易发生碰撞导向托架而损坏导向系统，给沉管精确对接带来极大的风险。但要搞清水下重达 8 万吨沉管超低频率、微加速度的运动姿态，没有现成的测试设备。

尹海卿带领技术团队，通过与中航集团北京长城计量测试研究所合作，联合开发了沉管水下姿态实时监测系统，首次将惯性导航技术运用到沉管的水下超低频运动姿态监测中，该系统经过中国计量科学研究院的校核标定、坞内比对测试和现场验证试验，精度达到 10 毫米，实施后有效保障了沉管对接安全。

测量是工程的眼睛，尹海卿作为测量分管领导，全面负责长距离高精度跨海高程传递和外海深水高精度高程测控技术研究的组织、协调及管理；在项目实施过程中，总结出的一套适合于长距离跨海高程测量作业流程，可为宽海域跨海工程高精度高程传递技术方案设计及规程、规范的制定提供科学依据。

工程成果如数家珍

谈起 7 年来在技术方面的收获，尹海卿如数家珍：钢圆筒快速成岛技术实现了“当年开工、当年成岛”的奇迹；研发出 8 万吨沉管顶推技术，其“半刚性”沉管的创新为沉管深埋找到了出路；深水软土地基沉降控制实现突破，创新了组合基床加复合地基的沉管隧道基础方案；自主研发了外海沉管安装成套技术方案；发明了整体式主动止水最终接头技术；研发了一大批相关设备；等等。

“这些技术的诞生，为我国今后大规模海底工程建设积累了经验，提供了技术支撑，是岛隧建设者对国家、对行业发展做出的贡献。”尹海卿说，这些成绩的取得，得益于岛隧工程实践了设计施工总承包模式。这种将科研、设计、施工融为一体的模式，很好地保存了工程建设的完整性和流畅性，值得我国的大型基础设施项目学习借鉴。

时间是最好的老师。7 年过去了，回想起那刻骨铭心的峥嵘岁月时，尹海卿感慨万千：正是我们坚持了“不服输”的信念，一直坚定“质量一流、技术一流”的决心，坚持走产学研一体、设计施工总承包的路子，才赢得了这场持久战的最终胜利。

第四篇

把这份责任尽到底

靳　胜：

外海孤船不惧难

长期驻守孤船、孤岛，以集装箱为家，办公在施工现场，将青春岁月奉献在了珠江口这片海域，大家都称他为伶仃洋上的“游击队长”。中交港珠澳大桥岛隧工程Ⅰ工区项目经理部副经理靳胜，2007年河海大学测绘工程专业毕业后，在天津港工作了4年，2011年调入港珠澳大桥岛隧工程。

与他共过事的人都知道，靳胜工作务实严谨，擅于用头脑和智慧解决工程中的“疑难杂症”。七年岛隧征程，他先后30多次立功获奖，包括“五一劳动奖章”“优秀党员”“模范员工”等，还参与创新发明了19项技术专利。

伶仃洋上打“游击”

走进靳胜的办公室，堆放在办公桌左侧那一摞摞装订成册的图纸格外醒目。他说：“这是我在岛隧工程七年的工作日志。虽然工程已经完工，但我仍不时地翻阅、查看。它们摆放在我身边，就如同我仍坚守在战场一样……”常年驻守外海，使靳胜的肤色看上去比常人要黝黑许多，可他却说：“这比起我们在岛上的时候，白多了。”作为最早一批岛隧工程参建者，2011 年 2 月春节刚过，新婚不久的他接到工作调令后，就迅速从天津赶赴珠海。

那时，Ⅰ工区的主要任务是探究如何在茫茫的汪洋大海中，筑起两个面积约 10 万平方米的人工岛，靳胜负责成岛过程中的测量管理。钢圆筒快速筑岛，较传统方法不仅工期短，而且环境影响小，但这种新型工艺在国内属首次应用。为了保证每一道工序的成功实施、达到质量安全与环保要求，他们前期做了大量的施工设备比选、工艺技术改进、典型施工、试验验证等工作。

经过三个多月的准备，2011 年 5 月 15 日，首个钢圆筒成功振沉入海。靳胜马上带领团队对钢圆筒的平面、高程、旋转扭角等进行测量定位。钢圆筒振沉对平面和垂直度的要求非常高，对岛壁结构建造质量至关重要。直径 22.5 米、高 40—50 米的钢圆筒垂直精度，设计要求是 1/200 左右，靳胜他们能控制在 1/1000。在他看来，要建造品质工程，首要任务是夯实每一步基础，认真记录每一次测量数据，计算和核对每一个纵横交错的坐标与参数。

在此期间，靳胜的办公室就在茫茫大海的一个测量平台上。他说：“测量是工程的‘眼睛’，有工程的地方就有测量。筑岛期间的测量工作更像是打‘游击战’，真是打一枪换一个地方。”从第 1 个到第 61 个钢圆筒，他和测量班组成员每天背着 30 多斤的设备到处跑，这种东奔西跑、岗无定所的工作状态，宛若白洋淀中的“嘎子哥”，故大家常称呼他为“游击队长”。

孤船外海“长征”路

西人工岛岛壁结构施工完成后，靳胜转战到抛石夯平船上。要在伶仃洋 40 多米的海底夯出一条长 5664 米、宽 42 米的沉管基槽，一开始就遇到了许多新问题。块石如何精准地抛入槽底？如何对其进行夯平？工程质量如何保证？

准备阶段，他和团队成员经过反复的技术攻关和试验验证，创新研发了以溜管进行准确抛石、液压振动锤压实的夯平工艺，只需夯平一遍，就可达到普通重锤八遍的效果。2012 年 7 月 14 日，港珠澳大桥沉管隧道基槽的块石夯平作业正式开始。外海孤船作业，对靳胜的管理能力提出极大挑战。

抛石夯平船上临时组建的班组，30 多名员工分别来自 9 个单位，人员结构复杂；船上80%的空间用于石料储备和设备停放；班组成员挤在船侧不足20%狭小区域的几个集装箱办公、生活，除了要面对烈日、台风、海浪、船舶的颠簸摇晃，以及无网络与通信信号的状况，还要长期处在机械设备运转的轰隆声和施工作业的嘈杂声里；加上外海高腐蚀、高温、高盐的环境，船上人员与机械设备出现了严重的“水土不服”症状，作业初期设备的故障率一度成为制约施工进度的瓶颈。

这一切让靳胜倍感压力巨大，他感觉这宛如在进行一场外海“长征”。一路上既面临艰难险阻，又处处受“敌”。为此，一方面，他苦练“内功”，不断加强自己和团队成员在专业技术、技能等方面的培训学习，积极探索总结抛石、夯平施工的最佳工法。另一方面，加强沟通交流，体贴照顾新成员，尽一切办法做好生活上的保障。

在靳胜的努力和坚持下，抛石夯平船上人与人之间、人与设备之间，以及施工进度与石料供应之间，各方面工作越来越顺畅。2016年1月25日，在汪洋大海中苦苦坚守1291天后，抛石夯平任务全线告捷，他们被授予“铁打的团队”称号。

长驻西岛“决战”勇

岛隧七年，是靳胜不断适应新岗位、完成新任务的七年。当2012年沉管隧道抛石夯平进入常态化施工后，他于2013年开始兼管西人工岛岛壁施工；2014年升任副总工负责岛体结构施工；2015年后重点负责清水混凝土等工程技术攻关；2017年升任生产副经理主管整个岛上施工进展。

2017年是人工岛建设“决战”之年，工程必须在年底如期完工。岛上建筑主体施工、房建装饰装修与机电安装、岛上道路与岛面铺装等，施工场面可谓全岛开花。时间紧、任务重，各工区组织引入了大量的工程技术和施工人员，高峰期西人工岛驻守人员达2000余人。为了腾出作业面，临时生活设施还要反复搬迁。人员安全、工程质量及后勤生活如何保障？

项目总部为了做好文明施工，把工厂内推行的“6S”管理引到岛上；为了加快工程进度，组织了“大干一百天”“决战九月、冲刺百天”等多场劳动竞赛。靳胜说：“到工程后期，我们每天都是争分夺秒地干，24小时轮班作业，对标准化作业的要求越来越高，对‘6S’管理的执行力度越来越大。”抱着高频对讲机睡觉，早已成为他的一种习惯。

在西人工岛“决战”中，靳胜处处以身作则，冲锋在前，休假在后。他一方面全面执行总部的工作布置与安排；另一方面积极致力于清水混凝土和装配化施工研究，合理统筹、调配现场资源，沉着应对新工艺、新技术的挑战，带领团队敢打敢拼，夺取了每一个目标节点的胜利。

现在，靳胜已是两个“港珠澳宝宝”的父亲，父母在不知不觉中也已年逾七旬。许多本该他来承担的家庭责任，在工程建设期间却不得不托付给妻子。他说：“中国革命的伟大胜利离不开后方老百姓的掩护与支持，岛隧工程宛如工程建设中的‘长征’，它的建成亦离不开每一位工程参与者背后亲人、家属的理解与包容。如果说做工程很难，那么，做工程人的亲人、家属就更难。”

王国发：

西人工岛安全守护神

说起西人工岛实现了“零伤害、零污染、零事故”的“三零”目标，较好地完成了各项安全管理工作，有一个人不得不说，他就是中交港珠澳大桥岛隧工程Ⅰ工区项目经理部HSE总监王国发。

王国发来自江苏盐城，2007年毕业后在一航局广东片区的项目从事安全管理工作，从一名安全员一步步地成长为安全总监。2012年，他参与港珠澳大桥桥梁工程建设，成为能够独当一面的部门管理者；2016年，他再次回到港珠澳大桥投入西人工岛施工，担任工区HSE总监，全面负责HSE管理工作。

“培训不到位就是最大隐患”

2017年，西人工岛建设进入最后的“决战”之年。岛上各专业施工人员众多且流动性大，素质参差不齐；现场房建、装修、铺装等工程齐头并进，工区、工序间交叉作业繁多；大体量脚手架、高大模板、大型特种设备、临时用电、临建搬迁等安全危险项目多；生活垃圾处理、污水排放必须实现“零排放”等都是现场安全管理面临的挑战。

“安全培训不到位就是最大隐患”，王国发始终坚持将教育作为安全重点工作来抓。接管西人工岛 HSE 工作后，他加大了班组建设力度，就班前会召开内容、召开形式等方面进行了详细规定，要求将前一天安全隐患、违规违章和当天安全注意事项等纳入班前会内容，强化班前安全教育培训。

为了进一步提高工人的安全意识，真正做到防患于未然，他和部门人员还通过集中授课、观看视频、现场讲解、参观学习等形式，让每个施工人员了解现场存在的安全隐患；除此之外，每月开展教育培训 10 场以上，教育人数超 600 人次；开展防中暑、防火灾、事故救援等专题培训，让全员掌握更多的安全知识。

王国发总是说：“要做好安全生产工作，除了加强现场监管和排查治理，更重要的是要让每一个工人心里清楚安全风险在哪里，如何有效规避安全风险，实现从‘要我安全’到‘我要安全’的转变。”

应急救援事无巨细

西人工岛距离陆地十几海里，发生险情外界救援不便，应急工作必须做到未雨绸缪。为了加强应急管理，王国发带领部门组织开展火灾、防台、意外伤害等各类应急演练，让作业人员掌握险情救援基本技能，提高应急逃生能力、突发事件应变能力及自救能力。防台、避台工作是应急救援建设中最为突出的一项工作。

自开工以来，岛上每年都要组织防台、避台综合演练。HSE 管理部每日关注天气动态，第一时间发布台风预警。每次台风来临前，王国发总是忙得不可开交。他除了要检查现场防台措施是否落实到位，还要确保施工船舶撤离到防台锚地、岛上排水系统设备正常、岛上临时避难所的用水、用电、排风及食品配备齐全等，事无巨细他都要亲自过目。

2017 年台风“天鸽”来袭，这是王国发与超强台风最近距离接触的一次。当时岛上 1000 多人就地避台，而工地距离台风中心仅一步之遥，他坚持留岛与项目其他领导一起安排所有工人有序防台。台风过境时，听着房建外咆哮的风声和海浪拍击挡浪墙的声音，他的心突突直跳。台风过后，他第一时间组织排查并恢复现场施工。虽然过程很惊险，但当他拖着疲惫的身体看到大家都平安返回宿舍时，内心却十分欣慰。

创造安全和谐环境

工作中，王国发还着力推动“安全生产标准化”落地，出台了《西人工岛标准化文明工地管理办法》；针对隐患易发、多发的施工区域和作业项目，制定专项菜单式检查表，将检查职能下放到班组和岗位，开辟“安全曝光栏”，发现问题及时整改。

工区共有水上施工船舶 7 艘、设备 100 多台 (套)。为了做好设备管理标准化，他严把外租船机“三关”，与设备部共同研究切合现场实际的设备检查、管养制度。除了安排专人每天清扫现场、定期组织交通船将垃圾回收至陆地处理，王国发还带领部门人员在现场统一规划污水处理系统，为岛上发电机增设静音防护设施，大大降低了岛上的噪声。

王国发说：“中华白海豚是国家一级保护动物，我们要求所有进场船舶均办理准入证、观豚员证，船舶限速 10 节，禁止排放油污水和乱扔垃圾，定期组织白海豚保护专项教育。”目前，岛隧工程施工海域白海豚种群数量有增无减，从开工之初的 1000 多头增长至完工时的 2000 多头，伶仃洋上呈现一幅人与自然和谐相处的画面。

蔡 珍：

东岛“蔡姐”

“不行，综合管线排布不合理，拆掉重装。”东人工岛施工现场对讲机里传来一个铿锵有力的女高音，大家一听，就知道这是中交港珠澳大桥岛隧工程Ⅱ工区负责主体建筑室内装饰装修的蔡珍，大家都习惯称她为“蔡姐”。

蔡珍是东人工岛主体建筑装饰装修的现场负责人，已经50多岁了，参与过多个重点工程建设。对她来说，每一道工序、每一步分项、每一个成品，都是“珍宝”。

BIM达人

2017年，东人工岛房建主体结构逐层完工后，室内装饰装修作业全面展开，各工序交叉进行，安装难度大。每每遇到问题，大家焦灼不解时，蔡珍总是思路清晰，常常能提前预见未知的问题。

房建首层综合管线的安装就是这样，虽经过深化设计，但仍存在很多管线碰撞、排布不合理的地方。蔡珍将各个专业负责人召集在一起，针对首层两处管线最多、排布最密集的区域，进行全面梳理，微调管线排布，并将调整后的支吊架大样图发给设计分部，请他们对力学性能进行验算。蔡珍说："将这两处难点梳理清楚，其他区域的管线排布也就迎刃而解了，首层的综合管线也可以安装得更高效。"有了这些改动，才迎来了东人工岛房建首层管线安装稳步、有序推进的良好局面。

港珠澳大桥东人工岛面积有限，且室外构筑物繁多，致使室外管线布置密集，又交叉频繁，管线预埋工作存在较大困难。蔡珍通过探索将BIM技术引入工程管理，通过二维、三维联动进行管线综合调整，采取可视化技术交底及交互式现场管理模式，对施工过程进行优化。

东人工岛室外水电管线预埋工程，主要涉及给排水、电气两个专业，具有材料种类多、管线数量多、受场地影响大、交叉作业频繁、质量要求高等特点。如何做好管线综合规划，对保证预埋管线质量及房建等各专业正常施工，避免后期道路及地面破坏，确保竣工后各种设施正常使用，都有着非常重要的作用。因此，必须充分考虑外海人工岛的特点，根据实际情况，采取新的技术管理措施，对施工过程进行优化。

施工前技术交底是非常重要的一环。由于管线预埋的差异性，即每处管线标高、长度、坡度、规格型号、数量及周围构筑物的情况均存差异。因此，蔡珍他们通过BIM模型建立构筑物剖面，并将剖面视图导出，生成局部剖面图，将图纸以及BIM模型同时用以技术交底，由此实现二维、三维联动的BIM可视化技术交底，使作业人员对区域内管线排列、走向等有更清晰直观的认识，再将技术措施、质量要求、现场情况、注意事项等方面有机地结合起来，通过加强提前沟通，将隐藏的问题暴露出来，提高施工效率的同时，保证施工质量。

室外工程预埋工作中，由于施工界面分散，各施工点上工作量较小，且与土建交叉作业频繁。因此在水电管线预埋施工中，密切配合土建专业施工显得尤为重要。蔡珍充分利用BIM技术可视化和数据集成化优势，形成土建专业与水电专业有机的交互式管理模式，高效、有序地完成管线预埋施工。在交互式管理模式的作用下，两专业互创工作界面，从"相互掣肘"的恶性循环，变为"相互促进"的良性循环。通过BIM技术的引入，综合施工预案规划变得更加周详，防止了重复作业、无效施工的出现；施工交叉点处理更加合理，杜绝了专业交接时相互误工的可能；施工材料管理也更加精准，精确的材料采购计划及施工材料控制，使材料利用率得到极大的提高，同时配合综合施工预案，制订分批次材料进场计划，大大缓解了由于人工岛面积有限、路场施工开挖而造成的材料运输、堆放的压力。结合 BIM 技术的交互式现场管理模式，使东人工岛室外工程管线预埋工期得到保证，并有效控制了工程质量及施工成本。

继续参与战斗

在 2016 年下半年东人工岛施工最紧张的时刻，蔡珍的爱人突然去世。惊闻噩耗，她没有告诉大伙，而是以家里有事为由急匆匆回了家。在家待了三四天，办完丧事后又赶忙回到了工地，继续参与战斗。一直到施工完，大家才从小道消息中得知，那次请假是因为她爱人去世了。当记者问及这件事时，她喃喃地说："如果我在他身边，他不会走得那么早……"

在那之后的两年里，她把对丈夫的内疚全部投入工作中。

蔡珍是出了名的"火眼金睛"，厘米级的误差，不用尺子，一眼就能看出。有一次，东人工岛房建负二层一处管线正进行安装作业，技术员前前后后对支吊架调整了不下十次，管道线形始终与负二层顶的斜度不顺直。

蔡珍闻声而来，见到部门小伙子们一脸疑惑，凑上前去左右看了看管线线形说："把这个局部前后的三档支吊架，上下微调一厘米，线形就调整出来了。"技术员们立即照办，对局部支吊架进行微调，线形果真顺直了。后来技术员钟明坤向蔡珍请教："为什么一点点误差都能一眼看出来。"蔡珍说道："日积月累搞质量工作磨炼出来的，平时要多看，校核尺寸，慢慢就能看出来了。"

在进入三航局工作的三十个年头里，蔡珍从学徒变成了师傅，成为工程质量管理的"专家型人才"，成为工程上数一数二的女强人。

虽说工作上是严厉的女强人，但私下里她又是知心的蔡姐。东人工岛房建装饰装修任务繁重，年轻的技术员们往往为了多睡会，有时候晚起错过饭点，有时候不吃，有时候随意吃几口简单充饥。一次夜里部门集体加班到两点钟，第二天早上大家一进办公室门便看到蔡珍为每人准备了一个鸡蛋。正是这一份早餐，让部门里每个人都仿佛有用不完的干劲。

东人工岛这个面积为十万平方米的伶仃洋之星，不仅作为港珠澳大桥的中心服务区，还是游客驻足伶仃洋、眺望珠江口繁华的景观岛，特别是岛上房建，还将设置博物馆，预留商业项目。房建作为景观岛上的中心区，设置了暖通、给排水、电器、消防报警、楼宇智能控制、装饰装修等作业项目，以满足岛上管理、养护和观光功能。谈到岛上建筑的安装工程，蔡珍总是激情四射、热情洒脱。她说："这是超级工程，我扮演了一名超级工程建设者的角色，不遗余力地干好了岛上安装工程！"

工程结束了，蔡珍也到了退休的年纪，但她退而不休，她是上海市劳动模范，三航局二公司继续返聘让她回公司培养新人。她在上海有一间专门的办公室，叫作蔡珍办公室，这是一种至高荣誉。今天的蔡珍依然激情满满，恍若昨天的东岛"蔡姐"。

黄存东：

坚守是实现梦想的基石

黄存东，中交港珠澳大桥岛隧工程Ⅱ工区副总工兼总工办主任，工程师。

2012 年 7 月至 2014 年 6 月，他担任港珠澳大桥项目部现场质检员，主要负责东人工岛现场施工质量管理工作，先后参与了东人工岛的救援式码头，非通航孔桥的灌注桩、承台、墩身及箱梁施工等工程建设。

其间，黄存东还负责港珠澳大桥东人工岛非通航孔桥施工方案编制。在大家的齐心协力下，既确保了施工质量，又如期完成了施工节点目标，得到了领导的好评。

不忘初心，方得始终

2014 年 7 月，黄存东从质检部调至总工办，从事东人工岛现场技术管理工作，主要解决现场各个分项施工过程中出现的技术疑问和难点。该岗位需要与各部门间有良好的沟通交流，同各个部门共同解决现场出现的问题。“不忘初心，方得始终”，凭借自己施工经验，并结合自身的理论知识为现场施工解决了各种问题。

初心是人们出发的动力，坚守是实现梦想的基石。2012 年，黄存东从重庆交通大学土木工程专业毕业后，在中交三航局二公司完成培训，便与 10 个同事踏上了驶往珠海的火车，来到港珠澳大桥岛隧工程Ⅱ工区项目部。当时，几个小伙子对岛隧工程一点概念都没有。

来到Ⅱ工区项目部后，黄存东成为东人工岛现场一名质检员，主要负责管理现场质检工作。当时项目部进来的都是年轻人，初来乍到，肯干肯学。因为年轻，没有其他项目的现场管理经验，不知道别人怎么干，那就从严坚持不懈，一步一步做，一步一步地成形。

现场质量管理是一件相当繁重的工作。工人们也干过很多工程，但各个项目的管理模式、质量要求都不一样，像岛隧工程这样严格的要求，大家都是第一次遇到，所以开始的时候并不认可黄存东他们这样的管理模式，也并没有把这些小后生放在眼里，在现场管理中，经常会与他们产生一些争执和冲突。“像我们这些年轻小伙子，因为缺乏经验，刚进来的时候，经常是管不到位。遇到一些棘手的问题，开始也不懂怎么解决，老师傅就领着我们与现场工人进行交流和沟通，把港珠澳大桥的管理理念和要求传输给一线工人，把他们之前在其他项目形成的一些不好习惯改过来，让他们适应岛隧工程的管理模式和方法，这也是最耗时的一项工作。”

黄存东还记得，刚到珠海第二天就上岛了。坐船坐得晕头转向，上岛一看，10 万平方米的人工岛，一片黄沙，一点绿色的植物都没有。刚去的时候，岛上也还没有网络，手机信号也时断时续，东人工岛与中国香港交界的地方，信号干扰很大，这样的生活一待就是一年。空闲的时候，大家就聚在一起讨论现场，看图纸……

黄存东负责的第一个项目是综合救援码头。他大学学的是道路工程、桥梁，没接触过水工、码头怎么建，只有跟着老师傅们一步一步学，包括船机、船型选择，夯实、整平，安装沉箱等一系列工作，都要从头学起。

码头一点点建设成形后，东人工岛非通航孔桥建设又开工了，大家忙着打支架、打管桩、灌注桩施工。要在水下钻到海底 80 多米，钻机不能停，所有人员采用两班倒，24 小时施工。作为项目管理人员，黄存东要随时监测泥浆指标及钻机速度。这些指标在每个地层里都会有变化，桩孔成形后要立即沉入钢筋笼，浇灌混凝土，不然时间太长，有可能会出现桩孔变形、坍塌，造成难以挽回的损失。

“当时岛上的位置，刚好靠近中国香港国际机场。过往的飞机，噪声特别大。还有工地上嘈杂的机械声，晚上很难入睡。这样的日子一直持续了10个月。过程中，虽然很苦，但因为我们的努力，所有的蓝图一步一步变成实物，我觉得很有成就感，心态也在变化，从一个懵懵懂懂的学生，慢慢地转变成一个真正意义上的员工。”

随着工程的不断推进，岛上开的工作面越来越多，路桥、隧道、房建及水工等各个专业的交叉也越来越多，图纸成堆。“路桥的、水工的、房建的图纸……涵盖了方方面面，往往需要结合各个专业的图纸一起看，才能进行现场施工，这对我们整个提升很有帮助。”

在质检部门干了两年之后，黄存东被调到总工办公室，跟着总工程师一起写方案。从以前比较单一的工作，转变成与总部、业主、设计、监理等单位多方协调，在与人沟通中不断地学习，快速成长。

合作与沟通

“黄存东是重庆人，2012年就在老家谈了对象，两人计划一起在重庆上班。现在两地分居，女孩子总会问他什么时候回来，他的心态起伏很大。加上当时整个工程很紧张，总部要求工区加快推进工程进展，2017年，赶工基本成了常态。在那个时候，黄存东需要上岛下岛来回跑，岸上有事情，要沟通协调，岛上有问题，也要去看。”工区同事这样描述黄存东当时的状态。

“年轻小伙子那时候也待不住，到休假的时候都想回去，有女朋友的更是如此。最初基本上还能做到三个月休一次假，随着后面工作越来越紧张，休假变得很奢侈，一年能休一两次就不错了。过年时现场工人都要回家，我们却需要派人留守。2012年春节我就在项目部过的，2014年在这儿，2015年还在这儿，我在项目部经历了六个春节，有三个春节都在现场过的。”黄存东说。

黄存东是1989年出生的，爸妈总是催他早点成婚，对此黄存东无言以对。父母一直想来工地看看，但是始终没有来成。黄存东是独生子，爸爸很想让他回家过春节。有时候别人问起，你家小孩怎么又没回来，父亲就说儿子工地忙，在那边过春节。这样说了很多年……

每逢春节，家里就两个老人，黄存东很是内疚。但他想，这个工程，我们用青春铸造了完美，树立了中国沉管隧道的里程碑，如今港珠澳大桥在很多方面都成为示范性教材，包括施工、质量以及文明施工管理都成为一个标杆，更让人感到很自豪。

“人们说三十而立，就是要做一个有担当的人。今后，无论是在家庭还是社会，我都要做一个有担当的人。”黄存东如是说。

刘海青：

那段激情燃烧的岁月

从珠海回到上海近一年后，港珠澳大桥岛隧工程Ⅱ工区常务副经理刘海青已晋升为中交三航局二公司党委书记。他身体微胖，语气温和，但话语中还是会让人感到筑岛铁军的那股子霸气。作为自始至终全程参与了大桥建设的一名建设者、Ⅱ工区的领军人物，说起港珠澳大桥，刘海青的思绪又瞬间回到了过去那段激情燃烧的岁月……

为了120年的使用寿命

2010年8月，刚刚被提拔为公司副总经理的刘海青在机关办公室的位置上还没坐热，就被派往局重点工程——新疆铁路项目担任负责人。然而，不到10月，他又接到了局领导的指示，飞赴珠海，带领三航局建设者去打一场硬仗。

压力，主要来自工程本身。港珠澳大桥涉及专业领域广，技术含量高，时间跨度大，施工交叉多，这对侧重工程测量见长的刘海青来说，不免有些发怵。

敢用、善用年轻人，是刘海青的突出特点。他认为，岛隧工程这样的项目，难肯定是难，但为年轻人的成长提供了一个千载难逢的宝贵机遇，特别是工程的高标准、严要求，更是年轻人不断摔打锻炼的外在动力。

七年施工，刘海青已不记得被林鸣总经理骂了多少次了。他说："发现问题，林总不是批评工人，而是批评工区负责人，这也是为了让我们这些管理人员更有责任感。"记得被骂得最惨的，是在岛上建筑清水混凝土开始施工时。因为协作队伍固有的习惯，使工程上的一些工艺要求起初没有完全落实到位，林总将工区的管理者从上午 10 点一直批评到下午 4 点。挨了批评，刘海青和工区管理人员中午饭也没吃，立即组织返工重来。

这件事给刘海青的触动很大，"保障港珠澳大桥工程 120 年的使用寿命就是这样做到的"！之后他一直以此为鉴，和团队一起做好每一个细节，建造了中国建筑史上最大的清水混凝土建筑群。"每一次都是第一次"，也给团队带来了巨大荣耀：上海市建委、上海市城投先后三次组团到珠海上岛参观学习，项目团队登上了上海电视台"感动上海"栏目舞台……

好男儿不必儿女情长

2010 年，刘海青来到珠海时，儿子刚上小学三年级；今年回到上海时，儿子就要考大学了……每每想到这里，他总有一丝对妻儿的愧疚。

"在施工单位，这种家庭的离别总在上演。"工区员工吴平来自贵州，妻子是他以前的同学。驻岛五年，当时还在恋爱中的小吴与女友感情时好时坏。起初岛上没有信号，长久的分别，导致二人到了分手的边缘。了解到这一情况，刘海青调整分工，也想尽办法为适龄青年创造条件，能够多一些回家的机会，还多次劝说和小吴有一样境遇相同的年轻人，多抽空回家看看，增进感情。有情人终成眷属，2017 年 10 月，工区为四对新人举办了工地集体婚礼，小吴与未婚妻喜结良缘。

大丈夫志在四方，事业是男人的成长核心。刘海青以身作则，率先垂范，带领着Ⅱ工区的弟兄们奋战孤岛七载，实现了 77 天成岛的施工纪录，捶打出了一支特别能战斗的铁血团队。和刘海青一样，工区很多同事都做出了巨大的牺牲，副经理莫日雄直到工程后期才完成了自己的终身大事；"女强人"蔡珍强忍丈夫突然病逝的沉重打击，默默战斗在施工现场……“要胜利，总会有牺牲。我们每个经过岛隧工程洗礼的人，都会由衷地感到这些付出是值得的！”谈到这里，刘海青眼眶湿润，声音哽咽。

杨　红：

拼命三郎不马虎

“要找红经理，不是在工地，就是在去工地的路上。”牛头岛沉管预制厂每个员工都知道杨红的习惯。作为中交港珠澳大桥岛隧工程Ⅲ一工区生产副经理，大家公认的拼命三郎，杨红总是战斗在最前线，牛头岛、西人工岛、东人工岛、海底隧道，哪里最忙他就在哪里，哪里最需要攻坚他就在哪里。大家都尊敬他，喜欢跟着他干，并亲切地叫他“红经理”。

建好世界第一跨海大桥是他的梦想

2011 年 8 月，世界最大沉管预制系统安装刚刚启动，连夜从哈尔滨松花江大桥建设工地赶到牛头岛的杨红立即投入了紧张的现场施工。外海，孤岛，牛头岛的天气和环境可不像人们想象中“面向大海，春暖花开”那样美好：春天，这里经常是浓雾锁海，交通断绝；三四月份的“回南天”，岛上空气湿度基本上都在 95% 以上，宿舍、办公室的地板上好像泼了一盆水，抓过一把空气，湿漉漉的都能拧出水来。夏秋季节，头上是南国如火的骄阳，身上是不知道汗湿了几遍的白色工装，没有绿树葱茏、草长莺飞的诗意，经常光临的是肆虐的台风和倾盆的暴雨。冬季倒是施工的黄金季节，但又要时刻担心突发的寒潮大风。当时，岛上的通信塔没有开通，一个小岛孤零零地悬在伶仃洋上，电话要么没有信号，要么就是中国香港、中国澳门的服务，真正的“一国两制”特色。恶劣的环境吓不倒他，艰难的物资保障困不住他。每天天不亮，他就早早来到工地，协调资源，安排工期，平整场地，安装设备，开展试验，没日没夜地干，在短短三个月内安装完成工艺最复杂、质量要求最高的沉管预制、顶推系统，搭建起超级沉管预制平台；历时半年艰难攻关，圆满完成两次足尺模型试验，探索出世界最大沉管“工厂法”生产之路。很多人不理解，问他为什么刚刚离开冰天雪地的北国，怎么又跑到了天涯海角的牛头岛上当起了“岛主”？他说：“这是每一个工程人的梦想。作为一名桥梁人，能参加世界第一跨海大桥建设，是我们这一代人的幸运。”

保隧道使用 120 年，是他坚定的目标

港珠澳大桥海底隧道由 33 节沉管管节对接而成，每个标准管节长 180 米，重约 8 万吨，是世界上体量最大的沉管，规模宏大，工期紧迫，由于地处外海孤岛，更加大了生产资源组织及水电供应保障难度；同时，预制精度要求特别高，节段止水难度特别大，曲线段管节预制、顶推还需重新精确调整参数。作为现场大管家，杨红深知自己肩负的责任非常重大。白班是早上 7 点上班，而他每天都是 6 点多就来到工地，实地查看施工情况，向上夜班的技术主管、现场工长、班组长了解施工中存在的问题，征询整改意见。走一路，问一路，查一路，不放过任何细节，在早班会上现场布置整改方案。

保管节使用 120 年，质量是关键。港珠澳大桥岛隧工程海底隧道要求使用寿命长达 120 年，哪怕是疏忽了一个微不足道的细节，都可能造成极大的质量隐患。中埋式止水带、预埋件、OMEGA 止水带、管节全段面灌浆，每一个关键工序杨红必须十二分小心。每节管节浇筑前，他都要仔仔细细再检查一遍：中埋式注浆管有无堵塞、破裂，中埋式止水带表面有无油污、异物，端钢壳、OMEGA 止水带预埋件表面平不平整，外侧牛腿预埋件、波纹管固定到不到位……每一个细小的部位都不敢有丝毫的遗漏。

混凝土浇筑是沉管质量的最关键工序，尤其是浇筑沉管墙体，环境最为恶劣，施工人员需要从钢筋笼顶部沿着尺许见方的人孔井下到底部，再一步一步地后退施工。通道狭窄，钢筋密集，个子大的转个身都很困难；而且随着浇筑工作的推进，混凝土凝固过程中产生的水化热会使温度快速升高，模板里面就成了一个密不通风的“桑拿房”，即使是身体素质过硬的振捣工，进去 5 分钟也会大汗淋漓。这样的施工环境怎么保证得了浇筑质量？杨红灵机一动，在模板旁安装大功率空调，再利用侧模的浇筑孔把冷风引进去。施工人员高兴地说：“现在舒服多了，里边比外面还凉快。”

杨红给自己定了一个规矩，每节沉管管节浇筑前，“至少钻两次钢筋笼”，看看还有没有未清理干净的烟头、焊接头、扎丝，有没有未封堵好的注浆孔，有没有破损的垫块……钢筋笼里的通道极为狭窄，只能把身子卷曲一团艰难挪动。每次出来，工作服、安全帽、脸上、手上，到处都是油渍，和一线施工人员没有两样。钻钢筋笼成为现场管理人员的必修课，技术、质检、安全，各部门的技术人员都要进去实地检查两遍。爬进爬出之间，弄脏的是衣服，擦亮的却是大家的责任心，赢得的是沉管高质量。六年时间，浇筑的全部沉管滴水不漏，创造了浇筑百万立方米混凝土无一裂缝的工程奇迹。

履职尽责是他恪守的本分

牛头岛是典型南粤海洋性气候，夏季漫长，高温高盐高湿，一年大多数时候都是“桑拿天”；由于生产布局的需要，主要生产区域都比周边低，形成了一个闷热的凹地，到处摆放的大风扇也不能降低现场的温度。人一进入厂房就大汗淋漓，衣服裤子就像在水里捞出来的一样，这样的施工环境对人的体力消耗极大。每天一大早，杨红总是在生产现场做完巡查、布置好工作后，11 点钟才回到办公室，处理文件，听取部门汇报，主持召开调度会，做好协调调度。下午又来到了现场，晚上 11 点钟还要到现场去巡查一遍，经常是刚刚回到宿舍睡下，半夜的电话铃声又不时把他吵醒。杨红患有严重的失眠症，醒了往往就再难入睡。在首节管节生产的那段时间，杨红凭着“拼命三郎”的干劲，不分昼夜坚守在工地上，中午、晚上都是和大家一起在现场吃盒饭，整个就是连轴转。长时间的高强度工作，终于累垮了这个坚强的汉子。

2012 年 8 月 5 日，首节沉管管节浇筑开始进行，杨红中暑高烧，声音嘶哑，满脸疲惫，大家叫他休息一下。他用一口典型的重庆普通话笑着说："没得事，我还坚持得住，一线的兄弟们更辛苦。"到工地医务室打完点滴又回到了浇筑现场，连续战斗 40 多个小时。在全体参战人员的共同努力下，首个世界最大的海底沉管顺利诞生，取得了中国外海沉管预制零的突破，实现了港珠澳大桥岛隧工程沉管生产的开门红。

追求极致是他持续不懈的坚持

沉管水密性是海底隧道安全使用 120 年的生命线。33 节沉管管节，近 100 万立方米混凝土，250 多个接头，绝对不能出现渗漏。而且随着安装水深逐步增加，沉管承受的压力也将越来越大，水密性控制的难度也越来越高。

2014 年初，沉管预制厂准备预制第六批沉管。这批沉管位于伶仃洋主航道，安装水深超过 30 米。作为项目水密性攻关领导小组组长，杨红倍觉"压力山大"。钢筋加工精度、钢筋笼绑扎精度、钢筋笼顶推及体系转换变形量控制、模板复位精度、混凝土入模温度、混凝土振捣质量……每一个环节都要重新逐一梳理、优化；班组建设、质量优化、专题攻关，整个体系都要全面提升。一轮轮梳理、一轮轮提升，经过对沉管生产体系的全面优化和规范，制定出《港珠澳大桥岛隧工程沉管预制质量控制点管理》体系文件，包括了 6 个大项、23 个子项、116 个小项，涵盖了钢筋加工及绑扎、预埋件安装、模板施工、混凝土浇筑、顶推及体系转换、管节一次舾装等所有方面，对所有工序全面实行星级管理，对每一个小项的质量标准、质量控制层级、检查方式、检查频率、质量控制要点，质量缺陷处罚制度都有着明确的标准，变事后处罚为事前控制、过程控制，实现了标准化管理由表及里的系统升级。

杨红讲得最多的总是追求极致的工匠精神。无论是每天的班组安全会还是每周的班组长培训，他都反复强调："一定要精益求精。不管是绑钢筋的还是浇混凝土的，只要把手里的活干到极致，就是真正发挥出了工匠精神，就是真正的大国工匠。"

匠心铸精品。E10 沉管管节、E12 沉管管节、E16 沉管管节……沉管预制顺利推进，安装顺利突破 30 米、40 米大关。之后，又顺利攻克世界首例曲线段沉管“工厂法”预制、顶推难关，于 2016 年 9 月率先完成所有沉管预制任务，所有沉管全部滴水不漏，创造了浇筑百万立方米混凝土无一裂缝的工程奇迹，杨红也荣立“特等功”。

精品赢声誉，精品拓市场。超级沉管预制质量得到了世界同行的高度赞誉，岛隧工程项目总经理也把所有关键工程的最后收官施工全部交给了二航建设者：最终接头监制、注浆、基础灌浆，小构件预制，沉管隧道内装，东人工岛和西人工岛大斜面、大台阶安装，23 万平方米的沥青路面铺装……杨红肩上的担子更重了，这支无数次焊接大江瀚海的建桥铁军必须转型为“精装师”。

腊月隆冬，寒风刺骨，杨红奔走在长江边上的最终接头制造基地；闷热高湿，空气不畅，杨红转战在海下四十多米的沉管隧道内装现场；骄阳似火，暑蒸雾腾，杨红奔波在东人工岛大台阶、西人工岛大斜板安装工地。大台阶、大斜板安装正值最热的七八月份，为了保证不污染成品，杨红和工人一样，只穿着一双薄薄的袜子；为了观察安装精度，经常要把脸贴在滚烫的小构件上。他说：“我们做的是最后一道工序，必须是‘零瑕疵、零容忍、零缺陷’，不能留下任何遗憾。”

七年筑梦港珠澳，一夕点亮伶仃洋。在杨红和团队的努力下，二航港珠澳大桥岛隧工程项目部预制的小构件以“平坦如砥、光洁如玉”的高品质获得了一致赞誉；安装的隧道扮靓了“最美海底风景”；铺设的东人工岛和西人工岛大斜屋面成为“珠江口新地标”；铺装的沥青路面成为“最美海上通道”。2017 年 12 月 31 日，港珠澳大桥全线亮灯，世界最长跨海大桥正式具备通车条件。回顾七年筑梦伶仃洋的征途，杨红深有感触：“人生就是要不断挑战新的天花板。把工程做得更美好、更坚实，让每一个通过港珠澳大桥的人都感受到超级工程的舒畅，就是尽到了一名建设者的责任。”

唐三波：

构筑关爱员工的大家庭

再次见到唐三波，他已经从港珠澳大桥岛隧工程Ⅲ二工区项目书记的岗位，升任为中交四航局二公司党委副书记、纪委书记、工会主席，进而成为公司最年轻的班子成员。

从港珠澳大桥岛隧工程中脱颖而出的英雄才俊多之又多，而唐三波觉得，是岛隧工程的六年把自己真正锻造成了一名央企的政工干部。

以赤诚之心献岛隧

2011 年 7 月 27 日，公司通知正在南沙项目的唐三波立即动身，前往港珠澳大桥工地。来到珠海，位于唐家的施工总营地还没有完工，桂山沉管预制厂建设如火如荼。天空飘着靡靡细雨，时任Ⅲ二工区常务副经理梁杰忠带着他们一班人在几个工地巡查督战。唐三波感慨："那真是一场硬仗，一场会战。"对于以水工见长的四航局来说，房建是个新领域的业务。作为项目书记，唐三波内联外协，承上启下，严控质量进度，终于在不到两个月的时间内完成了总营地的完善施工。9 月 28 日，中交联合体正式搬入营地办公。

随即，唐三波转战桂山牛头岛。此时的预制厂无人、无水、无电、无路、无通信信号覆盖，根本不具备居住条件。环境虽然恶劣，却挡不住建设者的热情。谈起那段艰苦卓绝的岁月，他至今仍记忆犹新：岛上施工人员 1500 人左右，他们的食宿怎么解决？在这样的施工环境中做好基本的生活保障是首要考虑的问题。当时，职工宿舍还没有建成，白天两个集装箱成了临时的办公室。

开工之初，工程就一直处于赶工的状态，唐三波也日夜奔波不停。他常常奔走于牛头岛和总营地之间，既要坚守工地现场，还得参加各种会议。此外，为了及时地了解工程进展情况，他每天深入施工现场检查："营区建在一片刚刚填起来的滩涂地上，一遇到下雨天，到现场走一走，都是深一脚浅一脚，踩着泥泞走。"困难没有阻挡建设者前进的步伐。2012 年 2 月底，沉管预制厂历经 14 个月终于如期建成。

2012 年下半年，预制厂建成后，工程又遇到了沉管出坞的问题。出海口礁石密布，阻碍了沉管进出深坞。爆破开挖作业，需要使用大量的炸药，但珠海没有符合爆炸物运输的码头。唐三波挑起了对外协调、组织购买、运输等一系列重任。他走访了公安、港口、海事、政府等十余家单位。经过多方协调和配合支援，总营地 1 号码头被确定为临时运送码头，保证了后续工期。"莫道拼搏多辛苦，我以我心筑岛隧"，一种从未体验过的自豪感在唐三波心中油然而生。

党建工作融入一线

党建活动是凝心聚力的媒介，要实现"为世界级跨海通道提供优质产品"的目标，党建工作要充分融入一线工程建设中。作为项目书记，唐三波总是能够根据不同时期党政工作的主题，选择恰当的时机，组织党员和职工开展丰富多样、特色突出的党建活动：道德讲堂、培育"四心"、"党员安全质量监督责任区"等。他还在工地上策划、筹建了党建活动室，仅仅花费两天时间，党员活动阵地就建设起来了。自从有了这间党建活动室，这里就成了党员和职工的家园，也是加强党员教育建设、党员和员工交流的平台。

唐三波认为，项目书记不仅要做实基层党建工作，还要扮演好员工"心理咨询师”的角色。如何让员工卸下思想上的包袱、保持工作上的激情状态，如何拓宽解决问题的思路？唐三波想了一个招。茶香袭人，善言沁心，他的“书记茶座”在牛头岛上办得有声有色：不管是每年入职的新员工，还是项目管理人员、老员工，在茶座上可以自由畅谈理想、谈人生，可以聊抱负、聊困惑，更可以讲工作、讲方法。一个简单的书记茶座，也可谓是“谈世界、悟人生”的好地方，许多工作的开展和推进跟这小小的“书记茶座”有着密不可分的关系。

闲暇时，唐三波喜欢走访工人宿舍，与他们面对面交流。当了解到协作队伍中存在许多长期脱离党组织、缺乏党组织生活的工人时，他与队伍负责人沟通协商，将工人党员同志组织起来，成立了协作队伍临时党支部，设立临时党支部书记，让“游离”的党员同志找到了“归属”，感受组织的关怀和温暖；筹建了队伍党建活动室，定期提供各类学习资料，一起举办活动，将四航和岛隧文化进一步向协作队伍延伸；还相继成立了队伍工会、团支部，通过携手共建，共同发展。

陈茂林，一位 50 多岁的退伍老兵，担任了协作队伍临时党支部书记。他非常珍惜工区赋予自己的使命，支部工作开展得有声有色。唐三波说：“队伍临时党支部的 13 名党员中有 7 人是施工班组长，他们在工区开展的各项党建活动中跟上了组织的步伐，起到了很好的先锋带头作用，有力地推动了工程建设。”

用心解决职工需求

岛上生活枯燥乏味，如何丰富员工的工余文化生活？不解决好他们的文化生活，队伍人心不齐，精力不集中，战斗力就不强。唐三波组织工会成立了 15 个兴趣小组，调动员工的个人特长，做到“身心健康，快乐阳光”。针对青年员工思想活跃、流动性大、情绪波动频繁的情况，召开了“岛隧小会谈”座谈活动，团员青年六人一组，并邀请老同志作为“观察员”，大家“谈古谈今谈未来，会听会讲汇思想”，重点畅谈当今年轻人的认识问题以及社会热点焦点问题，通过思想碰撞，激发心灵火花。

为了了解工人队伍的真正需求，实现企业发展与员工需求的平衡，每一届新员工刚加入岛隧这个大家庭时，唐三波都会组织这些“工程新兵”到食堂与工人一起用餐，在用餐过程中与施工人员交流谈心，在体验工人生活的同时也实地了解工人的所求所需。唐三波说：“如果不知道工人生活状况如何，有什么需求，那更好地管理他们又从何谈起？这也是一个换位思考的过程。”

唐三波还经常光顾岛上的职工超市，不是为了买东西，而是去观察。首先看价格，不能高于岛外市场价格；其次看进货质量，有没有以次充好；最后看服务态度，举止言行有没有不尊重工人的地方。“这些细节最能体现工作作风、人心冷暖。我们也要让他们有尊严地工作、生活。”

孤岛工作，工学矛盾也非常突出。在唐三波的组织下，工区打造了牛头岛讲坛、农民工学校和职工夜校三大培训平台，累计开展培训课程 1000 余讲，培训人数达 30000 多人次，为企业、为行业、为社会、为国家，培养了一批懂管理、有技术、讲文化的新时期产业建设者。时任国资委党委书记张毅在项目调研时评价道：“岛隧工程的建设者展现出了新时代的铁人精神和中国工人阶级的良好形象。”

2016 年，在庆祝建党 95 周年之际，Ⅲ二工区党支部获评“广东省先进基层党组织”；2018 年，工区团支部获得了“中国青年五四奖章”。作为中国交建党务工作者标兵，唐三波说：“参与世纪工程的建设，是我一生的荣耀，能和岛隧工程相伴成长，我心怀感恩。”

唐少鸣：

满载收获的“金雄”轮船长

唐少鸣是港珠澳大桥岛隧工程Ⅳ工区“金雄”轮的船长。他朴实憨厚、说话沉稳，每到关键时刻都冲锋在前，是一名深受船员信赖的好船长。他17岁便开始与船舶、大海、台风打交道，自始至终都在做着同一件事——挖泥，曾荣获“全国五一劳动奖章”。退休后，公司仍舍不得让他离开，至今已是返聘的第4个年头了。

谈起在港珠澳大桥岛隧工程这段经历，他深感骄傲和自豪：“这是我有生以来参与的真正大工程，要求最高，影响力最大，意义非凡。”

青年员工的良师益友

唐少鸣为人和善，不管是船员还是技术人员，都喜欢亲切地叫他“老唐”。他拥有多年的疏浚经验，精挖技术非常娴熟。他始终认为：“一个人的成功不算成功，一个团队的成功才是真正的成功。5664米长的海底隧道基槽开挖，更不是光依靠某一个人就能完成好的，必须依靠集体的力量。”

“金雄”轮上年轻船员居多，唐少鸣就像老大哥、老前辈一样，关心他们的成才与成长。下班没事的时候，他总要在船上“晃荡”一遍，发现问题就现场指导，对年轻船员手把手地教，直到学会为止。不论什么时候，他都乐于分享自己的经验技术。有时候，他还给年轻员工讲他以前的经历，分享他走南闯北几十年遇到的奇闻趣事，教会年轻船员如何克服船上的枯燥生活，鼓励员工积极参加各类劳动竞赛、技能大比拼活动，寻找乐趣。

参加岛隧工程建设六年，如何长期保持船机设备和人员操作的高度协调配合，让唐少鸣操碎了心。他常对船员们说：“平时多流汗，战时少流血。减少误操作，施工才精准。”唐少鸣有自己的一套培训与管理方法：严格要求轮机部人员加强对所有船机、设备的维护、保养力度，让所有船机、设备时刻处于一种最佳的状态；加大对操作人员的培训力度，鼓励和要求他们平时多学、多练、多操作，提高他们对船机操作的熟练程度。

唐少鸣时刻呵护年轻人员的安全。由于船舶作业是立体作业，要爬到近10多米高的操作平台上进行，而最危险的事情是在4层楼高的抓斗上面换钢丝。每当这个时候，唐少鸣都是亲力亲为，自己爬上去手动进行更换，稍有一点风，上面就摇晃得非常厉害。年轻船员见此情景，总是对他说：“船长，下次让我们上去换嘛，您岁数大了，老干这活不合适。”船长答应得很好，但每到下一次，他又是自己爬上去。唐少鸣说：“我是船长，我有义务保护你们。”

以船为家的职业船长

唐少鸣祖籍广东珠海，他爷爷就住在港珠澳大桥岛隧项目总部营地所在地——珠海唐家镇，自小随父辈一起在广州生活。相对许多参建者，唐少鸣离家要近许多。按照规定，船员一个月可下一次船，回家休假几天，全年有110多天的假期。但由于工作的需要，他回家的机会并不多。尤其在港珠澳大桥海底隧道基槽开挖任务中，他有时候好几个月都没有时间回家去看一下，即便回家去也待不了两三天就又赶紧回来了。

与大海打交道的40余年，唐少鸣的绝大部分时间都是工作在船上，生活在船上。许多与他一同在船上工作的年轻船员都夸赞他说：“爱船如命，以船为家，船长永远是我们学习的榜样。”

唐少鸣说：“我是一位职业船长，自己觉得这点还做得不错，但离一位称职的丈夫、一位合格父亲的标准还差得太远。以船为家，也爱我自己的家。”

岛隧经验助力新挑战

虽然唐少鸣已是快 60 岁的人了，阅人历事很多，谈起七年岛隧工程的收获，他说，这个项目打开了视野，收获多多。

唐少鸣说，在港珠澳大桥岛隧工程，与国内外一流高手同台竞技，思想格局和境界都提升了许多。虽然过程中遇到了很多困难，但问题解决后，这就成了他的经验。“有了这些经验，当再遇到同样问题的时候，问题就不是问题了。面对下一个工程项目——深中隧道时，更加胸有成竹。即便任务量再大，也觉得轻松，反而有一种苦尽甘来的感觉。”60 多岁的唐少鸣依然志在千里。

钟旭华：

“水上大熊猫”的守护人

港珠澳大桥所在的珠江口，生存着一群中华白海豚。白海豚属于国家一级保护动物，素有“美人鱼”和“水上大熊猫”之称。在港珠澳大桥岛隧工程Ⅳ工区，谁最常见到这些可爱的海洋宠儿？谁最关心这些海洋生物的存活？当属担负监督海洋施工职业健康环保重任的工区 HSE 总监钟旭华。

提高自我安全意识

2012 年，钟旭华先是来到港珠澳大桥珠海口岸人工岛项目，参加填岛建设，之后又到岛隧工程，从事基槽开挖的安全、环保监督工作，申请水上水下施工许可，负责对船机安全、施工现场的合规性环评。

由于人工岛和沉管隧道位于中华白海豚的保护区，环境保护要求极为严格，任何一道海上施工工序都要取得珠海市白海豚保护管理局的许可证方可进行。而每年的 4 月至 8 月正是白海豚的洄游期，许可证的发放更为严格，只要在 500 米范围内发现白海豚，都要立即停止施工作业。

事关重大，钟旭华带领安监人员每日穿梭在繁忙的海上作业区域，严密监控中华白海豚活动和工程建设情况。珠江口航道交错，施工区域里测量、挖掘、疏浚、清淤、运输等各类船舶往来频繁，钟旭华们要对众多船舶所产生的污染、噪声进行监控、检查，对船舶人员持证上岗的情况进行监督，上船巡查。

七年建设，岛隧工程顺利完工，钟旭华负责的海域内，没有发生一起安全环保责任事故。钟旭华自豪地说："我对得起领导、同事们的重托，对得起这些白海豚！"

责任在肩　家人在心

1978 年出生的钟旭华是广东梅州人，妻子在中山大学附属眼科医院做护士。2017 年，林鸣总经理受邀到中山大学演讲，很多中山大学眼科医院的人员现场聆听了演讲。当听到岛隧工程的建设者一年平均只休息了 15 天时，钟旭华妻子的同事纷纷议论："340 天不在家的男人谁要啊！"小钟的妻子深深埋下了头，她真没勇气说："我爱人就在港珠澳大桥岛隧工地上啊！"

是啊，为了保证工程安全、环保，小钟和家人付出了很多很多。

岛隧工程所在海域环境敏感，海水水质和海洋生物保护要求高，需要对施工影响区的敏感目标进行全面保护，其中以中华白海豚保护最为敏感。中国交建建设者清醒地认识到自己所承担的历史责任，以最大限度保护白海豚为出发点，通过优化设计、施工方案，减少海域占用面积，减少淤泥产生量，减少打桩作业量，减少在海上的作业时间，不惜大幅度增加资金投入，加强瞭望观察、监视、噪声及水污染监测控制，采取各种本质化措施，全面做好中华白海豚保护。

钟旭华和同事们精心编制施工组织方案，采用先进的大型施工船舶和设备，合理组织施工，尽量避免在 4 月至 8 月中华白海豚繁殖高峰期进行大规模疏浚开挖等容易产生大量悬浮物的作业；尽量采用污染较小的挖斗船进行疏浚施工；采用大型设备以减少施工设备数量，避免密集、高强度施工，用尽一切办法保护海洋环境，让中华白海豚拥有一个美好的家园。

项目还编制了《中华白海豚意外事故处置方案》《海洋污染专项应急预案》

《船舶溢油事故处置方案》等专项应急预案，经常组织开展中华白海豚声学驱赶演习，以熟练掌握有关的操作方法，最大限度避免对中华白海豚造成伤害。

对于进入中华白海豚保护区的施工船舶，钟旭华采用严格的准入制度。所有进场船舶，必须办理施工许可证，依法准入，合规施工。施工期间，他共办理船舶进退场准入手续 300 艘次。

加强监督与宣传

为宣传和普及环保常识，钟旭华在施工现场分发宣传资料、张贴和悬挂环保宣传标语，每年组织开展水生野生动物保护科普宣传月活动，引导项目员工"关爱水生动物，共建生态文明"，加强海洋野生动物保护。

钟旭华在各个作业点、每艘船舶设立专门的海豚观察员，每次施工前和施工过程中，搜索施工点半径 500 米范围内的海域是否有白海豚出没，做好观豚记录，确保无白海豚后再进行施工。

水上打桩作业主要是挤密砂桩施工，工区采用了 KS-REACT 工法，降低噪声；他们也避免同时开动施工设备，且逐渐加大振动速度，给可能在附近活动的中华白海豚游离施工区域的时间。

在钟旭华他们的努力下，整个施工期间没有发生一起安全事故，没有出现一起白海豚伤亡事件，圆满兑现了"白海豚不搬家"的承诺。

宁进进：

岛隧工程“孤胆英雄”

他是编写施工方案的“快手”、海上沉管浮运的“尖兵”，也是最终接头吊装的“孤胆英雄”。2012 年 2 月 26 日，宁进进加入中交港珠澳大桥岛隧工程Ⅴ工区项目经理部，后担任总工程师；先后得到工区三任总工的言传身教，曾在深达 28 米的伶仃洋海底与死神擦肩而过，多次登上中央电视台等媒体。

功夫不负有心人

“你们是临时调去珠海，主要是配合编写施工方案等任务，方案编完就可以回来。”2012 年春节刚过，宁进进一行三人临行前公司领导曾向他们许诺。可方案编写完，接着就是施工演练，再而又是沉管安装，直至最终接头吊装，宁进进还在岛隧工程坚守着。

刚到项目，宁进进接到的第一个任务是编写“二次舾装”方案。之后他又负责沉管安装成套技术方案的编写，得到了工区总工和总部领导的传道、授业和解惑。宁进进说：“这七年，我们几乎每天都一起探讨、研究和论证。他们就像老师一样，手把手指导我完成了很多方案的编制。”编写“浮运方案”前后反复修改了 80 多次，“老师们”精益求精的工匠精神深深地感染着宁进进。

在前辈的指点和帮助下，宁进进也得到迅速成长。“浮运方案”通过后，安装团队先后于 2012 年底和 2013 年初进行了四次实操演练。但是，这四次演练同样做得十分艰难，理论与实践的差别太大了，很多细节经实践检验就出现了问题。宁进进说：“当时我都感觉做不下去，前面的理论研究、计算等做得挺好的，为什么一到实战演练就不行了？”

第一次演练时，作为方案的编制者，原本信心满满的他，因一些细节并未考虑全面几番受挫之后，瞬时倍感压力。回去后，宁进进连夜对方案进行了修正、调整，但第二次、第三次演练依然不成功。他向同处一船的日籍专家请教：“我们要进行多少次演练才能成功呢？”日籍专家说：“这道工序当初日本试拖了七次，以你们现在的水平，至少得十次吧。”

宁进进心里暗下决心，一定有办法可以超越。一方面，他通过和团队多次交流讨论，最终形成了最优方案；另一方面，在演练前，他仔细查看每一个细节，认真交底起重操作手、船长、车辆等各工程技术岗位人员，以增强彼此间的协同配合。功夫不负有心人，2013 年 4 月 30 日第四次浮运演练时，他们成功了。

万事以工程为先

5 月 2 日，E1 沉管管节正式出征。他们连续鏖战 96 个小时之后，才把它安装成功。经专家确认，此次安装是受到西人工岛钢圆筒围弧形成的“涡流”的严重影响。此后，E5 沉管管节又受到海底隧道“基槽内流”的影响；E10 沉管管节遭遇“深水深槽”难题；E20 沉管管节还碰到了概率极低的异常波……尽管沉管浮运、安装之路充满坎坷，但宁进进和同事一起，以其智慧和创新工法，将一处处坎坷化险为夷。

最让宁进进难以忘怀的，是 E15 沉管管节的“三次浮运、两次回拖”。第一次回拖进坞后，大家都非常沮丧，尤其当时已经临近春节。整个工程项目压力很大，要求所有参建单位春节期间不休息、不放假，全员留守听候施工命令。宁进进说："我爱人接到我的电话之后，第二天便带着孩子专程从青岛赶到了珠海。我接到她们时，已经是腊月二十九日的下午了。除夕那天，项目部又开了一天的会。直到晚上，我才抽空陪着她俩一块吃了顿饺子。"

大年初六，E15 沉管管节再次出运。当听到总指挥林鸣第二次下达回撤命令时，他和船上的所有工程技术人员都哭了。但为了保证工程质量、着眼大局，他和大家不得不擦去泪水，准备再次回拖返航。在回拖的过程中，宁进进更是临时代替了安装船上的起重班长，穿起水裤带缆，背起救生圈，任凭大浪数次把他拍倒在沉管边上。

创造英雄的壮举

2017 年 5 月 3 日早晨 6 点，在最终接头安装完成 18 个小时后，宁进进被高频对讲机吵醒："南北方向偏差近 17 厘米"。这个贯通测量结果，让他瞬间清醒。

早上 8 点左右，项目总部领导、监理等陆续赶到安装船上。船上异常安静，大家纷纷陷入了沉思："调整"与"不调整"这两种想法，不断地在所有人的脑海里闪现。许多人都倾向于"不调整"，一是因为即便偏差有点大，也能满足隧道"不漏水"的建设运营要求；二是担心在二次调整中，有其他不可把控的新问题出现。"如果不精调，你们甘心吗？干一流、做最好的工程，才是我们想要的结果。"经过艰难抉择，现场团队决定进行调整。

可意料之外的险情发生了。5 月 4 日凌晨，正当 VSL 技术人员准备操作小梁顶推系统卸压时，位于 E30 沉管管节一侧的最终接头封门突然发出"砰"的一声巨响，从底部喷出 5 米多高的水柱。情况危急，正在管内的宁进进没有选择撤退，而是带领突击队员第一时间冲上前去，用身体顶着帆布奋力堵漏。经过技术人员的仔细排查，以及对漏水位置的紧急抢修，他们再次启动结合腔注水。此时，大家已经连续鏖战了两天两夜，身体疲惫到了极点。宁进进带着 7 名突击队员再次进入管内，随着最终接头被沉入 28 米深的海底。

8 个人兵分两路，分别在最终接头的左右行车廊道内进行检查。这短短的 28 米，却是他们与惶恐做斗争的漫长过程。随着沉放过程中外面海水压力的逐渐加大，回荡在他们耳畔的是外围钢壳和两端钢封门被撕裂、变形的声音。

当结合腔加水到指定位置后，突击队接到撤离的指令，但必须留一人值守监测最终接头管内情况。宁进进说："那个时候，我自己真的很想赶紧撤离出去。但是，作为一名共产党员，我还是主动地选择了单独留下。"

其他队友都安全地撤离了，近400平方米的最终接头管腔内空荡荡，只有宁进进一个人仍置身于水下28米深处，他来回穿梭于行车廊道，向外面的指挥部不停地汇报里面的情况。"当时里面哪怕细微的声响都如同被放大了好几倍，让人听得非常清楚。E29沉管管节一侧水泵加水的声音，简直像飞流直下的瀑布一样……"

当结合腔加水只剩最后一米的时候，E30沉管管节一侧的中廊道封门突然传来一声巨响，船上的指挥人员都听得清清楚楚。"当时我猛地一颤，以为自己这回彻底完了。"结合腔内水压正在急剧升高，一旦内外压力打破平衡，宁进进所面临的风险将不堪设想。

下午5点，宁进进圆满完成任务，回到了安装船上。"当我爬上来时，所有人都在上面接我。"此时距离他进入28米的海底，已经过去了10多个小时。沉管隧道最终接头经过精调，其南北向对接精度偏差被控制在0.8毫米，真正做到了"不留遗憾"。

王有祥：

深海长征中不断成长

在港珠澳大桥建设中，一大批年轻人在工程管理中脱颖而出，成为新生代骨干力量，岛隧工程Ⅴ工区项目经理部党支部书记王有祥就是其中之一。

王有祥毕业于山东大学中文系，2011 年 8 月来到Ⅴ工区担任综合部部长，2014 年被提拔为工区党支部书记时还不到 30 岁。他善于将理性认识与科学实践相结合、集体意识与个人荣誉相结合、家国情怀与人文关怀相结合。通过关注身边人、身边事，抓住一线职工的亮点，他在手机公众号撰写了 100 多名建设者的岛隧故事。

超级工程获取力量

“从海上成岛的壮举到沉管首战的艰辛，从超级工厂的隆隆运转到海底读秒的精准对接，硕士班学员与港珠澳大桥同成长，在岛隧工程平台上获取力量。”2018 年 7 月 6 日，港珠澳大桥岛隧工程项目总经理部举行的工程硕士学位授予仪式上，包括王有祥在内的 56 位大桥建设者，顺利拿到了华南理工大学建筑与土木工程硕士学位。

作为毕业生代表，王有祥在发言时说："2012 年 4 月 2 日，岛隧工程硕士班正式开班。记得学校西湖畔、慎思楼前一块巨石上镌刻着朱熹的名句：问渠那得清如许，为有源头活水来，成为我新的学习生涯的动力。同年，港珠澳大桥岛隧工程沉管预制厂历经 14 个月、56 万平方米超级厂房落成，在厂区石山旁边竖起 8 个大字：踏石留印，抓铁有痕，成为我新的工作生涯的坐标。"不断地学习是人生的源头活水，充分地实践是人生的奋斗价值，成为全体学员的共识。

从 2011 年进场，到 2017 年收官，港珠澳大桥岛隧工程项目取得圆满成功。七年奋战，对于大桥建设者们来说是荣幸、是机遇，更是挑战。为了不断学习进步，在项目总经理部的筹划下，56 名符合条件的员工攻读华工工程硕士课程。如今，这些学有所成的项目骨干们又陆续参与到全国其他重要工程的建设中，继续发光发热。

在总工程师林鸣看来，巨龙横卧伶仃洋，每一步均走得不易："港珠澳大桥工程让他们得到了锻炼，但未来还得靠他们自己，才能获取更大的成绩。"

心系国家情满岛隧

2015 年农历春节前，王有祥的女儿准备在青岛接受手术。多年在外工作的他本决定回家看望女儿，可当他买好机票时，E15 沉管管节重新安装的计划也确定下来，随着 E15 沉管管节基床整平的完成，整平船清淤系统改造任务准备马上开展。考虑再三，王有祥选择留下完成 E15 沉管管节重新安装任务。

在项目总部党委的领导下，V 工区党员们时刻牢记自己的工程使命，始终心系工程，以身作则挺在前方，发挥党员的先锋模范作用。面对沉管安装任务单一且繁重的巨大压力，王有祥通过建立科学的考评体系，实施自主化施工和标准化建设，推动重要节点、重大立功项目实施，着力于人才成长和人文关怀，促使干部职工队伍保持高度稳定，涌现出一大批品牌团队、个人，成为工程推进的核心保障。

他组织的"情满超级工程"大讨论搞得有声有色，连职工家属都关注到这个活动，点击率破万，得到了总部领导的肯定。此外，王有祥十分关注职工工作生活的一举一动。七条船近300人每月的工资他都要负责，每个船员、起重工的基本情况他都门儿清，甚至连一些工人的身份证号码他都能倒背如流。有工人身体出现问题，他总是带头将人送医院，对珠海市的大小医院也是轻车熟路。危急病人的家属不在身边，他就安排专人看护，工区垫钱治病、医保结算，不用职工自己花钱。

王有祥在深海长征中搏击风浪，锻炼成长。他说："时代赋予了我们学习最前沿知识的机遇，交给了我们投身最伟大工程的任务，我们就应当肩负起国家兴旺、民族复兴的责任。今天的学成，是明天投身新事业的开始；今天的烈火淬钢，是未来能够完成更加急难险重任务的牢固基础。"

宿发强：

伟大背后的平凡支撑

时时敢为人先、处处忘我奉献，港珠澳大桥沉管隧道安装团队的排头兵宿发强，既是中交一航局副总工程师，也是岛隧工程Ⅴ工区项目经理部常务副经理。2010年8月，他带领团队组建沉管安装施工项目部，踏上了我国首次建造外海沉管隧道的攻关与实践之路。

提起这段经历，宿发强感慨万分。七年工程建设，亲眼见证了中国外海沉管隧道从无到有，从0到1的飞跃发展。其中许多难以割舍的情感，攻坚克难的煎熬时刻，以及在海浪风暴中的历险故事，都将是他余生难以忘却的记忆。

风险管控心存敬畏

一个伟大的工程，靠的是千千万万颗螺丝钉的支撑。宿发强就是“超级工程”上的一颗螺丝钉，他的使命是把自己“拧紧”，把每一个细节做好、做精，把施工风险降到最低。他说：“作为工程项目负责人，先要做好自己，而后才是管理和号召其他人。”

在沉管安装的攻坚阶段，为了突破技术难关，制订风险应对方案，他每天都是早早地就来到办公室。凭借其三十多年的水工经验，带着工程技术人员，密切配合项目总部进行相关技术、风险管控措施等方面的研究与探讨。一次又一次地假设，一次又一次地重建；一次又一次地再假设，一次又一次地再推翻重来……在一年多的时间里，累计进行了 300 多次的讨论，组织召开了 184 次专题技术研讨会，62 次沉管安装筹备例会。

为了做到每一项风险隐患都有应急预案，每一个电器元件都有充足备件，宿发强组织成立了“风险排查小组”，在每一次沉管安装前，都要对每一道工序、每一处细节进行全面深入的风险排查。

这还不够，宿发强对风险小组提出了更为严格的要求，每次沉管安装前必须深入整平、浮运、安装三个作业队的一线，针对每一项工序、每一件设备进行全程跟踪和动态风险、隐患排查，并根据现场排查的实际情况随时增加风险项，随时完善相关的应对预案。

与身体和精神对抗

重任在肩，就意味着必须时刻准备着，迎接和应对各种挑战，解决各种突发事件和排除各种艰难险阻。

2013 年 5 月，历经近两年的筹备，宿发强带队开始安装第一节沉管管节。出航后不久，突遇急流，6 艘大马力拖轮无法对抗海流的力量，反而被急流往后拖回 1 公里。好不容易将沉管浮运到指定位置，可初次尝试安放着床后，发现由于围岛钢圆筒使海流在附近形成小漩涡而造成了回淤，为确保沉管对接的精确度，潜水员不得不进行水下人工清淤。几番惊心动魄的波折过后，大家早已疲惫不堪，不得不一直往太阳穴上猛抹风油精来提神。历经 96 个小时的连续鏖战和坚守，首节沉管管节终于安装成功。

2014 年 11 月、2015 年 2 月，E15 沉管管节先后遭遇基槽回淤、边坡滑塌的意外情况，两次安装受阻。这段时间里，宿发强格外忙碌，分析原因、研究防淤措施、协调组织施工，每天都要工作 10 多个小时，除夕夜也没闲下来。

2015 年 3 月，E15 沉管管节第三次安装时，团队再次面临空前的压力。随着下沉指令的不断发出，沉管一步步深入海底。突然警示灯闪烁，出现突发情况！沉管压载水箱无法继续加水，下沉动作停滞。

必须进入沉管内部抢修！万吨沉管此时静立海中，管体已全部处于海面以下。毫不犹豫，宿发强立即清点人员，冲出指挥室，急速赶到人孔井附近，管线电器人员已经就位。“立即开启人孔井，作业人员进入管内抢修。”宿发强伫立在人孔井旁边，凝视封门，下达了指令。

40 米深水压力，时间上不允许开展水压力试验，开启人孔井就意味着要承受漏水的潜在风险。“完备的应急预案，成熟的操作工艺，这都是我们的安全保证。”宿发强力排众议，带头钻入人孔井，径直走向故障预判地点，指挥技术人员完成了保险丝的更换。“如果你们不放心的话，我们一起待在沉管内，等沉管安装完成后再出去。”他态度坚定地说。

2015 年 8 月，整平船“津平 1”的抛石管滑落至基床。如果不能及时完成抢修，5 天后的沉管安装窗口期就将废弃。为此，宿发强连夜赶至施工现场，紧急组织抢修。研制完抢修方案后，马上调集 4000 吨起重船等设备，连线外国技术专家远程协助。连续 80 多个小时里，他没有睡过一个囫囵觉，一直在与时间赛跑，与身体和精神的疲劳极限对抗。

有一种情感叫“岛隧兄弟”

“对这个项目的感情太深了。”宿发强说，“林鸣总今年已经 60 多岁了，我也 58 岁了，当初与我一同来到珠海鏖战的年轻工程技术人员，也已纷纷成家立室。这七年，让我与他们之间的情感，不再只是同事之间的感情那么简单了。”

在宿发强的内心里，一同参与岛隧工程建设的这群人，都是自己亲密无间的好兄弟。他说：“我们之间，除了情更深，义更长。因为无论是在施工总营地一起攻关、探讨和论证沉管隧道安装技术与工艺，还是在伶仃洋外海现场每一次沉管的浮运、沉放与对接施工，我们都是形影不离、共度时艰。”

熟悉宿发强的人都知道，他是一位不苟言笑的团队负责人，但也是一位满怀温情的热血汉子，时常用自己的体贴周到感染着身边的每一个人。他对团队中的小兄弟们更是关怀备至，除了器重他们的才华，也关心他们的生活、情感，常常以一位兄长的名义指导和鼓励他们成才、成长，提升他们各方面的能力与水平。

他深知精神寄托对于这群忘我付出的汉子的特殊意义，他要“让每一名员工得到荣耀感与归属感”。为此，宿发强精心制作了一碗“心灵鸡汤”，安排专人到施工一线拍下了每一名员工的工作瞬间，并编制成相册发放给大家。很多职工是农民出身，对于他们而言，在岛隧工程的这段经历难忘而又珍贵。

E15 沉管管节成功安装时，在返回营地的船上，宿发强首先想到的是给全体员工写一封感谢信，“一定要好好感谢他们，是他们用不屈不挠的斗志、无怨无悔的坚守付出，换来了我们今天的成功。两次回拖，两次落泪，我们的员工实在太不容易了！”对于自己的员工，宿发强抱有一种感激。在他心中，是每一名员工的艰苦付出、放弃休假，支撑着这支团队在困境中披荆斩棘、勇闯难关。

汤慧驰：

人生成长的轨迹

从中国海洋大学到港珠澳大桥，从一名学生转变为一名工程技术人员，岛隧工程V工区项目经理部汤慧驰自2012年毕业后，就直接参与到这座超级工程建设中，人生的阅历自此增添了浓墨重彩的一笔。

六年时间，从最初的方案编写到最后的工程验收，他全程参与了33节沉管管节的安装施工。与其说是他见证了港珠澳大桥的成功，倒不如说是港珠澳大桥陪伴着他的成长。在成长的轨迹当中，他牢记并始终践行着一句话："每一次都是第一次。"

一次独特的经历

"2012年毕业来到项目上时，施工方案已经基本编写完成，但我也有幸参与到实施前的各项筹备工作。"外海沉管隧道建设在国内尚属首例，必须投入大量的精力去攻克各类技术问题。

2013年3月，沉管预制厂深坞具备条件后，工人们把安装船绞移进坞内，开始了为期两个月的调试演练工作。汤慧驰和工区技术人员，每天早上7点便到现场，直到晚上9点多才回去。他当时觉得特别忐忑，一方面担心工作落实不到位，另一方面每天重复的工作不免有些枯燥。

“沉管下放精度要求特别高，允许误差7厘米。相当于一个约38米宽的物体沉放下去对接只有7厘米的偏差。当时我的认识还不是很深刻，觉得已经做了很多次的演练，每次都能顺利完成指定动作，不明白为什么要一遍一遍继续重复。”

在后来的工作中，他才慢慢发现，沉管安装涉及方方面面，风险极高，任何一个微小的失误，都有可能导致沉管安装最终失败。而一旦安装失败，不仅会大大打击全体施工人员的信心，更会带来工期和费用上的损失，因此容不得一丝差错。参与沉放演练的这段经历也让他明白，这是一项必须投入100%努力的工程。

随管节延伸不断成熟

E1沉管管节安装时，由于演练与实际情况存在差异，加上没有经验，出现了10厘米左右的高差。工程人员需要把管节提起来，处理好基床再重新安装。经过研究，现场决定通过潜水员人工徒手进行海底清淤。96个小时，即便大家早就困顿不已，但无一人退缩，更无怨言。“最困的时候，我直接挨着旁边的操作台，站着就睡着了。”汤慧驰对此始终难以忘怀。

他意识到，面对现场出现的问题，必须不断地总结反思，不断地优化技术，才能确保之后的管节成功安装。“E1沉管管节安装之后，我们首先对安装过程中出现的问题进行了罗列，再通过回顾施工过程，找出问题的来源，最后针对不同的问题，提出具体可实施的解决方案，为下次安装提供借鉴。”

刚开始的时候，安装流程还比较粗放，后来渐渐地细化到分阶段下放，再细化到每个阶段下放的深度和时间，最终细化到每个步骤，应该由谁来完成，应该完成到什么程度。“后续我们不断地完善施工流程，原先在方案里只有三五页的沉放流程，通过不断细化，最终达到将近30页的施工手册。”让汤慧驰更加骄傲的一点是，通过这种不断的分析总结，他们做到了犯过的错误不会再犯。

即使越往后安装技术越熟练，但面对这样一项高风险的工程项目，汤慧驰心里始终装着“每一次都是第一次”的理念。正是他的这种工作态度和坚持努力，让他愈加成熟稳重，成为工区年轻的中坚力量。

六年坚守换来更深认同感

作为一个初出茅庐的小伙子，汤慧驰刚开始并没有对这个项目有很深的认知和感触，只是觉得参与了一个比较大的项目而已。

刚到桂山沉管预制厂时，生活工作设施并不完善，加上调试演练工期紧张，到了饭点，大家就蹲在路边吃盒饭。工区常务副经理宿发强，虽然年纪大了，也陪着大家一起蹲在路边吃盒饭，还总是关心大伙吃得好不好，喝的水够不够。“宿总从调试到管节安装，一直在现场，工作中该严厉就严厉，生活中该关心就关心，是个很让人尊敬的长辈。”

现场再回过头看，汤慧驰心里很感慨：“原先隧道里到处都在施工，虽然看着热火朝天的，但也不觉得什么。现在隧道已经建成，每次经过时，都觉得很漂亮。”

如今，每逢给来访的客人介绍港珠澳大桥的时候，汤慧驰内心都由衷地有一种荣誉感：6 年时间，我们通过自己的技术，建成了世界最长的外海沉管隧道。“一个人的职业生涯没有多少个 6 年，能参与到港珠澳大桥的建设中，见证大桥慢慢建成，我已经很满足了。”他笑着说道。

张建军：

以船为家的岛隧精英

恶劣环境下会苦中作乐，笑称没有噪声睡不踏实；艰辛工作中兢兢业业，一心埋头苦干毫无怨言。这样的人物形象在港珠澳大桥岛隧工程中并不少见，从领导层到技术员都可谓是一以贯之。而张建军，就是这样的团队中具有代表性的一位。

世纪工程中，他认为自己的工作很平常；重重压力下，他觉得首要就是把任务完成好。在他的带领下，碎石整平船没有一次因为自身因素而耽误工期进度，“执行力高”成为他们的代名词，也成为张建军非常闪耀的一张名片。但他内心低调，外在谦和，“以水为友，以船为家”，或许就是他最幸福的状态。

有噪声睡觉才踏实

2011 年，张建军作为第一批人员进入施工现场，担任 V 工区项目经理部副经理，负责隧道基础整平、回填等。由于大部分工作需要在船上完成，所以他常年住在船上。“船上的条件什么都好，有厨师做饭，就是信号不好，打个电话得满船跑找信号，没有娱乐生活。但很多时候我们干完活就累得睡着了，时间过得很快。”

对于没在那种艰苦条件下工作过的人来说，想当然地认为当时的条件一定非常恶劣，但张建军却有着不同的看法。他认为，相对于他以前所干过的项目来说，港珠澳大桥项目拥有着最先进的设备，最精锐的技术团队，在船上的生活也没有想象中的艰辛。

工作期间，船舶施工的噪声非常大，而且不间断。但对于张建军来说，伴着这样的声音入睡，才睡得安稳和踏实。要是一般人，那保证受不了，可张建军是这样看的：如果噪声突然不响，就意味着要出问题了，他就得赶紧去查看。原来，整平船的故障率是项目所用的船机设备中最高的，因为整平船工作时间长，对机器损伤非常大。而一旦出现问题，就要赶紧修复，或者改变方案，以免耽误工期。

当时，船离岸大概有 10 海里的距离，包括船员和其他人员在内，张建军带领的团队一共有 26 个人，曾经连续两个多月都待在船上。“我们还不愿意上岸。因为在船上待久了，一上岸感觉到处都在晃。有时候船坏了，还没地方睡，直接睡地板。”生活虽然很单调，但张建军他们首先想到的是要把活干好，没有一次因为设备故障而耽误沉管安装窗口期。

掌控最关键的工序

“我们要做的是为沉管铺设一条平整的地基。”张建军说，基床整平是基础性工作，但也是最关键的工序之一。沉管隧道基床整平精度要求是正负 4 厘米，而整平过程容易发生基床回淤，回淤超标就不能安装。一旦把沉管从深坞浮运出来就不能中止，所以对基床整平、清淤时间把控非常重要。

要是船突然坏了怎么办？这在赶工期的过程中可是非常可怕的事情，但会有专门的一支队伍对船进行维修，维修后继续赶工。窗口期预留一般都有两到三天，整平船故障至少要维修两到三天。张建军回想起赶工的种种经历，还一如昨日：“安装沉管的时候，我们团队在外围进行系泊作业，把船固定住。等安装完后，立马进入现场用石料进行回填。经常这个任务还没干完，下一节沉管管节的整平工作又要开始了。”

既是最基础，又是最关键，张建军面对的压力可想而知。为了顺利完成基床整平任务，张建军带着团队在 2012 年 10 月开工之前，用了一年时间做方案和试验。虽然之前做过类似的项目，但是如此高精度的外海沉管作业他也是第一次接触。

“我们邀请了日本的专家担任顾问，他们做过这样的工程，懂的比我们多。”刚开始出现故障，有些技术非常依赖国外专家。最开始由日本专家驻守现场，陪着做完基床整平试验，到最后已经不需要国外专家的协助。“因为我们已经掌握了技术，并且自主研发了很多新技术。”张建军为此自豪。

一一化解重重困难

在正式施工后，压力只增不减。“在我们这儿，执行力要求特别强，不管你懂不懂要求，给设一个目标，我一定想办法把它实现，不管怎样都要把这块硬骨头啃下来。”张建军认为基础整平的难度在于，在水下看不到、摸不着。他说：“我们是水下工作者，用数据监测施工，一切用数据说话。”

正所谓深不见底，海不可测，外海施工有太多的未知性。E20 沉管管节第五船位碎石整平期间的一个夜晚，整平船突然发生紧急情况，抛石管陨落海底，施工被迫中止。这突如其来的状况让大家手足无措，张建军心里也着实紧张了一把。可当务之急并不是坐等别人来修复，而是要赶紧处理好这件事，继续推进施工。因为施工一停，会耽误窗口期的沉管安装。张建军安排技术员紧急更换了钢丝绳，开始重新施工。

但紧接着，一台工控电脑又突然出现故障，系统崩溃了。现场网络信号差，无法重新安装软件。张建军马上安排人将电脑连夜带回营地重新安装，但是软件安装需要重新设置很多参数，只能与韩国技术人员通过远程协助的方式解决。

经历重重波折，电脑起死回生，软件终于可以打开，工作得以正常进行。然而，不幸的事情再次发生。这一次是供料船出了问题，传送石料的传送带断了。此时，留给他们整平的时间已经不多了，维修根本来不及。此时，现场的工程技术人员急得像热锅上的蚂蚁。可干着急也不是办法，张建军带着团队开始头脑风暴，研究解决问题的方法。最后，他们研究出了皮带船直接供料的方法。

“时间非常紧张，但我们还是化解了这一波三折的问题。”张建军在关键时刻咬紧牙关，紧急处理好突发的问题，没有让工期延误，保障了沉管顺利在窗口期安装。而这“顺利”二字的背后，是这支团队临危不乱的心态，是他们合理及时的处理，是他们不懈奋斗的认真与执着。

黄焕卿：

看风看云的追梦人

看风、看云识天气，是黄焕卿的专业和特长。气象学理学硕士毕业的她，在国家海洋环境预报中心担任海洋气象预报室中长期组组长。2011 年，预报中心刚开始涉足港珠澳大桥岛隧工程的海洋气象预报工作时，黄焕卿就参与其中。2013 年，她开始进驻施工现场，从 E1 沉管管节开始到最终接头，先后为 18 节沉管管节安装提供窗口期的气象预报服务。

每一次的气象预报必须确保万无一失。五年间，每当临近沉管安装期，她总是谨小慎微地一直值守在施工总营地值班室，认真监视着气象海浪实测数据，查看最新的云图和雷达图，每两个小时或更短的时间间隔，向现场指挥部发布最新的天气动态。

海洋看风者

古有观象师，看天象以知天气变化；今有预报员，从数以万计的资料中预测天气气候。黄焕卿也是这样一位看风者，但很多人都觉得，她在岛隧工程中的作用，不仅仅只是一位看风者那么简单。古代孔明看风能草船借箭，她通过看风，也能保障沉管安然跨海。

岛隧工程施工区位于伶仃洋外海，周围水网密布，径流大，潮差小，且灾害性天气频发，春季汛期有持续性降水，夏季有台风袭击，冬季有寒潮入侵等。除施工窗口期，沉管隧道基床施工 7—10 天，浮运安装回填 3—5 天，气象预报周期较长。

项目总部要求气象预报组，以施工窗口期预报为主要内容，实时监测施工区域的气象条件、海洋环境，为工程提供立体化的高精度预报保障服务，实现沉管安装的科学施工、安全施工。黄焕卿心里清楚，这不是一件容易的事。

“要找到合适的窗口期，不仅气象预报组要具有专业的海洋气象预判力，而且还要确保施工现场信息采集、监测的实时性和准确性。”为此，国家海洋环境预报中心先后在西人工岛、桂山牛头岛设立两个气象站，实现了全天候、实时采集信息、实时传输至后方预报综合显示平台的自动化气象监测。

此外，黄焕卿和气象预报组成员还一起研发出了无缝隙预报保障系统，并于 2014 年正式应用于沉管安装的气象服务保障中，为在寒潮、台风、强对流等高影响天气条件下成功找到沉管安装的“施工窗口期”提供了技术支撑。

汗水滴在心灵深处

可能很多人认为，气象预报员的工作不就是在前方设立几个气象站，在后方的办公室里对采集回来的监测数据、云图进行分析判断后，再向外发布分析结果吗？隔行如隔山，这一点都不假，有时连同行也不一定完全理解她当时的付出。

在岛隧工程建设中，可不可以施工，能不能进行沉管安装，很多时候要看天气，但黄焕卿可能要比常人更早知道一些，她是预报中心团队里参与沉管保障次数最多的人。她一直在浩瀚的数据、云图资料中找风，一直在竭尽全力地寻找能满足沉管安装施工条件的窗口期。

预报中心团队在窗口期前 15 天时开始启动“管节安装预报保障工作机制”，由长期预测不断滚动更新到施工实施时的短期临近预报。所以每一节沉管管节安装前，她都会提前 2 周进驻施工总营地，与同事一起承担管节安装窗口期的气象预报、决策会商等工作。

截至 2016 年底，5 年来的气象预报保障服务，黄焕卿累计发布定点水文气象预报 3562 份、台风警报 2915 份，重大天气过程和工程安排决策服务信息 67 期。工作中的艰辛、旅途中的疲惫只有自己心里明白。

E33 沉管管节与“艾利”擦肩而过

2016 年 10 月初，在所有工程建设者忙碌着准备 E33 沉管管节浮运的关键时候，第 19 号热带风暴“艾利”的生成，给作业窗口期的施工海域带来了大风和强降雨。为此，项目总部一连召开了四次气象窗口决策会。在最后一次决策会上，黄焕卿和预报中心团队一起，基于大量的背景分析和预报信息，实施无缝隙预报保障方法，得出的结论是：“艾利”台风在施工海域有活动，但强度偏弱，对施工区域影响不大，可以进行沉管的浮运与安装。

但她心里比谁都清楚，气象预报没有 100% 准确，且台风云系的局地变化一般是很难提前 2 个小时以上就可给出预报结论的，可沉管安装施工来不得半点闪失，必须确保 100% 万无一失。作为气象预报员的她，虽然具备突出的专业气象判断能力，但此时依然谨小慎微，担心临近预报的突然变化。

10 月 7 日，在沉管安装施工编队还未出发前，黄焕卿就提前开始工作了。可以说，那时的每一个实况信息都牵动着她的心。等到 8 日凌晨 3 点左右，她发现台风中心原地不动，密闭云区范围略有扩大，她马上向现场指挥部说明了情况，让他们提前预警。项目总部经过慎重研究后决定一边进行 E33 沉管管节浮运安装，同时加强对“艾利”的实时跟踪。后来，E33 沉管管节如期成功安装，直接推进了好几个月时间的施工进度。黄焕卿凝望着台风“艾利”活动期的每一张云图，她胆大心细地完成了“护航”任务。

黄焕卿说：“5 年岛隧时光，我觉得自己如同又念了一个博士学位，真正体会到了什么叫追求极致与自我超越；也感受到了一种为历史创奇迹、为世界树标杆的使命与担当，以及一种‘人心齐、泰山移’的顽强信念……5 年后，我的女儿已经上小学了，我愿她长大以后，也是一个追梦人，追着自己的梦想自由地飞。”

汪　雷：

难忘最终的抗流试验

国家海洋环境预报中心副研究员汪雷，2006 年至 2012 年就职于中国科学院大气物理研究所从事气象研究，2014 年 10 月调入国家海洋环境预报中心海洋气候预测室。他主持了“南海夏季风爆发过程的扰动能量特征、机理及应用研究”等多项科研项目，参与了青年科学基金等人才计划项目，完成了港珠澳大桥 20 节沉管管节及最终接头的气象保障工作。

冷雨夜孤船上的坚守

12000 吨世界最大的起重船“振华 30”，需要在横流的姿态下吊装重达 6000 吨的最终接头。合龙口仅有 15 厘米的空间，龙口效应伴随而来的是巨大的水流力。为了确保吊装各道工序流程科学可控，岛隧项目总部通过组织现场试验，提前测试“振华 30”面对横流时的稳定能力。

抗流试验定在 2017 年 4 月，预报中心团队需要对“振华 30”驻停区域的海洋环境进行全程监测。由于时间安排紧迫，在珠海值班的汪雷接到通知后，立即前往“津安 3”等船舶收集整理仪器。同时，另一组同事连夜从北京飞往珠海，在布放“振华 30”观测位置的 1007 船上会合。

原计划试验 24 小时，大家准备了 1 天的干粮。但在试验过程中，“振华 30”面临着比预想更大的水流力，锚缆的承受能力不足。为了更全面地进行测试，现场决定将试验延长到 3 天。由于船上没有多余的食物补给，连续两天，观测组成员早饭都吃不上。加之没有多余的舱位，大部分人累了只能坐在凳子上短暂休息。

抗流试验期间，又恰逢下大雨。4 月的伶仃洋外海，夜里十分阴冷，大家的衣服湿了、浑身发抖，只好借了船上的毯子，轮流披一会儿。为了取得关键的试验数据，汪雷和同事们咬牙坚持，冒雨进行观测，最终取得了宝贵的海流、密度等关键水文数据。

观测任务完成后，交通船送他们到东人工岛。在上岛的第一时间，汪雷去岛上的小商店买了牙刷，他已经三天没刷牙了。本来他只需要上船安设仪器，所以并没有带任何的洗漱用品，可后来需要留下来进行观测，就有了这些独特的回忆。

24 小时值班是家常便饭

E1 沉管管节位于西人工岛岛头，因首次施工缺乏经验，未考虑泥沙淤积应对措施，施工计划 1 天，实际花费 4 天。

E33 沉管管节位于东人工岛岛头，施工周期超过 40 天，面对岛头挑流带来泥沙淤积的风险，是沉管安装以及东人工岛建设进度的关键。分析显示 E33 沉管管节基床淤积速率大约 1cm/d，若不采取有效干预措施，40 天淤积将超过基床设计的 3 倍，带来的后果是返工，工期延迟数月。

汪雷和同事一起，通过 3 期大量的泥沙观测，分析揭示了 E33 沉管管节基床的回淤特征，为 E33 沉管管节防淤屏的设立和改进提供了关键数据，保障了 E33 沉管管节的顺利安装。

E20 沉管管节沉放前，海面出现异常波浪，安装船和管节出现大幅晃动。情况来得突然，原因不明，现场一度十分紧张。预报中心团队经过观测、分析，首次在珠江口海域观测到异常波。汪雷参与研发了波面高频监测、信号快速识别技术，首次建立了工程海域异常波预警系统。林鸣说：“预报团队针对异常波提供 15 分钟预警，对于工程施工非常关键。”

自 2015 年以来，汪雷参加了 20 节沉管管节的现场环境预报，与同事们每次连续 24 小时以上的昼夜值班都是家常便饭。“及时、准确、开拓、奉献”的海洋预报团队精神，在港珠澳大桥建设过程中不断发扬光大。

尹朝晖：

面对未知从不退缩

10年前，在完成硕士学业之际，他就与导师一起参与重大海洋环境预报项目，为超级跨海工程提供服务；10年后，他总结说，港珠澳大桥工程的海洋预报工作是中国海洋环境预测领域的一次突破。

为工程量身定制

国家海洋环境预报中心助理研究员尹朝晖，是预报中心团队中比较早接触岛隧工程的人。时任党委书记宋学家带着他们不避寒暑，多次前往珠海港珠澳大桥项目部分析需求、汇报方案，凭借过硬的科研和业务实力，最终达成了合作意向。

2010年5月，他受导师、预报中心总工程师王彰贵之托，开始从事港珠澳大桥施工海域环境评估。当时岛隧项目总部要求能够准确地预测出珠江口海域的施工“窗口”期，这是他第一次听说“窗口”期保障这个词。

还在写硕士论文的尹朝晖查阅了大量珠江口海域的气象

资料，对施工区过去 60 年台风影响和过去 10 年各月的窗口期条件认真比对，寻找规律。以往，我国近海海区的海洋环境预报一般是以天为计算单位，最多精确到 6 小时，而岛隧工程的环境预报要求精确到每小时。同时，在气象预报范围上通常的做法是按网格计算，最小范围一般是 10 公里，而岛隧工程则要求精确到 2—3 公里的范围内。

如此一来，原有的预报手段显然不能满足工程的需要。为了进行小区域海洋环境预报，经过半年的调试，他与团队共同研发出一套专门针对岛隧工程的施工“窗口”期气象数值预报系统。2012 年 2 月，平台开始试运行；2013 年 5 月，当 E1 沉管管节安装时，这套系统已经完全可以满足工程的需要。其预报时间精确到半小时，与项目总部的施工组织计划一拍即合、严丝合缝。

由于海流预报计算费时，因而普遍存在着一定的滞后性，王彰贵提出建立“海洋环境临近预报”。尹朝晖连夜翻阅大量文献资料，反复推理演算，终于从无到有开发出一套行之有效的海流临近预报系统。这套系统从 E5 沉管管节一直使用到了最终接头，为现场决策提供了重要依据。

海流预报见真功

沉管安装进入 E10 沉管管节时，水下施工遇到了很大的阻力。施工条件总是不甚理想，海流情况复杂。面对基槽底部大流速等问题，项目总部迟迟难以决断，工程停滞了三个月。

大家都在找原因。水下施工，风和海浪的影响逐渐降低，那么在深槽底部是不是有暗流涌动？预报中心团队发现，随着沉管基槽深度的逐渐增加，上层海水与下层海水的流速发生了变化。尹朝晖拿来 E9 沉管管节的海流观测资料进行对比，发现以往人们多是认为上层海水流速大，下层海水流速小，所以对上层海水流速比较关注，而对下层海水流速缺乏研究。他发现，在水下深挖槽中，当海水涨潮时下层海水的流速反而更大。如果处理不好，沉管安装的安全系数会大大降低。

V 工区把之前沉管安装前后的环境观测数据统统交给预报中心团队，尹朝晖和同事立即着手攻关，进而总结出带有规律性的海流特点：当海底基槽深度超过 20 米时，上下层海流流速就会发生逆转。那么，如何对沉管深槽海流进行预报？

时间已经进入 2014 年 6 月，7 月就要开始安装 E11 沉管管节。预报中心团队联合上海交大等多家科研院所，对珠江口水域下层海流的流速、强度、持续时间以及对工程的影响展开了全方位的探索，逐渐加深了对深挖槽海流的认识。经过夜以继日的工作，他们不仅在 E11 沉管管节安装前布置了 14 个前期观测点，获取了基槽全断面海流特征，而且在不到一个月时间内就建成了包括实时观测和预报的沉管对接保障系统。这套系统开创了大型外海施工的预报保障先例，获评中国航海协会的科技进步一等奖。

岛隧工程施工水域既有河口、潮汐，又是人工开挖深槽，变得异常复杂而典型，为海洋环境预报工作者提供了难得的用武之地。尹朝晖从中切实感受到了产学研一体化的完美融合："工程实践提出科研需求，科研单位有针对性地深入研发，再恰到好处地应用于施工一线，在解决工程难题的同时对科研成果加以检验，这是一个完整的闭环。"

共渡难关共享喜悦

沉管海上浮运，对气象、洋流、海况要求严苛。每次浮运施工，尹朝晖和同事都要坚守在指挥船上，他们要对沉管安装三天内的海洋环境做出预报。E15 沉管管节第一次回拖就遇到了冷空气，风力接近 6 级。风力会不会加大，能不能回拖？尹朝晖经过仔细研判，认为当天海风不会加剧。总部领导下达了回拖的指令，E15 沉管管节顶着北风缓慢向着桂山岛驶去。

指挥船上，尹朝晖拿着预报材料紧张地注视着大屏幕上的风速、海浪等信息。在风浪的作用下，安装船左右摇摆，上下起伏，他的心也在加速跳动。经过数小时的航行，看着 E15 沉管管节缓缓进入预制厂坞门，尹朝晖一颗悬着的心落地了。浮运过程中的海况基本是按预报曲线进行的，风力没有超过预报值，预报中心团队的工作得到了肯定。

E15 沉管管节第二次安装正值大年初六，家在宁夏的尹朝晖初二接到"火速赶回"的通知。他立即订了当晚的火车赶到西安，再换乘飞机赶赴珠海。施工现场，大家都铆足了劲，浮运前的探摸也显示基槽回淤情况尚好。然而，上天还是和他们开了一个巨大的"玩笑"。沉管浮运快到基槽时，基槽边缘的淤积泥沙突然坍塌，管节只好再次回拖。此时的尹朝晖已经连续三个夜晚没有下船休息了，但他不敢懈怠，双眼紧盯气象显示屏，直至沉管安然入坞。

回顾这几年的经历，尹朝晖感慨良多：工程接连遭遇了深水深槽、泥沙回淤、大径流、异常波和海流龙口效应等难题，但大家没有退缩，每次都不辞辛劳进行攻关。施工过程中，我们与一线建设者们一起披星戴月、挥洒汗水；一起面对未知的挑战，一起分享克服困难、取得成功后的喜悦。

黄清飞：

突破传统成就完美设计

黄清飞是港珠澳大桥沉管隧道主体结构分项负责人，工学博士，中交公规院隧道与轨道交通事业部高级咨询师，主要负责港珠澳大桥沉管隧道的主体结构、舾装和岛上敞开段的优化设计。

在营地见到他时，他已经离开港珠澳大桥岛隧工程项目整整三年。但与项目总部领导见面时，大家都热情欢迎他“回娘家”，特意为他补发了一枚“港珠澳大桥岛隧工程参建者”纪念章。他曾经付出的心血和汗水，对于这个工程弥足珍贵。

从 2010 年 3 月到 2015 年 8 月，五年半时间里，黄清飞与岛隧工程风雨相伴，见证了隧道沉管“半刚性”沉管结构设计的定型、沉管预制厂土建工程施工、沉管足尺模型试验、首节沉管管节预制及近 20 节沉管管节安装的全过程，先后 4 次荣获中交港珠澳大桥岛隧工程项目总经理部“先进个人”，2 次被评为“优秀共产党员”，还获得了“模范青年”“建设功臣”等荣誉，为港珠澳大桥岛隧工程建设做出了不懈努力。

设计是一门艺术

刚走出校门时，黄清飞曾认为，工程设计就是在遵照现有规范的基础上，通过计算，将结构形状、尺寸标注线、标高、坐标等都描绘于一张 0.12 平方米的纸张上，审查通过后，再将图纸交由施工单位进行按图施工的过程。

2010 年 3 月刚参与港珠澳大桥岛隧工程施工图设计时，黄清飞博士还未毕业，在这里工作一段时间以后，渐渐对工程设计有了更深层次的理解："每一个细节的构图、配筋、计算和标注说明，都是一位工程设计师汗水与智慧的结晶，是思想与艺术碰撞后留在纸上的闪亮印记。"工程设计已经涉及生产、生活的方方面面，是现代社会的重要支柱和工业文明的衡量标准，直接影响着一个行业、一个民族、一个社会，体现了一个国家、一个时代的先进性和竞争力。

五年半的坚守、五年半的奋战，经历了港珠澳大桥岛隧工程项目实践的历练，黄清飞才从根本上理解了什么叫设计。他说："岛隧工程项目的副总经理兼设计负责人刘晓东经常告诫我们，设计是一门哲学，更是一门艺术。工程设计不仅仅只是照着规范把设计方案做出来，如果只是停留在这个阶段，那境界、格局、水平都会始终处于一个非常低的层次。只有将安全、精致和艺术性实现完美统一，结合在一个作品中时，设计才有了品味和价值，才有了竞争力和生命力。"

创新需要突破传统

刚刚参与岛隧工程项目的时候，整个团队都是在外租房办公。作为隧道沉管的主体结构设计组的一员，黄清飞最初的工作是负责主体结构钢筋构造的精细化设计。那时候，他和很多老设计师一样茫然。一是因为海底深埋隧道沉管大家都从未涉足过，国内外都无先例可循；二是工况条件恶劣，质量标准高，结构复杂，增大了设计难度；三是一节沉管管节重达 8 万吨，体量国内外最大，又是国内首次采用"半刚性"节段拼装设计、"工厂法"施工，很多东西都要从零起步；四是虽然有外方合作团队参与，但外方工程师都对技术资料严格保密。这些都让设计工作的起步异常艰辛。

为此，建设团队在设计前期做了大量的准备工作，力图从现有的规范中找寻到解决问题的答案，从国内外现有的沉管隧道规范及国内公路、铁路、市政的规范入手，研究、比选每一种规范条件下沉管主体结构横断面的选型、配筋，单、双孔设置，跨度，荷载，长度等各项指标。

可是，比选的结果显示，如果完全遵守规范，虽然安全上可以得到保证，但施工无法进行，设计工作提早走入了死胡同。他们只有突破规范、进行创新。经过近两年时间的努力探索，终于创新设计出符合港珠澳大桥岛隧工程要求的沉管主体结构初步方案。

有了新的设计思想和设计理念，创新了主体结构，黄清飞再对细节完善时，感觉就轻松了许多。他负责的沉管舾装、岛上隧道敞开段结构等设计方案也很快确定了下来。

优化成就完美设计

在黄清飞看来，港珠澳大桥岛隧工程项目中的每一个设计方案都凝聚着自己的心血与努力，都是完美的，但要经过林鸣总经理这一关并非易事，要反复修改，完善，甚至推倒重来。黄清飞说："设计最痛苦的事莫过于对自己方案进行批判、否定和优化。"

在沉管主体结构优化时，他加班加点，和大家一起讨论、研究、论证和评审。每一个细节都是一点一点地抠，一根钢筋一根钢筋地审查。大家都很清楚，这是沉管隧道 120 年质量的关键。

沉管两端的预埋件、水密结构直接关乎沉管安装的成败。在设计水密结构件构造时，黄清飞最初提出采用橡胶垫层，设计团队对这一方案都非常满意。但在林鸣看来，依然存在不安全的隐患，并提出采用钢板密封焊接式的舾装方案。为了验证这两种方案的优劣，在施工现场进行了对比试验。黄清飞说："后来，我们采用了密封焊接方案。因为舾装件是要重复利用的，如果采用橡胶垫层，在重复利用过程中就有可能变形，各个地方的压接力不一样，有一定的安全风险。"

人工岛岛上隧道敞开段最初是常规性的扶臂式结构设计，浇筑完成后再安装装饰板。在内部预审时，林鸣一眼就看清楚了这个设计的缺陷，即忽略了外装材料的耐久性与防腐性。敞开段处于湿气足、含盐重的环境，80 厘米的墙体，扶臂厚度只有 40 厘米，水汽很容易渗透。另外，按照项目总部的构想，东人工岛和西人工岛上的所有设施，在满足功能性需求的同时，还应兼具景观和艺术效果，打造成地标性建筑。

黄清飞采用清水混凝土结构设计理念，重新设计了整体浇筑方案，选用自动化、一体式模板进行扶臂结构整体施工，提高了防腐性和耐久性，保证了景观效果。

坚持方能感受荣耀

港珠澳大桥海底隧道主体结构、沉管舾装和岛上敞开段清水混凝土结构，是黄清飞职业设计生涯中参与的三个“处女作”。在岛隧工程五年时间里，他先后完成了 E1—E27 沉管管节结构施工图设计、E9—E27 沉管管节临时舾装结构施工图设计、E28—E33 沉管管节结构施工图设计（送审稿），东人工岛、西人工岛敞开段清水混凝土结构设计等数十册施工图纸。

现在，这些作品已经成为绽放在伶仃洋上最美的风景。沉管主体结构如穿越伶仃洋海底的巨龙，牢牢地连接东人工岛和西人工岛，将中国香港、珠海和中国澳门紧紧地联系在一起。洁白的敞开段高墙，恰似张开的双臂，热情欢迎穿越这条隧道的各地来宾。

每一个设计任务的成图过程并不容易，其中沉管主体结构设计是最难的，完全是从零起步。那时候，他们边研究构造方案，边绘制草图；一点一点地切入，逐步深化，反复修改。设计草案从无到有，从薄到厚，历时数月的日夜奋战，从数张草图终成超过 200 页的结构施工图册。为此，黄清飞几乎天天挑灯夜战，将所有精力都投身到港珠澳大桥沉管隧道的设计工作中，图纸编排及具体图纸表达调整逾 10 次，局部方案的优化调整更是不计其数。这让他看上去比同龄人多了一份沧桑，也多了一份稳重。

当被问及为什么能在这样艰辛的工作环境中坚持这么久时，黄清飞推了推眼镜框说：“每当快要坚持不下去的时候，我都会打开港珠澳大桥的纪录片，然后马上就又有了‘满血复活’的感觉。我也常常勉励自己，毕业即能参与到这样一个世界瞩目的超级工程中来，哪怕仅是其中的一颗螺丝钉，也是一种机遇，一份荣耀。这样一想，坚持也就自然成了一种责任与担当。”

张志刚：

港珠澳大桥上的十年马拉松

回忆起参与港珠澳大桥建设的过程，张志刚说，“就像一场马拉松比赛”。2007年，张志刚从北京交通大学岩土工程专业博士毕业进入中交公规院。入职不久，便远赴塔吉克斯坦，履职商务部援外项目的设计代表；三个多月后，他回到国内，“零基础”开始研究即将正式上马的港珠澳大桥岛隧工程。自此之后，张志刚开始了一场有关港珠澳大桥的马拉松长跑，用他自己的话来讲，全程经历了前期准备热身阶段、正式启动奔跑阶段和最后冲刺收官阶段。

作为沉管隧道基础设计分项负责人，张志刚主要承担着沉管隧道水下基槽、深水基础及管节防护等方面的设计工作。

基础设计面临“五大难题”

刚接手工作，张志刚认为，负责沉管隧道基础设计工作，自己有经验，技术含量也不高，做起来应该得心应手。然而随着研究深入，他逐渐认识到，摆在团队面前的是一项项前所未有的世界难题。

基础设计需要克服五大难题：一是隧道纵向长。隧道沉管段长 5664 米，包括 33 节沉管管节，252 个节段，居世界之最；不同沉管的荷载、地层及边界条件差异性大。二是结构埋置深。为了满足伶仃洋西航道、铜鼓航道未来 30 万吨级油轮的通行要求，隧道埋深达 45 米，运营期间，基槽内深厚回淤质引起的附加荷载远超过世界范围内既有的沉管隧道，开辟了深埋情况下修建沉管隧道的先例。三是土性判断难。由于深开挖基槽土体经历了明显的卸载过程，在很大程度上改变了原始土的力学行为，准确把握基础土体的应力历史、卸载及再加载等特性的难度大。四是陆域条件差。隧道两端着陆点位于填筑完成的人工岛上，与天然岸域条件差别大，隧道设计需与人工岛设计相兼容。五是结构边载大。隧道沉管宽约 38 米，回填造成的隧道两侧边载对基础设计影响明显。

“基础不牢，地动山摇。”面对五大难题，团队常常为了一个参数，讨论到深夜。张志刚说：“我们深夜里的会开得太多了，基础设计组被冠名为‘夜总会’，并且常常产生不同观点间的碰撞。”他们必须与时间赛跑，详细弄清地质与荷载的分布，尽快拿出选择适宜于外海超长沉管的基础方案，运用现代水工专业在基础处治方面的先进技术和工艺，引进、吸收国内外的工程经验，因地制宜，为超长、深埋沉管隧道设计出一套技术可靠、质量可控且能较好地协调隧道结构变形的集成方案。

“中西医结合”解决问题

从传统沉管隧道的基础设计形式来看，主要有桩基础、开挖换填、刮铺碎石、压浆、压砂、挤密砂桩 (SCP)、深层搅拌桩 (CDM) 等方案。但结合港珠澳隧道工程的特点，以及已确定的节段式管节形式进行判断后，大家认为现有的单一基础形式都不能很好地满足本工程的设计需求，存在着不适应外海深水环境、耐久性差、施工风险高、控制沉降效果差、施工效率低等不足。

面对问题，“夜总会”成员再次梳理前期方案，对于所有设计参数进行反复核实、讨论。

“如若把一个隧道工程师比作医生的话，那么地质勘查就属于前期的病情诊断，重要性不言而喻。”张志刚说。团队成员需要深入研究土体的力学行为、应力历史，深入分析各种荷载条件下地基土的不同行为。地基土参数与分析如果做到与实际情况尽可能地接近，就有可能获得最优的基础设计方案，大大降低工程的风险和造价。由于土体的诸多特性都难以精确测量，所以这是一个非常大的挑战。最终，张志刚团队与项目联合体单位一起进行了精细化补充地质勘查，做到了精确的“病情诊断”。

经过无数次工法比选、理论计算和试验验证之后，基础结构设计得到了质的提升，建设团队创新出了严格计算论证后的“复合地基＋组合基床”新方案：在E1—E6沉管管节及E30—E33沉管管节设计复合地基，通过挤密砂桩、联合堆载预压进行基础处理；在E7—E29沉管管节采用换填夯平的块石基床作为隧道基础的底基层。张志刚介绍，隧道基础结构设计“这个理念不以某一方案最佳为目的，而是寻求系统的最优解。这有点类似于医学上中西医结合的理念，在不同方法中寻找平衡”。这次创新是基于对传统复合地基进行改良，增加了块石＋碎石的组合基床，形成刚柔并济的隧道支撑，获得了国家专利和航海学会科技进步奖。

解决难题需要智商与情商结合

在隧道设计工作过程中，张志刚意识到将来要与国外合作方TEC和COWI专家交流技术，要直接与外国专家沟通，英文表达能力十分重要。那段时间，他每天练习英文口语，试着用英文写信函和简短的技术报告，用英文提问与解答外方的疑问。

他想通过技术交流，吸收国外在沉管隧道设计方面的成功经验，学会“当面对实际问题时，我们如何运用科学的方法去分析问题、解决问题”。最终，张志刚的英文口语水平突飞猛进，做到了直接和外国专家们开会进行技术交流并解释技术问题。

如果说基础技术难题需要智商，那么，摆在张志刚面前的另一个难题——如何与各设计界面接口，就需要情商。参与岛隧工程项目之前，张志刚刚从塔吉克斯坦的国家援外项目回国，亲身体会到与外方沟通的艰难。在岛隧工程项目，他小心翼翼地与接口各方协调，保持良好的工作协作关系，以争取各接口单位最大的支持。首次参与以联合体形式进行复杂工程的设计工作，张志刚深知一个道理："两个问题是密切相关的，解决好了就是 1 加 1 大于 2 或 3，处理不好就可能是小于 2 或 1。"

转换角色创新设计思路

隧道基础是沉管安装等各项后续施工的前提，必须稳稳妥妥地完成。然而对一项超级工程来讲，这着实像一次马拉松长跑。在实施过程中，还有非常多的、甚至超常规的事项需要去完成：隧道结构防火、内部装饰、HSE(健康、安全与环保)、耐久性，以及岛上附属工程，凡此种种。张志刚完成基础设计，在驻场进行后期配合的同时，立即积极转换角色，牵头承担了结构防火、隧道内装等附属工程设计，先后圆满完成消防、耐久性及 HSE 三大专篇设计。

完成一项新的、没有规范可以参照的设计，需要三个基本条件：一是培育一个积极开放的工作态度；二是经历一个科学严谨的论证过程；三是形成一个符合工程的思维模型。这是张志刚在完成诸多没有规范指导的设计工作后的经验总结。

在项目后期，鉴于张志刚在港珠澳大桥工程隧道设计中所承担工作的重要性及设计管理工作的突出成绩，他被任命为港珠澳大桥岛隧工程设计副负责人。

十年成长传承港珠澳精神

从 2008 年张志刚参与港珠澳大桥项目算起，到 2018 年大桥正式通车，历经整整 10 年。他的生活也与工程巧合地保持了同步：儿子在 2010 年港珠澳岛隧项目正式开工时出生，与他倾注心血的工程共成长，成为名副其实的"港珠澳 1 号"。

儿子在北京，从牙牙学语的婴孩成长为一名小学二年级学生；张志刚则在珠海，与同事共同经历了一项超级工程的诞生。当被问起是否因缺失陪伴孩子的成长而有遗憾时，张志刚说，遗憾总归是有的，但是也与儿子通过港珠澳大桥建立了特殊的情感，都是弥足珍贵的。儿子对港珠澳大桥、沉管隧道、人工岛、最终接头等术语如数家珍，小小的画板上也尽情地展现出了孩子的想象力，跨越水域的交通工具——桥梁、隧道、轮船一应俱全，甚至浮桥、悬浮隧道的雏形也都隐约而现。

说起这十年间的工作体会，张志刚认为不仅在学识、专业上有所提升，更为珍贵的是人格得到了升华。通过长期实干，张志刚不断完善自己，倍感成就与责任，遭遇困境时更愿意直面挑战。令他更为感激的是，港珠澳大桥设计工作中的一些理念，潜移默化地影响着自己，工作方式、研究方法、思维方式都有了巨大优化和改变。

的确，一批又一批建设者的执着和坚守，正是“港珠澳大桥精神”的集中体现，坚持、奉献、创新，这是港珠澳大桥赋予每位参建工程师最深远的价值。

李　超：

把科研成果亲手落到实处

把自己的科研成果，通过自己的双手落到实处，对于李超来说，是梦寐以求且深感幸福的一件事，而这个梦想就在港珠澳大桥岛隧工程实现了。

没有施工经验，长达一年多的焦虑；打混凝土时不断调整指标，长达30多个小时的坚守。李超用行动诠释什么是钢铁般的意志，也用行动证明：谁说大体量的混凝土会开裂，他们就能做出不开裂的混凝土。

摸索一年慢慢“上了道”

作为沉管试验室技术主管，李超早在筹备期就已经参与到项目中。2009年1月，中交四航工程研究院中标港珠澳大桥的第一个科研项目——混凝土耐久性研究。从那时起，李超就一直在和混凝土打交道。

到了2010年，由于要依据港珠澳大桥项目前期的科研成果，申报国家科研计划项目，李超又在以前的研究基础上，针对现场施工操作做了很多的延伸。他心中萌生了一个念头：

想把自己做的科研成果，通过自己的手落到实处。

没想到有一天，公司领导突然把李超叫去办公室，通知他要去港珠澳大桥岛隧工程沉管预制厂试验室工作。“当时我就有点懵，搞科研的还能去试验室？”可转念一想，自己前期做的所有成果，如果能真正实现，这不就是自己当初所想的吗？

“当时要去试验室，我义无反顾，没有任何疑虑和停留。”李超甚至当时都没想过，参与试验室的工作，要工作多久、多久不能回家等问题。

就这样，他背上行囊前往珠海，勇上孤岛。可到试验室工作后，李超发现自己的短板显露无遗，那就是自己没有现场施工经验。他哭笑不得：“以前都是做完试验，然后写报告，别人执行。现在要去做施工，完全没经验。”

第一年，李超一直处于非常焦虑的状态。“知道这个试验很重要，知道该怎么做，但就不知道怎么去做好。”他感慨，中间的细节，一旦处理不好，结果就会出现偏差。可没办法，一开始没有标准、没有先例、没有经验，全靠试验室全员一起慢慢摸索。

经过长达一年多的不断试验和摸索，李超逐渐有了“终于上道”的感觉。

半年就研究一个问题

在这过程中，问题总是不断出现。最不顺利的一次，是在做模型试验时，发现混凝土泌水问题严重。究其原因，本来水分是裹在混凝土里面的，但在自重作用下，水分从混凝土中往外渗出来，其表面就会形成很厚的一层水。当时李超发现泌水有四五厘米厚，这样的话，水渗出来的地方就会形成通道，这对管节结构寿命有非常大的影响。

要保证沉管120年不被海水中氯离子渗透腐蚀，在混凝土搅拌、沉管浇筑等任何一个环节上都不能出半分差池。此时，李超有点手足无措。混凝土的性能是个综合体系，需要控制指标在某个点上，才能把各个性能都平衡好。如果非要强调其中一个性能，那么其他的性能就有可能会被削弱。“首先要解决这个问题就很有难度，然后还不能影响其他性能，就更难了。”

此时，是在2012年春节刚过完的2月份，距离8月份正式浇筑第一节沉管管节还有半年时间。工期就摆在那里，半年时间，不成也得成。

这半年时间，李超他们就一直在研究这个问题，尝试各种办法解决。那段时间，他们工作可谓是没有白天黑夜。即便夜已深，沉管试验室一楼混凝土成型间灯总是亮着的，里面一群人还在紧张忙碌着，时而进行拌制与检测，时而聚在一起讨论，时而又在小黑板上画着各种数据与曲线。从早到晚，天天如此。其间甚至有些人都坚持不下去，离开了。

顺利打完第一节沉管管节

在不断尝试和试验下，最终李超总结出一套方法：在一定的合理范围内，要留一点泌水，范围必须控制在1%以内。“混凝土在泵管输送过程中，这1%的水会被挤掉，到施工现场就可以保证不泌水，这样也不会牺牲掉其他的性能。”李超说道。

2012年8月5日，混凝土正式“开打”的前一晚，李超还在担心泌水的问题。他和团队成员在探讨，要不要添加缓凝剂，以保证混凝土不要这么快硬化。可问题是，缓凝时间越长，沁水的概率就越大，这是个矛盾体。在这个过程中，他领悟了一个道理：搞混凝土就像是在配中药一样，需要注重调和以及均衡，而不是追求极致。

最后，他们决定在水泥中加入缓凝剂，李超和其他团队成员连夜赶工，干了一个通宵。虽然浇筑第一节沉管管节时非常紧张，但开心的是，事实证明大家的功夫没有白费。

他说，在港珠澳大桥项目待了这么长时间，打完第一节沉管是最开心的时候。“因为一颗石头终于落地了，明白自己的路子没错，只是后面的路子可能会有一些坑坑洼洼，但起码没有走错方向。”

坚持工作30多个小时

为什么混凝土可以控制得不开裂？在李超看来，和试验室制定了适合沉管日常控制的制度标准不无关系，这让混凝土的性能不会出现大的波动。比如，混凝土原材料检测合格，可不同材料混在一起后，就会出现适应性的问题。

为此，试验室推行材料复验制度。李超解释：“混凝土的性能是动态的，需要不断地调整指标”，即便是同样的材料，夏天和冬天的状态都不同，所以每次都要调整。

同时，试验室在人员管理方面也有一些措施。比如，每次浇筑沉管前后，都有“两会”：浇筑前开会通报性能复验结果，浇筑后开总结会解决性能波动问题。“通过这些措施，让所有试验室成员都能掌握情况，保证随时可以调整，理解怎样去调整。”

打混凝土的过程也异常艰辛，试验室成员需要驻守现场，随时监测混凝土状态。有时候可能一天打到晚，什么都不用调整，也有需要频繁调整的时候。比如，碰到雨季，打混凝土的 30 多个小时，都需要不间断地调整指标。

“33 节沉管管节共有 252 个节段，要打 252 次混凝土，每次都要值班 30 多个小时。加起来这个量是很大的。”即便如此辛苦，李超也从来不说苦和累。他说，看到自己的科研成果一点点付诸实践，再苦再累也是幸福的。

汪华文：

把好工程质量关口

2014 年，刚毕业的汪华文成为港珠澳大桥岛隧工程中心试验室的一名试验员，一直干到工程完工。数年时间里，他先后牵头完成了“港珠澳大桥岛隧工程清水混凝土配制及施工技术研究”“港珠澳大桥岛隧工程沉管最终接头刚接头混凝土、净浆及基底后注浆混凝土施工技术研究”两项重大科研课题，以一丝不苟的工作态度、扎实纯熟的专业技能践行了自己“筑梦伶仃，砥砺前行”的誓言。

读万卷书，行万里路

2014 年，毕业于武汉理工学院的汪华文，进入武汉港湾工程设计研究院工作刚刚月余，就被通知调往港珠澳大桥岛隧工程项目，此时的汪华文根本没有想到，这一工程对自己的职业生涯乃至行业发展有着怎样重大的意义。他没有做过多地考虑，就义无反顾地收拾行囊，奔赴珠海，投入中心试验室的工作当中，开始着手岛隧工程清水混凝土的研究。

提及当时心态，汪华文说，“在大学时代，虽然书读了一些，但是路走得太少，当得知要去港珠澳工程项目时，就是抱着读万卷书，行万里路的想法去的。”岛隧工程项目营地更像一个校园，四年的工程生涯就像是开启了汪华文的另一段大学时光，不同的是在这里不仅接触到混凝土研究，还有设计、施工、监测等各领域知识，其囊括范围之广，让求知若渴的汪华文顿时生出时间有限，心有余而力不足的遗憾之感。

汪华文的“万里路”始于清水混凝土研究。事实上，在港珠澳岛隧工程之前，清水混凝土一直应用于房建行业。林鸣总经理站在交通行业发展的高度，提出了东人工岛和西人工岛岛面建筑全部采用清水混凝土的想法。这是国内第一次在海工工程领域大规模采用清水混凝土工艺，其关键的技术研发工作由中心试验室负责。为此，中心试验室做过不可胜数的试验，单论为了外观质量，就分别从原材料的精选、配合比的设计及优化、模板（脱模剂）的比选等多个方面着手，针对每一种影响因素都制定了四五种备选方案。汪华文更苦心孤诣地制作了一张表格，详细列出了影响清水混凝土外观质量的 50 个关键因素，之后再采用试验一一论证，其科研态度之严谨细致，试验过程之复杂烦琐，由此可知。

在完成了原材料精选、脱模剂比选和确定配合比等各项数据之后，清水混凝土攻关走出了试验室，开始进入现场工艺验证环节，这一环节主要是在现场检验各项数据是否科学，制定的施工流程是否可行。当时，汪华文带领着攻关团队在东人工岛和西人工岛上，做了 200 多块清水混凝土模型，每一块模型垒起来都比人高。

提及徒弟汪华文时，中心试验室副主任刘可心赞不绝口：在整个试验阶段，汪华文全程跟踪、观察清水混凝土的模板制作情况，一一分析可能存在的问题。为了获得第一手数据，直接感受清水混凝土状态，摸索改进思路，汪华文亲自上阵，提振捣棒，铲混凝土，经过半年时间的紧张试验，最终带领着攻关团队成功浇筑出第一块清水混凝土挡浪墙。

事实上，清水混凝土模型试验并不是一个一帆风顺的过程，困难无处不在。由于原材料的波动，导致清水混凝土模型试验遇到泌水问题。顶着很大压力，汪华文心情也比较沉重。刘可心鼓励他，信心绝对不能倒下，解决焦虑的方法只有实践，既然问题无法逃避，那么就解决问题。果然，后面的工作越来越顺，汪华文的信心也越来越足！最终，在翔实的试验数据基础上，攻关团队又花了一年半的时间，编制出了港珠澳大桥岛隧工程清水混凝土施工技术规程。林鸣总经理说："没想到能做到这种程度，这不仅是对港珠澳大桥的贡献，更是大大推进了清水混凝土工艺的发展。"

120 年承诺　把好质量关口

将质量管控深入人心，是汪华文一直秉持的理念，就算离开港珠澳大桥岛隧工程项目，这一理念也从未动摇。作为岛隧工程中心试验室一名资深的试验员，汪华文并没有提及自己在"清水混凝土配制及施工技术研究"以及"沉管最终接头刚接头混凝土、净浆及基底后注浆混凝土施工技术研究"上的创新贡献，只是认为自己就是港珠澳岛隧工程的一颗"螺丝钉"。他说，"对港珠澳大桥岛隧项目最大的贡献就在于坚守了工程质量，这是对 120 年质量保障的承诺，更是对三地人民生命安全的承诺"。

汪华文用自己的行动为港珠澳大桥岛隧工程添砖加瓦。2016 年，项目总部在 E32 沉管管节安装海域开展了超低强度水下不分散混凝土基础注浆试验，由于这是第一次在现场开展水下不分散混凝土基础注浆应用试验，大家心里有些兴奋和紧张。整个试验进行了近 20 小时，过程缓慢又艰辛，但结果非常成功，超过了原来的预期。当试验完成后，已是翌日清晨，海上日出缓缓升起，红霞的范围慢慢扩大，越来越亮，大家筋疲力尽，很多人直接倒在甲板的麻袋上睡着了。返回的路上，更是遇见了难得一见的白海豚，仿佛在为这次成功的试验喝彩。那一刻，面对无边无际的大海，汪华文感觉人生格局在不断拓宽，每一次辛苦奋斗，都是人生成长的历程。

除了读万卷书，行万里路外，林鸣总经理倡导的岛隧精神是汪华文的另一收获。艰苦奋斗的"铁人精神"、精益求精的"工匠精神"和实事求是的"科学家精神"早已内化于心，大家同向同行，朝着同一目标努力。汪华文说，这种工作快感百不为多，一不为少。

港珠澳大桥建成结束后，汪华文也奔赴新的岗位。他还在不断思考：岛隧工程清水混凝土的价值是什么？在汪华文看来，清水混凝土是工程人对质量零瑕疵、零缺陷的极致追求，更是港珠澳大桥人文价值的体现，代表着每一位建设者对美的渴望和憧憬。

黄维民：

岛隧工程的“老黄牛”

在港珠澳大桥岛隧项目提起黄维民，大家都会用一个词概括他：老黄牛！这头“黄牛”不善言辞，但勇于担当，在工程建设中功不可没。

现场安全管理第一责任人

来珠海之前，作为中交广州航道局下属分公司的副总兼总工，黄维民参与了中国澳门口岸人工岛的建设。2010 年 5 月，港珠澳大桥岛隧工程项目在北京招标，黄维民被征调到中交联合体，自此开始了他历时八年的“峥嵘岁月”。

起初，由于对华南沿海施工环境较为熟悉的优势，他被委以协调外部关系、办理施工许可手续的重任。2013 年 6 月，当 E1 沉管管节安装到位之后，他被要求担负起生产安全监督的工作。当时黄维民颇有畏难情绪，几十年他一直从事的是疏浚、吹填、基础处理的工作，一下子转岗“安全总监”有点手足无措。但水上施工调度、船舶管理，责任大于天，他要迅速适应新的岗位与挑战。

就这样，黄维民在海底沉管基床初挖、精挖、块石基础夯平、碎石基床整平、泥沙回淤清淤等关键工程阶段中一直坚守在现场，特别是在沉管的浮运、安装过程中，在现场施工计划的编制、组织实施中发挥了关键作用。在沉管安装那段“艰苦卓绝”的日子里，他每天要把四五十道工序列成计划表，召集海洋、海事、航道等外部单位开会协商，还要协调内部各工区施工……黄维民是现场安全管理的第一责任人，“发现问题当场解决，问题不过夜”，已经成为他们的一道铁律。因此，黄维民在处理各工区现场施工中的一些流程问题时，充分运用自己在水上施工中积累的丰富经验，帮助各单位在保证安全的前提下稳步推进，事半功倍。

直到岛隧工程移交，黄维民始终坚守一线。在人工岛根据大桥管理部门的运营需要进行岛上装修时，装修单位不了解前期施工的有关细节，所以需要承建方现场协调。“越是工程临近结束，越容易出问题，大意不得！”黄维民一脸严肃地说。

海上安全指挥官

E15 沉管管节第二次回拖决策会上，黄维民欲掩不止的眼泪和第三次浮运安装成功时由心展现的笑容，让许多人体会到了“铁汉柔情”。

作为中交港珠澳大桥岛隧工程项目副总经理兼 HSE 总监，如何保障 4000 多人的建设团队作业、跨度达几十平方海里施工区域和每一次沉管浮运安装安全，成为他 20 多年从业生涯来最巨大的挑战。

180 米长、8 万吨的庞然大物，从沉管预制厂到安装现场，需要经历 14 公里的海上行程，约束性的外因是风、浪、流三个自然条件。这需要深度分析并掌握海浪、海流、风速、海水盐度、海水浊度等复杂数据，提前预报，确定所谓的作业“大小窗口”。“每个月只有 1—2 个作业窗口，对于每一步的工作安排都要做到争分夺秒”，海洋地质地貌专业出身的黄维民深知海上自然条件对施工的影响重大。

2012 年初，岛隧项目就开始了施工海域气象、波浪、洋流的观测与预测分析研究，掌握每月、每天的潮汐变化、天气情况，跟国家海洋预报中心保持细致沟通，自然成了他每天的一项重要工作。2014 年 7 月，E11 沉管管节浮运安装处于台风“威马逊”未消除影响和台风“麦德姆”的快速发展期间。那段时间，黄维民和国家海洋环境预报中心等相关单位几乎保持全天候联络，最终谨慎选定施工窗口期，实现了 E11 沉管管节安全浮运安装。

每次沉管浮运安装，需要将巨大的沉管固定在两艘专用安装船上，由 8 艘大马力拖轮牵引，8 艘锚艇陪伴左右，12 艘海事船警戒护航，“舰队”总马力超过 5 万匹。广东海事局、深圳海事局、广州海事局、珠海渔政支队、广州港拖轮公司等单位成了黄维民的“非常顾客”，而“细致、负责、低调、实干”是这些合作伙伴给他贴上的标签。

“他能细致到每个保障联系人电话号码都认真核对……”，黄维民发现浮运安装工作计划书中有人号码过期后发出的提醒短信，让安全员小郑印象深刻。

从珠海到广州只有短短 100 多公里，回家的路，对于黄维民来说显得那么近又那么远，这是他在岛隧项目第 5 个春节，每次抚摸手臂上的“安全带班领导”红袖章，他越发明白“安全”二字的分量。

哪里需要就到哪里去

黄维民个子不高、其貌不扬，却有着常人少有的坚韧意志和沉稳个性，执行力强是他“老黄牛”精神的集中体现。正是看中了他这一点，林鸣总是在工程最为严峻的时刻想起他。

在人工岛岛上建筑施工中，由于赶工期的缘故，小小的人工岛上一派繁忙景象，每天上千人穿梭往来，工序交叉，容易忙中出错安全隐患大。黄维民不敢有半点怠慢，每周召开现场会督导检查，每月进行一次全面巡查，对各工序、相关船舶进行专项检查。对于他这个水下施工专业的人来说，岛上建筑施工完全是全新的挑战。建筑装饰、机电安装、消防安全等都是跨专业的知识，不懂就学，黄维民边学边用。今天，毫不夸张地说，他已经成为一名房建专家了。

52 岁的黄维民偏于内向，不善言辞，充满了对事业的执着与认真。2017 年的“天鸽”台风正面袭击了珠海，林鸣在台风来袭之前的危急关头坚持乘车上岛，那一晚老黄彻夜未眠，一直守候在电话机旁。岛隧工程在这场特大台风袭扰中经受了考验。之后，职工们在评价项目部领导班子时，用得最多的词句就是“他们像爱护自己的眼睛一样，爱护着工人，守护着工程”。

陈立通：

成为工程智造的最真实见证

陈立通，中交港珠澳大桥岛隧工程项目总经理部宣传主管，作为土生土长的广东人，成长路上一直品学兼优。2015年7月毕业后，在桂山沉管预制厂担任工程一线的宣传员。经过一年半的历练，2017年调入项目总部，核心工作仍不离他的老本行：宣传及群团工作。

4年多，他笔耕不辍，精于创作。外界在了解大桥工程进展、聆听岛隧故事，或观赏桥隧风景时，很多文章、作品都出自他之手。《中国交通报》优秀特约通信员、港珠澳大桥优秀文化宣传工作者、劳动竞赛个人一等功等荣誉是对他工作的最好认可。

让外界实时了解港珠澳

港珠澳大桥从一开工就吸引了世界目光，是近几十年中国重大交通工程建设关注度最高、媒体曝光最多的工程项目之一。

2015年，陈立通进驻桂山沉管预制厂后，最初的工作就是接续前任宣传员的职责——报道工程进度，记载工程影像。凭借新闻传播学专业特长，他很快就担负起了基层通信员应有的职责，将大学所学的专业知识大胆地运用在了工程项目的宣传报道中，让外界实时了解到港珠澳大桥沉管预制、生产的全过程。

“工厂法”流水线预制沉管，每隔十多天就要重复一道工序。为了避免内容雷同，陈立通不断从沉管预制的工艺、技术、质量、安全和管理等不同角度进行构思、创作。即便各工序不断重复，他撰写的新闻也不断推陈出新。工作中，他擅长发现和捕捉工程建设中的每一个精彩瞬间，同时也热衷于追踪沉管预制过程中的每一份技术成果，关注每一位参建者的工作、生活琐事。

他时而带着相机出现在施工、活动现场；时而拿着录音笔与一线的工程技术人员聊工作、话未来，既谈沉管预制技术、质量如何监管，也议 120 年沉管隧道“滴水不漏”如何确保……每天的见闻，他都以图文并茂的形式，将工程建设中的每一步艰难与进展、每一份压力与坚守、每一次感动与拼搏创新，以及每一个参建者的故事与梦想都刊载到网站中。

为工程留下珍贵影像资料

2016 年底，沉管预制接近尾声，就在此时，项目总部向陈立通发出了调令。在预制完工总结表彰会上，人力资源部部长直接把拟好的劳动合同带到了岛上，并催促他马上报到，根本没有太多的考虑时间。

在项目总部工作的这段日子里，他接触到的人和事都较在工区内广了许多，工作机动、灵活，但业务繁忙，对写稿、拍照和视频制作的质量要求更高了。待到 2017 年 7 月以后，他的大部分时间主要跟着总部领导一同到东人工岛、西人工岛上去检查工作，记录检查过程和工程进展，这种工作状态一直持续到 2018 年 2 月。

其间，林鸣不论天晴还是刮风下雨，每天早上 8 点准时从总部营地出发赶赴施工现场。开始的时候，直通西人工岛主体桥梁还未贯通，陈立通每天都是跟着林鸣从营地码头坐船到岛，交通船一来一回需要两个小时左右。有一次，天气特别不好，海上风浪较平时大了许多，船行在海中一路颠簸，陈立通非常担心大家的安全。在船即将靠岸时，巨大的浪涌将船推成 45 度侧翻之势，极其惊险。这一次铤而走险，让陈立通深感责任重大。

工程交工验收后，陈立通一方面细心整理 7 年的工程声像资料库，撰写工作总结；另一方面他也积极协助各部门和媒体出书、撰稿，拍视频、电影等，力求为这座超级工程多留下一点文字、图片和视频资料。

陈立通与港珠澳大桥岛隧工程相伴虽仅有短暂的四年多时间，但他在工程建设一线、项目总部从事宣传报道工作的这一段经历，让这位年轻人得到了快速成长。他的见闻或将成为日后考证港珠澳大桥沉管隧道智造过程最真实的资料。

樊建华：

如果人生可以重来

2011 年 1 月 5 日，是对樊建华人生轨迹改变最大的一天。多年以后面对记者，那一天的情景她仍历历在目。

那一年的元旦刚过，她从北方城市天津拿着一纸调令，兴冲冲地来到了南海之滨的美丽城市珠海。下了飞机她直奔中交港珠澳大桥岛隧工程项目总经理部，一进门她就被眼前的场景惊呆了：会议室里坐着许多老外，人进人出，行色匆匆。大家都在紧张而忘我地工作……几个小时前，一航局的同事送行时还在调侃说，你这个局办公室主任这回可以去轻松几年，项目上的综合部没那么多事。眼前的情形正好相反。

从那一刻起，樊建华被上紧了发条，随着岛隧工程的巨大引擎飞快运转起来：2011 年 1 月 25 日岛隧工程就召开了首次年度工作会议。会议组织、文件准备、报告起草、来宾接待等，在老书记杨增林的指导下，在综合部全体同志的帮助下，她仅用了短短 20 天就快速了解工程情况，连日加班加点，终于打开了局面。

党建工作要抢在前头

距珠海 30 公里的伶仃洋外海，有一座无人荒岛，它是港珠澳大桥海底隧道“沉管”的孕育之地，建设者们炸山开挖，历时 14 个月建成了一座世界最大的现代化预制工厂。起初规划时有人认为“临时工程没有必要搞成永久性设施”，但为了能让坚守孤岛 6 年的一千多名建设者们有尊严地生活和工作，总部坚持人性化地规划生活区和生产区。食堂、超市、洗衣房、医务室、净水站、卫星电视，还有 24 小时供应的冲凉热水，让一线员工有了“家”的感觉。孤岛上紫外线超强，他们大范围铺设人工草皮，减弱了强光的刺眼；生活区沿海的一片空地，修建了文化广场，配备了各类健身器材和休闲桌椅，成了建设者下班后活动交流和给远方亲人们打电话诉相思的佳地；文化广场通往生产车间修了条水泥路，被工人们兴奋地称为“孤岛上的情侣路”。

每天清晨，工人们身着统一的工装，沿着“情侣路”列队到达生产车间，专设的工具箱、饮水处、休息亭、吸烟区、宣教室，给在两条流水线施工的工人们提供了最人性化的工作环境；大车间旁边的一排厕所，全都铺上了白色的瓷砖，配备了洗手盆、卫生纸，有专职的保洁员进行管理，任何时候进去都是干干净净、没有异味，体现的是工人们最基本的尊严。

最终接头合龙焊接期间，项目总部专门从珠海市人民医院请来主任医师驻岛候诊。25 天后在欢送他时，这位主任说出一句发自肺腑的话：“你们的工人真是在跑着干活！”工程尚且如此，党建工作更是抓得紧上加紧。

首个钢圆筒打设完时，施工现场一片欢腾。林鸣却没有欣喜若狂，他让现场指挥孟凡利写了篇文章《每一个都是第一个》发在项目网站上。此刻党委要发声，要告诉全体职工：现在不是举杯言欢的时候，我们不仅有初战告捷的喜悦感，更要有漫漫征程上沉甸甸的负重感。战斗刚刚打响，只有把每一个都当作第一个，才能取得最终的胜利。

随即，“每一个都是第一个”被这些岛隧工匠们扩展成“每一船都是第一船”“每一斗都是第一斗”“每一节都是第一节”“每一天都是第一天”等，形成了“每一次都是第一次”的岛隧核心文化理念。这支唱响全项目的“一字歌”让失误零容忍的风险意识深深植根于每一名员工的脑海，所有人都建立了

“走钢丝”的风险意识。

由此可以看出，总部党委一班人在抓职工的思想政治工作方面思路是相当敏捷的，反应速度是相当快的。樊建华刚到项目时，就有人跟她说：“在林鸣身边工作，你能活到100岁！”现在樊建华明白了：在这样的工作节奏下，在这样的工作强度下，自己会得到超强锻炼，思维和体魄都会强健起来。

假如人生重新来过

2015年3月，项目党委副书记杨增林退休，52岁的樊建华接替他的职位。工作变了，职责变了，担子更重了。

2017年下半年，工程进入最后冲刺阶段，现场人员要“三班倒”作业，每天起早摸黑，项目总部将原本八点出发的“食品配送早班车”改成了五点，樊建华组织各部门每天四点半到岗，轮流配送上岛，为的是让日夜奋战在岛上的员工们每天都能吃到新鲜的食物。她要让大家内心感受到，组织上发自真心的关爱和所有工程建设者并肩作战的氛围。东人工岛党支部书记谈起大家的感受：“我们刚起床菜就送到了，工人也是很感动。工人们说，没有哪个项目，能做到如此的地步。”

一个“流动理发站”、一间“移动淋浴室”、一趟“食品早班车”……樊建华把党建工作融入一个个具体小事、实事之中，工作翔实、扎实，件件掷地有声，碰撞着员工的心灵。

她说，“人心工程”让人人感到真心的关怀，让人人得到真正的尊重，大家的心紧紧凝在一起，与岛隧工程结下了深深情缘，建设者们从100%付出完成任务上升到120%付出完成使命，都在自觉自愿地用“心”投入工程建设。

在采访中，她谈到领导班子在带队方面要意志坚强、坚定信念，并且善于将知识理论贯彻到工作实践中。比如，对班子提出的工作要求是“项目班子认识一致，参建员工目标统一，参建队伍步调一致”；又比如，对班子建设提出“靠得住，能干事，在状态，善合作”的目标。这些口号不是空洞的，这些理念在人工岛建设、沉管安装、隧道贯通和工程建成“四大战役”中发挥了至关重要的作用。

比如，统一的着装不能简单地看作一种形式，而是包含了中国交建精神的一种载体。从总部领导到基层员工必须工服整齐，多年来已成为一种习惯，一种自觉行为，一种荣誉，甚至是一种时尚。工程虽然结束了，只要是离开的人回到营地都会自觉穿上白色的工服。走在珠海市区，人们对穿白色工服的中交人都投以敬佩的目光。

注重大格局的同时不忽视每一个细节，这一点已经深深植入了樊建华的脑海里："我就要退休了，但总感到有些遗憾，为什么这些知识没有早一些获得，假如让我重新来过，或许我可以把党建工作做得更好。我相信，岛隧项目的党建工作如同它的施工一样，将成为中国交建的一个标杆，在今后的工程建设中传承发扬。"

黄淑华：

把这份责任尽到底

黄淑华，中交港珠澳大桥岛隧工程项目总经理部档案管理主管，2011 年 3 月加入港珠澳大桥岛隧工程建设以来，至今已有 9 年。认真负责、热情亲切、乐于助人是大家对她的评价，很多人都喜欢叫她“黄姐”。1989 年 9 月毕业于工业与民用建筑专业的她，先后参与了天津港、黄骅港、京沪高铁等工程建设。

来港珠澳大桥之前，在一航局工作 20 多年，她逐渐积累了水运、铁路、建筑等方面的资料统筹管理与编制经验，两度被评为一航四公司“三八红旗手”和“先进个人”。她说，“干了一辈子工程资料档案管理工作，一直在做这个事情，总觉得一方面要认真，另一方面要负责任。既然选择了，便踏踏实实”。

每时每刻都不能松懈

2011 年 3 月，当时还在山西中南部铁路通道洪洞北至汤阴东段工程项目上的黄淑华，接到了一个来自珠海的电话，给她来电的是岛隧项目总部综合部部长樊建华。电话很短促，主要内容是问她愿不愿意到港珠澳大桥项目上来，有没有对外监理、报审等方面的工作经验。一周时间完成工作交接后，黄淑华简单收拾完行李，把随身的东西一装，就到项目上报到了。她当时想，那么大的工程，觉得还是应该来干。

入住作为临时办公地的酒店，第二天一早，新的工作便纷至沓来。她的第一感觉就是确实很忙，办公室里人头攒动，大家都处于磨合期，一切看起来似乎有点儿“乱”。为了尽快融入新的岗位，黄淑华先熟悉工程、单位和人员，根据自己以往的工作经验，自己琢磨着怎么去管好资料、怎么去捋顺千头万绪的事情。首先是资料的编号问题，工程前期包括总部和六大工区的重大施工、测量方案，不编号就不能报审，不能报审就要拖延工程进度。黄淑华在与项目领导商议后，开创了“总部统一对重大施工、测量方案编号，工区报驻地办方案自行管理、自行编号、自行报审”的模式，一下子让整个报审工作顺畅起来。

“另一个更让人头疼的事，就是当时工区内部有自己的联系单，工区对总部有联系单、总部对工区有联系单、总部对各部门有联系单、总部对外有联系单，简直‘五花八门’。”黄淑华见此情况，决定把工程业务联系单的模板全部统一起来，只分对内、对外两种，由各部门、各工区自行编号。她说，程序走对了工作才能继续，不利于工作的就要改。

刚来项目上的那段时间，黄淑华坦言其实也打过“退堂鼓”：一接触感觉事情太多了，天天做不完，一点都不能松懈。女儿总是说她：“妈妈，你一天到晚事真多。”

工作不等人

三排高约 2 米、长 4 米的铁皮资料柜上整齐摆放着密密麻麻的蓝色文件盒，一张办公桌旁堆积如山的白色图册，从临时办公点搬到施工总营地后，黄淑华就一直没有离开过陪伴她 9 年的这个房间。作为一个上传下达的岗位，平时除了要跟港珠澳大桥管理局、总监办等单位打交道，与六大工区、总部各部门联系也非常频繁。黄淑华感叹：“跟以前的项目完全不一样，以前的工程再大也不会像现在这样要对接这么多单位。”

在项目 OA 系统还没上线的几个月里，施工前期的方案报审、业务联系都只能通过纸质版传阅审批。为了提前完成报审工作，给项目动工争取更多有利时间，黄淑华只能带着几个同事，每天抱着资料往各单位跑，还要盯着文件的流转情况，批复后必须赶紧取回。尤其是大量的施工图纸报审，包括后来的设计变更，每一张图纸初审、再审，涉及的单位、部门不计其数，高峰期的时候一天处理 20 多个文件是常事。新来的资料员对工作不熟悉，黄淑华还要手把手耐心给他们讲解。

“每天晚上回到宿舍洗洗就睡了，第二天一早又开始工作，都是如此反复。”黄淑华说，来珠海那么久，几乎没有到过其他周边地区。白天出外办事，一出去就是半天，她只能趁着晚上把当天的工作捋一捋，把未做的事情记在小纸条上。当天的事情当天完成是她的原则，很多领导都是晚上批复文件，黄淑华习惯了在晚饭后又回到办公室把这些批复下来的文件处理完，才安心回去休息。

她总结道：“做事情还是手要勤、眼要勤、腿要勤，跑一跑、问一问，有些工作不能就在那里等着，当日事、当日毕。”

心系工程的一举一动

2011 年中旬，在大桥管理局一次信誉评价检查中，黄淑华乘船来到桂山牛头岛，第一次亲眼见到工程的施工“盛况”。此时沉管预制厂的深坞刚完成爆破，营区还没建立，到处都是未开发的滩涂，宛如一片废墟。“刚上岛感觉很新奇，想象不出来要怎么建这么大的一个工厂，但是我坚信人的力量是很强大的。”后来跟随工程部、质检部经常到现场检查，黄淑华也一直见证着这座超级工厂的点滴变化。“因为我总想了解，总想看，在办公室里不是为了传文件而传文件，对工程有所了解，看文件的时候心里也能有个数。”

回忆起 33 节沉管管节安装的过程，作为一名后方人员，她更多的感慨是不容易。每一次安装前，工区都要发联系单说明现场安装条件，这时黄淑华就知道，马上要进行沉管管节安装了。虽然首节沉管管节安装大家都比较兴奋，但过程却非常曲折。“特别是 E15 沉管管节安装的时候，我虽然不在现场，但也是跟着大家在流泪。我们做这个资料工作的算啥，工程人员真的太不容易了。”三次出运，两次返航，“三战伶仃洋”的故事被广为流传。项目总部专门制作了 E15 沉管管节浮运安装纪实片。通过这个片子，黄淑华对大家 100 多天的努力更为动容，触动着她继续坚持，默默为这个团队贡献自己的力量。

2018 年，港珠澳大桥建成通车了，很多建设者都陆续奔赴其他工程，但这位经验丰富、已经过了退休年龄的“老员工”被留了下来，还有一项更重要的任务需要她。3900 多卷的竣工资料需要归整，隔壁 60 平方米的资料室里，十几个铁架子上已经放满了黄褐色的资料夹，那还只是 2500 多卷，任务依然很艰巨。从工区抽调过来的资料员与黄淑华组成了一支“竣工资料小团队”，大家都知道港珠澳大桥名声在外，如此大的工程和平台，总不能在资料档案上“拖后腿”，于是都在坚持着，做着最后的努力。

回首参建港珠澳大桥的 9 年经历，她笑着说：“我的工作没有太多轰轰烈烈的贡献，只是认认真真把该做的事情做到位，用心尽好这份责任。”

穆文东：

大桥下的工匠

兵马未动，粮草先行。对于军队而言，打仗在某种意义上讲就是打后勤、打保障，尤其对于持久战而言，后勤保障更是绝对的重中之重。

港珠澳大桥是一个百年难遇的大工程，无论从建设时长还是技术难度等角度，都称得上是一场艰苦卓绝的持久战。为了打赢这场持久战，不仅需要高瞻远瞩、魄力非凡的管理人员和技术过硬、精益求精的技术人员，更需要细致周到、兢兢业业的后勤保障人员。

穆文东，中交港珠澳大桥岛隧工程项目总经理部综合部厨师长，主要负责总部员工伙食、来宾接待和食堂管理等。

超级工程需要超级后勤

在这座超级工程建设过程中，对每一个环节、每一个细节的工程技术和质量都要求严苛。这也就意味着，饮食保障也要达到“超级”，无论是厨艺、菜品、质量还是营养都要必须达到更高的要求。

2011 年，京沪高铁项目的“老熟人”、岛隧工程副总经理吴凤亮给穆文东打了一通电话，邀请他到项目来。他陷入了沉思，纠结许久仍旧没有勇气做出决定。带着心中的疑问，穆文东查阅了一些有关港珠澳大桥的资料，看完这些他心中渐渐地明朗起来。作为一个世界级的大工程，如能参与其中，给他的人生将留下浓墨重彩的一笔。他便毅然地背起行囊，开始担起了项目总部食堂厨师长的重担。

为这样一个超级工程量身打造一个“超级食堂”可不是一件轻松的事。食品安全是核心与关键，也是首要解决的问题。食品安全无小事，想到这里，穆文东更是倍感责任重大。凭着多年积累的工作经验，他快速厘清了头绪——解决食品安全的问题需要跨过两道关：一是货源关，二是卫生关。针对货源关，穆文东从进货渠道下手，亲自对全部食料进行列单，让口碑较好的专业公司进行配送，拒绝一切质变不鲜，或无质量认证、许可的食品店铺。为了长期把好卫生关，他提出“四个必须”——各种熟食必须打包入盒；冰箱冷柜每周必须进行一次杀菌消毒大清理；每周必须对整个食堂进行杀虫处理；用餐完必须马上清扫设备设施，时刻保持食堂干净整洁。正因如此，岛隧工程七年建设没有出现过一例食品安全事故。

此外，众口难调也是穆文东工作上遇到的大难题。项目员工来自五湖四海，口味要求不尽相同。有的爱吃面食，有的喜欢吃米饭；有的爱吃辣，有的喜欢清淡……为此，穆文东查阅了大量资料，制定了一个品种繁多的食谱，主食就有近 20 种，菜品副食近 100 种，汤类 10 余种，每天荤素搭配、煎炸炒各异。他还经常到网上学习各种面食、新菜式的做法；针对南方湿气较重，熬一些祛湿开胃的汤粥等；菜谱可以根据大家的意见随时进行调换、增减，让员工吃得可口，又营养均衡。

一切为了支援前线

食堂里“舞刀弄枪”的穆文东，还有另外一个身份——曾在藏区服役过的退伍军人。虽早已离开军营多年，但无论走到哪里，从事什么样的工作，他骨子里那种“服务命令、听从指挥；伸张正义、勇敢坚强；能吃苦、重情义”的军人特质依然还在。

每天 200 多名职工的用餐，以及工作接待、现场急送等多重任务，作为厨师长的穆文东，与其说是食堂班组的负责人，倒不如说他是带动整个食堂干活的排头兵。除了要为大家做出可口的饭菜外，还要兼顾料理菜品供应、卫生、人员管理等。整平船桩腿修复时，岛上技术人员加班加点地进行抢修，厨房人员加班加点做好吃的，第二天天还没亮就送上船。“遇到这样的情况，每次都是凌晨就起来炸油条、做稀饭。”一位项目经理感慨，大家看到穆师傅迎着初升的太阳，带着早饭来到施工现场时，一切疲惫都烟消云散了。

穆文东说：“我们就相当于军队里面的后勤班，我们的工作就是为了支援前线，支援施工现场。让每一位建设者吃饱吃好、竭力招待好每一位来宾，是我们工作的第一要务。”所以，在他的眼里，食堂的每一位成员都是一名优秀的后勤“战士”。食堂员工有时闹矛盾，穆文东总是扮演协调者的角色，要么居中说个笑话、打个岔，要么单独沟通、做思想工作。

为了更好地完成各种用餐接待任务，保证职工的饮食营养和健康，穆文东还报考了中山大学营养师培训班，并顺利地拿到了二级营养师资格证书。工程建设七年，他始终怀着“一切为了支援前线，一切为了加油现场”的初心，连年被评为“先进个人”“服务之星”，光荣榜上他的名字从未落下过。

港珠澳大桥的建设不仅拥有战略决策的高度，技术攻关的深度，更有战线前后方营造出的一种家的温度。再小的个子也能在沙漠留下长长的剪影，再小的工匠也能让波涛涌起深深的共鸣。穆文东和他的团队同样是工匠群体的一分子，只不过他们始终站在幕后，不留心很难察觉，但他们营造的温暖就在每个人身边，而且从未远离。

蓝天为卷，碧海为诗；深海卧龙，踏浪伶仃。穆文东站在夕阳下的食堂门前，望着金色的余晖一点一点地洒落在海上，闻着新鲜的食材逐渐被烹饪出的香气，目光伴随着亲切的味道悠然飘向远方……

张秀振：

测量人生的八年“蜕变”

张秀振，中交港珠澳大桥岛隧工程项目总经理部测量管理中心主任。2010年，他34岁，正值年轻气盛的芳华岁月，抱着既想挑战一下自我，也想干一番事业的美好愿景加入了港珠澳大桥岛隧工程项目中，至今已坚守了整整8年。

他说：“8年间，虽然顶着巨大的压力，面临着无限挑战，但从未退却过。这八年，是战战兢兢、如履薄冰的8年，也是各方面得到快速成长与提升的8年，更是我人生发生‘蜕变’的8年。”

工程中的眼睛更有神

1998年，从南京交通高等专科学校毕业以后，张秀振一直在一航局从事一线工程项目的测量工作，有着非常丰富的实战经验。他性格内向，踏实做事。2010年11月3日，受林鸣邀请，作为先遣队的他来到珠海。工程未动，测量先行。来到项目上，张秀振就担当起总部测量中心主任的重任，并开始与业主对三地的控制基准点进行交接、加密布设，以及管理制度的制定、人员筹组、测量方案的编制等，为工程开工做前期准备。

测量是工程之本，更是工程项目中的眼睛。张秀振一直致力于让测量这双眼睛更加敏锐有神，使它看得更远、更准和更清晰。建立一套完善的测量管理体系，是张秀振强化测量工作的首项举措。为了把各工区的测量工作与管理统一起来，同时考虑执行过程中的易操作性，他把项目的测量管理体系分为“业主＋管理制度、测控中心＋管理制度、项目总部＋管理办法、各工区＋管理细则”四个层级，并把职责分工细化到每一道工序。

测量管理的组织架构分为项目总部、测量管理中心、各工区测量队。为了加强对各工区监管、交流，张秀振坚持每周组织召开周例会，每月召开月例会，及时解决测量工作中存在和需要协调的问题。除此之外，他和他的同事还经常深入施工现场，关心、了解测量人员的工作、生活，加强业务技能的指导。在他的感召下，整个测量团队就像家人一般，各工区之间都相处得非常融洽。

让沉管安装如虎添翼

沉管安装前，需在40米深的海底铺设基床，港珠澳大桥海底隧道基床的高程要求不超过4厘米，除了技术要求较高外，尤其在外海区域没有稳定的基准点，要完成测量谈何容易。张秀振带领团队进行跨海高程测量方面的课题研究，并创新研究出了宽海域跨海工程精密高程测控关键技术。自此以后，隧道基床高程控制的测量难题迎刃而解。

全长6.7公里的海底隧道施工位于开敞海域，水深且急，水文环境相对恶劣，沉管安装的技术要求却比现有规范高出2倍。通常情况下，这样长度规模的公路隧道，轴线偏差一般至少为15厘米，而港珠澳大桥沉管隧道安装的轴线偏差需控制在5厘米内。

2013年开始，张秀振组织各测量队进行分析研究，带领技术攻关团队进行创新试验，最终创新出一种专门针对沉管隧道对接安装的测控技术，并把它取名为“双线形联合锁网”。

最终接头的外层钢壳是E29沉管管节、E30沉管管节还未安装的时候，在江苏南通先行开始预制的。当时厂家要求测量人员对接头端口的开口尺寸、位置与距离提前控制和预估。那时，张秀振和他的团队成员在预制现场进行了大量的测量与计算工作。E29 沉管管节、E30 沉管管节安装完后，中间距离的实际测量值与他们的预估值只有毫米级的误差，为最终接头安装提供了有力的基础条件。

2017 年 5 月 2 日，最终接头安装时，张秀振始终值守在现场的控制室里。他说："当最终接头成功对接的那一刻，我既激动，又兴奋。兴奋的是事实证明之前苦心创新出来的贯通测量方案是成功的、有效的，激动的是久压心上的一块石头落地了。"经测量，最终接头对接精度一端为 0.8 毫米，另一端为 2.6 毫米。

测量人生"蜕变"的八年

测量，是一项很多人不愿意从事的工作，因为枯燥乏味，常常需要细心计算、静得下心来和耐得住寂寞。在港珠澳大桥岛隧工程，测量在一些关键环节和工序上发挥了至关重要的作用，项目也给予测量人员足够的重视和尊重，许多测量人员都展现出了前所未有的工作积极性和主观能动性，不辞辛勤、长年坚守在一线。

对张秀振来说，他勤于思考，擅长将理论知识与实际工作相结合，利用自己在测量方面的经验优势，勇于创新和突破传统，先后研究出了多项测量技术专利，在《中国港湾建设》《北京测绘》等业内著名期刊上发表了多篇论文。他说："在这样一个平台，所有参建者一直在学习、一直在进步，不断成才、成长、发展。"

张秀振是一条硬汉，但心很软，他想着工程，其实也惦记着家。只不过干工程项目的人对家人亏欠早已经成为一种常态，聚少离多，是每一位工程人员所面临的现实。对于这几年中的表现，他给自己打了 80 分。"因为我觉得自己还做得不够完善，还有很大的进步空间，例如，有些事情还可以做得再精细些；性格上还可以再外向一些。对家人的亏欠最少也得扣去 10 分。这 80 分成绩的取得，也都是全靠家人在背后的理解与支持。"

在家里，项目上取得的华南理工大学工程硕士研究生毕业证书和学位证书、"岛隧工程参建者"纪念章、岛隧工程"建设功臣"奖章、参建者大合影，他摆在了最醒目的位置。

第五篇

打造筑岛铁军

岛隧项目党委：

让员工成为有尊严的劳动者

是怎样的力量让这支建设大军长年累月、无怨无悔地坚守在伶仃洋外海？又是怎样的力量把大家的心紧紧凝聚在一起，形成了一支打不散的铁血团队？

在中国交建党委的坚强领导下，港珠澳大桥岛隧工程项目党委创新开展特色党建工作，充分发挥基层项目党建工作对工程建设的保障和推动作用，实现了党建目标与超级工程建设目标的高度统一，真正把党的政治优势转化为创新优势、发展优势和竞争优势。尊重劳动、尊重劳动者，让他们“体面劳动、全面发展”，有尊严地生活，有尊严地工作，才能做出有尊严的工程，“实现他们对美好生活的向往”。项目党委认真回答了这一时代命题。

激发项目党建强大力量

面对全方位挑战，项目党委紧密结合工程需求和时代特点，提出“一同四相”党建工作方法：“一同”就是党建工作与项目工作同规划；“四相”就是党的建设与时代需求相结合，党建活动与项目活力相转化，党建活动与生产活动相融合，党建力量与科技力量相聚合。

党建工作在国家重大基础设施建设中发挥作用，就要坚持融入中心、服务大局，把党建工作与生产经营作为有机整体来考虑，健全党建工作和中心工作一起谋划、一起部署、一起考核的推进机制。项目党委将党建工作作为工程的重要支撑，着眼工程实际，在建设初期就认真规划党建工作：一是把提炼、弘扬岛隧精神内涵作为重点工作，激发全体员工“强国筑梦”的荣誉感和使命感；二是围绕工程建设难题，将人才培养、技术攻关有机结合；三是充分发挥党组织的战斗堡垒和工团组织的桥梁纽带作用，营造全项目干事创业的浓厚氛围；四是高度关注长周期下外海孤船、孤岛封闭环境带来的员工身心问题，通过打造“人心工程”持久保持工作激情。

港珠澳大桥因不能跨越主航道，需要在海中修建两个人工岛，实现桥和隧道的转换。筑成东西两座人工岛后，要实施隧道暗埋段施工，当时岛上没有一处遮阳的地方，夏季热浪滚滚就像是一个“海上沙漠”。工人们要下到 20 多米深的基坑里，绑钢筋、支模板、浇混凝土，坑内温度近 40 摄氏度，钢筋表面更是超过 60 摄氏度。下到基坑里不一会儿，工人们身上的工装都能拧出水来，上来后全都是一层厚厚的白色汗碱。这样的露天作业，没有办法安装空调。项目领导想尽办法，硬是用一台台的电扇，将一桶桶冰块散发的冷气，通过一条条管道吹送至基坑内的每一个岗位。

预制厂浇筑沉管时也是如此，工人们要在高达 13 米却又密闭的巨型模板内连续振捣 36 个小时。混凝土水化热产生近 70 摄氏度的高温，密布的钢筋笼犹如“桑拿房”，作业工人一旦中暑，很难快速撤出。项目领导优化方案，加装的空调机组犹如“章鱼”的无数条触须，从入孔散布到模板内的每一个角落，瞬时“桑拿房”变成了“空调房”。作业环境改变了，风险源消除了，这是项目总部党委追求的“本质安全”，也是对每一名员工的保障和尊重。

七年的施工作业全部位于外海三个“孤岛”，3000 多名工人没有时间也不方便下岛理发。项目总部设立了“海上流动理发站”，每月定时送理发师上岛服务。即便是工程完工的最后一个月，岛上只剩下几名员工，总部依然坚持派人上岛为他们理发，每名员工切身感受到的是组织和领导自始至终的关怀关爱。

沉管安装海域一艘潜水母船上，住着30多名山东籍潜水员。一次，总经理林鸣上船看见几个大男人在排队如厕、冲凉。他立即打电话安排："一周内必须将带有淋浴设施的移动卫生间运到船上。"随后又为他们配置了遮阳棚、健身器材，令这些山东大汉十分感动。4年时间里，无论冬夏，潜水员们无数次潜入近50米的海底，充当沉管安装的"眼睛"，助力完成了33节沉管管节"毫米级对接"、实现了6.7公里隧道的"滴水不漏"。

项目不仅为劳动者营造了一个最整洁、最温馨的生产"家园"，更是体现了组织上对一线员工发自内心的尊重。6年的超常付出，预制厂一千多名工人用"真感情"做到了"零隐患"，创造了浇筑百万立方米混凝土无一条裂缝、设备连续高强度施工无一次卡壳、2203天生产无一次事故的"奇迹"，更给人们带来了因E15沉管管节延期安装造成这个预制厂"百日停工"，却没有一人流失的感动。

用于连通隧道的最终接头位于30米的深海，对接完成后必须在30天内完成合龙焊接，这是临时止水环境能够提供的最大安全期限。狭小的结合腔里，240多名工人要24小时不间断进行焊接作业。项目总部除了配置完善的通风排烟设施和冷风机组，还为每一名工人配置了装有GPS芯片的安全帽、专业的防毒面具和反光背心，隧道口的LED屏准确显示人员进出状况，并从珠海人民医院请来专科主任驻守现场。在隧道里距最终接头600米处设置现场办公(医务)室，医药箱、担架、氧气瓶、灭火器等应急设施"全副武装"，上下班的工人们看到这一切，心里有了更多踏踏实实的安全感。

一台冷风设备、一名驻岛医生、一个小小芯片……安全工作不遗余力，保障措施落到实处，不仅是对每一名工人无微不至的关爱，更是对每一条生命至高无上的尊重。他们坚决"不让一名员工倒下"，他们要求现场员工"不安全，我不干"。38次沉管安装，"外海远征"平安往返；29次台风侵袭，工程、人员、关键设备无一受损，有效保证了7年高风险建设期平平安安。

在工程实践中培养人

岛隧工程就像一所"实践大学"，为所有参建者提供学习实践平台。依托国际化平台，引进国内外先进管理理念，在创新实践中学习、掌握前瞻施工技术；组织“6S”技能集训、各工地设立“职工夜校”、开办“实用英语班”；组织技术比武和“三大工种”技能评定，颁授“技能证书”“岛隧工匠”。建设者们与港珠澳大桥一同成长，自身价值得到了尊重和实现。

2018年7月6日，在岛隧项目施工总营地报告厅召开了一场“别开生面”的工程硕士学位授予仪式，56名港珠澳大桥建设者整齐地穿戴着硕士服、硕士帽，依次由主礼嘉宾拨帽穗、颁学位。

7年前的2012年4月2日，依旧是在这间报告厅，岛隧项目与华南理工大学合办的“研究生班”正式开课。建设期各项工作极为紧张，“工地研究生班”创新教学模式，课堂前移到现场，白天工作，晚上及假期上课。这群“岛隧学子”在这间“工地课堂”，挤出时间修完18门专业课程，顺利完成了学业。“80后”姑娘王金红是一名项目财务，开班当天，她在项目网站发表了《梦想起飞的地方》，写道：“本科毕业已五年，当初考研的梦想，因为种种原因未能实现，终究是个遗憾。”戴上学士帽的她感慨道：“今天，终于圆了自己心中的梦想。”

成益品是项目的一名测量工，他所在的测量团队承担着沉管安装非常关键的监测、复核、风险排查工作。系统培训专题研究、技术攻关，全过程参与，压重担式历练。随着海底隧道一节一节地延伸，他们从传统意义上的测量人员，成长为掌握了最前沿监测系统、最先进测控技术的一支优秀队伍。成益品也从一名普通的测量工，成长为技术主管；从副队长，成长为队长；从高级技师，成长为全国技术能手；刚满35岁就被推荐为国务院政府特殊津贴候选人。

一个硕士学位、一次技能提升、一批岛隧工匠……作为给员工最大的福利，岛隧项目党委认真落实一系列人才培养举措，悉心栽培每一名参建者，让建设者用前沿的知识和技艺，共同建造起一艘“大船”，不仅驶向自己人生的下一个发展高地，还将在推动国家科技进步和建设发展中，发挥重要作用。

尊重劳动、尊重劳动者，成为岛隧项目自上而下的一种普遍认识，形成了一条工程管理的铁律。七年筑梦伶仃，221天筑起通常3年才能建成的两个外海人工岛，创下了“当年动工、当年成岛”的人间奇迹；不到14个月建成全球最先进的沉管预制工厂，开创了我国“工厂法”预制沉管的历史先河；4年挑战极限，安装的33节沉管管节和最终接头“滴水不漏”，创造了世界沉管隧道工程的“中国标准”；半年完成一年半的工作量，精雕细琢打造的东西两岛，成为伶仃洋上的“最美地标”。

这些奇迹都出自港珠澳大桥岛隧工程一名名最普通的劳动者之手，是岛隧项目党委为他们创造了一个以人为本、乐于奉献的工作环境，是强大的党建工作引领了这个超级工程的顺利推进。

党群部：

铁血之师里的别动队

历经风雨，终见彩虹。经历了七年的艰苦奋斗，港珠澳大桥岛隧工程终于圆满收官。在这支特别能打善战的中国交建铁军中，有一支青春热情、文采飞扬的别动队，它携内联外，发布信息；上传下达，鼓舞士气；拍摄撰稿，引导舆论，传递正能量。它就是中交港珠澳大桥岛隧工程项目总经理部党群工作部。

做工程建设的忠实记录者

在岛隧工程项目营地，党群部部长陈向阳给我讲述了一段故事：当 E15 沉管管节因为突发泥沙回淤无法下沉被迫回拖时，当人们还沉浸在巨大的沮丧之中，沉管安装船上忽然不见了林鸣的身影。他独自一人乘坐交通船去了施工现场。第二天清早，他又叫交通船赶在拖驳之前沿着沉管回拖的航线向桂山岛驶去。船到桂山岛，船员问他开不开进坞门，他说“开进去”。他扶靠在船栏上，静静地看着平静的海面，一言不发。这一情景永远定格在陈向阳的脑海里，他突然发现，这个年过六旬、坚毅刚强的男人转瞬间苍老了很多……但是因为出发仓促，他没能将这一刻记录下来，成为自己永久的遗憾。

采访中记者发现，港珠澳大桥岛隧工程的文字、图片、视频资料应该是中国交建以往工程项目里最为完整的，七年来，各界媒体的宣传报道无不受益于这些基础资料的收集整理。

七年里，很多年轻员工也在事业与家庭的选择中痛苦过、纠结过。这些远离妻儿的年轻人经常被家人责问："你背井离乡去干工程可以理解，但是离多聚少的日子是一年两年，还是十年八年？"家人需要一个预期，一个承诺。

在这种情况下，党群部依靠外部力量和自身努力，广泛与中央及当地媒体合作，频繁发布工程信息，消除公众疑虑，鼓舞员工士气。项目网站开通以来，点击率持续攀升，平均日点击量保持在 2 万次，至今总点击量超过 2200 万次。主体工程竣工后，对外宣传更是成果喜人，从第一部电视片《巅峰》到中央电视台《大国工匠》的播出，无不凝聚了党群部一班人的心血和智慧。

随着宣传工作的深入加强，越来越多的员工家属因为自己的亲人能够投身于这座世纪工程而深感自豪。陈向阳说，看了这些记录工程建设进程和员工成长历程的影片之后，员工们觉得自己所付出的巨大代价是值得的，是自己成就了工程，同时工程也成就了自己，使我们受到了国家和人民的尊重。

增强抗压能力的战斗堡垒

党群部之所以被称为"别动队"，是因为它的工作性质就是四个字：急、难、险、重。

党群部成立之初只有三个人，即使后来增编，大多数时间也只有五六个人，项目总部每季度的五天假几乎没人休全过。最终接头安装时，总部邀请中央及地方主流媒体百余人现场观战，协调、联络等工作异常繁重。安装成功后，工程技术人员一片欢腾，大家终于松了一口气。而党群部的小伙子们回到营地又开始投入紧张的发布新闻通稿、整理录像资料的工作中……

像这样的工作状态对于陈向阳他们来说是家常便饭，他们以林鸣对工程质量的"零缺陷"要求，严格把控出自党群部的每一本书、每一篇稿、每一个片子，力求都要立志高远、追求卓越。七年间，他们从青年变中年，青涩变沉稳，外行成内行。现在，党群部的每一个人拿起话筒能采能写，端起相机能拍会摄，打开电脑能编能剪，人人都是多面手。而在昨天，他们还是各单位里的普通工程人员……

资料整理工作看似平常，但作用非凡。在E10沉管管节安装阶段，党群部安排了两个机位全程跟踪拍摄，每天三四个人上现场。当时也有人不理解：有这个必要吗?

后来，在上级有关部门的督查中，领导班子要求党群部立即调阅施工影像记录。由于资料完整，小伙子们心中有数，他们加班整理，一丝不苟。正是这些图像资料有力地证明了岛隧工程的施工是严格按照工程文件进行的，完全符合流程。

陈向阳在亲自编写的《中交港珠澳大桥岛隧工程项目文化手册》的后记中，有一段话颇能代表党群部一班人的心路历程和鸿鹄之志："其间有烦恼、有欢笑、有艰辛、有收获，一路走来，付出很多、得到也很多。我们尝试从建设者的足迹中寻找对项目发展的文化感悟，提出行为文化标准，展示项目品牌文化，体现建设者包容兼收的博大胸怀、勇于探索的创新精神、绿色环保的和谐理念及敢为人先、勇挑重任的精神风貌。"

HSE 团队：

保驾护航立头功

港珠澳大桥岛隧工程大规模的外海施工作业，面临着极其复杂的安全、环保问题。珠江口航运繁忙，每天有 4000 多艘船舶航行经过，通航安全责任重大；工程靠近中国香港机场，必须在限高范围内施工；穿过中华白海豚国家级自然保护区，环保要求高；伶仃洋开敞海域台风、季风频发，恶劣天气频繁。作为粤港澳三地共建项目，工程建设标准必须符合三方要求。

现实的难题摆在 HSE 管理团队面前，对安全“三零”目标的追求让他们不断创新、不断突破。秉持着“匠心铸就精品”的理念，港珠澳大桥岛隧工程在初步设计阶段就已经明确了极高的安全环保标准，为此引进了科学、系统、严格的 HSE 管理体系，这在国内交通工程领域尚属首例。

“老黄牛”与“海底穿针”

52 岁的黄维民是港珠澳大桥岛隧工程项目副总经理，也是 HSE 总监，因为具有埋头苦干、勇于担当的特质，被同事们称为“老黄牛”。他带领 HSE 团队，创造了环保零投诉、七年海上作业零伤亡的成绩。

作为世界唯一的深埋沉管隧道，33 节沉管管节在变幻莫测的洋流环境里，对接精度要控制在厘米级，被比作“海底穿针”。保障 4000 多人的建设团队作业、跨度达几十平方海里施工区域和每一次沉管浮运安装安全等工作，时刻都像一把“达摩克利斯之剑”悬在头顶，成为黄维民 20 多年项目管理生涯中最严峻的考验。

180 米长、8 万吨重的巨型沉管，从预制厂到安装海域，需要经历 14 公里的行程，约束性的外因是风、浪、流。需要项目团队深度分析并掌握海浪、海流、风速、海水盐度等复杂数据，提前预报，确定作业的“大小窗口”期。

“每个月只有 1—2 个作业窗口，对于每一步的工作安排都要做到争分夺秒。”海洋地质地貌专业出身的黄维民深知海上自然条件对施工的影响重大。2012 年初，岛隧项目就开始对施工海域气象、波浪、洋流的观测与预报分析研究，掌握每月、每天的潮汐变化和天气情况。与国家海洋环境预报中心保持深度对接，成了 HSE 团队每天的一项重要工作。

2014 年 7 月，E11 沉管管节浮运在即，台风“威马逊”的影响尚未消除，“麦德姆”又在快速发展。那段时间，黄维民和预报中心的专家几乎保持全天候联络，经过艰苦摸索、认真会商，他们最终科学选定了施工窗口期，安全完成了 E11 沉管管节的浮运安装。

安全管理进入“e 时代”

“E24—S5 节段顶板钢筋绑扎马上就要开始了，安全隐患必须立即处理。”Ⅲ一工区 HSE 部部长严双梁脑中思索着，手指快速点开了微信群对话框：“请现场安全员及作业班组长立即进行隐患整改，将脚手板绑扎稳固，同时对现场所有使用中的脚手板进行排查，严禁出现‘探头板’。”

发送完信息，严双梁抓起安全帽快步走向现场。他来到 E24—S5 节段处，却不见现场安全员的影子。严双梁按照图片显示的隐患位置抬头一看，原本悬空的脚手板已被铁丝牢牢固定在了钢筋绑扎支架梁上。微信提示音再次响起，严双梁滑动手机屏幕，作业班组长发来了消息：“E24—S5 节段脚手板已加固完毕。”

一分钟前现场安全员发来消息：“现已前往舾装区排查脚手板使用情况。”随后，安全监理工程师发来消息：一个微笑表情符号。严双梁看看时间，从接到整改通知到安全监理工程师发来微笑表情，时间刚好十五分钟……

为做好安全管理工作，港珠澳大桥岛隧工程施工现场建立起了“HSE 管理”微信群，群内成员包括安全分管领导、各部门负责人、安全员、作业班组长及安全监理工程师。一旦发现现场存在违章施工及安全隐患，微信群里会第一时间予以曝光。

说起微信群的作用，严双梁深有感触：“以往，监理工程师发现现场的安全隐患，会通过开具联系单的形式通知我们，从联系单开始走流程到隐患整改完毕，最少也要花上半天的时间。建立微信群后，可以在第一时间对现场安全隐患进行曝光，并及时通知到相关责任人，不仅节约了警报时间，还有效提高了安全管理的工作效率。”

海上“伙伴”中华白海豚

岛隧工程的施工区域正好是中华白海豚活动和繁衍的中心水域，施工会产生噪声干扰、往来行驶的船只杂乱，不严格管理就会对白海豚的栖息产生影响。

“我们定期邀请珠江口中华白海豚国家级自然保护区管理局的专家来培训员工，很多员工都快成了中华白海豚保护的专业人士。”黄维民介绍，为保护中华白海豚，安全管理团队采取了很多措施：每次开工前要专门安排观豚员观察 500 米范围内是否有中华白海豚活动；平时船速不超过每小时 10 海里；如有中华白海豚靠近作业船只，马上进行驱离，或者直接停工。

“它们有时候也很调皮，在沉管浮运的时候偶尔会远远地追随嬉闹。中华白海豚不仅是我们海上施工的伙伴，仿佛也成了护航编队的一员。”黄维民笑着说。

“啰啰唆唆”讲安全

“吕部长又给人‘上课’了。”正在现场质量检查的小李和同事开着玩笑。

Ⅰ工区的 HSE 部部长吕宏宇平时话语不多，但讲起安全规范来就会滔滔不绝，话不知不觉就多了起来，看得见的、看不见的安全隐患都要说上一遍。

吕部长“上课”次数最多的课堂就是施工现场。一次，有位工人在爬 4 米高的脚手架时，虽然带着安全带，但登高的时候没有系上，正好被“巡逻”到此的吕宏宇看见，他立刻就制止了该工人继续工作。随后，吕宏宇把相关人员带到一块空地上，从安全意识淡薄的危害性，到安全的重要性又进行了一次教导，并耐心地列举由于安全意识不到位而发生的安全事故，直到他们认识到自己的疏忽，才“放”他们回去。

由于安全员岗位的特殊性质，吕宏宇每天都待在西人工岛上。岛上的工人也知道他所做的一切都是为了安全，所以每次“上课”他们都欣然接受。岛上只要有工人上班，带班班长都会对工人强调说，大家要把自己的安全做好，做到万无一失，不然“吕部长又要找你们‘上课’了”。

在 HSE 管理团队里，成员的年龄段从“60 后”到“80 后”参差不齐，有默默无闻的“老黄牛”，有一丝不苟的部长，也有执着认真的安全员，他们的身上都有一股子倔强劲儿，牵引着安全管理，守护着整个工程。

海洋环境预报中心：

岛隧工程的一双慧眼

700 多年前，伶仃洋上诞生了传诵千古的不朽诗篇《过零丁洋》。今天，在这片海域，一项史无前例的工程——港珠澳大桥正在创造着新的奇迹。而在奇迹的背后，始终站立着这样一个保障团队，他们用精准的海洋环境预报为港珠澳大桥施工建设“遮风挡雨”，开创了我国海上重大工程建设预报保障先河，这个团队就是国家海洋环境预报中心港珠澳大桥岛隧工程预报保障团队。

7 年来，预报中心团队相继研发了小区域、长历时、高精度的作业窗口管理系统，外海沉管安装对接窗口预报系统以及异常波预警系统。这些新技术和新方法的应用，有效保障了大桥海底隧道 33 节沉管管节和最终接头的安装，还填补了相关海洋研究领域的多项空白。

国家队的自信与合作

沉管浮运安装是岛隧工程的关键工序，8 万吨沉管在海水中浮运时，对所在海域的天气、海浪、海流、潮汐有着苛刻的要求，必须找到同时满足几个因素叠加形成的作业保障窗口期。

加之施工海域地处珠江汇入南海的一段喇叭口，海况复杂，容易受到台风、季风影响。复杂的海洋环境给预报保障工作带来极大难度。谁能接受这一挑战?

一开始，建设方曾到丹麦考察，想邀请具有此类工程保障经验的丹麦水利研究所为大桥提供海洋环境预报保障服务。然而，对方开出的价格大大超出工程预算。“难道我们国家就没有能完成这项任务的单位吗?”回国后，林鸣经过多方了解和调研，最终联系上了国家海洋环境预报中心。

海洋环境预报中心是国家海洋局直属的公益性事业单位，组建于 1965 年，主要负责我国海洋环境预报、海洋灾害预警的发布，为海洋防灾减灾、海洋经济发展、海洋管理、国防建设等提供服务和技术支持，近年来为我国南海填岛工程、可燃冰开采项目做了大量的预报工作。经过 50 多年的发展，预报中心已经成为我国从事海洋环境和海洋灾害预报警报、科学研究和咨询服务的国家级权威机构。而中国交建是我国第一家成功实现境外整体上市的特大型国有基建企业。强强联手，双方都坚信，必将产生“1+1>2”的效果。

“这是‘国家队’之间的信任。”林鸣 2016 年 1 月在港珠澳大桥岛隧工程海洋环境预报保障系统总结会上说。

2011 年，国家海洋环境预报中心与港珠澳大桥岛隧工程项目总经理部签订合作协议。随后，预报中心成立了由经验丰富的科研人员组成的保障团队，领导亲自挂帅，总工程师全程现场指挥，2012 年开始进驻施工现场，开展海洋环境日常业务化预报。总工程师王彰贵回忆说：“承担这么大工程的预报保障我们也是第一次，预报保障的难度及复杂性大大超出我们的想象。”

“海中眼睛”化解危机

“对海洋预报而言，预报准确率达到 90% 都实属不易。但对港珠澳大桥岛隧工程来说，1% 的预报误差就可能导致沉管安装的失败。因此，把不确定的要素预报转变成确定的工程保障，这需要我们在观念和技术上有所创新。”王彰贵说。

沉管施工过程中，浪高每增加 0.1 米或者水流每秒增加 0.1 米都是关乎成败的临界点。2013 年 5 月 6 日，首节沉管管节 E1 安装前，林鸣拿到的海浪预报数据是浪高 0.9 米，超过施工限值 0.1 米。他们在决策上有些迟疑，随后找来国外海底隧道沉管沉放水流及浪高的指标为参考，又考虑到海浪预报有误差，最终决定按照原计划沉放。为超越这 0.1 米的预报误差值，预报中心团队通过技术攻关，建立了无缝隙预报技术及预报推演技术，解决了施工窗口临界误差的问题。

E10 沉管管节安装后，工程师们发现：深水基槽内海流的异常带来巨大的冲力，这意味着沉管安装更难操控。为了弄清这巨大冲力来自哪里，2014 年 7 月 2 日，林鸣来到北京国家海洋环境预报中心，时任预报中心主任王辉在交流过程中指出，基槽海底地形改变对小尺度局部海流可能会产生影响，需加强监测预报。

预报中心团队迅速调整人力，在沉管施工区域开展了海流、海温及盐度的高密度现场观测，目的是收集施工区的水文信息，提高沉管施工临近预报的准确率。预报间隔从原来 2 小时缩短到 5 分钟，这个被称为“小窗口”的预报系统犹如一双“海中眼睛”，使工程作业成功地避开了大流速发生时段。

“我们把这种底层海流增大现象称作‘齿轮现象’，是深基槽上下层海水密度差所致，最大流速超过每秒 1 米。在 E11 沉管管节安装时我们第一次尝试这个系统，到了 E12 沉管管节的时候，系统逐步在完善。可以说，这个系统目前已经成熟。”王彰贵说，国家海洋环境预报中心研制的“大窗口”与“小窗口”保障系统软件，在林鸣眼中市场价值巨大。

挑战总是一个接着一个。重达 6000 吨的最终接头要在 15 厘米的间隙安装，被誉为“海底穿针”。预报中心团队历经长达一年的时间，研发了最终接头安装三维仿真数值模型，在吊装船抗流试验和最终接头吊装试验中验证，提出安装施工窗口，保障了接头的成功安装。

科学预判智斗台风

台风是伶仃洋海域施工的一大难题。“好几次，我们在两个台风的间隙中施工，还有一次在台风边上沉放，若不是王彰贵总工程师的判断和林鸣总经理的决策，一般人根本不敢做。”回忆起数次与台风交手的经历，V 工区副经理刘兆权依然动情，言辞之间是对预报中心团队的敬服，“这不仅需要水平，更需要担当”。

由于台风形成时间很短，无法精准预报生成时间。2014 年 7 月，E11 沉管管节安装的窗口期就恰好遇上了超强台风“威马逊”和“麦德姆”的前后夹击。为了尽快确定台风的强度和影响范围，准确判断项目施工能否如期进行，7 月 20 日至 21 日，经验丰富的老专家周连翔与气象保障组赴施工现场，增加会商频次，逐小时预测台风路径，分析台风对施工窗口的影响时段，硬是在两个台风间为 E11 沉管管节安装抢出一个施工窗口。

2016 年 E33 沉管管节安装时，台风在施工海域外 290 公里原地打转，施工随时可能面临巨大风险。但若按计划不沉放，基槽泥沙淤积会引起工程的返工，将使工期推迟数月。“一般情况下，考虑到台风影响的不确定性，预报工作会偏保守，遇到这种情况就建议放弃作业。”数月的工期延迟对于港珠澳大桥来说意味着巨大的经济损失。

认真研判后，预报中心团队给出了十分确定的研判：“台风外围环流影响施工区，最大阵风 6 级，平均风力 5 级。”5 级风，意味着可以施工。2016 年 10 月 8 日，在台风外围，E33 沉管管节顺利安装。

“事实证明，当初的这个选择没有错。预报中心为项目方研制的各个海洋预报保障系统运行正常，精准度高，经受住了项目施工的考验，部分预报保障技术达到国际领先水平。”在海洋环境预报保障工作总结会上，林鸣这样评价道：“尤其是预报中心团队的科学精神、奉献精神，更为所有参建单位树立了榜样。”

日夜兼程撑起“保护伞”

94 人参与港珠澳大桥服务保障工作，约占国家海洋环境预报中心职工数的 1/3 ；海上观测有 10 人超 100 天，其中 2 人超 200 天；驻现场预报员中有 8 人超过 180 天，有的甚至超过 800 天……超级工程背后凝结着预报中心团队每个成员的坚守与奉献。

参与过沉管安装的人都知道，跟船是件极辛苦的事。安装船上空间小、人员多，没有睡觉和休息的地方，累了只能在椅子上坐着或者站起来活动。几十个小时耗下来，身强体壮的年轻人也受不了。但每次上船，50 多岁的王彰贵总是冲在最前线、压力最大的地方。“预报允许有误差，但服务保障不能有偏差，而且这也是实现人生价值的难得机会，每次都要倍加珍惜。”在他看来，服务保障港珠澳大桥建设不仅是一份工作，更是一份事业。

从 2014 年起，几乎每一次沉管出海，王彰贵都会坚守在现场。随着沉管安装的持续进行，王彰贵深感肩上的担子越来越重。起初，预报只是作为工程施工的参考。后来，预报数据成为沉管安装的决策依据。每次沉管安装，建设方都要等待王彰贵给出“施工窗口”。林鸣多次对王彰贵说：“你在船上，我就踏实。”一次，王彰贵因公去加拿大学术交流，正巧赶上一节沉管管节安装，驻现场预报员汪雷下午 4 点接到了王彰贵的电话，询问异常波预警系统运行和沉管安装情况。这时正是加拿大的凌晨 4 点，原来他一直没有休息，即便远在国外，依然关注着施工进展。

E26 沉管管节安装前期，预报中心张炜、梅山、伊峰、肖元、王豹等 10 余名成员乘坐当天唯一一趟航班，于凌晨 2 点半顶着满天闪电在广州降落；凌晨五点半，他们乘车抵达珠海，7 点便上船，进行了近 40 个小时的大径流下海流观测试验。2016 年 7 月至 8 月，汪雷、于庆龙、李凯等人每天 6 次高密度地观测 E33 沉管管节基床，为摸清东人工岛头泥沙规律，每天只能断断续续地睡上几个小时。2017 年 4 月，冯立成、黄勇勇、季轩梁等 6 名成员接到紧急通知，飞往珠海负责最终接头起重船“振华 30”的抗流试验，他们连续三天三夜漂泊在一艘小潜水船上，衣服和洗漱用品都没带，没有睡觉的床，只能坐在椅子上休息。气象预报员周连翔、向勇、孙虎林、张弛，海浪预报员李洁、韦峰余、邢闯、徐富祥等都是常驻工区的预报员，值班时间达半年以上，其中李洁的值班时间超过了 800 天。

王彰贵说：“港珠澳大桥岛隧工程环境保障是预报中心成立以来承接的难度最大、时间最长、投入人力最多的保障任务。我们团队的敬业、担当及奉献精神，获得了业主和建设方的高度肯定，预报中心已具备为重大涉海工程提供海洋环境预报保障的综合实力。”

设计团队：

如椽巨笔绘就跨海长虹

2017 年 5 月 2 日，重达 6000 吨的港珠澳大桥沉管隧道最终接头在经过 14 多个小时的吊装沉放后，安装成功。5 月 25 日，最终接头与两端的 E29 沉管管节、E30 沉管管节焊接形成整体，6.7 公里的沉管隧道永久结构胜利贯通。经过中国交建建设者 6 年多的持续奋战，世界最大的沉管隧道——港珠澳大桥沉管隧道建设取得了最关键性的胜利。

港珠澳大桥东连中国香港，西接珠海、中国澳门，集桥、岛、隧为一体，一国两制连三地，是当今世界最长的超级跨海工程，是中国实现由桥梁大国到桥梁强国跨越的里程碑。其中，由中国交通建设股份有限公司联合体采用设计施工总承包模式承建的岛隧工程，是大桥的控制性工程，包括东人工岛、西人工岛、沉管隧道三大部分，是整个大桥建设中难度最高的关键所在。

港珠澳大桥岛隧工程项目的设计团队由中交公路规划设计院有限公司、中交第四航务勘察设计研究院有限公司、上海市隧道和轨道交通设计研究院、丹麦科威国际工程咨询公司的工程师组成。历史选择了他们，他们更勇敢地响应了时代的召唤，在设计总负责人刘晓东的带领下，诞生了一批超级工程师，以不断进取、大胆创新、为历史负责的超级力量承载了这项超级工程。

在港珠澳大桥建设中，从珠海前线到北京后方，中交公规院老中青 3 代人长期投入这项工程，高峰时团队达到 60 人。工于创新，规以致远。这个富有创造力的设计团队整整坚守了 15 年，他们从前辈手中接过接力棒，以敢于担当、甘于奉献、勇于创新、善于合作的企业核心精神为指引，坚守伶仃洋，不辱使命，努力将这一世纪工程从理想变成现实。15 年里，每一本日臻完善的图纸、每一个创新的理念、每一次与家人的别离、每一个通宵达旦的夜晚，都承载着中国工程设计师的荣光和梦想。

前期研究　工程挑战史无前例

珠江口海域是全球最重要的贸易通道之一，被誉为“华南经济社会发展的生命线”，广东省 90% 的货物运输航经于此，每天航经船舶超过 4000 艘次；穿梭于粤港澳三地的高速客船多达 500 艘次；通航密度、港口密度、旅客总量、船舶种类、货物吞吐量冠绝全国。

这里每年都会有台风、寒潮等极端天气，风、浪、流、潮瞬息万变，是我国极为复杂的海域之一。

工程设计、建设还需要同时满足中国香港、中国澳门和内地的发展规划及法规要求，满足工程 120 年使用寿命要求，满足珠江口中华白海豚国家级保护区环保要求，满足水上航运及中国香港机场飞机航行要求。

同时，要在 7 年的时间里，完成 2 个 10 万平方米的海上人工岛、33 个 8 万吨级的隧道管节浮运沉放和近 30 公里的外海桥梁建设。

面对史无前例的挑战，大桥的前期总体策划、方案研究显得尤为重要。“任何一个重大的工程，都需要很长时间的前期研究。其实在正式设计的 5 年前，也就是 2004 年初，我们就已经开始了工程可行性研究。如果说起对港珠澳大桥的前身——伶仃洋大桥的研究，那得追溯到 20 世纪 90 年代初了。”2007 年底，时任公规院董事长兼总经理裴岷山接受记者采访时说：“可以说，港珠澳大桥凝聚了几代公规院人的心血。”

早在1983年，号称“公路大王”的香港合和集团主席胡应湘就提出建设一座跨伶仃洋大桥的设想，公规院也于20世纪90年代完成了连接珠海与中国香港的伶仃洋大桥的研究，由于种种原因，这一提议被搁置。

2003年，中国香港向中央政府提出了修建港珠澳大桥的建议。2004年3月开始，公规院开始了港珠澳大桥的工可研究工作，时任公规院院长的周海涛担任项目负责人，调集全院力量，走中国香港、跑中国澳门、赴广东，调研、交流、研究。

随着研究的深入，问题不断暴露出来。就大桥路线走向问题，为充分反映三方意见，公规院先后研究了10条路线走向，召集过数次专题会议，前后经过2个多月的专家论证才最终取得三地一致认可。

由于大桥工程规模宏大、建设条件复杂，加上港珠澳三地不同的法规体制，前期研究中，许多重大决策难题也如潮水般地涌来——口岸管理模式、融资方式、锚地影响、跨界工程的设计标准、执行及运营的规范、中华白海豚保护等，都需要公规院配合政府研究并提出相应的解决方法。工可研究历时近5年，一直持续至2008年。

时任公规院董事长兼总经理张喜刚对项目高度重视，在资源调配、人员协作、方案研究等方面加强统筹，举全公司之力组织展开工作，组建超过60人的核心研究团队以及超过250人的专题研究团队，完成的各类专题报告达46套，近10000页。随后的深化研究阶段，张喜刚更是亲自担任项目负责人，为项目从前期研究到后续的实质设计阶段延伸打下了坚实基础。

把沉管的命运扛在自己肩上

面对国内第一条外海沉管隧道，设计起步就是世界上最具难度的挑战。设计团队十年磨剑，坚韧不拔，从沉管基础知识学起，在实践中学习、思考，逐渐成长，成为沉管设计的主力军；年轻的设计师们追求卓越，止于至善，打破传统，创新多项技术、工法，连续攻克了软基、深埋、超长沉管隧道等诸多难题，最终完成施工设计图，有力地保证了沉管隧道达到当今世界顶级的水平，受到国际同行的高度赞誉。

“自古以来，人类在大自然面前最难的事莫过于‘上天入海’。因为在这两种环境中，人的力量显得微小，无法控制不断变化的外部环境，港珠澳大桥岛隧工程就是这样的‘入海’工程。”刘晓东这样形容工程的难度。

岛隧工程是世界上首个外海大型人工岛——沉管隧道集群工程，沿线软土厚度超过 30 米，沉管埋深 20 多米，施工最大水深接近 50 米。国内已建成的 10 多条沉管隧道，大都是内河项目，距离短、埋深浅，与港珠澳大桥岛隧项目横亘伶仃洋、跨越粤港澳三地的自然条件、政治条件和技术要求差别较大。

设计如此规模的海底沉管隧道，不仅在国内是第一次，在国际上也是第一次。起初，岛隧工程设计团队试图借助国外技术团队，快速进入角色，让队伍在设计过程中成长。

韩国釜山沉管隧道是国际上为数不多的采用新一代沉管技术建设的海底隧道之一，项目的设计、咨询都是由欧洲公司主导。

早在岛隧工程的工可及初步设计阶段，刘晓东的设计团队也与欧洲公司合作，前后在一起工作了 1 年多时间。这家公司也参与了釜山沉管隧道项目，从他们那里学到了不少关于沉管的知识。

随着设计技术工作的深入，合作的问题也逐渐暴露了出来：港珠澳岛隧工程设计与施工同步进场，包含设计在内，工程工期只有 6 年多；而在欧洲，工期应该是 10 年以上，国外公司的工作习惯和效率都无法满足港珠澳大桥岛隧工程的要求。

施工图设计过程中，涌现出更多的新问题，不少对于国际咨询公司也是全新的，很多时候也只能从设计理念上给出建议，至于设计细节，他们也无能为力。

随着设计方案的深入，越来越多“第一次”涌现，加上建设习惯和工作理念的差异，刘晓东感觉再依靠国外技术团队已经不现实。

面对困境，刘晓东萌生出一个念头并越来越强烈：“结合已有技术，我们自己把科研和创新的重任扛起来，设计具有中国特色的沉管隧道。”为此，中国工程师团队决定奋力一搏。

只有不给自己留面子，才能给世纪工程挣面子。中交公规院设计工程师们坚持以客观实践来检验设计方案的正确与否，坚持做好每一张图纸，认真审核每一个细节的，不盲从国外工程师的经验，不给任何人留面子，包括他们自己。

最终，这支由中交公规院牵头的岛隧设计团队，不拘泥于现有的常规技术，以追求最好而勇于创新的卓越勇气，解决了一个又一个难题，自主完成了港珠澳大桥岛隧工程的施工设计图，中国成为世界上少数掌握外海超大型沉管隧道核心技术的国家之一。

秉承“绘基础设施蓝图，铸工程咨询旗舰”的宗旨，公规院人用严谨求实的作风、雷厉风行的行动、合作共赢的态度赢得了国际同行的尊重和钦佩。“在国际沉管隧道建设的舞台上，我们要用工作态度和专业实力，赢得同行的认可与尊重，这是每一名中国工程设计师的梦想。”刘晓东说，“这一梦想正逐渐变成现实。”

海下 40 米创造沉管结构第三态

“半刚性”沉管结构是中国建设者们开创的一个新的结构形式，是融合了欧洲柔性与亚洲刚性优势创新形成的刚柔并济新结构，在学术界和工程界都是浓墨重彩的一笔。

港珠澳大桥隧道沉管段长约 5.7 公里，由 33 节巨型管节拼接而成。每节管节 180 米长，3 层楼高，隧道内宽可容纳 6 条车道及 1 条综合服务管廊，总重量更是达到了 8 万吨，是目前世界上最大的沉管。沉管隧道主体结构分项负责人黄清飞介绍说：“一节沉管管节浮在水面上，就相当于一艘航空母舰。”

这样的庞然大物可不是一次性浇筑成型的，而是按 20—30 米的节段进行分段浇筑，再通过接头连接。刚性接头和柔性接头是目前国内外沉管节段间主要的连接形式。

沉管隧道设计技术负责人吕勇刚用积木打了一个通俗易懂的比喻：“刚性结构好比一根长条积木，柔性结构好比用乐高小块积木拼接成的积木条。”

刚性结构具有良好的整体性，但一般长度 100 米左右。180 米长的管节是史无前例的，面对深埋大荷载、深水条件、软土地基，刚性管节受力不确定性及开裂漏水风险成为无法克服的难题，方案被否定。

前期在欧洲咨询公司的主导下，港珠澳大桥沉管隧道初步设计选择了柔性结构，180 米沉管分为 8 个节段，由钢绞线串起，像一串糖葫芦。安装到位后，再剪断串联钢绞线，节段接缝处呈现“铰关节”特性，遇不利荷载时，7个关节变形释放外力。然而，在施工图设计中，中交公规院设计团队发现，在40米的海底，面对大荷载、深水条件、软土地基，关节铰虽然可以释放弯曲应力，但港珠澳大桥沉管隧道的埋深是以往沉管的10倍以上，关节受力变形是常规4—5倍，沉管之间可能会错位并导致漏水。柔性管节一样不能确保成功。

2012年底，在林鸣总经理的启迪下，决定尝试开发第三种沉管结构，即“半刚性”沉管结构。通过严谨的理论分析，多轮试验论证，设计团队顺利完成设计变更及施工图设计，并最终排除质疑，得到了各方认可。荷兰沉管隧道专家汉斯先生的评价是：“中国工程师是被迫地、甚至是痛苦地实现了真正意义上的创新。”

隧道深埋在海底，密水性是沉管的生命线，如何保证不漏水考验着设计团队的智慧。

曲线段沉管设计负责人林巍向记者介绍，沉管从预制工厂浮运至现场，再下沉、安装，需要经历上百道工序，哪怕一道工序把控不严都会造成漏水。设计师在建设前端把关，必须要把每一个环节都设计到位，让施工单位有条不紊开展施工。而“滴水不漏”的结果，是对设计方案最好的肯定。

“这个工程从设计到施工，进行了严格的品质管理，采用了‘工厂法’预制管节，它的特点就是可以把裂缝控制住。‘工厂法’生产的模板都是机械安装，精度可控，平衡度可以调节，然后再浇混凝土。它的控制体系，跟一般的非‘工厂法’预制是不一样的，要求更高。”日本NCC公司海外基础设施项目室长久保田真如此评价。

2017年5月2日，随着最后一节沉管管节安装成功，港珠澳团队向外界发布了港珠澳大桥全线合龙的消息。为了这个最终接头，中交公规院设计团队忙碌了近4年。

“采用常规的最终接头方案，最少需要半年以上时间，在30米水下和回淤环境，质量控制、安全管理风险都非常大。2013年6月，我们就开始想方设法突破常规、寻找可以获得更本质安全、本质质量、更具效率的最终接头设计方案，直到2015年初才定下来。”作为最终接头设计分项负责人，李毅要综合考虑工期、质量和安全风险。

最终接头的难点在于接头两侧都要精准安装，而且要严丝合缝，这不仅对接头预制的精度要求极高，而且对施工组织也提出了严峻的挑战。

考虑风力、海流、浮力等多种因素，重达6000吨的最终接头要在15厘米的沉管缝隙处，始终以小于3厘米的平面误差缓慢下沉实现对接。这在世界交通领域是史无前例的，无异于“海底穿针”。

好的设计方案要利于施工组织，防控风险于未然。为了实现精准对接，设计团队进行技术攻坚，在接头结构上狠下功夫，最终采用外部为钢结构，内灌混凝土的“三明治”沉管结构，既保证了接口尺寸误差不超范围，又实现了较好的经济性。这是国内第一次将此类结构应用于沉管隧道设计。

2017年5月2日5点53分，最终接头开始吊装，19点30分安装结束，仅14个小时就完成了传奇的“海底穿针”，而传统止水板工法则需要超过半年。

在现场的汉斯由衷地说：“现在来看已经实现的成果，我相信我们可以说项目做得非常成功，能够达到最高的国际质量标准。”

品质至上　健康监测保驾护航

超过1000亿的投资、120年使用寿命、历时14载、多样的结构形式、复杂的受力情况以及海洋侵蚀……这一切都要求工程的维养工作必须做到位。

成功易得，经典难成，公规院在大桥监测管养上铆足力气。早在设计阶段，就将维养设计置于与主体结构设计同等重要的地位，对维养理念、策略进行了大量的研究工作，以“建养并重、以养促建”为准则，做到桥未建起，养护先行。

在桥梁监测管养方案设计中，公规院倾向更为人性化的检修，保证重要构件“可到达、可监测、可检查、可维护、可更换”。

“桥梁隧道健康监测实际上是把它当成一个生命体来看待，安装上类似于检测人体脉搏、心跳的装置，随时可以监测到桥梁隧道的运营状态。比如说台风来了以后，它会发生什么样的变化，这些数据都会被记录下来，然后分析对大桥的影响，是一种对土木结构更加人性化的管理。”裴岷山说，“三地业主对大桥出现事故的可接受度很低，因此大桥的维养工作尤为重要。”

港珠澳大桥健康监测面临高空、外海、密闭空间三大挑战，钢箱梁中高温高湿的环境对设备危害较大，监测人员进入后也容易缺氧。港珠澳大桥主体工程结构健康监测系统负责人、公规院副总工程师、大数据公司总经理李娜说：“港珠澳大桥主体工程结构健康监测范围广、项目多，单纯依赖人工投入既不现实也不经济。”

为保障监测人员安全与职业健康，公规院专门打造了一套便捷实用的桥梁健康监测系统，配备先进的智能传感器设备，采用物联网技术、大数据处理分析技术和最新的人机交互技术，根据大桥各部位的重要性、耐久性等特性和要求，确定各部位所需要的维养工作，并从材料、受力结构和配套设施等开展多方位的监测工作。

这一系统的监控应用，不仅能准确了解桥梁的健康数据，还能及时发现桥梁的异常状态并进行相应处置。

“公规院研发了多功能的梁内、梁外检查车，既能适应复杂的作业环境，保障监测人员健康，又能够保证监测的精准和高效。”港珠澳大桥主体工程桥梁工程设计代表金秀男说：“这种检测车在国际上都属于首创。”

2017 年的超强台风“山竹”充分验证了港珠澳大桥健康监测养护方面的成果。监控资料显示，桥上暂态最大风速 16 级，索力、位移、震动都在设计范围内，位于台风中心风圈的大桥完美经受住了严峻考验。

防患于未然，这是公规院在养护方面坚持的理念，重视其养护，让通道始终稳固，保证港珠澳大桥通行无险。

在颠覆中成长的团队

“加入港珠澳大桥岛隧项目团队时，我三十四岁，如今已四十七岁，把最美好的十三年给了这座大桥，收获满满。”刘晓东感慨道，团队中的许多工程师，都把自己最年轻、最美好的时光留在了这座大桥上。

设计团队中许多工程师对记者讲，在这个工程中最宝贵的收获就是一直在颠覆与被颠覆的路上前行。这也许是他们人生最大的收获之一。

刘晓东说：“这个项目与其他工程有些不一样。大多数工程习惯于沿用已有的技术与方法，100 年前就是这样做的，现在依旧如此。但在做这个工程的时候，采用已有的方法，从工程质量的把控上不符合要求，也不符合我们的工程思想。所以每走一步，都在探索有没有更好的办法，这是我们的特别之处。我们当然希望使用成熟的工具与技术，但是只要发现这个工具并不适合，或者说对港珠澳大桥工程存在风险或者是潜在的风险，我们就会放弃所谓成熟的做法，立刻组织新工具、新结构、新工艺和新技术的研发。”

是的，世人都在仰面欣赏港珠澳大桥的璀璨光华，却很少低头体会明珠孕育过程中的阵痛与磨砺。对于刘晓东和他身后的“公规人”来说，亲见了波涛中沉管隧道向海而生，亲历了皎皎月下远眺家乡的思乡之苦，更亲证了千锤百炼造就的岁月辉煌。在他们眼里，伶仃洋的大风大浪是大鹏展翅扶摇直上的动力，是北冥之鲲遨游千里的豪壮。怀着跨天堑、入海底的雄心斗志，公规院的“岛隧精英”们将在科研创新与工程实践的完美融合中，继续乘风破浪，御风前行。

中心试验室：

刚柔并济筑就世纪工程

港珠澳大桥是世界上跨度最长的海上桥梁，岛隧工程是大桥的控制性工程，包括东人工岛、西人工岛和一条长达 6.7 公里的海底沉管隧道。

由中交二航局武港院新材料与防腐蚀研究所组成的中心试验室则成为把控工程质量的关键部门。在港珠澳大桥岛隧工程的七年建设过程中，中心试验室的工程师们不辱使命，先后完成了沉管混凝土配合比、裂缝控制和耐久性攻关；研发的清水混凝土在东人工岛和西人工岛得到大规模应用；创新沉管接头剪力键记忆支座和超低强度水下不分散沉管基床注浆新材料，每天重复着提取样本、检测原材料、打混凝土等复杂又琐碎的工作，为世纪工程建设做出了卓越的贡献。

在中心试验室的墙上，醒目地张贴着“脚踏实地，志存高远，敢于担当，心怀天下”的标语，而试验室团队也确实将这 16 个字奉为圭臬，坚定不移地执行到位。

不断尝试　造就沉管温控技术创新

由于港珠澳大桥地处伶仃洋海域，海底沉管隧道位于海平面下 40 多米，受天气、湿度、盐度和温度等自然条件的影响，沉管混凝土的稳定性和耐久性令人担忧。面对沉管深埋、8 万吨超大体量、120 年超长运营周期等重大难题，中心试验室提出了一系列可行的控裂方案，实现了世界最大沉管“工厂法”生产。

对重达 8 万吨的巨型沉管进行控裂，在世界工程史上尚属首次。中心试验室主任屠柳青带领团队尝试各种方法，从混凝土的配合比到小尺寸模型试验，一步一步验证混凝土的性能，全力降低沉管开裂风险。由于港珠澳大桥岛隧工程采用“工厂法”预制沉管，预制工厂定在牛头岛上，气温高，天气不稳定，经常出现缺水缺电的情况，而施工条件要求都极其严苛；并且沉管要埋在深海 40 米处，水下压强非常大，传统的使用冷却水管进行控裂的方法会带来渗水风险，这是绝对不能接受的。国际国内同行认为，单纯依靠混凝土自身防水，做不到不开裂，需要增加涂装、外包防水结构等附加措施和防腐措施。

涂装、外包防水结构等附加措施不仅增加工程造价，延长工期，更为关键的是这些措施都不能保证使用 120 年，最稳妥的方法还是提高混凝土的性能，做到自身防水。林鸣总经理坚持认为，依靠混凝土自身防水的方案是可行的。受林总委托，屠柳青所长带队四处调研，参考核电、水电的做法，跨行业借鉴降温技术，尝试比较风冷、加冰、液氮等各种混凝土降温方案。结合桂山岛的现场条件，最后决定采用片冰和制冷水拌和混凝土的温控措施，并制定了全套混凝土温控方案。

方案确定并不意味着可以高枕无忧了，是否可行还要选择好最适合的原材料，进行现场试验。为了调研原材料，中心试验室团队用了半年的时间，跑遍了大半个中国，在详尽的数据上进行仔细比选，完成了原材料的选择。

原材料确定后，紧接着就是现场试验。从半方的小块模型，到 7—8 立方米的中号模型试验，再到 20—30 立方米的大号模型试验，到最终的足尺模型试验，中心试验室团队试验开展了成百上千组。两次足尺模型试验规模之大更是达到世界之最，模型的高度和宽度和正式生产的沉管一样，分别为 11.4 米和 37.95 米，长度略短，均为 5.5 米。试验结果证明，沉管控裂方案符合预期结果，最终投入大规模生产。片冰加制冷水拌和混凝土的温控方式不仅控制了工程成本，更创新了超大型刚性混凝土结构控裂技术。

据中心试验室副主任刘可心讲，实际上，中心试验室的成立并不在项目总部最初的机构设置计划之内。港珠澳大桥海底隧道沉管混凝土项目竞标时，武港院新材料与防腐蚀研究所提交的控裂技术方案周全细致，对每一个问题都制定了多份应对方法，林鸣总经理也觉得这个团队非常敬业，敢于钻研。林总说，“既然方案是新材料研究所提出的，当然他们也要参与到工程中去，进行现场把关，这样才能保证最终实现方案的效果”。由此，中心试验室应运而生。纵观这些年中心试验室的创新成就，没有辜负林总的殷切期望，也算是无心插柳柳成荫了。

查漏补缺　确保混凝土出厂品质稳定

由于港珠澳大桥的规模之大和技术之难，中心试验室与常规项目试验室的职能职责也不能等同，中心试验室隶属项目总部，下设沉管试验室，东人工岛、西人工岛试验站等三个分站，对岛隧工程建设进行技术支持全覆盖。其工作职责既要控制混凝土质量，又要攻克沉管控裂、清水混凝土应用等技术难关，这些是常规试验室不具备的功能。

把控混凝土的原材料质量是中心试验室的重要工作之一。百万立方米混凝土对应着七八种材料，这些材料需要每天从供应商处运送到施工现场。材料的状态每天都在波动，这个波动范围是不是可控？能不能保证品质始终处在可允许的范围内？成品的品质能否达到设计标准？都需要中心试验室进行全程检测，中心试验室形成了进行原材料波动统计的习惯。统计结果显示，每到春季，原材料的品质都会波动较大。中心试验室开始约谈供应商，供应商信誓旦旦地表示，我们的生产工艺和原料供应地方没有发生变动，绝对不会出现问题。经过仔细排查，最后发现原来是春季时期，供应商仓库回潮，导致原材料质量出现波动。如果没有中心试验室团队的细致工作，谁能够想到问题出在源头供应商仓库这里？作为百万立方米混凝土品质的守护者，正是中心试验室严格把关，才保证了混凝土的品质稳定。

标准答案不是万能钥匙

因为港珠澳大桥项目的特殊性和首创性，国家许多现有的施工标准规范已不适用于这一工程，而且中心试验室从来不希望做一个单纯的执行机器。他们开始思考建立一套港珠澳大桥岛隧工程自己的混凝土标准。总结以前的经验，大家一致认为“高指标的原材料不一定就能配出最优性能的混凝土”。另外，标准过高的话，容易走进原材料难以选择的困境。这个标准既要能确保质量，又要具有适用性。

2015 年 3 月，中心试验室又承担了清水混凝土攻关的重任。清水混凝土制作要求高，非同寻常，中心试验室按照国家标准制定了一系列的质量控制、管理措施，目的就是实现清水混凝土生产的工厂化、标准化。但是在实际生产过程中，尽管原材料的质量没有问题，但清水混凝土的外观质量却出现了异常波动，产生泌水问题，严重影响了清水混凝土的外观质量，达不到工厂化、标准化生产的要求。攻关组成员非常苦恼，详细地一步步去排查，力争发现问题、解决问题。

为了解决这一问题，中心试验室团队找国内混凝土专家咨询，逐项排查混凝土原材料，调整配合比，分析清水混凝土的泌水原因，经连续 30 多个日夜的研究和试验攻关，最终发现问题出在原材料中河砂级配上。为满足含泥量的指标，厂家将河砂进行了冲洗。其各项指标均能满足规范标准，但是经冲洗后，河砂中的细颗粒（0.15 毫米以下）大大减少，过于干净的河砂导致混凝土出现泌水砂线问题，得了俗称的“富贵病”。

“在原材料中，大石头、小石头、河砂以及细颗粒的层级搭配要十分讲究，这样混凝土的流动性、凝固性和稳定性才能达到要求；如果将细颗粒都除去了，造成小石头与河砂之间出现级配断档的现象，使更细的胶凝材料在重力作用下出现沉积，形成泌水问题。”刘可心说，为避免再次发生这个现象，中心试验室创新性地提出了清水混凝土的级配指标，“这一指标体现了中心试验室的价值所在，有些东西不是说参考标准做就一定是对的，什么是最合适的才是我们该思考的问题。”

在港珠澳大桥的七年时间里，尽管原材料的成分可能存在波动，但混凝土的品质始终处于最高标准，得益于团队成员的勤于钻研和思考。东人工岛和西人工岛上的清水混凝土建筑群成为世界上暴露面积最大的海洋工程清水混凝土集群。

产学研模式打造综合性人才团队

细数港珠澳大桥岛隧工程的创新技术，主要有六点：一是钢圆筒快速成岛；二是“工厂法”预制世界最大沉管；三是发明“半刚性”沉管新结构；四是创新碎石基床＋复合地基实现了沉管隧道深水软土沉降控制；五是世界最大体量的沉管安装成套技术；六是整体式主动止水最终接头新结构。这些重大的创新为以后大型海洋工程建设提供了新的解决方案和技术支撑，取得这些成就，最重要的要归因于设计施工总承包管理模式和一支集产学研为一体的建设队伍。

武港院新材料研究所是一家设计、科研单位，主要任务是做科研，解决类似沉管控裂、清水混凝土研发、最终接头基础后注浆技术等现场基础问题，在一般的工程项目中，扮演着专家、顾问之类的角色，只需完成技术创新工作就行了。而在港珠澳大桥岛隧工程项目，中心试验室同时扮演着管理者、科研者和实践者的多重角色，不仅要搞科学研究，还要参与到现场的实践工作，将研究成果转化成实际产物，并为施工质量保驾护航。

这一产学研结合模式，将科研设计、现场施工和工程管理等环节联动起来，快速发现问题，高效解决问题。通过前期的科研攻关，中心试验室知道哪里是关键问题，哪里是重难点，同时也就了解了工程质量管控的重点在哪里，并能够有针对性地解决难题。同时当现场生产过程中出现问题时，能够有针对性地进行研究，将现场需求直接反馈到科研中去，促进科研更有实用性。这样，让科研人员更好地走到工程实践中去，有目的地开展研究，服务现场，而不是仅仅作为旁观者。

屠柳青主任说：“产学研模式在检测工作中，更为高效，只有在对现有材料性能的熟悉和质量控制下，才能设计出最优的清水混凝土配合比；只有在对港珠澳原材料和混凝土有更深入的理解后，才能快速设计出一种超低强度、超长缓凝时间的水下高流动性注浆新材料。该材料已成功地应用到沉管最终接头的基础后注浆施工上，这在以前的项目中，是难以实现的。”这一模式对中心试验室团队的影响也非常深远。之前，试验室团队是单纯做科研的，虽然具备了做产品和做技术的功底，但是缺乏重大工程项目的管理经验，港珠澳大桥岛隧工程的设计施工总承包模式正好填补了现场管理这一空白，使团队走出试验室，走进施工现场，锻炼了团队现场管控的能力，打造了许多复合型人才。

历经七年港珠澳大桥岛隧工程的磨炼，中心试验室已然成为中交集团，甚至是中国交通行业集产学研为一体的专业化团队，研发水平、项目管理经验和技术能力都走到了行业前列。在港珠澳大桥之后，武港院新材料与防腐蚀研究所参与了世界多个大型工程建设，例如马尔代夫的中马友谊大桥、马来西亚的槟城第二跨海大桥以及肯尼亚蒙内铁路等，按照产学研一体的模式，为工程提供全产业链式服务，得到了业主的广泛认同，用中心试验室副主任刘可心的话说，“这叫混凝土 +”。围绕建筑基本材料，研究所开发出许多产品和技术，走向更加高端的项目，例如：混凝土 + 产品、混凝土 + 技术、混凝土 + 服务、混凝土 + 高端试验检测，这些成就都要得益于港珠澳大桥岛隧工程的产学研一体化模式。

苦中作乐的激情岁月

每每回忆起港珠澳大桥项目，中心试验室团队的每一名成员都是眼中带泪，嘴角含笑。担任试验室技术负责人的焦运攀到达珠海的第一天就被同事戏弄了，当天正好是西方愚人节，大家骗他说没有中标，他的心情一落千丈，到最后确认中标后，他又欣喜雀跃。和他一样，那时的他们正值风华正茂的年纪，意气风发，鲜衣怒马，能够参与港珠澳大桥这样的世纪工程，那是多么的荣幸！

七年岁月，作为岛隧工程项目的核心技术部门，中心试验室面对过太多的考验和无奈，但是每一次踌躇难前的背后，都有团队的坚守陪伴和国家强大的科研、制造实力的支持。他们说：“这个过程就像 E15 沉管管节安装，难题无处不在，但最终总会找到解决办法。”

作为一名知性、爱笑的女性，屠柳青带领团队研究的是刚硬混凝土建筑，这是一个通常认为的男人的世界。大家心中免不了有一个疑问，什么样的性格才会走完这条路呢？屠柳青说，是一个接一个的挑战促使她坚持下来。当问题摆到面前，无法避免，无法逃避，只能全力解决。为了制定出可行的沉管控裂技术，她曾带队奔赴各地，跨行业借鉴技术，最后提出全断面浇筑、片冰降温等创新性温控方案。她聊起了一次林总带队调研水泥的经历：调研团队每天早上 8 点钟出发，每天天黑才回到住宿的酒店，跨越一千多公里的行程，其间不光是考察了水泥厂，还有碎石厂等。为了解决温饱，大家往往都是随便在路边找个饭店就餐。同行成员开玩笑说："判断哪家餐馆好不好吃，看人多不多就知道了。"其实这只是七年时光的一个平常瞬间。

刚毕业就来到中心试验室的汪华文是一名试验员。他说，港珠澳大桥岛隧工程营地就像一个养分充足的大基地，在这里，你可以任意遨游，吸收知识，学习技能。"每周两小时"学习活动上，团队成员坐在一起，充分交流，一起探讨。"工程硕士班"的课堂上，华南理工大学的老师们带来了最新的建筑理论。学以致用，产学研结合，中心试验室的每一位成员和数万名建设者一起，用梦想和勇气建成了世纪工程，实现了天堑变通途的理想，践行了"脚踏实地，志存高远，敢于担当，心怀天下"的誓言。

Ⅰ工区：

筑岛铁军展现大国匠心

2010 年 11 月，中交第一航务工程局有限公司承接使命快速响应，组建港珠澳大桥岛隧工程Ⅰ工区项目经理部团队，率先进驻珠江口，在伶仃洋茫茫大海中开启了筑岛征程。

实现外海筑岛的革新

港珠澳大桥东人工岛、西人工岛，地处航运繁忙的珠江口，按传统的抛石填海工艺，建设工期约 3 年，同时还可能对该海域的中华白海豚保护区生态环境造成破坏。既定方案是在未知的外海环境，采用 8 台液压振动锤联动，振沉超大直径钢圆筒快速成岛，在国内外无任何经验可循，这是一项技术要求极高、安全风险极大的任务。一航筑岛团队踏上了只能成功不许失败的探索之路。

面对“快速成岛”这一历史性创新课题，一航筑岛团队在项目总经理部的带领下迎难而上，整合全球资源，凝聚各方合力，紧锣密鼓地开展了一系列技术攻关。各项准备工作的全面展开，为“快速成岛”这一伟大构想的工程实践奠定坚实基础。

工程要求振沉设备在2012年5月必须到位，但当时钢圆筒筑岛工艺在国际上并不多见，600吨级振动锤全世界只有4台，在美国采购、国内安装调试都需要时间。一航局高度重视，牵头组织协调，并安排工区常务副经理孟凡利带领一批经验丰富的专家进行商务谈判、采购、做方案、做试验。5月10日，振沉船组在伶仃洋上一字排开，起重船、工作船、拖轮全部到位，用时刚好五个月。

2011年5月15日，岛隧工程首个钢圆筒顺利振沉到位，工程人员沉浸在无比的喜悦之中。其后的施工异常顺利，原计划“两天打一筒”成为“一天打两筒”，甚至实现了“一天打三筒”的纪录。

筑岛团队改变了以往水上施工中辅船找主船的传统驻船方式，结合钢圆筒运输船大难掉头的实际，反辅为主，要求主船找辅船，加快了施工进度。员工们士气高昂、加班加点，东人工岛和西人工岛的120个钢圆筒一气呵成，不断刷新着外海施工纪录。

沉管对接筹备的攻坚战

2012年2月6日，西人工岛深基坑开挖，拉开了岛隧结合部暗埋段施工的帷幕。

西人工岛岛隧结合部施工，是实现沉管对接的首要条件。烦琐的工序转换、多专业交叉施工，其综合复杂程度远超工程投标阶段的预期，这又是一场攻坚战。外海超深基坑、高压旋喷基础、暗埋段隧道基础、过渡段挤密砂桩、暗埋段隧道结构、高精度端钢壳、二次止水结构、挤密砂桩基础载荷试验、高压旋喷基础原型载荷试验、岛内水密试验、岛头钢圆筒拆除……每一步都面临着前所未有的风险与挑战。

依托设计施工总承包优势，一航筑岛团队紧随项目总部的步伐，因地制宜，从细节着手对技术方案进行了深度优化。工区领导班子和技术骨干常年驻守孤岛，将班子会、研讨会安排在施工生产一线，解决问题不过夜。

夏季的伶仃洋酷热难耐，深达20米的基坑内平均气温达40多摄氏度。2012年7月，施工海域首次迎来了强台风“韦森特”，工程实体经受住了极端恶劣天气的考验。一航筑岛团队在一次次与大自然的搏斗中得到了历练，以敢为人先的勇气和担当、务实肯干的优良作风，一路披荆斩棘，取得了一个个目标节点的胜利：

2012 年 11 月 10 日，暗埋段结构开始端封门的安装。

2013 年 1 月 29 日，岛头回水一次成功，二次止水结构滴水未漏，实现岛头围护结构二次止水的完美转换。

2013 年 3 月 1 日，岛头 3 个钢圆筒及 4 组副格拆除，西人工岛万事俱备，等待首节沉管管节的对接。

2013 年 5 月 6 日凌晨，E1 沉管管节与暗埋段对接成功，实现了举世瞩目的“深海初吻”。

一航筑岛团队自 2012 年初开始进行岛隧结合部施工，历时一年，在近 20 米的深基坑内，克服了外海恶劣的自然环境挑战，攻克了一系列复杂技术难题，持续奋战如期完成任务，为首节沉管管节成功安装奠定了坚实基础。

开创性的基床施工方案

港珠澳大桥沉管隧道采用块石基床，在超水深、大流速的恶劣外海施工环境下，采用传统的重锤夯实工艺根本无法实现。外海深水基床夯平这一课题，摆在了一航筑岛团队面前。在国内外无任何可供参考案例的情况下，他们开创性地提出了采用液压振动锤进行水下抛石夯平的施工方案。

2011 年 12 月至 2012 年 2 月，Ⅰ工区针对“溜管定点抛石”和“液压振动锤夯平”等技术难题，模拟海底不同工况开展了大量对比试验研究，并取得了突破性的成果。

2012 年 7 月 14 日，工区团队开展抛石夯平典型施工，为正式施工积累了经验。

随后，一航筑岛团队抛石夯平班组扎根深海，坚守 1291 个日夜直至 2016 年 1 月 18 日，共计 29 节管节、50 多万立方米的块石抛填夯平任务顺利得以完成，并实现了质量零问题、安全零事故。

一群平均年龄不到 30 岁的年轻人，跨越五个春秋，漂泊外海，坚守抓船，相守在简陋的集装箱内，与繁华隔海相望，甘于寂寞，成功地完成了沉管基础抛石夯平的全部施工任务，被授予“铁打的团队”称号。

雕铸珠江口地标建筑

西人工岛主体建筑总面积约 2 万平方米，分为地下两层和地上三层，地面以上结构整体采用清水混凝土工艺。

作为港珠澳大桥的管理控制中心，西人工岛主体建筑结构复杂、功能繁多，与常规民用建筑或工业建筑存在较大区别。清水混凝土一次浇筑成型，不附加任何修饰，建筑质量要求极高，对于常年从事水工建设任务的一航筑岛团队而言，这又是一项全新的挑战。

2014 年 10 月，他们开始了长达两年的技术探索，5 个阶段，64 次试验，对清水混凝土施工进行深入研究。

2016 年 11 月，西人工岛主体建筑施工全面展开，建设如此大规模的清水混凝土建筑群在我国尚属首次。面积近 2 万平方米的建筑要在 9 个月内完成，这将是一项与时间赛跑的战役。

一航筑岛团队按照“零瑕疵、零缺陷、零遗憾”的目标，以“每一次都是第一次”的理念，对每一个工程细节都精雕细琢、精益求精，不达要求坚决返工。通过全面推行“6S”管理，强化全体参建人员精细施工意识，将质量第一、严把安全、保证进度、环保至上的建设理念潜移默化为员工们的行为习惯，形成良性循环。

2017 年 7 月 28 日，西人工岛主体建筑顺利封顶，接踵而至的是一系列烦琐的机电装修及岛面工程。距离 2017 年底完工的目标越来越近，项目总经理部统揽全局，带领全体参建人员抓安全、保质量、促进度，开展“百日冲刺”“奋战四十天”等专项劳动竞赛活动，并授予一航筑岛团队“820 突击队”旗帜。

对于一航筑岛团队而言，“820”不仅是一面旗帜，也是一种使命，更是一种精神寄托。他们在冲刺路上，一天当作三天用，掀起了伶仃洋上的一场大会战。2017 年 12 月 31 日，西人工岛如期亮灯，矗立在珠江口的新地标璀璨夺目。

追逐心中的桥梁梦

七年奋战，面对前所未有的技术挑战和史无前例的工程困境，以林鸣为首的中交人，以为国建桥为己任，秉持敢为天下先的勇气与担当，攻克了一个又一个世界级难题。

港珠澳大桥具有无限的创造空间，对于工程师来说，它不仅是一个挑战技术的平台，还是一个实现人生价值的舞台，是一个值得倾尽全力去实现的梦想。这个工程具有一种让人无法拒绝的魅力。

Ⅰ工区副总工杨润来说：“岛隧工程是我人生中最重要的一个里程碑，也是我人生中最宝贵的一笔财富。在这个项目中，我的各个方面都有了较大成长。”

工程建设这七年，对于许多年轻人来说，只是相当于离开大学后，又在这个项目中继续学习深造的历程。但对于高潮来说，却是他人生职业生涯的最后荣光和完美句号：因为工程项目需要，已经退休的他又被工区返聘留用，继续从事工程监测工作，直到2017年底，工程全线完工时，才正式退休。

正是这样一个个有理想、有追求、有斗志的建设者，组成了这支“筑岛铁军”。他们秉承“固基修道、履方致远”的责任担当，不辱使命，对事物追求完美，对细节一丝不苟，对质量精益求精，成为新时代的工匠团队。

Ⅱ工区：

不误青春书写传奇

港珠澳大桥岛隧工程Ⅱ工区由被称为“水工铁军”的中交三航局二公司员工组成，百名管理人员多数是2010年后毕业的大学生。这些“85后”以其稚嫩的臂膀扛起了港珠澳大桥东人工岛建设的重任。

针对岛隧工程的施工难点，工区常务副经理刘海青以人为本、知人善用，对年轻人言传身教、悉心指导，带领他们创造了伶仃筑岛的传奇。

结合孤岛作业的特点，Ⅱ工区从工程建设、员工需求、支部自身建设需求出发，创新性地提出了“以人为本，建岛筑家”的党建工作理念，提出了把工区打造成“五心合一”的职工之家的目标，即“学习培训中心”“民主管理中心”“文化休闲中心”“安全健康中心”“工程服务中心”。五个中心融合了项目党建与工程管理，助推了工程建设，先后创造了77天成岛等一系列壮举。

“当代鲁滨孙”为青年人正名

有人说，“80后”“90后”是垮掉的一代，是不能吃苦、只会上网的一代。Ⅱ工区的年轻人以自己的实际行动证实：这是偏见。

2011年，一批刚毕业的大学生，离开学校就来到了伶仃洋畔。当交通船送他们登上人工岛后离开、渐行渐远之际，很多年轻人的感受是：我们是《鲁滨孙漂流记》里的人物，船走了，我们被抛弃在这里。恶劣的海洋环境是常人所难以承受的，夏天酷热难耐，烈日之下没地方躲藏；平时一个人一个星期才能喝完的桶装水，在这儿不一会儿就被小伙子们喝完；岛上平均温度高达四五十摄氏度，“土台风”(突风)使作业船摇摆颠簸，不少人在船上几个月下来，上陆后竟不会走路!

2013年3月14日，作为刚毕业的大学生，李晓强来到Ⅱ工区综合部报到，主要是协助项目开展好党群、宣传工作，还要负责后勤的食堂工作。

“对现场文明施工，林总要求很高，当时是天天靠盯着。现场开始执行时很困难，也很凌乱，差不多一周好几天都在岛上盯着这个事情。”李晓强说。

人工岛上没有信号，没有网络，有的只是无尽的海水和无遮无挡的烈日，能够看到的“活物”大多是吃鱼的海鸟……东人工岛因为靠近中国香港，有时候还有中国香港来的信号，但时有时无。有时候信号一来，手机短信声响成一片，大伙争相向家人报平安。总部领导、工区领导也没有忘记岛上的年轻人，每天交通船都会为人工岛送来新鲜的肉类、鸡蛋、蔬菜和水果。

东人工岛施工最苦的时候是2017年。那时正大面积进行岛上主体建筑装修，房建施工的各项工序都陆续拉开，做水电、布置电路控制、装空调等。工序多，场地比较集中，空间也比较狭窄，垃圾产生的速度比外运的速度都要快。因为有环保要求，垃圾不能随便丢，孤岛垃圾不允许抛入海里，他们都以袋装的形式用箱子拉回岸上，再协调岸上进行垃圾处理；一个工序完成后，垃圾一定要马上清除，不过夜。一位年轻员工说：“2017年除了春节，我就休了两次假，一整年基本上都是在这里。特别是八九月份以后，我天天待在岛上。”

千山鸟飞绝，万径人踪灭。就是在这样恶劣的环境下，三航局的勇士们以顽强不息的战斗热情，硬是挺过来了，并创造了77天钢圆筒下沉快速成岛的奇迹！

技能基础与综合素质并重

相比自然环境对身体的挑战，孤独寂寞对人心理健康的挑战更大。连续多年，上千人挤在 10 万平方米的人工岛上施工。上岛之初，寒风凛冽。为了躲避海面狂风，工人们只能缩在钢圆筒下面。岛上虽然设立了小卖部，但却买不到想要的东西。其间，陆续有人离开了，宁愿去干工资少一些的活儿，也不愿忍受这样的寂寞，但大多数老职工还是留了下来。2012 年，工区为岛上职工安装了手机基站，手机有信号了，家属的心也跟着平静了，职工们也慢慢安定了下来。

东人工岛隧道暗埋段结构施工在十几米的深基坑内，四周被钢圆筒围得密不透风。遇到高温天气，现场最高气温都能达到 40 摄氏度，钢筋表面温度甚至高达 60 摄氏度。为防止中暑事件发生，工区提前谋划防暑降温工作，除了在现场设置休息棚，配备鼓风机、喷雾中央空调、藿香正气水，配送凉茶、绿豆汤等，还制定了现场施工“15 分钟休息制度”，即在高温下，现场施工人员每隔两小时集中休息 15 分钟。

通过开展“导师带徒”“东岛青年论坛”、组织建造师考试培训，工区不断提升青年员工的工作技能和业务能力，使他们逐步在实践中得到培养，快速成长；同时，改变传统做法，对新进员工实行一线轮岗，涉及 11 个岗位，包括试验、测量、HSE、质检以及现场各分项工程施工管理，几乎涵盖了工区所有一线岗位。通过轮岗，一方面打牢了业务技能基础，特别是试验和测量专业的技能；另一方面拓展了综合素质，为未来定岗提供依据，较好地实现了人岗匹配。

打造青春绽放的舞台

面对青年人占绝大多数的实际，Ⅱ工区党支部加强群团工作，成立青年突击队，组织开展“争创青年岗位能手”等活动，充分调动广大青年人投身东人工岛建设的热情。在青年队伍稳定和培养方面，党支部也采取三大措施，实现“传帮带”。他们改变过去传统的教育方式，利用“无压力”一对一谈心、QQ

群交谈、组织攀山登高、认识珠海等各类文体活动，加强与青年人沟通，疏导青年人心理压力，使其放下包袱、安心工作。

以“五比五提升”劳动竞赛为载体，Ⅱ工区全力组织年度劳动竞赛活动，紧紧围绕工程建设对竞赛主题、目标、任务和措施进行周密部署，通过岗位练兵、技术比武等手段，有效推动了节点目标的完成：如期实现77天成岛的施工壮举；降水井施工20天内四次刷新施工纪录，该工艺还申请了国家专利技术。

在青年职工的培养和使用上，工区注重压担子、赋责任，施工、质检、测量、HSE等一线部门都是优秀的青年职工在负责，他们带领着大多数毕业不到3年的青年员工完成各种“急难险重”任务，为工程顺利推进保驾护航。在这过程中，青年人才快速成长，张奎和金廷文获得中国交建“青年岗位能手”，近10位青年被公司调往其他项目委以重任。

港珠澳大桥岛隧工程不但技术复杂，而且施工环境恶劣，给建设者们带来不少困难。七年拼搏，很多年轻人彷徨过、犹豫过，尽管如此，还是有一大批的建设者坚持了下来，他们忠于职守、顽强奋斗，始终不忘初心，以“全力干要干的事”的决心，不误芳华，实现了中国深海沉管隧道零的突破。

Ⅲ一工区：

中国海底深埋沉管的“奠造者”

中交二航局第二工程有限公司（简称二航局二公司）是一支来自重庆的港珠澳大桥岛隧工程“梦之队”，主要担纲中交港珠澳大桥岛隧工程Ⅲ工区一分区（简称Ⅲ一工区）负责的分项工程项目，包括海底隧道沉管的足尺模型试验、16 节沉管管节预制、沉管最终接头施工、沉管隧道内部装饰、小型构件预制及安装、路面铺装等。

二航局二公司的前身是湖北省交通厅航务工程局第二工程处，于 1958 年在武汉成立，1964 年入渝扎根至今。它是一家以路桥、港航、铁路、市政工程施工为主业，“大土木”、多元化经营的工程建设企业，具备公路工程施工总承包一级、市政公用工程施工总承包一级、公路路基工程专业承包一级以及桥梁工程专业承包一级、房屋建筑工程施工总承包三级企业资质，年产值能力突破 100 亿元。

暂将“过度创新”变为现实工程

站在珠江口岸眺望不远处的港澳，很多人都会沉醉于港珠澳大桥的娇美。全长 55 公里的港珠澳大桥横跨“粤、港、澳”三地，呈变形“Y”字平躺在伶仃洋上；6.7 公里长的海底隧道不仅让人的思绪穿越时空，也真正实现了三地连体，让汪洋大海变成了通途。很多人都在苦思冥想着同样的问题：中国是怎么做到的？拥有 120 年使用寿命的海底沉管隧道质量有保证吗？

世界上第一次尝试从水下跨越是 19 世纪中叶的英国泰晤士河盾构隧道；第一条沉管隧道是 1910 年美国建成的穿插美国 Michigan 州和加拿大 Ontario 省之间的 Detroit 河隧道。目前，全世界著名的沉管隧道工程有：连通丹麦和瑞典的厄勒海峡通道，韩国巨加跨海大桥和 19 公里长的沟通丹麦和德国的费马恩跨海通道，这些都是由荷兰一家公司设计、安装完成，且采用刚性或柔性的沉管浅埋结构设计。其中美国旧金山海湾快速交通隧道最长，全长 5825 米，由 58 节沉管管节组成，每节沉管管节长约 100 米。中国直到 1993 年才建成一条珠江隧道，用时超 20 年。

相对于美国、荷兰和日本，中国在沉管隧道领域的经验、技术均与其相差甚远。但是，港珠澳大桥岛隧工程中的海底隧道总长 6.7 公里，最深处埋深在海床 20 米以下，整个隧道由 33 节沉管管节组成；沉管采用“半刚性”沉管结构设计，标准管节长 180 米，宽 37.95 米，高 11.4 米，重约 8 万吨，结构设计与施工方法史无先例可循。许多业内专家当初质疑这是在“过度创新”，并发出了“这是让一个没有沉管经验的国家造一条全世界最长的海底深埋沉管，真的太难了”的感叹。因为他们知道，从沉管的结构设计到沉管预制、舾装、浮运和沉放、安装等全过程，中国工程师们一切都是从零开始。港珠澳大桥岛隧工程就是在这样一种现状条件下开启它“穿洋过海”的第一步的。

按照“半刚性”沉管结构设计构想，设计分部用了一个多月时间将其变成了初步设计方案，随后又经过国内外多家行业知名大企业专业的“背靠背”分析演算和八个多月的质疑、论证，虽过程极其艰难和波折，但最终“半刚性”沉管结构设计方案被证明切实可行。方案确定下来了，每节沉管管节的初始设计图纸有了，就可以进行沉管的批量预制生产了吗？答案当然是否定的。

港珠澳大桥岛隧工程中的海底隧道施工条件复杂、技术条件要求高、设计使用年限长。隧道在运营过程中，不仅要满足高强度荷载要求，同时还要满足高抗渗性的要求。其中海水压力问题是海底沉管首当其冲需要面对的挑战：由钢筋与混凝土组成的沉管，需要在高压、高盐的海水中长时间使用，稍有缝隙与缺陷，就容易浸入海水腐蚀钢筋，出现漏水乃至沉管坍塌。此外，海底沉管隧道的防渗水一直是个世界性难题。港珠澳大桥隧道最深处位于海平面以下46米，沉管要承受相当于两个成年人站在一个牛奶盒上产生的压强。

因此，在沉管预制过程中，每道施工工艺都有极为苛刻的要求。要解决这些问题，在大规模预制前，就必须进行沉管节段足尺模型试验，以验证各预设工艺的合理性和人员、设备的可靠性，通过实践反馈，进而形成一套完整的沉管管节预制质量控制体系、执行标准、施工组织方案及工艺设计与操作流程、规章等，以确保沉管预制的顺利实施。

足尺模型试验任务艰巨而关键，Ⅲ一工区能把“过度创新”变为现实吗？在经过14个月的前期准备、研究与分析后，第一节严格按照设计尺寸1∶1浇筑的沉管管节足尺模型终于在2012年2月10日顺利完成。

“足尺模型试验”奠造不朽工程

足尺模型的顺利浇筑，为开展沉管足尺模型试验迈开了重要的一步。沉管预制工艺的关键技术是控制混凝土重度、管节结构尺寸精度以及管节结构的裂缝等。管节裂缝的产生是多因素造成的，一般有一个主导因素，其他则加剧裂缝的发展。混凝土管节预制过程中的控制重点是沉管的管型及相邻混凝土的约束作用、混凝土早期抗裂性能及各项物理性能(如强度、重度、抗渗等级、干缩、自收缩等)、水化热及温度控制、自然环境等。关于海底隧道沉管的预制，有上千个非常专业的问题亟待Ⅲ一工区去一一解决。

例如，为了确保“滴水不漏”、严格控制隧道裂缝，目前国内采取的通常做法为：一是改善约束条件，合理选择施工缝间距，减小作业段长度，在相邻作业工序段之间设置最佳宽度的后浇带，降低新老混凝土间约束应力；二是合理选择原材料，尽量降低水泥用量、减小水灰比，控制砂、石含泥量，同时选择良好级配的骨料，提高混凝土的密实性和抗渗性；三是降低混凝土出机、入模温度，加强内部温度、湿度养护，缩小内外最大温差；四是改善施工工艺，严格执行分段、分层浇筑，以利于振捣密实和热量散发，另外还在管节混凝土初凝后、终凝前进行多次抹压，提高混凝土密实度；五是改善材料配合比和使用低热水泥、一级添加剂、减水剂等措施来控制裂缝产生。

国外的控制方法是：采用温控、体积稳定性，以及高性能混凝土阻裂材料等相结合的方法。如荷兰、德国等国的工程经验是：研究确定混凝土收缩变形、温度变形、弹性变形等矢量叠加与混凝土极限拉伸率的大小关系，以及混凝土轴心抗拉强度与约束拉应力之间的大小关系。他们认为混凝土沉管管段的特殊结构既要求其能保证适宜的温控措施，又要能提高混凝土自身的抗变形能力。因此，低热低收缩高耐久性混凝土配制技术、混凝土凝结时利用冷却管进行温度的控制等，是控制混凝土结构早期裂缝出现的主要技术途径。

此外，港珠澳大桥海底隧道沉管预制采用什么样的模板体系？测量和控制方法怎么确定？沉管管节钢筋布置及配筋率多大较为合适？如何进行混凝土配料、配重，最优配合比、浇筑工艺及养护措施等？混凝土最优配合比是多少？应力应变、温度如何监测等，也是Ⅲ一工区必须解决的难题。

通过足尺模型试验后，岛隧工程项目总部最终确定了混凝土的配料、最优配合比、浇筑工艺、养护措施、防裂措施等。根据足尺试验的温度、应力监测结果，结合施工现场的场地、气候等因素对数值模拟计算边界参数进行了修正。提出沉管结构的具体温度、应变监测方案，以及不同天气条件下的施工控制措施，同时提出混凝土浇筑的内外温差指标、降温速度控制指标及裂缝宽度控制指标等，形成了《沉管节段裂缝控制和浇筑施工工艺专用施工指南》。

万事开头难，在足尺模型试验过程中，共释疑了数千个问题，运用了十余项创新工法，Ⅲ一工区的艰辛与努力为指导沉管预制厂践行“工厂法”施工，作业的标准化、规范化奠定了坚实的基础。

工匠精神铸就“中国桥”丰碑

在港珠澳大桥岛隧工程，Ⅲ一工区是沉管预制的全能型“选手”，从足尺模型试验、16 节沉管管节预制到沉管最终接头施工，再到隧道的内部装饰、小构件预制生产及安装、路面铺装等分项任务，随处可见Ⅲ一工区艰辛付出与创新攻坚的身影。Ⅲ一工区既是沉管预制的排头兵，也是沉管预制“压轴戏”的主角，更是最终接头的主唱者。为什么Ⅲ一工区能在港珠澳大桥岛隧工程中担纲如此重任？

机遇总是垂青有准备的人。自 20 世纪 90 年代始，二航局二公司紧盯国内外桥梁建造龙头企业，不断学习、积淀世界一流桥梁建造技术，争做“中国桥”品牌“二航造”的代言人，先后成功建成世界第一大拱桥——重庆朝天门公轨两用的特大型拱桥、世界首座主跨径超 1000 米的斜拉桥——江苏苏通长江公路大桥、世界首座千米级多塔悬索桥——江苏泰州长江公路大桥等多座世界级桥梁；在海外市场上也逐渐崭露头角，先后修建了斯里兰卡普特拉姆煤码头、马来西亚槟城二桥、斯里兰卡 OCH 工程等。他们曾荣获世界桥梁界最高荣誉——乔治·理查德森奖、美国尤金·菲戈金奖，多次荣获中国工程建设领域最高奖——鲁班奖、詹天佑奖及国家优质工程奖，中国市政工程金杯奖、重庆巴渝杯优质工程奖等。

科技创新永远是二航局二公司实现跨越式发展的动力源泉，“桥品牌”是其最闪耀的一张名片。经过二十多年的市场历练，目前二航局二公司已总结积累了一整套特大桥施工组织管理经验，创新出一大批科技成果，培养出一大批建桥人才，并凝结出独树一帜的建桥特点——以品质见长、以科技制胜、以管理护航，在国内路桥建设领域的标杆地位日渐明显。

在港珠澳大桥岛隧工程建设中，Ⅲ一工区凭借二航局二公司强大的技术和管理实力，克服千难万险，攻克多项世界难题，努力为铸就这一载入人类发展史册的桥梁丰碑贡献智慧。

港珠澳大桥岛隧工程竣工了，二航局二公司时任党委书记、董事长向剑对此表示，他们将以此为全新的起点，将“工匠精神、岛隧精神”践行到底，不断提高企业实力和国际竞争力，积极参与国际分工，始终坚持占领桥梁市场高端领域的目标，在“迈向世界、永铸精品工程”的征途上稳健前行。

2017 年 10 月 27 日，岛隧总部将沉管预制厂一部分管理和使用权移交给了二航局。交接仪式上，中国交建总工程师、港珠澳大桥岛隧工程项目总经理林鸣对Ⅲ一工区的辛勤付出给予了高度评价，并嘱咐二航局要精心管好、用好优质资源，用好核心技术和人才队伍，不负集团的期望，为实现“五商中交”取得更多的成果，为中国交通工程建设做出更大的贡献。

Ⅲ二工区：

沉管工匠岛隧先锋

中交四航局第二工程有限公司是港珠澳大桥岛隧工程建设的“梦之队”之一，主要负责施工总营地建设、沉管预制工厂建设、17节沉管管节预制、管节一次舾装、深浅坞蓄排水及管节横移等工作，也就是所谓的Ⅲ二工区。

四航局二公司创建于1951年，是国家港口与航道工程施工总承包一级企业。管理团队共有2000人左右，大多以青年为主，团队整体活力十足。国内外港口等水工工程建设经验丰富，技术实力雄厚；拥有建设国内一流大型嵌岩高桩集装箱码头、大型沉箱集装箱码头、大型深水防波堤、跨海大桥、大型船坞的人才资源、专项技术和现代化大型船机配套设备，创造了多个此类项目的工程品牌；并在建设核电站、火力发电站、原油及LNG、LPG天然气等能源设施配套水工工程方面，具有丰富的施工经验和技术能力。

四航局二公司承接沉管预制等相关任务，既是偶然也是必然。从1993年珠海市首次向中央政府提出建设一座大桥连接珠海与中国香港的方案开始，到1997年伶仃洋大桥方案通过，再到 2009 年国务院批准港珠澳大桥可行性研究报告，每一个论证、研究和资料征询阶段，四航局二公司都给予了极大的关注，并视港珠澳大桥为企业发展的难得机遇。

世界最大沉管预制厂落成

2009 年底，港珠澳大桥项目可行性研究报告刚刚获批通过，四航局二公司就组建起一支三四十人的“先遣团”率先进入位于珠江口偏东、距离海底隧道沉管安装海域约 13 公里的一个外海孤岛——珠海市万山区桂山镇牛头岛。

然而，经过几个月的考察，四航局二公司“先遣团”反馈回来的信息并不乐观：岛上气候环境恶劣，天气变化无常、台风频发、烈日酷暑难耐；路面状况不佳，台风过后寸步难行，车辆、机械设备进岛，以及施工保障等必定受限；蚊、虫、蛇较多，施工人员入岛极易受到疾病困扰；除此，岛上的淡水资源并不丰富，很难满足即将进驻数千人的“部队”正常施工与日常生活用水。

这些信息上报给岛隧工程项目总部后，总部领导对整个工程的细化分工、工程进度安排进行了分析。此后近一年时间中，项目总部人员再次组队进行反复勘探和研判，依旧确定了桂山岛为岛隧工程沉管预制施工的“主战场”，选址牛头岛上废弃的采石厂作为沉管预制厂的兴建地，预制厂采用“工厂法”建设模式，预制生产线采用工厂流水作业方式，施行“6S”精细化管理。

尽管岛上的先天条件不尽如人意，工程团队将要面对困难重重，但工程中标就是一份“军令状”，工程要求就是“军规军纪”，工程交付日期就是一个死命令。军令如山，一经授命就必须做到，不论前路千难万险，都必须沉着应战、勇往直前。

2009 年 12 月 15 日，港珠澳大桥开工建设，四航局二公司的首要任务是沉管预制厂的兴建。2011 年 1 月，随着岛上废弃采石厂的一声爆破，中交建设团队向世界吹响了中国自主兴建海底深埋沉管隧道的嘹亮号角。

14 个月后，四航局二公司将一个占地面积 56 万平方米、预制工艺及设备达国际水平的世界最大现代化沉管预制工厂提前交付给了项目总部。这意味着由钢结构厂房、浅坞区、深坞区、附属码头、办公区和生活区等组成的整个预制厂区，以及厂房内两条沉管生产线的设备安装、调试都已完成，具备了巨型沉管预制的条件。沉管预制区 L 形的布局巧妙地解决了在外海环境下沉管预制、舾装和沉放的难题。整个预制厂区内可同时容纳 1000 多名建设者日夜工作和生活。

“零缺陷”交付 17 节巨型沉管

沉管预制厂验收合格后，预制生产施工就正式提上了日程。按照项目总部的分配与安排，两条沉管生产线中的一条成了四航二公司又一新的主战场。四航局二公司负责 33 节巨型沉管中 17 节沉管管节的预制任务。

工区常务副经理陈伟彬说，鉴于港珠澳大桥沉管隧道的 120 年设计使用年限、深埋海床下 20 余米的施工方案，项目总部对沉管预制的质量、防漏性和顶壁荷载重量都提出了比目前世界上已建隧道沉管更高的要求。如沉管顶壁要承载得了 20 余米海床软基覆盖层和 40 余米海水深度产生的重量，这个重量经工程师计算分析，是传统概念沉管要求的 5 倍。每节沉管管节都需要经过钢筋选材、钢筋加工、钢筋笼绑扎、混凝土浇筑、管节一次舾装、深浅坞蓄排水及沉管起浮横移等环节的 156 道工序方能完成，任何一个工序出现小瑕疵都有可能对沉管质量、沉管隧道使用年限有折损。

为此，四航局二公司严格按照项目总部确定的采用“半刚性、曲截面钢筋笼”结构设计方案进行预制生产，现场严格实行“6S”管理。为了让每个岗位都有操作标准，工区还制定了《港珠澳大桥岛隧工程沉管预制质量控制点管理》体系文件。

沉管预制的整个过程如下：严格钢筋的选材，只有经过检测合格的钢筋才能转至钢筋加工区加工成为沉管管节骨骼的装配材料；采用现代化的数控钢筋加工生产线；钢筋绑扎工人必须自觉做到团队协作、互相监督；精加工完毕的钢筋材料才能转送到钢筋绑扎区进行绑扎。因为每节管节的“钢筋笼”要由 37 万根钢筋绑扎而成，平均每人每天绑扎钢筋至少达 4000 个接点；模板等设备的维护保养要做到一尘不染，绑扎成型后的沉管骨骼被顶推至浇筑区后方可进行模板安装；浇筑时间、精度和温度控制要严格遵守执行标准。

模板安装完毕后，就是 35 个小时的混凝土浇筑。预制厂内的两条生产线都采用一次性全断面浇筑，端钢壳浇筑误差控制在5毫米以内。不仅如此，为了管节的质量和使用寿命，混凝土的入模温度要控制在25摄氏度以下。因为骨料温度对混凝土控裂至关重要，为此，沉管预制厂特意安装了空调送冷风。

上述工序过后，就是长达14天的喷雾养护。进入这一个环节，也就意味着一节沉管管节已经成型，即一节管节的沉管预制工作基本完成。当8个同样的沉管管节都预制完成后，将它们顶推“串”成一个整体，再将两端用钢板密封、舾装和锁扣紧固，一个8万吨级的巨型沉管就算预制完成了。管节从沉管预制厂房顶推至浮坞区内，通过向深坞内注水高出海平面15米左右，依靠水的浮力和牵引吊索移送至浅坞中，在这里等待其他工区择时将其转运。

陈伟彬说，沉管预制过程是四航局二公司践行“高质量、零缺陷、一尘不染”的过程。办公楼前悬挂的“事在心上，心在事上，传递正能量”的横幅就是在倡导管理团队所有成员和工人都要高标准、严要求地对待每一件事，严把各工序、各岗位的质量关，在岛隧工程建设中不留遗憾。

从2012年4月第一节沉管管节预制完成，到2016年12月最后一节沉管管节成功交付，四航局二公司共历时四年半，“高质量、零缺陷”地出色完成了所有的沉管预制任务，加上预制厂的兴建，前后历时六年。

沉管预制经验成为企业新的竞争力

65年前，这里曾爆发解放万山群岛战役，历时75天，革命烈士用鲜血换来和平。65年后，这座见证历史进程的小岛记载了另一个历史的诞生：在这座集现代化、高科技于一体的超级工厂里，会集了几千名全国最优秀最顶尖的建设者，夜以继日地坚守在施工一线，共同缔造了世界最长深埋公路沉管隧道这一历史传奇。

2017年10月27日，沉管预制厂正式交接给四航局管理。交接仪式上，林鸣嘱咐四航局一定要精心管好、用好优质资源、用好核心技术和人才队伍。四航局副总工程师吕卫清表示，将继续弘扬攻坚克难的岛隧精神，一如既往地秉承品质为先的精品理念，始终坚持生命至上的安全红线，管好用好沉管预制厂的每一样设备，积极促进国家交通事业的发展。

现在走进桂山岛，港珠澳大桥岛隧工程虽然竣工了，但沉管预制厂新的历史使命已经开始。连接深圳经济特区与中山市、江门市，又一集桥梁、隧道、人工岛和地下互通于一体的世界级超大型跨江集群工程——深中通道沉管预制将在这里实施。沉管预制厂仍将是曾在这里奋战、坚守 2200 多天的 1000 多名四航建设者永久的家园，岛隧精神仍将在这里发光发热。

Ⅳ工区：

“海底绣花”的岛隧先锋

港珠澳大桥岛隧工程Ⅳ工区的组成人员都来自中交广州航道局有限公司，担纲了东人工岛、西人工岛基槽开挖，沉管隧道基槽粗挖、精挖、清淤及过渡地基的处理，伶仃洋临时航道开挖及疏浚维护，及三条沉管拖运航道的开挖与清淤维护等重要施工任务。

广航局既是最早参与港珠澳大桥建设的施工单位，又是参与大桥主体工程建设的唯一疏浚企业。2008 年 12 月，受港珠澳大桥前期工作协调办公室委托，广航局开展了为期两年的“港珠澳大桥沉管隧道基槽开挖工艺及回淤观测试验研究”专题研究，为超级工程建设进行了精心的技术准备。

冲锋在前的沉管隧道“开路者”

港珠澳大桥沉管隧道建设采用“流水线”作业的施工方式，按照工序、施工地点等分为六个工区负责完成。六大工区既独立负责，又相互合作。

沉管隧道建设工序多、工期长，涉及的工区多。其中隧道基槽开挖、疏浚、清淤施工是沉管隧道建设中的第一道工序。第二道工序是块石夯平和碎石铺平，当这两道工序满足施工标准后，才能将预制好的沉管从桂山岛浮运过来安装海域进行沉放与对接。因此，Ⅳ工区是海底深埋沉管隧道建设的开路先锋，他们蹚出来的路越平整、坚实，隧道沉管安装就越顺畅、越精准。

基槽处理工程量浩大，工期特别紧张，又是世界首例在超过 40 米的深海进行大规模高精度疏浚作业，作为开路者，必须跨越一道道很难过去的“坎”。

一是作业环境复杂，安全隐患多。海底隧道基槽开挖、清淤与疏浚施工位于伶仃洋主航道上，日通航船舶超过 4000 余艘；基槽最深的地方水深达 50 米，开挖深度超过 40 米，属外海深水深槽施工；多条航道穿越，多道工序交叉，周围干扰船舶较多，现场施工协调难度大。二是水文、地质条件复杂。施工海域位于珠江入海口，隧道基槽与水流几乎垂直，洋流叠加珠江径流，海况极为复杂。三是施工质量标准要求高。为满足沉管 120 年寿命的超高质量要求，隧道基槽、边坡开挖精度设计标准不超过 -10 厘米—+40 厘米，远远高于常规疏浚工程定额标准。尤其那时候现有的施工船舶、设备，均无法满足施工要求，巧妇难为无米之炊。四是施工海域地处珠江口中华白海豚核心保护区，环保要求极高。

同时，由于施工所在的伶仃洋海域是珠江几大支流的汇集处，径流裹带泥沙带来的回淤量大；上游采砂活动频繁，海域悬移物质含量增加，从而导致进一步加大了基槽淤积量，容易发生强淤、突淤等灾难，施工不确定性高。

这些“坎”是岛隧工程建设者都必须攻克的，作为开路者的Ⅳ工区，更是必须冲锋在前，为沉管隧道安装率先扫清障碍，奠定坚实的基础。

全力以赴护航“海底绣花”

Ⅳ工区承担的疏浚任务中，最核心的工程是长为 5664 米、宽超 38 米的沉管隧道基槽开挖。隧道基槽的断面图呈一个高 18 米的倒梯形下面再接一个深 3 米的矩形组成。梯形部分为粗挖，矩形部分要求精挖。沉管隧道开挖的难点在于：隧道基槽槽底开挖要求保证在 -10 厘米至 +40 厘米的范围内，挖深了不行，破坏了原状土，会造成沉管的不均匀沉降；挖浅了不行，上面铺设的基床厚度不够，仍然会影响沉管的沉降；槽底清淤要达到泥水密度≤ 1.1 克 / 立方厘米；基本接近于海水的密度；还需对水深达 46 米的基槽硬底层进行高精度测量。如此高质量标准要求的“隧道基槽精挖”施工，在国内疏浚行业尚属首例，工区常务副经理陈林形象地称之为“海底绣花”。

要在施工环境复杂、交叉作业繁杂的外海，实现技术含量极高的“海底绣花”，除了需要精雕细琢的匠心态度，对参与施工人员、船机、测量仪器及施工工法均提出了严苛的要求。

广航局董事长、总经理等领导把港珠澳大桥作为公司的第一号工程，组织船机部、技术中心、测量分公司等相关部门的技术专家全力攻关，工艺技术研究很快取得了重大突破。如作为精挖专用船舶的“金雄号”抓斗船，经技改后，在精挖作业中采用高程 (RTK) 控制模式，精挖监控系统实现了施工过程抓斗可视、可控、可测；其自动平挖控制系统，采用迭代拟合方法，可实时控制抓斗的闭合轨迹，使高差精度控制在 5 毫米以内；定深系统根据潮涨、潮落情况自动调整开挖深度，大大方便了操作，实现了不同水深的精挖施工。深水基槽清淤方案及专用清淤船“捷龙”轮改造方案，经公司内外多轮研讨与不断完善，最终得到了评审专家的一致认可。与此同时，水下地形高精度测量技术研究也取得了重大突破，并在随后的施工中得到了全面运用。

在浩瀚伶仃洋上的施工现场，每天都会看到船机在不停地移动、运转，这种高技术含量的水下施工作业，更需要高素质人才去管理，去运行，并通过多波束水下测量数据进行分析、评估，及时告知操作人员哪些地方开挖深度还不达标。为此，广航局从一开始就抽调专业技术骨干和精兵强将，组建成高素质的“海底绣花”团队，如选派时任公司总工程师的曹湘波担任工区项目经理，选派公司总工程师陈林担任工区常务副经理。这既体现了广航局对港珠澳大桥岛隧项目的高度重视，要把“好钢用在刀刃上”，更充分展现了公司强大的人才、船机与疏浚实力。

高标准的设计要求，让“深水基槽精挖、高精度清淤、水下地形高精度测量”这三大关键技术直接关系到港珠澳大桥岛隧工程建设的成败。为此，Ⅳ工区自始至终都高度重视科技创新、工艺技术研究与设备改造工作，组织工区技术骨干及公司船机部、技术中心、测量分公司等相关部门技术专家持续开展技术攻关，编制专项施工方案及总体施工方案，开展典型施工，组织好方案评审和技术交流，全力以赴为完成工程各节点任务保驾护航。人与船机实现密切配合，“海底绣花功”也就练成了。

创新征服“大冒险”

岛隧工程建设，Ⅳ工区肩负的疏浚任务，既有精雕细琢的“海底绣花”，又有伶仃洋上的“大冒险”。

伶仃洋临时航道北端跨越崖 -13 天然气管线，这给施工带来了极大的风险。由于年代较远，找遍了中国香港的管理单位、运营单位，都找不到当时的设计图纸，缺乏管线埋设的具体资料，开挖过程就无法确定管线埋设位置与深度。针对管线埋设情况，工区开展了多次走访调研和现场勘探，并邀请多位专家，会同“广州号”主要船干探讨安全可行的施工方案，最终制定了《崖 -13 天然气管线邻近区域疏浚专项施工方案》，顺利解决了临时航道开挖的拦路虎。

隧道基槽槽底开挖超深误差需保证在 -10 厘米至 + 40 厘米以内，从一开始工区就倍感压力，再加上首个工程节点已相距不远，后面的每一个工程节点完成时间要求都极为严格，各方面压力极大，工区技术人员全部放弃周六日和节假日休息，每天加班熬夜、废寝忘食，讨论、编写各种施工方案、报告材料、专家评审文件，白 + 黑、5+2 成为大多数人的一种工作常态。当西人工岛基槽及 E1 沉管管节精挖、东人工岛基槽及 E31—E33 沉管管节精挖这两大史无前例的非常规疏浚任务先后顺利完成后，他们更加充满了自信。

对工区建设者来说，最难忘的一次“冒险”也许要属 E15 沉管管节两次安装失败后的疏浚处理施工了。2014 年底和 2015 年初，E15 沉管管节安装两次受阻，第一次是因为隧道基槽发现异常回淤物，平均厚度达 4 厘米；第二次是隧道基槽面出现大面积的异常堆积物，最厚处达 60 厘米。看着监测数据，工区技术团队忧心忡忡：唯一的清淤专用船舶“捷龙”轮已开足马力，但在日回淤量很大的情况下，清淤效果仍无法满足施工需要。一波未平，一波又起。更加致命的是 2015 年 2 月，基槽边坡意外滑塌，近 2000 平方米的基床遭到污染，采用“捷龙”轮清淤简直是不可能完成的任务。而且，两次沉管安装失败的原因都是隧道基础，都是Ⅳ工区负责的范围。一时间，面对社会的高度关注与媒体报道的舆论压力，岛隧工程所有建设者都屏住了呼吸，Ⅳ工区更是陷入了前所未有的困境中。

岛隧工程建设进入了“百日停工”期，Ⅳ工区一方面查找强回淤的原因，编写下一阶段施工方案，研究更高效的清淤方法，另一方面组织船机技术专家进行技术改造和工艺创新攻关，创新采用大型耙吸船替代“捷龙”轮进行清淤，这既大大提升了清淤工效，实现了基床碎石面的高精度清淤，又有效保护了已安装沉管的安全。2015 年 3 月，E15 沉管管节第三次安装取得成功。

如今回想起来，那些纠心、艰难的日子仍让人深感后怕，但每一次“冒险”最终都能够化险为夷，依靠的就是船机技术和施工工法的创新。如果没有攻坚克难的精神，没有锐意创新的勇气，没有在绝境中另辟蹊径找到新的方法，这些“大冒险”也许就是真正的冒险了，那些难题也许就成为一道道真正难以逾越的“坎”了。

为“中国疏浚”浇筑新内涵

2016 年 1 月，“金雄”轮顺利完成沉管隧道基槽全部精挖施工任务，成为国内唯一实现深水基槽高精度挖掘的大型挖斗船；2017 年 4 月，“捷龙”轮凭借在海底“穿针引线”的高精技艺，突破极限，圆满完成了沉管隧道最终接头基床清淤施工任务。至此，Ⅳ工区圆满完成了岛隧项目中的全部疏浚任务，两艘功勋船和建设者为港珠澳大桥建设立下了“开路先锋”大功。

正是始终秉承精雕细琢、“海底绣花”的匠心精神，甘当沉管巨龙的铺路石，Ⅳ工区建设者前后跨越 7 个年头，在港珠澳大桥建设中始终担任开路先锋，经过 76 个月的不懈奋战，百分之百圆满完成 32 个重大节点的疏浚、清淤任务，累计投入了 34 艘大型施工船舶，累计疏浚泥沙 4000 万立方米，完成了 16000 个小时的清淤作业，奠定了 5664 米隧道基槽的坚实基础，创新了国家级工法 2 项、发明及实用新型工艺 15 项；荣获了两项全国质量金奖；3 项省部级科技进步一等奖和 260 项各级荣誉。经过全方位的工程历练，一批批年轻业务骨干得到快速成长，特别重要的是成功攻克了三大关键技术难题——“深水基槽精确开挖”“高标准清淤”“高精度地形测量”，填补了我国超常施工条件下的疏浚技术空白。

Ⅴ工区：

为国建桥的责任与担当

接过沉管安装的重任，中交一航局第二工程有限公司集全公司之力，调配优势资源，投入骨干力量，组建起我国第一支外海沉管安装施工团队。2011 年 8 月，中交港珠澳大桥岛隧工程Ⅴ工区项目经理部成立，成为征战外海沉管隧道施工领域的一支行业先锋军。

从一张宣传单开始

团队成立初期，“闭门”进行了长达一年的技术攻关，实现了沉管安装施工方案从“0”到“1”的突破。工程技术人员承受着前所未有的压力，把自己关在一间十几见方的办公室，从仅有的一张沉管隧道产品宣传页开始，每天不分昼夜地高强度工作，300 多个日夜翻阅了累计数米高的文献资料，进行了无数次的计算，将一条条构思转化为一页页的图纸方案。

184 次专题技术研讨会、62 次沉管安装筹备例会，工程师们经历了职业生涯中最为严苛、最为残酷的考验，团队最终完成了 18 套沉管安装施工方案的编制，在国内率先掌握了外海沉管安装施工的成套技术。同时，历经半年攻关试验，V工区团队完成大抓力锚的锚抓力试验，累计进行了150余次沉管基床摩擦力试验，为设计预留碎石垫层铺设沉降量提供了参考依据。

2012年10月，当时世界最大的碎石整平船“津平1”抵达施工现场，团队马不停蹄地投入各项船机调试中，陆续开展了整平船抬升试验、碎石基床铺设试验，快速掌握了外海深水基床高精度整平工艺。12月，沉管安装专用船“津安2”“津安3”陆续抵达施工海域。次年3月，历经长达5个月的调试、演练和磨合，安装船组具备正式施工能力，进入深坞与E1沉管管节完成连接。

4次大规模沉管浮运演练、数十次深坞内沉放演练与沉管出坞交移演练接连上演，沉管安装攻坚战从方案理论阶段转为现场实战阶段。2013年5月2日，E1沉管管节正式出征。出航后不久，拖航编队遭遇海上急流，总马力超过5万匹的航队被海流拖回1公里；沉管安装过程中又遭遇基床泥沙回淤，作业人员不得不潜入海底进行清淤，连续奋战5天4夜，疲惫到了极点的施工人员只能用风油精去除困意……

匠心永恒的中国速度

96小时完成首次“海底之吻”，迈出外海沉管安装的第一步。随着沉管一节节地向前挺进，技术、质量、安全全面受控，沉管施工逐步进入平稳态势。然而，E10沉管管节较大的精度困惑却晴天霹雳般地降临在工程师们的面前，深水深槽成为工程推进的一大“拦路虎”。

面对困惑与挑战，建设者们组织开展了荷载板试验，研究槽底淤积物淤强规律和淤质情况，在海上增设测量平台，实现监视范围的高精度覆盖；与国家海洋预报中心深入技术合作，全方位检测、研究气象，海流、波浪、盐度等施工因素，建立起完整的气象与海洋预报系统；联合中航304所研发沉管运动姿态监控系统，将航天技术应用到沉管施工，创新十余项技术攻关成果。

在40米深海进行沉管安装，无论是技术难度，还是施工风险都是前所未有，任何的疏忽都可能造成不可逆转的损失，最后三道钢封门更是直接影响着整个隧道和作业人员的安全。工区遵循“每一次都是第一次”的理念，把每一节沉管管节都当成第一节沉管管节，每次安装前都要对照风险管理手册的238

项风险源，组织开展深入的风险排查和三次船机设备联合大检查，确保每一个细节检查到位，每一项风险防控到位。

外海多船舶协同作业，对大型设备的管理也是重中之重。工区对已交付的船机大胆进行自主研发创新，对导向系统、拉合系统等设备进行的改造，均为世界首次尝试，极大提升沉管对接工效与精度；历时10个月完成整平船清淤系统技改，具备五大清淤功能，并在E22沉管管节施工时成功使用，填补了世界水工史上深水高精度清淤技术空白。

在连续的沉管安装施工中，工区更是着力抓好团队生产力，结合重点劳动竞赛，不断地优化资源，大力推动技术创新、工艺革新，促使沉管标准化安装达到成熟期，在2015年极为紧张、极为困难的情况下，创造了一年安装10节沉管管节的“中国速度”。

超级工程的党建品牌

船机是水工工程的筋骨，以保持高水平运行为要求，工区努力实现“船舶比进场时还要新”。文明施工中，从来不需要过多地强调，各个船舶会积极主动地开展自修。每个人都是充满热情，时不时把工作成果发到群里对比一番，营造了一种积极向上的干事氛围。对于两艘安装船，大家更是格外“照顾”。安装前后，船员都要从里到外清洗、敲锈、涂漆，甲板、机舱四年如一日，设备、机具整齐如超市，被称为“穿好衣，戴好帽，才能出好门”。

“津平1”是当时世界唯一一艘具备清淤功能的平台式抛石整平船。四条高90米的桩腿每次作业中都要抬升、下放10余次，靠齿轮驱动的抬升装置在润滑方面非常不便。技术人员有心无力，操作工人却有力无心，解决不了难题。工区立即开起“职工夜校”，每天灯火通明，由钳工班班长管延安和工友们提出润滑加油改进思路，技术员们帮助画图弄清原理。1个月时间，“桩腿齿轮喷淋加油润滑装置”成功出炉。

在V工区这个团结融洽、积极向上的团队里，从不缺乏“工匠”，他们甘于奉献，精益求精，用自己的一言一行坚守“匠心”，诠释“工匠精神”。

宿发强是沉管安装团队负责人，他在E15沉管管节回拖时留下了辛酸的眼泪，在船机抢修时发出了声嘶力竭的命令，在一次次煎熬摧残中顶住了压力。他先后荣获了天津市“五一劳动奖章”、中国交建“十大品牌员工”、山东省“劳动模范”等称号。2015 年沉管安装“中国速度”背后，是他全年仅 18 天休假的辛苦付出。

“船机卫士”王明祥与核心装备整平船融为一体，日夜坚守、不离不弃，E20 沉管管节安装前船舶突发故障，现场抢修压力大，女儿做重要手术都不敢告诉他，事后他哭成了泪人，既生气又夸家人做得对：免了后顾之忧。他在 2 年间排除百余项沉管风险故障。

还有许许多多“80 后”“90 后”的先进事迹层出不穷。大学刚毕业的王殿文是个调度员，数年如一日地坚守外海孤岛，全年指挥调度船舶 18000 余次，下岛却只有 12 天，被评选为“青岛市劳动模范”；青年突击队队长马宗豪勤于学习，成为沉管安装各工序的“全才”，并在许多领域成为国内“第一人”，诞生大量技术改革、青年立功成果……

超级工程里，工人是最伟大的。

E15 沉管管节第一次安装遭遇基床异常回淤，不得不回拖进坞。首次回拖施工，缺乏操作经验，加之现场海况恶劣，无疑是一项前所未有的挑战。顶着巨大的压力，作业人员迅速行动。克服连续一天一夜进行浮运作业的疲劳，顶着 6 级大风，脚踩 1 米多高的海浪，好几个人被海水打翻在地，爬起来再战。70 多个小时里，所有作业人员承受着精神和身体的双重考验，强忍刺骨寒风的侵袭，螺丝钉一般坚守在自己的岗位上，没有人叫苦，没有人喊累。

E20 沉管管节、E21 沉管管节安装连续遭遇船机设备突发故障。一声令下，作业人员第一时间赶赴抢修一线，与时间和体能竞赛，保住了贵如黄金的安装窗口期。抢修现场，作业人员白天要经受 35℃高温的炙烤，晚上要轮班通宵抢修，高温和疲劳成了最大的敌人，船上房间、铺位有限，很多人都是直接吃住在甲板上，从来没有一句抱怨。每次都是连续四五十个小时的鏖战，却没有一个人掉队。

这些精神的内核其实就是“为国建桥”的担当与责任，风险意识成为习惯，追求完美成为共识，开拓创新成为品性，简而言之就是“工匠”特质。

“行百里者半九十。”V 工区沉管安装团队在港珠澳大桥建设中，秉承“每一次都是第一次”的岛隧精神，传承发扬“一丝不苟、精益求精、一以贯之”的匠人精神，抛家舍业、甘受寂寞，不负建设国家工程的初衷，真正担负起了“为国建桥”的光荣使命。

“金雄”轮：

精准施工的岛隧功臣船

在港珠澳大桥建设中，有一条“岛隧功臣船”和一个英雄集体，始终担任着沉管隧道建设的开路先锋，它就是港珠澳大桥岛隧工程Ⅳ工区的“金雄”轮和它的船员们。

“金雄”轮是广航局于2009年5月建造完成的一艘新型非机航抓斗式挖泥船，共有28位船员，分别在甲板部、轮机部执行任务，设有船长、轮机长、大副、党支部书记等管理岗位。从管理架构、职能分工上看，一艘船舶就形同一个公司。他们主要担纲33节、累计长度5664米沉管隧道基槽及边坡的开挖，东人工岛、西人工岛海底基床整平、隧岛结合部与码头基础精挖，以及一些极端状况下的清淤任务。

精心准备过后的一次大考

“金雄”轮技改的目的，就是为港珠澳大桥岛隧工程海底隧道的建造。

2010年12月，“金雄”轮接到公司任务，到广州南沙附近一个施工海域开展海底试挖等检测试验，熟悉海底开挖、疏浚和清淤等港珠澳大桥岛隧工程施工要点、难点、技术规范、质量要求、安全与风险等基本情况。

2011 年 1 月，完成了第二次技改的“金雄”轮抵达港珠澳大桥岛隧工程施工海域，进行了两个月的反复试挖、调试，模拟现场施工，以检测开挖精度与质量标准，进一步评估“金雄”轮船机、设备与操作人员能否达到岛隧工程的施工要求，尤其是一些关键性的控制设备是否已经调整到最佳状态。3 月初，“金雄”轮所有指标均已调整至最佳状态，工区正式向项目总部提出了评审申请。

2011 年 3 月，林鸣总经理来到这艘已经为岛隧工程项目准备了多时的抓斗式挖泥船上，严格按照各工序段海底施工作业的总体要求对其进行考察、评估和试挖验证。

2011 年 3 月中旬，当“金雄”轮进入港珠澳大桥岛隧工程海域的时候，所有施工人员才认识到，等待他们的是正式施工之前的一场终极大考——典型施工。考试地点就设在靠近沉管隧道施工区域的不远处，林鸣在那儿划了一片区域，要求“金雄”轮严格按照港珠澳大桥的技术、质量要求进行沉管隧道基槽开挖。

在广航局技术中心和工区所有工程技术人员、测量人员、船机人员的艰苦奋战下，经过 20 余天的连续施工，典型施工顺利完成，工区将详细的测量数据上报项目总部进行终极评测。评测结果表明，“金雄”轮完全满足海底沉管隧道基槽开挖的高标准作业需求。自此，“金雄”轮被核准进入港珠澳大桥岛隧工程的施工区域，正式拉开了海底沉管隧道基槽开挖序幕。

心血凝成的绝技

俗话说“基础不牢，地动山摇”。港珠澳大桥岛隧工程是世界瞩目的世纪工程，项目总部从一开始就向“金雄”轮提出严苛要求。担纲 33 节、累计长度 5664 米沉管隧道基槽以及巨量边坡的开挖，东人工岛、西人工岛海底基床整平，从负责的任务就可以看出，“金雄”轮担纲着整个岛隧工程施工的基础，他们面临着前所未有的巨大挑战，项目总部也想方设法为他们提供最大的帮助和支持，尤其是林鸣总经理，特别关心、惦记着“金雄”轮的每一步进展。

“金雄”轮船长唐少鸣说：“这几年，让我感触最深的人是林鸣总经理。他一天到晚已经忙得不可开交了，但无论是施工前期的大量试挖、检测，还是后期的海底隧道基槽开挖施工，林总只要有空，就会腾出时间来到‘金雄’轮船上，一待就是两三个小时。有时候，他是来摸底我们的船机设备状况怎么样，询问我们精挖的标准能达到什么程度；更多的时候，他是专门来为我们打气、鼓劲的，问我们还有没有什么困难，需不需要他帮忙解决。当了解到我们为了技术攻关，许多人已经身心疲惫，‘压力山大’后，特意过来和我们谈工作，聊家常，很多话使我们深受感动和鼓舞。”

正因为有了林鸣总经理做后盾，“金雄”轮的技改、试验队伍更加有底气，大刀阔斧加油干，一遇到什么困难，就立即上报项目总部，这大大加快了“金雄”轮的技术改造与优化升级进程，按高标准、严要求一步执行到位，最终练就了一项独门绝技：为了解决水下施工看不见的弊端，他们开发出了一套可视、可控和可测的系统，能够实时看到水下所有的施工状态、施工情况，大大方便了海底开挖施工，把高差精度控制在 5 厘米以内。这项独门绝技，是其他船舶做不到的。

可视，即抓斗在海底施工的每一个运转动作，都能通过摩尔图像清楚地看到，发现施工不当时，可以马上纠正过来，减少施工错误。这让“金雄”轮身手不凡，在 33 节沉管管节隧道基槽开挖中，严格保证开挖精度和工期，从未拖后过一天，每节沉管管节基槽都优质完成，从未返过一次工。

可控，即几十吨的抓斗像人的手掌握拳一样，可以慢慢地收拢、握紧，实现完全按照人的意志来操作，不会破坏周围的东西。东人工岛、西人工岛上隧道过渡段开挖的时候，只有“金雄”轮能把钢圆筒内的沙石抓出来，且不会破坏钢圆筒结构。刚开始，其他船舶还不服气，觉得他们也能干，等他们试验过后，都心服口服了。开挖东人工岛码头基础的时候，抓斗需要紧贴着钢圆筒的外壁展开施工，“金雄”轮依靠完全可控的操作，很好地完成了施工任务，保证了钢圆筒安全无损。

2015 年 2 月，E15 沉管管节第二次安装受阻，由于要清除的基床上的淤泥太临近 E14 沉管管节钢封门，其他船舶难以完成，“金雄”轮临危受命，以高标准、高质量完成了这项高风险的施工任务，让大家赞叹不已，获得了“沉管隧道基槽开挖神器”的美誉。

人机融合的精准施工

6 年多岛隧工程施工，“金雄”轮以出色的表现，折服了许多同行和建设者。如果非要找个词来概括“金雄”轮表现的话，那就是“精准”二字。

这两个字说起来容易，做起来难。只有当船机设备与操作人员实现了高度的协调与配合，才可能接近或达到“精准”施工这一目标：船要完美，人要技高，配合要严丝合缝。操作人员除了要技术熟练、操作得当，完全领会施工图和质量要求，还要有丰富的经验，才能保证做到最好。

为此，这个英雄班组付出了巨大努力。一是加强维护、保养力度，让船机设备时刻处于最佳状态；二是加强培训、指导力度，鼓励操作人员平时多学习、多练习、多操作，不断增强船机操作熟练程度，减少误操作，提高应对各种突发情况的处理能力；三是加强宣传力度，让大家达成思想、认识上的共识，消弭心理障碍和抵触情绪，上下团结一心、默契配合；四是加强信息记录，不断累积施工经验，每抓一斗需要多长时间，一天能完成多少开挖任务，施工面积有多大，水文、天气、潮汐等信息，平常都要认真记录，这也为精准掌控每一节沉管管节基槽开挖用时提供了依据。

因此，在港珠澳大桥岛隧工程建设中，每每遇到“精准”施工的活儿，大家都会在第一时间想到“金雄”轮。2016 年 5 月，沉管最终接头精准安装，“金雄”轮才获准离开，“驶”向下一个工程项目。

泥沙回淤攻关组：

查清源头破难题

2014 年 11 月 14 日，珠江口伶仃洋主航道边上，两艘安装船正准备将编号为 E15 的沉管管节沉入 40 多米深的海底基槽。安装船上，工程师们实时观测着基槽的泥沙沉积变化情况。

人们没有想到，在顺利完成了前 14 节沉管管节安装后，E15 沉管管节基槽发生了意外：潜水员报告，隧道碎石基床表面的泥沙回淤厚度在不到 24 小时里达到了 6—8 厘米，超出了设计控制标准值。这对于相对丰水少沙的珠江流域是一个少见的突发状况。沉管安装的基床面泥沙淤积标准容重为 1.26 千克 / 立方厘米，回淤物的淤积厚度不大于 4 厘米。E15 沉管管节是继续安装还是返航？基于确保工程质量第一的理念，指挥部决定停止沉放，将沉管撤回坞内。

300 多项风险排查

消息传到北京，举国关注。在交通运输部的协调指导下，2014 年 12 月 19 日，来自天科院、南科院、四航院、中山大学的国内二十几位常年研究珠江口泥沙、潮汐和气象方面的顶级专家，成立了技术攻关“国家队”，开展港珠澳大桥基槽回淤专题研究。

交通运输部天津水运工程科学研究院海岸河口工程研究中心主任杨华说，他们于 2014 年 12 月 20 日进场开展调查，发现了大量的江中采砂现象。第二天攻关队去现场取样，掌握了大量泥沙回淤数据。攻关组先后召开 40 余次专题会，展开了海洋环境分析、回淤监测预报等多项技术攻坚，开展了 9 大类 300 多项的风险排查。在施工现场周边 120 平方公里海域布设 6 组固定监测基站、24 组监测仪器，每天 18 公里长距离巡测，先后完成 200 多组地质取样普查、30 多次密度检测，分析研究泥沙产生的原因，制定应对措施，探索建立预警、预测机制的可能性。

在此期间，攻关组的专家们付出了巨大的努力和奉献。王汝凯大师年逾八十，坚守在一线，40 多次专题会、研讨会的会议纪要都要仔细审改，彰显了我国老一辈科学家对事业、对人民高度负责的精神风貌。老专家杨树森在 E15 沉管管节安装的关键时刻，2015 年的大年初九回到现场就病倒了，正月十六被确诊为肝癌晚期；2016 年 4 月，他在北京成功地进行了换肝手术，出院后仍继续关心回淤研究，提供了不少宝贵经验。

海洋泥沙回淤是个世界性工程难题，港珠澳大桥岛隧工程从设计阶段就考虑到珠江口海底可能发生的泥沙回淤，并制订了相应的技术解决方案。因此，从 E1 沉管管节到 E15 沉管管节均进行得比较顺利。但是随着隧道的延伸，海底水文情况逐渐发生了变化。E15 沉管管节以东的基槽处于铜鼓浅滩南部滩尾，受河口冲流淡水和浅滩下泄泥沙的直接影响，铜鼓浅滩尾部淤积南移，沉管施工处于有利于泥沙落淤的水动力泥沙环境中。特别在春季、冬季，受潮流和东向风浪等的作用，铜鼓浅滩泥沙再次起动扩散，就直接影响 E15 沉管管节以东基槽区域，因而基槽淤积越发严重。

攻关组根据现场大量实测资料，并结合动力地貌、卫星遥感反演、模型试验等相关研究，发现周边的采砂活动对港珠澳大桥岛隧工程沉管基槽回淤影响较大，基槽出现异常回淤的主要泥沙来源是内伶仃洋岛附近采砂作业所致，采砂形成的高含沙浑水以直接输移和再搬运方式进入基槽。

情况探明，攻关组立即向广东省政府做出汇报。广东省依据攻关组大量翔实、严谨的研究结果做出了自2015年2月10日至3月31日，对沉管作业区上游十几公里范围内的7个采砂点停止采砂作业的决定。

宽阔的江面逐渐变得清澈，海底的流沙回淤量慢慢进入了可控范围……通过这项研究，无论从基础理论还是模拟技术、预警预报模式等均取得了“开创性”的突破。

26小时解决回淤难题

在E15沉管管节到E22沉管管节的沉放探索中，岛隧项目总部及攻关组以“回淤控制”为中心思想，以“系统控制”为指导思路，从提高碎石基床纳淤能力、准确预测回淤情况、实时监控回淤状况以及有效处理回淤工况四个方面制定具体的研究目标，由浅入深，层层推进，最终实现对回淤问题的全过程控制。

基于现场回淤精细化观测的大数据，攻关组创新性研发了多因素复合型基槽回淤预报模型系统，实现了基槽泥沙淤积预报从宏观到局部，从“年”“月”精确到“天”，预报精度由米级达到厘米级的精细化，极大地提升了回淤预报的精确度和时效性；还开展碎石基床纳淤能力试验，揭示碎石基床纳淤机理；研发了“截淤坝”“水下扰动”“防淤屏”“定吸”等多种减淤措施；其中“防淤屏”减淤措施在沉管基槽中属国内外首次采用，减淤效果达到50%，为沉管安放提供了重要保障。

港珠澳大桥沉管基槽的精细化回淤研究为国内外首次。通过本项目研究成果，无论从基础理论，还是模拟技术、预警预报模式等均取得了“开创性”的突破。以上成果可为其他类似工程提供借鉴，对我国工程建设和泥沙研究的理论与实践具有极大的提升和促进意义。其研究成果《一种海上大型沉管基床回淤多因素复合型预警预报方法》获得国家专利。

中交港珠澳大桥岛隧工程项目副总经理尹海卿深有体会地说：“科学探索是从无到有、不断挖掘、不断提升的过程。沉管施工中的多项发明创造都是工程实践所倒逼出来的。”

E1沉管管节施工96个小时才安装到位，到E15沉管管节、E22沉管管节两次突淤、清淤，项目团队逐渐对碎石基床的回淤、纳淤机理有了深刻的认识，并开发出世界水平的清淤装置。在 E33 沉管管节施工时，虽然面临东人工岛岛头挑流等更具挑战性的环境条件、回淤情况更复杂，但利器在手，仅用 26 个小时就解决了问题。

尹海卿说：“如果没有中交人这种科学严谨的工作态度，没有中交人这种不服输、不言败的顽强作风，没有中交人这种敢为人先的忘我精神，岛隧工程全部 33 节沉管管节碎石基床铺设不可能创造出正负 4 厘米标高误差、合格率 100% 的奇迹！”

烟台潜水队：

伶仃洋深海护卫队

一次次负重下潜深海，一次次挑战体能极限，一次次细心探摸检测，为工程决策提供了翔实准确的数据，为工程质量提供了可靠的保障。他们在外海孤船坚守奋战了1700余天，潜水作业时长超过15000个小时，完成了6.7公里沉管隧道基床探摸、测量、清淤、安装、调试等重要任务。烟台打捞局潜水队从沉管安装“零经验”成长为一支“特别能吃苦、特别能战斗、特别能奉献”的深海护卫队。

立下军令状

2012年9月，烟台打捞局中标岛隧工程沉管浮运安装潜水项目。签约之后，重任落在了烟台打捞局潜水工程队的身上。队长邢思浩代表潜水员立下“军令状”，表示一定想万全之策，尽万分努力，确保万无一失。为尽早进入状态，2012年10月，烟台打捞局首批7名潜水员到达施工现场，熟悉水域，进行准备。2013年春节期间，20多名经过精挑细选的潜水精英放弃春节团圆，奔赴珠海。

伶仃洋海上每天数千船只水上穿梭，水底暗流涌动。两节沉管管节对接，每一个接触的螺丝位置必须一模一样，需要测量的点位达300—400个。沉管位置每调整一次，就要测量多次，每一次测量要花很长时间。如基槽测量，最理想的情况下，一节管节的基槽需要5—6遍的水深测量。庞大的工程，要保证毫米级误差，意味着每一步都必须谨慎入微。

2013年5月6日，首节沉管管节E1历经96小时，与西人工岛暗埋段成功对接，潜水员们在寒冷的雨夜中，一直没有脱下潜水服，始终保持一级待命状态，5天4夜没有好好休息。E3沉管管节安装时，拉合千斤顶始终搭接不上拉合托架，2名潜水员接连操作，但始终没能调整过来，安装对接窗口期一旦错过，就需要等待很长的时间，带来不确定的风险。紧急时刻，潜水副队长郭旭理带队再次下水，以创纪录的连续3小时潜水作业力挽狂澜，出水后两人直接虚脱在地。

2014年底，E15沉管管节安装遭遇基床回淤。为获取最真实可靠的数据，潜水队马上升级工作程序，选派经验丰富的潜水员下水探摸。除全程录像外，还点面结合实施探摸，在对整个基槽大面积探摸后，又选取有代表性的位置进行重点测量，并多人多次在同一位置、不同流速下进行测量比对，为现场决策提供了科学依据。

深海中“穿针引线”

2017年5月2日，最终接头在海中成功安装，南北向线形偏差控制在正负15厘米的标准范围内，实现了“日出起吊、日落止水、滴水不漏”的奇迹。该误差符合要求，但不够完美。“港珠澳大桥是120年设计使用寿命的超级工程，绝不能留下任何遗憾。”3日早上，总指挥林鸣决定重新安装调整。

来自烟台打捞局的潜水员再次披挂，跳入了蓝色深邃的伶仃洋。潜水员的头盔有一个摄像头，在海底可以拍到实时画面，监控器上能够看到海底的情况，同时还有一路信号把海底的情况传送到指挥船上。通过与指挥船之间的互动，潜水员随时按照指令展开作业。

由于对接不能间断，副队长郭旭理安排两条船各派出5名潜水员，从南北两侧轮流下水施工。这群水中蛟龙，在伶仃洋海中穿针引线，在漆黑的海底连续奋战6个小时，克服水下能见度极低、海流湍急、时间紧任务重等诸多困难，顺利完成了最终接头水下定位测量、引导、下沉、高精度调整等工作。直到晚上 11 点，才完成潜水作业。

经过 38 个小时的奋战，最终接头的线形偏差成功缩小到南北向偏差 2.5 毫米、东西方向偏差 0.8 毫米。

奋战在风口浪尖

海上作业，刮风下雨是经常的事，加上南方高温、海上涌浪、水底生物、现场用电等，各种风险无处不在。项目伊始，潜水队就明确了“潜水作业流程标准化、工序专人化、操作专业化”的要求，制定作业流程、安全规程和应急预案。随工程推进，潜水队又制定了沉管安装对接标准、沉管对接定人定岗办法等制度，并开展内部竞赛、表扬先进。潜水队自身还提出了“每一次都是第一次，一次更比一次好”的理念，“33 节沉管管节，哪怕前面 32 节都干得很漂亮，最后一节因为我们出了问题，结果等于零”。郭旭理经常告诫弟兄们，警示大家要实事求是、慎始慎终。

水下工作虽然单调乏味，却要求精神高度集中。预制完成的沉管浮运前，要在深坞内存放一个多月。南方海水温度适宜，贝壳类和海藻类等海生物会迅速蔓延，给沉管穿上层层绿衣。每隔两天，潜水员们就需要从头到尾清理一遍。水下清理作业，每一班都在两小时以上，一根沉管需要多个潜水员连续作业，每次出水他们都累得筋疲力尽。

沉管安装时，沿途水域水深从十几米到近 50 米不等，在 40 多米水深作业，60 分钟是作业极限，出水时按程序还要分别在水下不同深度依次进行减压。但因为平流期都留给了对接作业，潜水员出水时根本没时间按程序减压，只能在水里稍作休整，出水后在减压舱减压。沉管清洁、淤泥清理、水下切割、基床探摸、安装导向托架、潜水录像、沉管对接复核，任务接二连三，每名潜水员每月平均只能休息 3 天。

5 年时间里，潜水队赢得了诸多荣誉：2015 年“最佳协作团队”，2016 年“先进集体”，2017 年“先锋团队”；潜水队员多次获评“建设功臣”“超级工匠”等称号。在两艘狭小简陋的工作船上，潜水队员完成了近 21 万平方米的海底探潜施工任务。他们是超级工程的海底护卫队。

“振驳 28”：

岛隧建设“铁打的团队”

基床抛石夯平作业，是港珠澳大桥沉管隧道建设一个非常关键的施工环节，是软土地基加固处理的重要举措。即待水深超 40 米的伶仃洋海底隧道基槽开挖后，向基槽内精准抛填 10—100 公斤重的块石，并对其进行水下夯平，以提高沉管基础承载力，减小隧道基础差异性沉降，最终形成坚实的碎石基床，使躺在其上的每一节沉管管节都能平稳无忧、安睡百年。

担负这项重任的，是在岛隧工程建设中被誉为“铁打的团队”的“振驳 28”。

孤独地面对大海与天空

“振驳 28”是由一艘普通驳船经过专门设计、改造而成的专用溜管式一体化抛石夯平船，船舶的甲板就像大平板车一样，生活设施尤为简陋。整艘船舶被划分为石料储备区、机械设备区和人员生活区三大部分。其中石料储备区和机械设备区合计占据了整艘船逾 80% 的面积，人员生活区占地还不到10%。驻守在这艘船上的各班组成员共有40余人，分别来自9家不同单位，统称“振驳28”团队。每个班组成员的性格、喜好、文化素养等都不太一样。除了船长，其他人都是清一色的年轻人。

他们中大多数挤住在船侧一处非常狭小的区域内。船头并排摆放着的几个集装箱，就是他们日常工作生活的主要场所。每个集装箱宿舍不大，最多能容纳8人。由于船上最初规划的宿舍最多只能住30人，其他人员要住在西人工岛，每天通过交通船往返。船上生活区的活动空间几乎为零，若是赶上下雨天，打饭、洗碗等都要淋雨进行。

在抛石夯平作业中，“振驳28”常常会面临烈日暴晒、船舶颠簸摇晃的考验，以及海浪、台风的侵袭。在外海高腐蚀、高温、高盐的作业环境中，船上人员与机械、设备等，经常会出现严重的“水土不服”症状。如在初期，测量监测系统电缆线经常出现故障，抛石夯平小车行走拖链常被卡断，抛石小车卷扬机接触器也故障频发，尤其是夯平设备的故障率一度成为制约施工进度的瓶颈，其他机械、设备的故障率同样居高不下。这些问题消磨着每一位成员的心理情绪和工作意志。

时任抛石夯平班组主管的靳胜回忆道：“工作上累点，生活上艰苦一些，这都没什么，睡上一觉，休息几天都能缓过来。真正压迫我们的是最初那种没有网络、通信信号条件下的孤独和寂寞。”

珠江口沿岸每当夜幕降临，周边灯火辉煌，可是他们却只能被伶仃洋上的风浪环抱、与日出日落相伴，孤独地面对寂寥的大海与天空。就连天上的星星、水中的月亮也常常戏弄他们，把周围弄成一片漆黑。每逢佳节，每个人的心头都会骤然泛起一丝难以抑制的波澜。

初历风雨的“受宠人”

“振驳28”的人员结构复杂，这样一个临时协作体在最初那段时间的工作难度可想而知，要长期留住他们的心，保持抛石夯平作业队伍人员的稳定并非易事。

经过一段时间的磨合，“振驳28”人与人之间的关系近了，彼此间的工作配合、协调度逐渐增强，工作目标也日趋一致。尤其是各机械设备班组成员对各自负责的设备在外海环境下所出现的故障有了一定程度的了解、认知和熟悉，并逐渐找到了规律。对此，他们专门制定出一个操作规程，要求船上每一位员工严格遵照执行，这大大减少了设备故障率，提高了工作效能。

进入2013年下半年，溜管抛石、振动锤水下夯平工艺在实际施工中日渐成熟，抛石夯平施工日趋顺畅、平稳，工程进展顺利。

至2014年，这已是“振驳28”在外海执行抛石、夯平任务的第3个年头。因为生活区空间狭小、日常生活枯燥乏味，员工申请辞职换岗等问题逐渐暴露出来。此外，借宿在西人工岛上的抛石夯平人员，每天必须乘坐交通船才能往返于抛石夯平船上，要是赶上风大浪急的时候，就无法上船施工。这既给大家工作、生活带来了不便，也埋下了巨大的安全隐患。

为了激励全体成员的斗志，稳定他们坚守外海的情绪，项目总部牵头对“振驳28”的生活区进行重新布局、设计和装修改造。改造后的生活区，增加了两个集装箱，之前的富余人员再也不用“借宿”西人工岛了。由于加了一个屋顶，上下两层的布局设计，使他们的活动空间充足，运动器材、Wi–Fi、通信信号等配置齐全。在工作奖励、生活补助、项目创收等方面，总部和工区设立了专项资金，每当完成阶段性任务后，都会给予奖励。

工区号召大家在船上找到属于自己的爱好，如工作之余看看书、跑跑步、打打球，主动排解内心深处的压抑。有了网络，船员们也不觉得孤单，晚上随时都可以与家人朋友通话、视频聊天。总部还经常派人上船慰问，给他们加肉添菜，送水果。“振驳28”也是林鸣最爱光顾的工程船舶之一，隔三岔五就上船为他们加油打气、嘘寒问暖，船员们深受感动，工作积极性和工程进展也因此得到了很大改观。

2015年5月5日，“振驳28”在停工6个月后再次复工，施工运转顺畅、娴熟依旧。他们一气呵成，不仅完成了原定的抛石夯平任务，还超额完成了E28沉管管节、E29沉管管节，以及E30沉管管节的部分区域抛石夯平施工，不断刷新单节管节的抛石夯平纪录。

2016年1月25日，当隧道基床铺设提前完工并通过验收后，项目总部授予他们“集体特等功”和“铁打的团队”两项殊荣。

完成艰巨任务的 1291 个日夜

在“振驳 28”船员的心里，沉管隧道抛石夯平就是一场大家并肩参与的持久战，每位成员都是荣辱与共的亲密战友，只有各自发挥所长，沉着、勇敢面对各种挑战，方能在汪洋大海中，铺就一条经久不衰的海底沉管隧道基床。

2012 年，工程要求必须在年底前完成伶仃洋主航道的航道转换，在时间紧、任务重的艰难处境下，他们团结一心、日夜奋战，加速完成了 E10 沉管管节到 E15 沉管管节基槽的抛石夯平任务，为伶仃洋主航道的如期转换创造了条件。

进入 2013 年，岛隧工程重心开始由筑岛转向沉管隧道，各工序任务步入如火如荼的紧张阶段。为了保证工期，“振驳 28”抛石夯平班组也毫不迟疑地与项目总部签下了确保年底完成“保七争八”管节施工任务的“军令状”。在这一年里，他们依旧面临恶劣天气、核心设备出现故障等诸多困难，施工现场先后四次受到台风的侵袭。

后来，现场交叉施工、船舶干扰严重、石料供应紧张等问题集中爆发。尤其到了 10 月以后，广东地区多个石料场突然关闭，现场石料供应变得异常紧张。为此，项目总部迅速协调，把找寻石料供应的场域扩大到了广西、福建、浙江等地。幸好在大家一筹莫展之际，广东周边的业主取消了石场限制。

2016 年 1 月，抛石夯平任务到了收官时刻，还剩 240 米的抛石和近 270 米的夯平施工未完成。24 日，即将完工之时，一股寒流突然来袭，施工现场气象骤变，海面波涛汹涌、狂风不止，“振驳 28”船舶晃动厉害。虽然液压振动锤已放入水下，船位也相对平稳，但出于安全考虑，他们果断停止了施工。之后，他们权衡了夯锤长时间置于水下及强行施工走锚的弊端之后，最终选择了观望和等待。下午 5 时许，风浪开始减弱，他们马上恢复施工，并争分夺秒地连夜赶工，圆满完成了全线的抛石夯平任务。

在港珠澳大桥岛隧工程抛石夯平作业的漫漫长路上，这群久与风浪搏击的“振驳 28”的“80 后”“90 后”船员们，任风吹、任日晒、任雨淋、任浪打、任船摇，但却收获了成长，也赢得了赞誉，他们是一支名副其实的“铁打的团队”。

在 1291 个日夜里，虽然遭遇了一个又一个棘手难题，但他们每一次都选择了勇敢面对，迎难而上，成为伶仃洋上一股骁勇善战的青春力量。

后记

在这本书即将出版的时刻，心中感触良多，如果没有《中国交通报》，就不会有《逐梦人》这本书。港珠澳大桥岛隧工程建设7年，《中国交通报》一直在支持着我们，通过报道的方式给予了我们最大的理解和信心。2014年沉管隧道开始进入深水区安装，水深接近50米，槽深30米，在世界沉管隧道史上还没有先例，在第十节沉管安装时发生了意想不到的偏差，我们的压力也累积到了最高点。在工程最困难的时候，他们有两次报道对我们影响很大：2014年5月，《中国交通报》刊登了《龙潭虎穴也要闯过去》，详细介绍了工程进展遇到的深水深槽问题，以及建设者正在全力以赴攻坚克难的情况，引起了上上下下的重视。在工地，员工们也争相阅读这篇报道，从中感受到一种被关心和被理解，获得了坚持下去的信心；2015年底，《中国交通报》发表了《挑战深埋沉管的日日夜夜》，这篇文章的结尾总结道："岛隧工程建设者们，面对困难没有回避，面对压力始终坚持，面对质疑更加谨慎，最终使得构想变成了蓝图。"港珠澳沉管隧道最终接头是确保完成大桥建设的最困难的工程，前后历时5年攻关，当时正值需要各方决策的关键阶段，这篇报道为各方最终顺利达成共识提供了有力支持。

廖西平是《中国交通报》广东记者站站长，与我们朝夕相处。他几乎参加了每一次沉管安装，和我们肩并肩连续工作，每次连续几十个小时的安装，他一刻也不闲着。现场作业的时候，他忙着拍摄；工序转换的短暂期间，他便找人采访。很快，他对工程有了深入了解，与大家融合在一起。工程结束之后，他有了一个心愿——要用自己的方式去记录下这座大桥。于是，他花了两年时间，从四千名建设者中采访了百余人，以他们为代表反映港珠澳大桥岛隧工程建设者的奋斗精神，并汇编成了这本《逐梦人》。

2010年初的一天，我和王汝凯大师第一次见面。关于人工岛建设，我提出了用钢圆筒筑岛的想法，委托他进行专题攻关，去否定方案的可行性。王大师带领团队日夜奋战三个月，通过否定的方式证明了钢圆筒的可行性并最终成功实施，这个方案使两个外海人工岛的成岛时间从3年缩短到了7个月，肖仕宝、陈良志、王婷婷、李建宇等骨干都是王大师带出来的徒弟，现在已经是四航院的中坚力量，走上了更重要的工作岗位，继续为国家贡献力量。

岛隧工程如何组建设计团队是一项非常大的挑战。很庆幸的是，我们选对了三位年轻人：刘晓东、梁桁、陈鸿。他们三人分别来自中交公规院、四航院、上海隧道工程股份有限公司。那时，我跟刘晓东因为工作交流比较熟悉，与梁桁有过一次会面，对陈鸿则只是耳闻。他们都来自不同的单位，但配合默契，彼此之间信任、合作，共同承担了许多压力，还有吕勇刚、张志刚、黄清飞、林巍、李毅、曾毅、陈正杰、熊旺、陆明、陆忠良、奚程磊等数十名骨干，他们非常出色地完成了设计任务。经过多年的磨炼，刘晓东已经成为公规院的副总经理、总工程师，梁桁已是中国港湾的副总经理，陈鸿担任了上海隧道工程研究院的总工程师。

许多国际公司为工程提供了支持。麦克唐纳、科威是我们前期合作的公司，为隧道前期方案做了很多工作。中交集团在日本有一个公司：中和物产，史福生担任社长。从前期准备到隧道基础以及海上施工，史社长发挥在日本的资源优势，为我们提供了很多帮助和支持，介绍了许多日本专家给我们，三清公司的渡边、小寺先生，NCC的久保田先生，还帮我们引进了花田幸生——一位参加过水深61米的博斯普鲁斯海峡沉管隧道安装的日本一流沉管隧道专家。为了这项工程，花田先生特意从大成公司转到了中和物产，作为雇员到现场工作了7年。前期参与工程的还有两位前辈，一位是日本沉管隧道行业的前辈——斋藤先生，另一位是荷兰海工工程的前辈——林内坎普，两位前辈当年已经80多岁，仍每月都会花上四到五天时间来项目为工程诊断、咨询。荷兰特瑞堡公司、法国威胜利公司、美国AECOM和APE公司与我们合作都很顺畅，为我们提供了高质量的产品和宝贵的咨询意见。德国派瑞模板与我们从开始接触谈判到签订协议只用了一周的时间，双方合作既是一种缘分，也是巨大的责任，区域总经理郑宽志以及Brunner Werner先生数十次到现场解决技术问题。

沉管隧道从试验到安装历经五年时间。我们有一批优秀的船长，振华重工的沈章、姚正华、刘卫国都曾担任远洋运输船的资深船长，沈章现已是振华重工船舶公司总经理。广州港拖轮公司是一家专业从事船舶拖带、顶推、航运的公司，肖滴泉、黄凯彬、庄红辉、魏忠想、古福兴、曾燕强、蔡木德船长专业素质很高，拖航经验丰富。岛隧项目的总船长——林祥标，负责整个船队浮运安装，是团队的灵魂人物之一，现在担任深中通道项目总船长，负责所有船舶的指挥调度。沉管拖航作业对于他们来说也是人生的第一次，最开始演练时很难拖稳一条大船，他们心理压力巨大，还为此掉过眼泪，后面便能胸有成竹地拖运每一节沉管。在第15节沉管安装中，他们还做到了全世界第一次把沉管安全拖航回坞。第17节沉管拖航最为惊险，至今仍记忆犹新：五六月份正是珠江口龙舟水时节，海流和径流都变强，使得拖航方向飘忽不定，当浮运编队前行到马友石暗礁附近航道时，遭遇侧向强水流，沉管航线偏出了整个设定航道，随着海流流速达到最高点，编队距离马友石暗礁仅仅170米左右，约17秒时间，灾难性的险情近在咫尺。关键时刻，船长们发挥集体智慧，协同配合，在危急关头的最后一瞬间将沉管拖回正位。这件事从未被提及过，但却是一件几乎改写港珠澳大桥历史的事件。

自主攻克外海沉管安装技术，我们面临复杂的工程潜水问题，国内缺乏专业的高水平潜水团队和潜水人才，这是一项“卡脖子”的难题。烟台救捞局派出了由郭旭理、赵顺爱、修敬志、吕磊、姜雪兴、周建、李浩翀等33位潜水员组成的团队，一干就是1700多天。他们从零开始，一丝不苟，团队配合得很好，出色地完成了全部沉管安装的潜水任务。潜水队有两名队医：郝德升、李振超，两人尽职尽责地关注、监控着队员的身体状况，严格下潜程序，每次潜水之后为队员操舱减压，确保了队员的身体健康和平安。团队5年间共潜水作业12000次，没有发生一次潜水病，他们是工程建设的大功臣。

沉管安装气象预报改变了“天有不测风云”这句话。在岛隧工程，“风云”实现了可预测，我们有一个来自国家海洋预报中心的强大团队。国家海洋预报中心总工程师王彰贵亲自带队，组建了张彤、李洁、尹朝晖、汪雷、黄焕卿、向勇、孙虎林、邢闯、张驰、孙志强等十几人的团队，部分队员是参加过南极科考的博士、硕士。他们用两年时间研发了一套人工智能系统，实现了小区域、长周期、高精度的气象服务，这在国内没有先例，在国际上也只有很少案例。从最初系统测试到隧道贯通，这7年中的每一次安装，他们都跟我们一起在海上并肩作战。第11节沉管安装时，第9号超强台风“威马逊”刚刚过去，距离安装窗口不到20个小时，第10号台风“麦德姆”正在生成并靠近施工海域，路径变幻莫测，给我们决策带来了很大困难，王彰贵总工程师和团队紧急研究分析台风情况，在距离浮运计划时间仅剩3小时的时候，他告诉我“可以安装”，这一关键的结论让我们首次实现了在两个台风之间的沉管精准安装。

第15节沉管遭遇异常回淤和边坡滑塌，三次出运两次回拖，停工150多天，对工程产生了巨大影响。四航院的王汝凯大师、徐润刚等专家，天科院的张华庆、杨树森、杨华、韩西军等专家，南京水利科学研究院的辛文杰、莫思平等专家，中山大学的李春初、雷亚平等教授到现场成立攻关组，研究分析每一节沉管的风险，为沉管安装提供咨询意见，在港珠澳大桥岛隧工程建设的史册上留下了他们浓重的一笔。杨树森是一位痴迷于泥沙研究的资深专家，在这个行业里奋斗了一辈子。他带着攻关组成员每天进行百公里的长距离巡测，监测范围达到200平方公里，在最短的时间内建立了泥沙预警系统。到珠海前，他身体就一直不舒服，但忙于工作没有到医院检查，直到2015年春节以后，沉管第二次安装的准备工作完成了，他在女儿的强烈要求下才回天津做检查，结果是肝癌晚期。躺在病床上，他最大的愿望就是看到大桥完工通车，但病魔无情，他的愿望最终未能实现。

我们还有几位很特殊的老朋友。第一位是胡应湘先生，胡应湘是香港著名的实业家，在20世纪80年代第一个提出了建设港珠澳大桥的倡议，非常关心大桥建设。大桥建设前期，我们曾有过很多交流，开工第一年，年近80岁的胡老还专门来看望我们。记得当时，胡老跟我们探讨了关于做一个潮汐发电试验的问题，可惜我们一直忙于大桥建设，很遗憾没有完成研究。这些年胡老一直都在关注着工程，大桥通车前夕，他还专门到桥上走了一趟，老先生多年的心愿终于得以实现。第二位是刘正光先生，香港路政署原署长，号称香港桥王，曾主持设计建造了香港青马大桥、汲水门大桥和汀九大桥，在国际桥梁界享有盛名。他对工程很挑剔，也觉得我们能做出世界一流的工程，一直在关注我们。有一次，他来参观工程，前一天给我打电话，问参观隧道需不需要穿雨衣水靴，我告诉他不需要，但是第二天他还是穿了一双雨鞋。参观结束后他跟我说的第一句话是："沉管隧道没有不漏水的，没有想到你们的隧道能够滴水不漏。"第二句话则是："我们香港工程界要向你们学习。"沉管隧道贯通后，刘先生给予了岛隧工程这样的评价："这是沉管隧道建设史上前所未有的系统性工程，全方位风险和质量管理系统为内地工程带出新文化。半刚性结构体系和创新最终接头技术，完善和创新沉管隧道工程体系，一定会成为世界同行学习的对象。通过这项工程，令全世界的人，改变了他们认为中国人不能建高水准工程的看法。"第三位是白巧鲜女士，《桥梁》杂志的主编。2016 年 5 月，我和白老师第一次见面，她受管理局委托参加拍摄国家"十二五科技创新成果展览"宣传片，对我进行采访，但因为我马上要出差，所以采访拍摄仅用了不到两个小时。后来白老师经常到岛隧工程采访报道，与我们很多建设者都成为熟悉的朋友。直到有一天，白老师告诉我她要写一篇报告文学，然后真的住在了工地，奔波于施工现场，走进建设者的内心世界，采访了大量的素材，这一住就是 2 年。她说自己越采访越被感动，越感动就想越多地去采访记录，计划半年完成的书稿最后用了一年多时间。最终，68 岁的她完成了自己的第一部长篇报告文学作品——《磨剑十二年》。

最后，我特别想提到的是广东海事局和港珠澳大桥前期办，他们是我们工程顺利完成和项目总承包管理成功实施的关键。广东海事局梁建伟局长牵头建立了水上交通安全应急保障指挥系统，这是为大桥建设打造的一条安全链。每次沉管水上交通安全保障决策会，梁局长都会亲自主持会议。有一次，梁局长正在阳江陪护病重住院的父亲，得知项目召开第 29 节沉管安装安全保障决策会，便立即开车从阳江赶到珠海主持会议，40 分钟会议结束后又匆忙赶回阳江照顾老父亲，这一来回就是 8 小时的路程。而且，梁局长对我有"救命之恩"。2014 年我因鼻腔大出血住院，情况十分危险，梁局长在香港得知情况后，连夜联系广东省卫生厅领导为我紧急派遣最好的医生奔赴珠海抢救。继任的陈毕伍局长一如既往支持大桥建设。大桥办梁德章主任及高国辉、王建发、卢剑松、张秀煌、刘春晖、冯祖乾、李雄兵等团队骨干这些年一直驻守现场，组织协调安全保障系统的运转，广东海事局庄则平副局长，通航处吴建生处长，交管中心邱建宁、陈志刚主任，广州海事局黄木檀副局长，港珠澳大桥海事处钟锡泉处长，珠海海事局王仕云副局长等海事部门领导和团队为工程水上交通安全提供了重要保障。国家海洋局南海分局李立新局长、珠江口中华白海豚国家级自然保护区管理局陈加林局长和团队为我们浮运安装及施工期间渔船监管、海上施工环保等多方面提供了重要支持。

港珠澳大桥建设之前有一个前期工作协调小组办公室，办公室主任便是后来的港珠澳大桥管理局局长朱永灵，办公室共有13位成员，是最早参与港珠澳大桥前期工作的一批同志。2005年，我接到了集团的通知，大桥前期办委托我们开展《港珠澳大桥施工指南》的前期研究，我与他们的交集由此开始。我们特别珍惜这一千载难逢的机遇，提前介入了研究工作，研究组与前期办密切配合，不断突破认知，探求新的思想，为后来工程的顺利开展和最终成功起到了关键作用。我与朱永灵局长因大桥结缘，经过十几年的相处，已经成为十分熟悉的朋友。朱永灵局长提出了大标段“总承包管理”模式和“四化”建设的超前理念，他和团队给予的信任、支持，使我们在7年建设期间攻克了许多困难，圆满建成了超级工程。第10节沉管安装进入深水区发生了意外偏差，交通部成立工作组对项目进行督查，第15节沉管施工三次才安装成功，隧道最终接头脱开二次精调，这些史无前例的困难让我们承受着巨大的压力。尤其是半刚性沉管结构研发时，面临着来自各方的质疑和反对声音，我们几乎触到了压力的极限，朱局长给了我们很多理解、信任和支持。每逢春节，朱局长无一例外地到工地与我们一起过年，看望大家，这是我们这些年一路坚持下来的动力。

转眼间，大桥已经建成通车两年了。在《逐梦人》出版之际，感谢所有参与、关心、支持工程建设的建设者和在背后默默奉献的建设者家属们。

林鸣

2020年9月23日